戲非戲06

鬼吹燈

之四 崑崙神宮

天下霸唱◎著

高寶書版集團

戲非戲　DN006

鬼吹燈（四）崑崙神宮

作　　者：天下霸唱
總 編 輯：林秀禎
編　　輯：李欣蓉
校　　對：李國祥
出 版 者：英屬維京群島商高寶國際有限公司台灣分公司
Global Group Holdings, Ltd.
地　　址：台北市內湖區洲子街88號3樓
網　　址：gobooks.com.tw
E-mail：readers@gobooks.com.tw<讀者服務部>
Pr@gobooks.com.tw<公關諮詢部>
電　　話：(02)27992788
電　　傳：出版部　(02) 27990909　行銷部　(02) 27993088
郵政劃撥：19394552
戶　　名：英屬維京群島商高寶國際有限公司台灣分公司
發　　行：希代多媒體書版股份有限公司 Printed in Taiwan
初版日期：2007年5月

國家圖書館出版品預行編目資料

鬼吹燈（四）崑崙神宮 /天下霸唱著； -- 初版. --
臺北市：高寶國際出版：希代多媒體發行, 2007[民96]
面；　公分. -- (戲非戲；DN006)

ISBN 978-986-185-057-3(平裝)

857.7　　96005728

第一七八章　死亡收藏者

回到北京後，我和Shirley楊分頭行事，她負責去找設備，要對獻王的人頭進行掃描和剝離，而分解十六枚玉環的工作，自然落到了我的頭上，但這事看似簡單，實則根本沒有可以著手的地方，這一兩天之內，Shirley楊那邊就該有結果了，而我想努力也沒個方向，只好整天坐等她的消息。

這天我正坐在院子裡乘涼，大金牙風風火火的來找我，一進門見只有我一個人，便問我胖子哪去了？我說他今天一早把皮鞋擦得甑亮，可能是去跳大舞了，這個時間說早不早，說晚不晚，你怎麼有空過來？潘家園的生意不做了嗎？

大金牙說：「胡爺，這不是想找你商量商量這事嗎，今天一早剛開市，就來了一百多雷子，二百多工商，反正全是穿制服的，見東西就抄，弟兄們不得不撤到山裡打游擊了。」

我好奇道：「這是怎麼回事？上上下下的關節，你們不是都打點好了嗎？」

大金牙說：「甭提了，這陣子來掏東西的洋人越來越多，胡爺你也清楚，咱們那些人擺在明面上的，有幾樣真貨？有某位比較有影響力的國際友人，讓咱們那一哥兒們當洋莊給點了，點給他了一破罐子，說是當年宮裡給乾隆爺醃過御用鹹菜的，回去之後人家一鑑定，滿不是那麼回事兒，嚴重傷害了這位著名國際友人對咱們友好的感情，結果就鬧大了，這不就……」

我對大金牙說：「咱們在那無照經營，確實不是長久之計，不如找個好地點開個店，也免得整天擔驚受怕。」

大金牙說：「潘家園打野攤兒，主要是信息量大，給買賣雙方提供了一個大平臺，誰也不指望著在市面上能賺著錢，都在水底下呢，暗流湧動啊。」

我又問大金牙瞎子怎麼樣了？怎麼自打回來就沒見過他？大金牙說瞎子現在可不是一般牛B了，自稱是陳摶老祖轉世，出門都有專門的人接送，專給那些港客算命摸骨，指點迷津什麼的，那些港奴還他媽真就信了。

我跟大金牙邊喝茶邊侃大山，不知不覺日已近午，正商量著去哪搓飯，忽然響起一陣敲門聲，我心想可能是Shirley楊回來了，便起身過去，打開院門，卻是個陌生人，來人油頭粉面，語氣極為客氣，自稱叫東子，說是要找王凱旋王先生。

我說你不就是找那胖子嗎？沒在家，晚上再來吧，說著就要關門，東子卻又說找胡八一胡先生也行，我不知來者何意，便先將他請進院內。

東子說他是受他老闆委託，請我們過去談談古玩生意，我最近沒心思做生意，但大金牙一聽主顧上門了，便要我過去談一道，我一看大金子牙正好隨身帶著幾樣玩意兒，反正閒來無事，便答應東子跟他過去，見見他的老闆。

東子把車開來，載著我們過去，我心中不免有些奇怪，這個叫做東子的人，他的老闆是怎麼知道我們住址的？然而問東子那位老闆是誰之類的問題，他則一律不說，我心想他媽的，肯定又是胖子在外邊說的，不過去談一道也沒什麼，沒準還能扎點款。

東子開車將我們帶到了一個幽靜的四合院前，我跟大金牙一看這院子，頓時心生羡意，這套宅子可真夠講究的，走到屋內，見檀木架子上陳列著許多古香古色的玩器，我和大金牙也算是識貨的人，四周一打量，就知道這的主人非同小可，屋裡擺的都是真東西。

東子請我們落座，他到後邊去請他老闆出來，我見東子一出去，便對大金牙說：「金爺，瞅見沒有？琺瑯彩芙蓉雉雞玉壺春瓶，描金紫砂方壺，鬥彩高士杯，這可都是寶貝，隨便拿出來一樣扔到潘家園，都能震倒一大片，跟這屋裡的東西比起來，咱們帶來的幾件東西，實在沒臉往外拿呀。」

大金牙點頭道：「是呀，這位什麼老闆，看這氣派不是一般人啊，為什麼想跟咱們做生意？咱們這點東西人家肯定瞧不上眼。」

我突然在屋中發現了一樣非常特別的東西，我連忙對大金牙說：「中間擺的那件瓷器，你看是不是有點問題？」

大金牙從椅子上站起身來，走到那瓷器近前端詳起來，那是一隻肥大的瓷貓，兩隻貓眼圓睜著，炯炯而有神采，但是看起來並不是什麼名窯出來的，做工上也屬平平，似乎不太符合這屋內的格調，瓷貓最顯眼的，是牠的鬍鬚，不知為什麼，這隻瓷貓竟有十三根鬍鬚，而且是可以插拔活動的，做工最精細的部分都集中在此，大金牙忽然想了什麼，扭頭對我說：「這是背屍者家裡供的那種，十三鬚花瓷貓。」

*　　*　　*

在湘西等地山區，自古有趕屍背屍兩種營生，其中「背屍」是類似與盜墓的勾當，背屍的人家中，都會供這樣一隻瓷貓，每次勾當之前，都要燒一炷香，對「十三鬚花瓷貓」，磕上幾個頭，如果這期間，瓷貓的鬍鬚掉落或折斷，是夜就絕對不能出門，這是發生災難的預兆，據說萬試萬靈，在民間傳得神乎其神，現在背屍的勾當早已沒人在做了，我們曾在潘家園古玩市場見過一次這種東西。

在京津地區，從明清年間開始，也有外九行的人拜瓷貓，那些小偷兒家裡就都供著瓷貓，不過那些都是九鬚，樣式也不相同，「十三鬚」只有湘西背屍的人家裡才有，這種習俗出自哪裡，到今時今日，已不可考證了。

我一見這只「十三鬚」，立刻便想到：「此間主人，大概其祖上就是湘西巨盜，專幹背屍翻窨子的勾當，否則怎麼會如此闊綽。」這時一陣腳步聲傳來，我急忙對大金牙使個眼色，就當什麼都沒見到過，靜坐著等候。

請我們來談生意的這位老闆，原來是位香港人，五十歲出頭，又矮又胖，自稱明叔，一見到我就跟我大套關係，說什麼以前就跟我做過生意。

我絞盡腦汁也沒想起來以前跟他做過什麼生意，後來還是明叔說出來，我才明白，原來我和胖子那第一單「乾黃雙螭璧」的生意，是同天津一個開古玩店姓韓的少婦做的，她就是明叔包養的情婦。

我想不明白他怎麼又找上我了，這裡面說不定有什麼問題，還是少惹麻煩為上，盡快讓他看完大金牙帶的幾樣東西，然後就大路朝天各走半邊了，於是對明叔說：「老爺子，不知道您怎麼這麼抬舉我們，大老遠把我們接過來，我們最近手頭上還真是沒什麼太好的玩意兒，就隨便帶了幾樣，您要是看得上眼，您就留著玩。」說完讓大金牙拿出幾樣小玩意兒讓他上眼。

大金牙見是港農，知道有扎錢的機會，立刻滿臉堆笑，從提包裡取出一個瓷瓶，雙手小心翼翼地捧著：「您上眼，這可是北宋龍泉窯的真東西。」

明叔一聽此言，也吃了一驚：「有沒有搞錯啊，那可是國寶級的東西了，你就這樣隨隨便便裝在這個包裡面？」

大金牙知道越是在大行家面前，就越要說大話，但是要說得像真的，你把他說蒙了，他就會信你的話，而開始懷疑他自己的眼力了，大金牙對明叔說：「您還不知道吧？您看我鑲了顆金牙，我們家祖上是大金國四狼主金兀朮，我就是他老人家正宗的十八代嫡孫，這都是我們家祖宗從北宋道君皇帝手裡繳獲來的，在黑龍江老家壓了多少年箱子底，這不都讓我給翻騰出來了嗎……」

明叔卻並沒上當，不理大金牙，只管和我講：「胡老弟啊，你們有沒有真正的好東西啊？如果你不缺錢，我可以用東西和你交換嘛，我這屋裡的古玩你看上幾個，你就儘管拿去好了。」

我心想他這明擺著話裡有話，請我們來是有目的的，不過我從雲南帶回來的東西，都有大用，便是給我一座金山，我也不能出手，既然這樣就別藏著掖著了，於是把話挑明瞭，直接告訴明叔，我們那最好的東西，就是這件龍泉窯，雖然是仿的，但是還能過得去眼，願意要就要，不要我們就拿回去，到時候你後悔了，我們可管不著。

明叔笑了笑，拿起茶几上的一本相冊，說是請我看看他在香港的收藏品，我翻了沒幾頁，越看越怪，但是心中已然明瞭，原來這位香港來的明叔，是想買一面能鎮屍的銅鏡，肯定是胖子在外邊說走了嘴，這消息不知怎麼就傳到明叔耳朵裡了，他以為那面古鏡還在我們手上，並不知道其實還沒在我手剛熱就沒了，我問明叔道：「你收藏這麼多古代乾屍做什麼？」

第一七九章　冰川水晶屍

明叔給我看的相冊，裡面全是各種棺木，棺蓋一律敞開，露出裡面的乾屍，年代風格皆不相同，有的一棺一屍，也有兩屍側臥相對，是共置一棺的夫妻，更有數十具乾屍集中在一口巨棺之中，外邊都罩有隔絕空氣的透明櫃子，說是私人收藏，則更像是擺在展覽館裡的展品。

我問明叔這些乾屍是做什麼的？有人收藏古董，但是真正的「骨董」想不到也有人要，以前倒是聽說過新疆的乾屍能賣大價錢，但是收藏了這麼多還真是頭回見，有點大開眼界。

明叔說國外很多博物館專門購買保存完好的古屍，這些屍體的研究價值和欣賞價值，是一種凝固這永恆死亡之美的文物，其中蘊涵著巨大的商業價值和文化價值。

明叔對我說胡老弟你既然看了我的藏品，是否能讓我看看你從雲南搞到的鎮屍古鏡？價錢隨你開，或者我這裡的古玩你中意哪件，拿來交換也可以。

我心中暗想，這位明叔是個識貨的人，也許他知道那面銅鏡的來歷也未可知，不如套套辭，先不告訴他那面古鏡早就不復存在了，於是問明叔，這鏡子的來歷有什麼講頭沒有？

明叔笑道：「胡老弟還和我盤起道來了，這面銅鏡對你們沒什麼用，對我卻有大用，世間辟邪之物莫過於此了，說起來歷，雖然還沒親眼看到過，但當時我一聽古玩行的幾個朋友說起，就立刻想到，一定是先秦以前的古物絕不會錯，秦始皇就是『法家』這個你們應該是知道的對不對？」

我只記得文革時有一陣是「批儒評法」，也好像提到過什麼法家學說，但具體來說是怎麼回事完全搞不清楚，只好不懂裝懂地點了點頭，大金牙在旁說：「這我們都知道，百家爭鳴時有這麼一家，是治國施政的理論，到漢代中期尊儒後就絕根兒了。」

明叔繼續說道：「當著真人不說假話了，那面能鎮屍辟邪的銅鏡，就是法家的象徵之物，相傳造於紫陽山，能照天地禮義廉恥四維，據記載，當年黃河裡有殭屍興風作浪，覆沒船隻，秦王就命人將此鏡懸於河口，並派兵看守，直至秦漢更替，這古鏡就落到漢代諸侯王手中了，最後不知怎麼又落到雲南去了，能裝在青銅槨上剋制屍變的古鏡，世間絕無第二面了，你把它讓給我，我絕不會讓你吃虧。」

我聽了個大概，心裡雖然覺得有些可惜，但這世界上沒有賣後悔藥的，價錢再合適，奈何我手裡沒東西，便對明叔直言相告，我這壓根兒就沒有什麼古鏡，那都是胖子滿嘴跑火車，他在前門說的話，您就得跑八寶山聽去。

說完我就要起身告辭，但是明叔似乎不太相信，一再挽留，只好留下來吃頓飯，明叔仍然以為我捨不得割愛，便又取出一件古意盎然的玉器，舉在我面前，我一打眼就知道這不是什麼俗物，看他這意思是想跟我「打槍」（注），做我們這行的有規矩，雙方不過手，如果想給別人看，必須先放在桌上，等對方自己拿起來看，而不能直接交到手裡，因為這東西都是價值不菲的，一旦掉地上損壞了，說不清是誰的責任。

明叔既然握在手裡，我便不好接過來，只看了兩眼，雖然只有小指粗細的一節，但絕對是件海價的行貨，在此物旁邊，便覺得外邊的炎炎暑熱，全都蕩然無存了。

注　交換。

大金牙最喜歡玉器，看得讚不絕口：「古人云，玉在山而木潤，產於水而流方，這件玉鳳雖小巧，但一拿出來，感覺整個房間都顯得那麼滋潤，真令我等倍覺舒爽，敢問這是唐代哪位娘娘戴的？」

明叔得意地笑道：「還是金老弟有眼力啊，邊個娘娘？《天寶遺事》雖屬演義，但其中也不乏真材實料，那裡面說楊貴妃含玉嚥津，以解肺渴，就是指的這塊玉嘛，這個材料是用一塊沉在海底千萬年的古玉雕琢，玉性本潤，海水中沉浸既久，更增起良性，能瀉熱潤燥，軟堅解毒，是無價之寶啊，也是我最中意的一件東西。」

大金牙看得眼都直了：「自古凡發塚見古屍如生，其腹口之內必定有大量美玉，從粽子裡掏出來的古玉都價值連城，更何況這是貴妃娘娘日常含在口中的……」說著話就把脖子探過去，伸出舌頭想舔。

明叔趕緊一縮手：「有沒有搞錯啊，現在不可以，換給你們後，你願意怎麼舔就怎麼舔，你就是天天把它含在嘴裡，也沒有問題的了。」

明叔見我不說話，以為價碼開得不夠，又取出一軸古畫，戴上手套，展開來給我們觀看，對我說只要你點個頭，那深海潤玉，加上這卷宋代的真跡《落霞棲牛圖》，就全是你的了。

我心想這明叔好東西還真不少，我先開開眼再說，於是不置可否，凝神去看那卷古畫，我們這夥人平日裡雖然倒騰古玩，但極少接觸字畫，根本沒見過多少真跡，但這些年跟古物打交道，對這種真東西，有種直覺，加上在古墓裡也看過不少壁畫，一看之下，便知道十有八九也是件貨真價實的「仙丹」。(注)

整幅作品結構為兩大塊斜向切入，近景以濃鬱的樹木為主，一頭老牛在樹下啃草，線條

簡潔流暢，筆法神妙，將那老牛溫順從容的神態勾勒得生動傳神，中景有一茅舍位於林間，遠景則用淡墨表現遠山的山形暮藹，遠中近層次銜接自然，渲染得虛實掩映，輕煙薄霧，宛如有層青紗遮蓋，使人一覽之餘，產生了一種清深幽遠，空靈舒適的遠離塵世之感，明叔說，到了晚上，光線暗淡下來，這本在樹下吃草的牛，便會回到草舍中伏臥安睡，這是不可能多得的珍品。

我當即一怔，這畫雖好，但是畫中的牛會動，那未免也太神了，以前聽說過有古玩商用兩張畫蒙人的，畫中有個背傘的旅人，一到下雨，畫中的傘就會撐開，其實是兩張畫暗中調換，不明究竟的以為是神物，這張《落霞棲牛圖》怕也是如此。

而明叔當即遮住光亮，再看那畫中的老牛，果然已臥於草舍之旁，原本吃草的地方空空如也，我大吃一驚，這張古畫果是神人所繪不成？

明叔卻不隱瞞，以實相告，這畫中用了宮中祕藥染過，故有此奇觀，就算沒有這個環節，這幅《落霞棲牛圖》也夠買十幾套像樣的宅子了。

明叔又拿了兩樣東西，價碼越開越高，真是豁出了血本，看來他必是久欲圖之了，見我始終不肯答應，便又要找別的東西。

我對明叔說：「我們今天算是真開了眼了，在您這長了不少見識，但實不相瞞，那面法家祖師古鏡，我的確拿了，但是出了意外，沒能帶出來，否則咱們真就可以做了這單打槍的生意，您下這麼大血本換那面古鏡，難道是府上的粽子有屍變之兆？如果方便的話能不能跟我們

注　極品。

說說，我倒知道幾樣能制屍變的辦法。」

我又對明叔說：「我看咱們之間也沒必要有什麼顧忌了，都是同行，您那擺著的十三鬚花瓷貓是湘西背屍人拜的，既是如此，一定也明瞭此道，難道會沒有辦法對付屍變嗎？」

明叔大概也明白，已經開出了天價，再不答應那是傻子，看來確實是沒有東西，無奈之餘仍是留我們吃飯，喝了幾杯酒，明叔就說了事情的原由。

明叔的祖上確實是湘西的背屍者，「背屍」並不是指將死人背在身後扛著走，而是一種盜墓的方式，刨個坑把棺材橫頭的擋板拆開，反著身子爬進棺內，而不敢面朝下，做的都是「反手活」，這些神祕詭異的規矩，也不知是從哪朝哪代流下來的，明叔家裡就是靠這個發了橫財，後來他爹在走馬嶼背屍的時候，碰上了湘西屍王，送掉了命，最後一代背屍者，就在那裡畫上了句號，因為家財萬貫，而且沒傳下來祖上的手藝，便到南洋做起了生意，最後定居在香港。

後來就開始倒騰乾屍了，沙漠、戈壁、高山、荒原中出土的乾屍，若是有點身分，保存完好的，扣上個某某國王、某某將軍、某某國公主的名號，便能坐地起價，一本萬利，比什麼可都賺錢，下家多是一些博物館展覽館私人收藏者之類的，當然都是在地下交易。

前不久一家海外博物館來找明叔談生意，他們那裡有本從藏地得到的古代經卷，裡面記載著一位藏地魔國公主死亡的奇特現象，她因為一種奇怪的疾病而死，死後變成了一具冰川水晶屍，被認作是神跡，便用「九層妖塔」將她封埋在雪山上，經卷裡甚至還提到了一些關於墓葬位置的具體線索。

這是一單最大的生意，但據明叔收集到的情報來看，這具千年冰川水晶屍性屬極寒，陰氣

極重，如果沒有藏傳供奉蓮花生大師的靈塔，普通人一旦接近就會死亡，但那種東西根本不可能得到，其餘鎮屍的東西怕是全派不上用場了，想來想去或許用那面古鏡，才有可能將她從九層妖塔裡背出來。

我和大金牙還是頭回聽說這個名詞，湘西屍王的傳說倒是聽聞已久了，究竟什麼是冰川水晶屍？比那湘西屍王如何？

第一八〇章 潤海石

我聽明叔所說的內容，竟是和藏地魔國有關，當即便全神貫注起來，九層妖塔我曾經見過，就是個用方木加夯土砌的墓塔，那是藏塔的雛形，魔國的什麼公主倒沒聽說過，也許明叔的情報有誤，也說不定就是「鬼母」一類的人物，若說殭屍裡最凶的莫過於湘西深山裡的屍王，據說百年才出現一次，每次都是為禍不淺，冰川水晶屍是否類似？

明叔說完全不同，雪山上的「冰川水晶屍」，是被人膜拜的邪神，從裡到外冰晶水晶化的屍體，全世界獨一無二，所以才不惜一切代價想把她搞到手，但這種遠古的邪惡之物，怎能輕易入陽宅，香港南洋等地的人，對此格外迷信，明叔倒騰的乾屍，有不少是帶棺材成套的，每經手一個，都要在棺內放一根玉蔥，取「沖」字的斜音，以驅散陰邪不吉的晦氣。

至於「冰山水晶屍」，與其說是具古屍，更不如說是邪神的神像，所以想用法家祖師鏡，這種神物來鎮宅，否則即使從雪山裡把屍體挖掘出來，也沒膽子運回去，西藏那種神祕的地方，很多事難以用常理揣測，誰知道會有什麼詛咒降臨到頭上，既然古鏡沒了，只好再找其他的東西，一旦有了眉目，明叔就要組隊進藏，按照經書中的線索，去挖「冰川水晶屍」了，這單生意太大，明叔要親自督戰，盯著別讓手下把古屍弄壞了。

至於組隊進藏的事，到現在還沒什麼合適的人選，明叔希望我能一同前往，如果能有幾他「摸金校尉」助陣，那一定會增加成功的係數。

我並沒答應下來，心中暗自盤算，原來明叔下這麼大的血本，還不光是圖一面古鏡，還想讓

我們出手相助，目前有幾個疑問，明叔是怎麼知道我們從雲南發現了一面古鏡？他應該只知道我和胖子是倒斗的，但是他並不知道我們是帶著「摸金符」的摸金校尉，難道這些都是胖子說出去的？

這麼一問才知道，原來明叔根本不認識胖子，也沒跟他談過話，明叔說是有位算命的高人，真是堪稱神數，全托他的指點，最開始的時候，明叔得知潘家園傳出消息，說是有面古鏡被人在雲南發現了，四處打探下落無果，就找一個自稱陳摶轉世的算命瞽者，便請他點撥點撥，看能否知道是哪路人馬最近在雲南深山裡得了古鏡，結果那瞽目老者連想都沒想，立刻就起了一卦，然後寫了個地址，說是按這地址找一位叫王凱旋的，還有一位叫胡八一的，這倆人是現今世上，手段最高明的「摸金校尉」，都有萬夫不擋之勇，神鬼莫測之機，兼有雲長之忠，翼德之猛，子龍之勇，孔明之智，那面古鏡一定就是他們從雲南掏出來的。

明叔說今日得見，果驗前日卦詞，那位老先生，真是活神仙，算出來的機數，皆如燭照龜卜，毫釐不爽，不僅是陳摶老祖轉世，說不定還是周文王附體。

我和大金牙聽到此處，都強行繃住面孔，沒敢笑出來，心想要是這種算命的水平，也能稱之為「燭照龜卜」，那我們倆也能當周文王了，不過瞎子這回也算辦了件正事，沒給我們幫倒忙，淨往我們臉上貼金了，人抬人，越抬越高，於是我和大金牙也立刻裝出驚訝的表情，對明叔說想不到還有此等世外高人？以前一直不太瞭解「未卜先知」和「料事如神」這兩個詞什麼意思，今天算是生動切實地體會了一把，若是有緣拜會，得他老人家指點一二，那可真是終生受用無窮啊，只是我等凡夫俗子，怕是沒這種機會了。

明叔說也不是沒有機會了，那位老神仙，就在陶然亭公園附近，一百塊就可以算一卦，只要多給錢，還可以接到家裡來相相風水，不過他老人家有個習慣了，不是「撥了奶子」（波蘭產汽車）不肯坐的了，我朋友剛好有一輛，你們想去請他的話，我可以讓阿東給你們開車。

我謝過明叔的好意，再說下去非得笑出來露了餡兒，趕緊岔開話題，不再談那算命的瞎子，我對明叔說，去藏地挖九層妖塔裡的「冰川水晶屍」，這個活兒按理說我能接，而且沒有法家祖師的古鏡，我也能想辦法給您找個別的東西代替，至於具體是什麼，現在不能說，總之殺豬殺屁股，各有各的殺法，我們摸金的有我們自己的辦法，但目前我有件更重要的事要做，在沒有結果之前，還不能應承下來，過幾天之後，我再給您個確切的答覆。

明叔顯然對我們甚為倚重，一再囑託，並答應可以先給我們一些定金，我和大金牙對那塊楊貴妃含在口中解肺渴的玉鳳，早已垂涎三尺，便問能不能把這玩意兒先給我們，我們一旦騰下手來，一定優先考慮您這單買賣。

明叔趕緊把那玉鳳收了起來：「別急別急，事成之後，這些全是你們的，但這件玉器做定金實在不合適，我另給你們一樣東西。」說完從檀木架子底下取出一個瓷罈，看這瓷罈十分古舊，邊口都磨損看不見青花了，我跟大金牙立刻沒了興緻，心想這明叔還是不見兔子不撒鷹的老財迷，這破爛貨到潘家園都能論車皮收。

明叔神祕兮兮地從瓷罈中掏出一個小小的油紙包，原來罈子裡有東西，密密實實地用油紙裹了有十來層，先把油紙外邊塗抹的蠟刮開，再將那油紙一層層揭開，我跟大金牙湊近一看，這層層包裹中封裝的，竟是兩片發黃乾枯的樹葉。

我學著明叔的口吻說：「有沒有搞錯啊，這不就是枯樹葉子嗎？我們堂堂摸金校尉，什麼樣的明器沒見過。」我說著話捏起來一片看了看，好像比樹葉硬一些，但絕不是什麼值錢的東西，我看完又扔了回去，對大金牙使個眼色，怒氣沖沖的對明叔說：「你要捨不得落定也就算

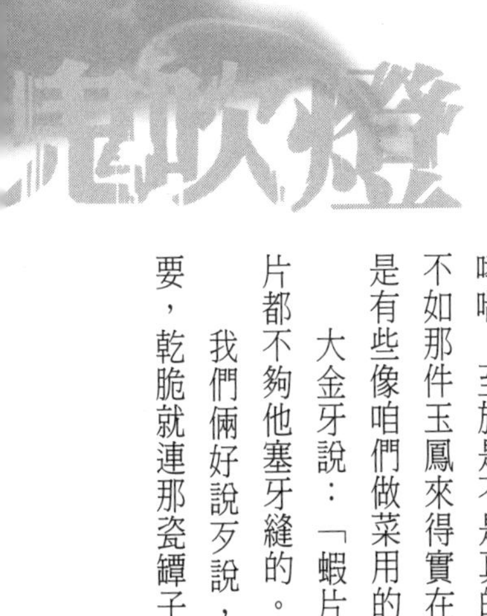

了，拿兩片樹葉出來嚇唬誰，成心跟我們大陸同胞犯葛是不是？」

大金牙趕緊作勢攔著我，對明叔說：「我們胡爺就這脾氣，從小就苦大仇深，看見資本家就壓不住火，他要真急了誰都攔不住，我勸您還是趕緊把楊大美人含著玩的玉鳳拿出來，免得他把你這房子拆了。」

明叔以為我們真生氣了，生怕得罪了我們，忙解釋道：「有沒有搞錯啊，胡老弟，這怎麼會是樹葉的呢？樹葉哪是這樣子的啊，這是我在南洋跑船的時候，從麻六甲海盜手裡買到的寶貝了，是龍的鱗片，龍鱗。」

明叔為了證明他的話，在茶杯中倒滿了清水，把那發黃的乾樹葉撿出一片，輕輕放入杯中，只見那所謂的「龍鱗」，一遇清水，立刻變大了一倍，顏色也由黃轉綠，晶瑩剔透，好似是在茶杯中泡了一片翡翠。

我以前在福建也聽說過「龍鱗」是很值錢的，有些地方又稱其為「潤海石」，但沒親眼見過，據說在船上放這麼一片，可以避風浪，在乾旱的地方供奉幾片還可以祈雨，用來泡茶能治哮喘，至於是不是真的龍鱗就說不清楚了，也許只是某種巨大的魚鱗，此物雖好，卻不稀奇，不如那件玉鳳來得實在，於是裝作不懂，對大金牙說：「這怎麼會是龍鱗呢？金爺你看這是不是有些像咱們做菜用的那種……叫什麼來著？」

大金牙說：「蝦片，一泡水就變大了，一塊錢一大包，我們家小三兒最喜歡吃這口，這兩片都不夠他塞牙縫的。」

我們倆好說歹說，最終也沒把玉鳳蒙到手，這「潤海石」雖然略遜幾籌，但是不要白不要，乾脆就連那瓷罈子一併收了，回去的路上，大金牙問我這兩塊「潤海石」能不能值幾萬港紙？我說，兩個加起來值八千港紙就不錯了。

大金牙又問我這回是否真的要給這老港農當槍使，收拾收拾就得奔西藏崑崙山？

我說別看是老港農，老東西挺有錢，港農的錢也是錢，咱們不能歧視他們資本家，他們的錢不扎白不扎，另外他手中有藏地魔國陵寢的線索，雙方可以互相利用，但此事回去之後還得再商量商量，咱們現在還有件事得趕緊做了，去陶然亭公園那邊找算命的陳瞎子，他對《易經》所知甚詳，《周易》包羅萬象，然而其根源就是十六字天卦，我得找他打聽一些關於這方面的事情，免得Shirley楊回來後，又要說我整天不務正業了。

於是我和大金牙直接奔了右安門，稍加打聽，就在一個涼亭裡找到了正給人批命的陳瞎子，涼亭裡還有幾個歇腳看熱鬧的人，只見陳瞎子正給一個幹部模樣的中年男子摸骨，瞎子搖頭晃腦地說道：「面如滿月非凡相，鼻如懸膽有規模，隱隱後發之骨，堂堂梁柱之軀，三年之內必能身居要職，依老夫愚見，至少是個部級，若是不發，讓老夫出門就撞電線桿子上。」

那中年男子聞言大喜，千恩萬謝地付了錢，我見瞎子閒了下來，正準備過去和他說話，這時卻又有一人前來請他批卦，此人是個港商，說家裡人總出意外，是不是陽宅陰宅風水方面有什麼不好的地方，瞎子掐指一算，問道：「家中可有養狗？」港客答道：「有一洋狗，十分的乖巧，家裡人都對牠非常寵愛。」

瞎子問了問狗的樣子特徵，嘆道：「何苦養此冤畜，此洋狗前世與閣下有血海之仇，不久必會報復，老夫不忍坐視不理，閣下歸家後的第三天，可假意就寢，待那狗睡熟之後，便將衣服做個假人擺到床上，然後離家遠行，轉日此狗見不到你，必定暴怒而亡，你再將牠的屍體懸在深山古樹之上，使其腐爛消解，切記不可土埋火燒。」

第一八一章 發丘印

瞎子煞有介事地囑咐港客，待此狗皮肉盡消，僅餘毛骨之時，即為此夙怨化解之期，港客聽得心服口服，忙不迭地掏出港紙孝敬瞎子。

我看天已過午，不耐煩再等下去，和大金牙一邊一個，架住陳瞎子往外就走，瞎子大驚，忙道：「二位壯士，不知是哪個山寨的好漢？有話好說，老夫身上真沒幾個錢……這把老骨頭勁不住你們這麼捏呀。」但走出幾步，瞎子就聞出來了：「莫不是摸金校尉胡大人？」

我哈哈一笑，就把架著他的胳膊鬆開，瞎子知道不是綁票的，頓時放鬆下來，誰知得意忘形，向前走了兩步，一頭撞在了電線桿子上，瞎子疼得直咧嘴，捂著腦袋嘆道：「今日洩露天機，奪造化之祕，故有此報。」

我把瞎子帶到街邊一家包子鋪裡，對瞎子說：「陳老爺可別見怪，我找你確有急事，耽誤了你賺錢，一會兒該多少我都補給你。」

瞎子要了碗餛飩，邊喝邊說：「哪裡哪裡，老夫能有今日，全仰仗胡大人昔日提攜，否則終日窩在那窮鄉僻壤，如何能坐得上『撥了奶子』。」

大金牙原本聽我說瞎子算命就是褲襠裡拉胡琴扯蛋，但剛才在涼亭中，見到瞎子神機百出，批數如神，便不由得刮目相看，也想請瞎子幫著算算財路。

瞎子笑道，當著胡大人的面，自然不能瞎說，什麼神數，都是屁話，說著把一碗餛飩一轉圈喝個底朝天，隨便給我們說了說其中的奧妙：

「自古與人算命批相，只求察言觀色，見人說人話，見鬼說鬼話，全在機變之上，而且這裡邊大有技巧，就好比那港客，問他有沒有養狗，這就是兩頭走的活話兒，他要說沒養，那就說他家缺條狗鎮宅，要說養了，那就是狗的問題，港客丟下狗全家遠奔避難，短時間內一定不敢回家，那洋狗豈有不餓死之理？就算是狗餓不死，港客也會認為算得準，只是因為其中牽扯夙怨，不肯明言而已，他會再想別的辦法把狗餓死，總之說得盡量玄一些，這就看嘴皮子的功夫了，這些話就是隨口應酬，誰計日後驗與不驗，只須當面說出一二言語，令來者信服便是，說來說去在那些凡夫俗子眼中，老夫都是神數。」

最後瞎子對我和大金牙說道：「二位明公，天下神於數者能有幾人？無非見風使舵而已，凡算命問卜皆不離此道，能此則神，捨此顧無所謂神也。」

大金牙對瞎子說：「陳老爺真是高人，若是不做算命的行當，而經營古玩字畫，一定能夠大發橫財，就您這套能把死人說活了的本事，我是望塵莫及啊。」

我聽了瞎子這番言論，心想在明叔家裡聽到瞎子給人起卦，便覺得或許他知道一些十六字天卦的奧祕，但現在看來，他算命起卦的理論依據幾乎等於零，純粹是連蒙帶唬，但既然找到了他，不妨姑且問之。

於是出言相詢，問瞎子是否懂得《易經》，可否聽說過失傳已久的「十六字」之事，瞎子拈了拈山羊鬍，思索良久才道：「《易》中自是萬般皆有，不過老夫當年做的營生是卸嶺拔棺，後來丟了一對招子（注）才不得不給人算命摸骨餬口，對倒斗的事是熟門熟路，對陰陽八卦卻不得其道，不過老夫聽說在離京不遠的白雲山，最近有個很出名的陰陽風水先生，得過真人傳授，有全卦之能，精通風水與易術，你們不妨去尋訪此人，他既然自稱全卦，必有常人及不得之處。」

我讓瞎子把那「全卦真人」的名姓，以及他所住的村名說了一遍，記在紙上，所謂白雲山即是燕山山脈的一處餘脈，距離北京不遠，幾個小時的車程便到，我打算稍後就去一趟，對於百分之一的希望，不得不做百分之百的努力。

然後我又讓瞎子說說「發丘印」的傳說，我盤算著既然沒有古鏡，只好弄個一樣鎮邪的「發丘印」去唬明叔，關鍵是他把魔國陵墓的線索能透露給我們，至於他拿回去能不能鎮宅，我又哪裡有空去理會。

瞎子說起盜墓的勾當，卻是知之甚詳，這幾十年傳統的倒斗手藝和行規出現了斷層，而瞎子就可以憑當年在江湖上闖蕩的見聞，給我們填補這一塊的空白。

自古掘古塚，便有發丘摸金之說，後來又填了外來的「搬山道人」，以及自成一派，聚眾行事的「卸嶺力士」，發丘有印，摸金有符，搬山有術，卸嶺有甲，其中行事最詭祕的當屬「搬山道人」，他們都扮成道士，正由於他們這種裝束，給他們增加了不少神祕感，好多人以為他們發掘古塚的「搬山分甲術」，是一種類似茅山道術的法術。

「卸嶺力士」則介於綠林和盜墓兩種營生之間，有墓的時候挖墳掘墓，找不著墓的時候，首領便傳下甲牌，嘯聚山林劫取財物，向來人多勢眾，只要能找到地方，縱有巨塚也敢發掘。

朝代更迭之際，倒斗之風尤盛，只說是帝王陵寢，先賢丘墓，豐碑高塚，遠近相望，群盜並起，俗語云：「洛陽邙嶺無臥牛之地，發丘摸金，搬山卸嶺，印符術甲，鋤入荒塚。」

摸金的雛形始於戰國時期，精通「尋龍訣」和「分金定穴」，發丘將軍到了後漢才有，

注　眼睛。

又名發丘天官或者發丘靈官，其實發丘天官和摸金校尉的手段幾乎完全一樣，只是多了一枚銅印，印上刻有天官賜福，百無禁忌八個字，在盜墓者手中是件不可替代的神物，此印毀於明代永樂年間，已不復存於世。

我按瞎子的描述，將「發丘印」的特徵、大小等細節一一記錄下來，然後讓大金牙想辦法找人做個仿的，最好是在仿古齋找個老師傅，以舊做舊，別在乎那點成本，回頭做的一看就是潘家園地攤上的「新加坡」（注），那明叔也是內行，做出來的假印一定得把他唬住了，好在他也沒親眼見過，這件事就交給大金牙去做。

我讓大金牙送瞎子回去，我則匆匆趕回家中，準備去白雲山，到家的時候，幾乎是和Shirley楊前後腳進了門，我趕忙問那顆人頭怎麼樣了？

Shirley楊無奈地搖了搖頭，獻王人頭的口中，的確多出一塊物體，和真人的眼球差不多大，但是頭顱內的口腔都融為了一體，根本不可能剝離出來，整個人頭的玉化就是以口舌為中心，顱蓋與脖頸還保留著原樣，這些部分已經被切掉了，現在就剩下面部及口腔這一塊，說著取出來給我觀看。

獻王的人頭被切掉了所有能剝離的部分，剩餘的部分，幾乎就是一塊似有模糊人面的玉球，表面紋理也呈漩渦的形狀，Shirley楊說這顆人頭能吸引介於能量與物質之間的「屍洞」，一定不是因為玉化了的首級，而是其中那塊物體的緣故，透視的結果發現，人頭內部的物質顏色逐漸加深，和眼球的層次相近，除了「雮塵珠」之外，哪裡還會是其他的東西。

只不過龍骨天書「鳳鳴歧山」中所隱藏的信息，咱們無從得知，也就無法理解古人對此物特性的描述，它究竟是眼球、漩渦、鳳凰，還是其餘的什麼東西？又同長生不死，羽化成仙有

什麼聯繫？以獻王為鑑，他是做錯了某個步驟，還是理解錯了天書中的內容……，當年扎格拉瑪族中的祖先，在多年前占卜的結果，想消除詛咒，只有找到「雮塵珠」，但找到之後怎樣做，就沒有留下記載。

我對Shirley楊說，這些天我也沒閒著，剛打聽到一個白雲山「全卦真人」的事，我想起來以前我祖父的師傅，他就是在白雲山學的藝，說不定那本陰陽風水殘書，也是得自於白雲山，我這就打算立刻過去碰碰運氣。

Shirley楊一聽有機會找出十六字全卦，便要與我同行，我說你還是留在北京家裡，因為還有很多事要做，一旦天書得以破解，咱們下一步可能就要前往西藏，尋找那個供奉巨大眼球圖騰的祭壇，前些天在雲南損失的裝備太多了，所以你還得讓美國盟軍給咱們空運一批過來，買不到的就讓大金牙去訂做。

我又把明叔的事對Shirley楊講了一遍，問她咱們是否可以利用明叔掌握的線索，Shirley楊問我是怎麼打的主意，我說就按中國外交部經常用到的那個詞，「合作並保持距離」。

我轉天一早，就到南站上了火車，沿途打聽著找到了白雲山全卦真人馬雲嶺住的地方，但馬家人說他去山上給人看風水相地去了，我不耐煩等候，心想正好也到山上去，看看馬真人相形度地的本事如何，希望他不是算命瞎子那種蒙事的。

這白雲山雖然比不得天下的名山大川，卻也有幾分山光水色，按在馬宅問明的路徑，沿著山路登上一處山頂，見圍著數十人，當中有一個皮包骨頭的乾瘦老頭，兩眼精光四射，手搖摺扇，正給眾人指點山川形勢。

注　仿古的新製器物。

第一八二章 利涉大川

我心想不用問，這位肯定就是全卦真人了，我充作看熱鬧的，擠進人群，只見馬真人正對著山下指畫方向，啄點穴道，對那些人說道：「西北山平，東山稍凹，有屏擋遮護，有龍脈環繞，咱們莊的學校要是蓋在這裡，必多出狀元。」

這時有個背著包裹的中年山民，長得其貌不揚，看樣子是路經此地，無意中聽到馬真人的言論，便對眾人說道：「看各位的舉動，難道是要在此地建房？此山乃白蟻停聚之處，萬萬不可建造陽宅，否則容易出事故傷人。」

馬真人一向受慣了眾星捧月，相形度勢百不失一，何曾有人敢出言反駁，看那山民十分面生，不是本鄉本土的，心中不禁有氣，便問他一個外地人，怎麼會知道這山裡有白蟻。

那過路的山民說道：「東山凹，西山平，凹伏之處為西北屏擋，復折而南，迴繞此山，雖有藏風之形，卻無藏風之勢，風凝而氣結，風生蟲，所以最早的繁體字風字，裡面从個蟲，風與山遇，則生白蟻，此地在青烏術或《易經》中，當為山風蠱，建樓樓倒，蓋房房塌。」

馬真人問道：「這裡山清水秀，怎麼會有蠱象？雖有山有風，但沒聽說過山風蠱，你既如此說，請問蠱從何來？」

山民指著山下說，白蟻沒有一隻單獨行動的，凡白蟻出沒必成群結隊，蠱字上面是三個蟲，三者為眾象，眾就是多，下面的皿字，形象損器，好似蟻巢，此地表層雖然完好，奈何下邊已被蟻穴縱橫噬空，我乃過路閒人，是非得失與我毫不相干，只是不忍房屋倒塌傷及無辜，

故此出言提醒，言語莽撞，如有不當之處，還望海涵，這就告辭了。」

那山民說罷轉身欲行，馬真人卻一把將他拉住：「且慢，話沒說明白別想走，你說此山中有蟻穴，此亦未可知，但以蠱字解蟻，卻實屬杜撰，此種江湖伎倆，安能瞞得過我。」

山民只好解釋道：「自古風水與易數不分家，所以才有陰陽風水之說，這裡地處據馬河畔，河水環西山而走，白蟻行處也必有水，所以《易經》中的蠱卦，也有利涉大川（注）之語，山風蠱便應利涉大川。」

馬真人聽罷笑道：「我家祖上八代都是卦師葬師，《易經》倒背如流，說起易數你可不能蒙混過關了，蠱卦的利涉大川，應該是形容蠱壞之極，亂當復治，撥亂反正之象，所以此卦為元亨而利涉大川，你竟敢如此亂解，實在可笑之極。」

這時有幾個好事的村民，爭先恐後地跑到山坡下，用鐵鍬挖了挖，果然挖出成團的白蟻，眾人都不免對馬真人和那山民另眼相看。

只聽那山民對馬真人說：「依你所說，利涉大川只是虛言，換個別的意思相近之詞一樣通用，這是對易數所見不深，其實利涉大川在此卦中特有所指，蠱卦艮上巽下，本屬巽宮，巽為木，艮卦內互坎卦，坎為水，以木涉水，所以才有利涉大川之言，我還有事在身，不能跟諸位久辯，如果世上真有風水寶地，又哪裡還有什麼替別人相地的風水先生，勸諸位不必對此過於執著，山川而能語，葬師食無所。」說完之後，也不管馬真人臉上青一陣白一陣的表情，轉身就走。

注　正值冒險幹大事的好時機。

我在旁也聽得目瞪口呆，這世上果然是山外有山，天外有天，我自持有半本《十六字陰陽風水祕術》，就覺得好像怎麼地了似的，其實比起這位貌不驚人的過路山民，我那點雜碎真是端不上檯面，這些年來我是只知風水，而不曉陰陽，我猛然間醒悟，這山民對卦數瞭如指掌，又通風水祕術，今天正好讓我撞見，豈能擦肩而過失之交臂。

這麼一愣神的功夫，那過路的山民已經走下了山坡，被人辯得啞口無言，自稱全卦能倒背《易經》的馬真人，估計也是個包子，我看都懶得再看他一眼，從後三步併作兩步地追了上去。

山路曲折，繞過山坳後，終於趕上了他，我單刀直入地說想瞭解一些卦數之事，那山民也沒什麼架子，與我隨口而談，原來他是來此地探親。這時是要趕路去乘車回老家，我見機不可失，便也不多客套，直接請教他，可否知道《十六字陰陽風水祕術》之事。

山民聽聞此言，露出一絲詫異的神色，乾脆與我坐在山下林中，詳細攀談起來，十六字天卦自成一體，包括訣、象、形、術四門，據說創於周文王之手，然而由於其數鬼神難測，能窺其門徑者極少，漢代之後便失傳了，留下來的，只有易數八卦，後世玄學奇數，包括風水祕術無不源出於此。

晚清年間，有名金盆洗手的摸金校尉，人稱張三鏈子，張三爺，據說他自一古塚裡掘得了十六字天卦全象，並結合摸金校尉的專利產品「尋龍訣」，撰寫了一部十六字陰陽風水祕術，但此書奪天地之祕，恐損陽壽，便毀去陰陽術的那半本，剩下的半本傳給了他的徒弟陰陽眼孫國輔，連他的親生子孫都沒得傳授。

這位山民就是當年張三爺的後人張贏川，他所知所學，無非都是家中長輩口授，特別精研易術，我們一聊起來，越說越近，陰陽眼孫國輔就是我祖父的恩師，這可有多巧，敢情還不是

外人，從祖上一輩輩的排下來，我們倆屬於同輩，我可以稱他一聲大哥。

張贏川問明了我找十六字的來龍去脈，說此事極難，十六字是不可能找到了，即便是某個古墓裡埋著，找起來那也是大海撈針，而且事關天機，找到了也不見得是什麼好事。

我覺得對於「天機」，可能是理解不同，我認為所謂的天機，只是一些尋求長生不死之道的祕密，是統治階級所掌握的一種機密，然而我對成仙之類痴人說夢的事毫無興趣，只是想除掉身後背負的詛咒，就不得不從龍骨天書中找到使用「雮塵珠」之道，事關生死存亡，所以才甘冒奇險去深山老林中挖墳掘墓，就算是死在陣前，也好過血液逐漸凝固躺著等死的日日煎熬。

張贏川說兄弟出了事，當哥的就該出頭，但奈何自身本領低微，家中那套摸金的本領也沒傳下來，幫不上多大忙，但《易》含萬象，古人云生生變化為易，古往今來之常為經，天地間禍福變化都有一定之機，愚兄略識此道，雖然僅能測個輪廓，卻有勝於無，不妨就在此為兄弟上一課，推天道以明人事，一卜此去尋龍之路途。

我聞言大喜，如蒙指點，那就是撥雲見日了，張贏川說起卦占數，並不拘何物，心到處便有天機，當下隨手摘了幾片樹葉，就地扔下，待看明卦象也覺驚奇：「奇了，機數在此，竟又是個山風蠱的蠱卦，元亨，利涉大川，先甲三日，後甲三日。」

我對此道一竅不通，忙問道：「這卦是什麼意思？我們背上的詛咒能解除嗎？」

張贏川道：「甘蠱之母得中道也，利涉大川，往有事也，風從西來，故主駁在西，西行必有所獲，然風催火，此卦以木涉水，故此火為凶，遇水化為生，如遇火往未能得，然遇水得中道，卻亦未定見其吉，先甲三日，後甲三日，終則有始，天行也，切記，切記。」

我心中本對藏地有些發怵，多日來鬱結於此，始終不能下定決心去西藏，這時見卦數使然，當即打定了主意，看來不去崑崙山走上這一趟，這場禍事終歸不能化解，於是再以「雮塵珠」究竟為何物相問，究竟是眼睛還是鳳凰？

張贏川凝視那幾片樹葉半晌，才答道：「既是眼睛，又是鳳凰，此物即為長生。」

我說這可怪了，怎麼可能既是眼睛，又是鳳凰？難道是鳳凰的眼睛不成？鳳凰是神話傳說中的神獸，世上又怎麼會有鳳凰的眼睛？

張贏川為我解讀此卦機數，先甲三日，後甲三日，終則有始，這些皆為輪轉往復是也，傳說鳳凰是不死之身，可以在灰燼中涅槃重生，此也合生生不息之象，目為二，三日為奇，日雖似目而非目，故不足為目，然而有三在前，多出其一，既又為目，我以機數觀其物，可能是一種象徵長生不死之意的，極其類似人目，而又非人目的東西，但究竟是什麼，神機不足，參悟不透。

雖然未能確切指出「雮塵珠」具體是何物，但已讓我茅塞頓開，佩服得五體投地，眼前那層濃重的迷霧，終於已經揭開了一條縫隙，事先我並未對他明言「雮塵珠」的情況，但他竟以幾片樹葉以及兩句問話，就斷出了「長生」二字，結合最近經歷的事件，無不吻合，這八卦之數已精奇如斯，倘若有十六字，那真可通神了。

張贏川說今日機數已盡，再多占則有逆天道，剛得聚首，卻不得不又各奔東西，卦數之準與不準，皆在心思與天機相合，也許失之毫釐，就差之千里，剛才所起的一課可以做為參考，不可不信，也不可盡信，願君好自為之，日後有緣，當得再會。

我把他所言的卦辭都一一牢記，從西藏回來後，若是還有命在，一定再去拜會，於是雙方各留了地址，我一直將他送到山下的車站，方才惜別，我站在原地，回味那些卦詞，竟又覺其中奧祕深不可測。

第一八三章 古格銀眼

回到北京之後，我將遇到同門張贏川的事情對眾人講了一遍，按他所推機數，只要帶著「雮塵珠」到西邊走一趟，有些問題自然會迎刃而解，「遇水得中道」，要去有水的地方才能有進展，我首先想到的就是懸掛在天空之上的仙女之湖，關於魔國的事，在歷史上沒有任何記載，只有藏地唱詩人口中的「制敵寶珠王武勛詩篇」，才有相關的信息，等一切準備就緒後，我打算先行進藏，去「拉措拉姆」湖畔，找我的喇嘛阿克，如果喇嘛還健在，他一定可幫忙找一位天授的唱詩人。

Shirley楊把一份進藏裝備物資的清單給我看了看，問我還有什麼需要補充的，這些裝備有一部分要從美國運來，其餘的一些傳統型的工具，則需要由大金牙搞來，買不到的也由他負責找人訂製，最少需要十天以上的時間，才能準備齊全。

我對Shirley楊說：「妳來籌備物資我還能有什麼不放心的，我想不到的妳也能想到，不過一定要準備大量生薑，至少照著六七百斤準備，對於生薑，咱們是韓信用兵多多益善，全都給它榨成薑汁，帶到西藏去，到雪山去挖九層妖塔，沒薑汁根本沒辦法動手。」

Shirley楊和胖子都覺得納悶，胖子問道：「帶這麼多薑汁熬薑湯不成？我看還不如多帶些白酒，在雪山上禦寒，喝白酒才行。」

我對胖子說，你們沒去過西藏雪山，所以不知道，以前我們部隊在崑崙山一個古冰川裡施工，那千萬年的玄冰，結實得你們無法想像，拿起鎬（注）來砸上去，就是一個白點，普通的工具根本就切不動那些冰，但這世上一物剋一物，物性皆有生有伏，就如同米醋可以腐蝕夯土層，用薑汁塗抹至鑿冰的工具上，就可以迎刃而下，雖然肯定不及切豆腐來得輕快，卻能省好大力氣，咱們不知道九層妖塔在冰下多深，只有盡可能多準備生薑汁。

沒過幾天，大金牙那邊就已經把「發丘印」做好了，我見時機成熟了，就對大金牙說：「金爺你現在就是中英香港事務聯絡小組的組長了，是時候把那明叔約出來談談條件了。」於是大金牙立馬去和明叔通了消息，回來告訴我，明叔那邊正跟農奴盼紅軍似地等著咱們呢，當晚就要請眾人去府上詳談。

我們全班人馬，總共四人，來到了明叔那間幽靜古樸的四合院裡，明叔說他這邊已經都準備好了，隨時都能出發進藏，但還缺一樣鎮屍的東西。

我對明叔說：「法家祖師古鏡雖然沒了，還好我找到一枚發丘天官的銅印，縱然是湘西屍王，被這印上的『天官賜福、百無禁忌』八個字押上，也永世不得發作了，這枚銅印不僅能剋屍變，更能擋煞沖神，九層妖塔裡的邪神，同樣不在話下。」

明叔說：「這就太好了，我祖上多少代都是背屍的，加上在南洋跑船那麼多年，那邊風俗使然，所以對這些事非常迷信，有了這件東西，不管能不能用得上，膽子先壯了，要不然還真不敢去動冰川水晶屍。」

明叔把那枚「發丘印」從盒子裡取出來端詳了一番，我怕他看出破綻，趕緊對大金牙使了個眼色，大金牙立刻就此印的來歷猛侃一通，說得雲山霧罩，加上我和胖子在一旁有唱有和，總算是把明叔瞞了過去，畢竟這枚壓印也是件古物，仿古齋做舊的手段堪稱天下一絕，明叔雖

然浸淫此道已久，但對「發丘印」一物毫不知曉，所以被暫時唬住了。

明叔說胡老弟，聽你的意思是，你們「摸金校尉」這次總共出動三個人，除了金牙衰仔不去，由你帶頭，還有這位靚女和那位肥仔，既然你們肯幫手，咱們一定可以馬到成功，從雪山上把冰川水晶屍挖出來，有言在先，九層妖塔裡的明器一家一半，冰川水晶屍歸我所有，然後這屋裡的古董隨便挑，就算是報酬了，做成了這筆大買賣，都夠咱們吃上幾生幾世，回來之後便可以就此金盆洗手了。

我心想藏地九層妖塔裡多是骨器，沒什麼金玉，我們要不要都無所謂，最重要的是依靠明叔掌握的情報，找到一座封存完好的魔國陵墓，那就一定可以從中找到一些線索，使我們能夠找到供奉著眼球圖騰的那座神殿。

我急於想知道九層妖塔的詳情，便對明叔說：「只要裝備器械等等物資準備齊全，在這五六天之內就可以開始行動了，現在是不是能把詳細的情報資源共享一下，大夥分析分析，拿幾個方案出來研究研究。」

明叔面露難色，表示博物館那邊給他的線索，只不過是一本解放前從西藏被盜賣過去的經書，這本書記載了古格王朝的一些傳說，其中記載「古格銀眼」就是魔國歷代陵寢的分布圖，那座埋葬著邪神的九層妖塔，還有世界制敵寶珠大王所封印著惡魔的大門，都可以從「古格銀眼」中找到線索，如果想去找那座妖塔，就必須先去阿里的古格遺跡，從中尋找啓示。

我在藏青交界的地方當了五年兵，從沒聽說過西藏有什麼古格王朝的遺跡，胖子和大金牙

注　類似鋤頭的工具。

就更是不知道了，聽得面面相覷，都作聲不得。

Shirley楊似乎知道一些：「古格王朝的王城，在三十年代初期被義大利探險家杜奇教授發現，他曾斷言道，這是世界上最神祕的地區之一，這件事震驚了全世界，美國很多媒體都做過詳細的相關報導，在神祕消失的各個城市與王朝中，古格遺跡是距離我們生活的時代最近的，但它的神祕色彩絲毫不比精絕、樓蘭遜色多少。」[注]

西藏阿里地區是一片鮮為人知的「祕境」，甚至常年生活在西藏的人，對神祕的「阿里」都一無所知，那一地區，南臨喜馬拉雅，北依岡底斯山脈的主峰「岡仁不欽」，那座神山，是印度教、耆那教派、苯教包括藏傳佛教共同的神山，是信徒們心目中最為神聖的「仰視之地」。

就在這樣一個集各種神祕元素於一身的山峰下，有一片與世隔絕的區域，那裡就是古格王朝遺跡所在的阿里地區，古格王朝是一個由吐蕃後裔建立的王國，延續五百年有餘，擁有輝煌的佛教文明，但它究竟是如何在一夜之間毀滅的，歷史上沒有任何記載，甚至還完好地保存著斬首屠殺的現場「無頭洞」，對於它的傳奇恐怕永遠也說不完，太多的祕密等待著探險家和考古隊去破解。

Shirley楊所知道關於古格遺跡的事情，只有這些，至於什麼「古格銀眼」就從來沒聽說過，但一提到「眼」，我心中一動，看來離那無底鬼洞詛咒的真相，又接近了一層，目前所有的線索，都瞄準了藏地。

明叔解釋道，「古格銀眼」是一幅複雜的大型浮雕，主體是一隻巨大的眼球，這幅壁畫的含義，通過藏傳佛經中的記載，可能是記錄著蓮花生大師與制敵寶珠大王鏟除魔國的事跡，魔國是一個信奉邪神的國家，「古格銀眼」雖然形似巨眼，但實際上，在懂密宗風水

者的眼中，它是一個座標指示圖，明叔手中的經卷有張魔國領地的地圖，魔國的邪山鬼湖，包括封埋冰川水晶屍的妖塔，所有這些信息，都可以在銀眼中找到。

明叔說他已經搜集到了密宗風水的資料，密宗風水學遠遠沒有中原的青烏風水複雜，只要找個懂「尋龍訣」的摸金校尉，帶著經卷，到古格遺跡的廟宇裡，對照「古格銀眼」加以印證，很容易就可以得知想找的地方具體在什麼地點。

我聽明叔分說明瞭之後，心想這老港農，果然是有十分的心計，把線索告訴了我們，但只要經卷還在他手中，我們就不可能甩掉他自己行動，看來只有先幫他挖開妖塔，掘出那具古屍了。

我又勸明叔，西藏高寒缺氧，好多地方鬼見了都發愁，您這麼大歲數，不一定要親自去。

明叔固執己見：「這麼大的買賣不親自看牢了，錢還不被別人賺走了，當然這不是對你們不放心，主要是想親力親為，血汗錢才食得甜，當年我曾經跑過二十幾年的船，別看五十來歲了，身體狀況絕對不成問題。」

我見說什麼都不管用，只好認了，願意去就去吧，不過出了事就得自認倒楣，這麼算來，這次去西藏就是四個人了，還有雇個嚮導，還有一些腳夫。

明叔說：「怎麼會是四個人呢？我還要帶幾個親信，除了我之外，要帶我的保鏢彼得黃，還要帶我在大陸的夫人韓淑娜，她是一位古董鑑定方面的專家，另外還有我的乾女兒阿香，她是我最得力的助手，這麼算來，一、二、三……不算嚮導和腳夫，咱們這個隊，一共是七個人，五天後出發，先到岡仁不欽峰下的古格遺跡。」

注　古格王朝遺跡被發現於三十年代，但中國官方對古格遺跡展開正式徹底的考察是在一九八五年前後。

第一八四章 懸掛在天空的仙女湖畔

我看了看Shirley楊等人，Shirley楊無奈地了聳肩，胖子倒毫不在乎，覺得人多熱鬧，大金牙衝我偷著齜了齜牙，那意思是這些包袱你們算是背上了。

我心想這他媽港農是打算全家去度假，老婆孩子保鏢都齊了，正琢磨著怎麼想個說辭，讓明叔打消這個念頭，雞多不下蛋，人多瞎搗亂，去這麼多人，非出事不可。

這時明叔已經把此次組隊的其餘成員，都帶了出來，給我們雙方一一引見，他的老婆韓淑娜，我們都認識，是個很有魅力的女人，難怪明叔被她迷得神魂顛倒，大金牙張口就稱她明嬸，韓淑娜趕緊說別這麼稱呼，太顯老，反正你們之間互相稱呼都是瞎叫，也沒什麼輩分，咱們還是單論，按以前那樣就行了。

明叔在接下來介紹的是他的乾女兒阿香，一個怯生生的小姑娘，可能還不滿二十歲，看見陌生人都不敢說話，明叔說阿香是他最得力的幫手，有什麼不乾淨的東西她都能察覺到。

我好奇的問這是怎麼回事？小姑娘有「陰陽眼」亦或開過「天眼」不成？

明叔得意地告訴我們，在美國有一個大型教派「科學教」，創立者是拉斐特・羅納德・哈伯德，全世界在內的很多社會名流、上層人物，都是這個教派的信徒，他們信奉「通靈術」——精神健康的現代科學，阿香的親生父母也是其中之一，他們在阿香剛一出生的時候，就將她放置在一個與外界隔絕，帶有空氣淨化設備的玻璃罩中，直到她兩歲為止，這樣避免了她受到空氣的汙染和影響，使得她的神經非常敏感，可以感應到一些正常人感知不到的東西。

阿香後來成了孤兒，明叔就把她收養了下來，不止一次地救過明叔的性命，被他視如掌上明珠，尤其是和乾屍、棺槨這類陰氣十足的東西打交道，總是要把阿香帶在身邊。

Shirley楊在一旁告訴我說，明叔不是亂講，美國真的有這個教派，她父親楊玄威也執迷此道，為此曾付出了大量的金錢和時間，這個叫做阿香的小姑娘也許會幫到我們，但最好不要帶她進藏，身體好的人都難以忍受高原反應，阿香的身體這麼單薄，怕是要出意外。

明叔那邊願意帶誰去，我實在沒辦法干涉，於是低聲對Shirley楊說，看來明叔這回豁出血本去挖冰川水晶屍，是賭上了他全家的性命，一定是志在必得，勸是勸不住了，縱有良言也難勸該死鬼，咱們盡量多照顧他們，盡力而為就行了，最後是死是活，能否把冰川水晶屍帶回來，那要看他們的造化了。

最後明叔給我們介紹的是他的保鏢「彼得黃」，柬埔寨華裔，越南入侵柬埔寨的時候，跟越共打了幾年游擊，後來又從金三角流落到麻六甲附近當了海匪，最後遇到海難的時候，在海上被明叔的船救了，就當起了明叔的保鏢，看樣子四十歲出頭，皮膚很黑，不苟言笑，目露凶光，一看就不是善渣兒，最突出的是他的體形，完全不同於那些長得像猴子一樣的普通東南亞人，非常壯實，往那一站，跟多半截鐵塔似的。

胖子一見彼得黃就樂了，對明叔說：「名不副實啊，怎麼不叫皮特黑呢？有我們跟著你還有什麼不放心的，你根本沒必要找保鏢，一根汗毛你都少不了。」

明叔說：「你這個肥仔就喜歡開玩笑，他姓黃，怎麼能可以叫皮特黑，你們可不要小看他，這個人對我忠心耿耿，是非常可靠的，而且參加過真正的戰爭，殺人不眨眼。」

胖子對明叔說：「讓他趕緊歇菜（注）吧，游擊隊那套把式算什麼，我們胡八一同志，當年可是指揮過整個連的正規軍，還有我，你聽說過胖爺我的事跡嗎？北愛爾蘭共和軍核心成員，當年我在……」

我攔住胖子的話頭，不讓他再接著吹下去了，對明叔說，既然成員和路線都已經定好了，那咱們就各自回去分頭準備，主要是你們得去醫院檢查檢查身體，如果沒什麼問題，五天之後開始行動。

明叔說：「OK，路線和裝備，就由胡老弟全權負責，你說幾時出發，就幾時出發，畢竟咱們這一隊人馬，只有胡老弟對藏地最為瞭解。」

我帶著胖子等人，告辭離開，回到了自己家裡，我當即就收拾東西，準備隻身一人提前進藏，到「拉姆拉措」湖畔去找鐵棒喇嘛，請他幫忙找一位熟悉藏地風俗、地理環境的嚮導，最好還是一位天授的唱詩人，如果不能一人兼任，找兩人也行。

我把領隊進藏的任務就交付給了Shirley楊，她雖然沒進過青藏高原，但曾經去過撒哈拉、塔克拉瑪干、亞馬遜叢林等自然環境惡劣的地區探險，心理素質和經驗都沒問題，我們商議了一下，Shirley楊將會帶隊抵達「獅泉河」，與我在那裡會合。盡量輕裝，裝備補給之類的東西，則暫時留在北京，由大金牙看管，一旦咱們在「岡仁不欽」與「森格藏布」之間的古格遺跡中，找到那座塔墓的線索，便由大金牙負責將物資托運到指定地點。

我發現Shirley楊比從雲南還要瘦了一些，眼睛上起了一些紅絲，這段時間，我們都是心力交瘁，疲於奔命，剛從雲南回來不久，便又要去西藏了，實在不是一般人所能承受的，我勸Shirley楊不用過於擔心，藏地的危險並不多，至少沒有雲南那麼多蚊子，趁沒出發前這幾天好好休息，時間遲早會給我們一切答案的。

Shirley楊說：「我不是擔心去西藏有沒有危險，這些天我一直在想，無底鬼洞這件事結束後何去何從，你要是還想接著做你的倒斗生意，我絕對不答應，這行當太危險了，老胡，你也該為以後打算打算了，咱們一起回美國好嗎？」

我說：「去美國有什麼意思，語言又不通，你沖的咖啡跟中藥湯味道差不多，讓我天天喝可頂不住，不過既然你非要我去，我也沒辦法，先住個幾年看看，要是不習慣我還得搬回來，最讓我頭疼的是胖子怎麼辦，把他一個人留在北京，肯定惹出禍來。」

胖子說：「我說老胡，怎麼說話呢，說得就好像你覺悟比我高多少似的，你惹的禍可比我多多了，對於這點你沒必要謙虛，你們要去美國，那我能不去嗎？到了楊參謀長地頭上，怎麼還不得給咱配輛汽車，我看亨特警長的那輛車就不錯，肯定是賓士吧，我要求不高，來輛那樣的賓士開就行，底特律、舊金山、東西海岸咱也去開開眼，和美國的無產階級結合在一起，全世界人民大團結萬歲。」

我對胖子說：「美國警察不開德國車，連這都不知道，就你這素質的去到美國，這不是等於去給美國人民添亂嗎？」

我們三人胡侃了一通，心情得到稍許放鬆，第二天我就獨自出發，先行前往西藏，在西藏中南部，喜馬拉雅與念青唐古拉山之間，湖泊眾多，大大小小的星羅棋布，數以千計，稍微有點規模的，都被藏民視為聖湖，如果湖畔還有雪山，那就更是神聖得無以復加，這些湖的名字

注　休息。

裡都帶個「措」字，比較著名的像什麼「昂拉仁措」、「當惹庸措」、「納木措」、「扎日南木措」等等，不勝枚舉，每一個都有無盡的神祕傳說，與一個同樣神祕的名字，我的老朋友，鐵棒喇嘛還願所在的仙女之湖，就屬於這眾多的湖泊之一。

從噶色下了車，往南走不再有路，就只能步行了，可以花錢雇牧民的馬來騎乘，這裡不是山區，但海拔也要將近四千五百米，我在牧民的帶領下，一直不停地向南，來到「波滄藏布」的分流處，「藏布」就是江河的意思。

這是我有生以來，第一次深入西藏腹地，高原的日光讓人頭暈，天藍得像是要滴下水來，我雇的嚮導兼馬主，是個年輕的藏民，名叫旺堆，旺堆將我帶到一片高地，指這下面兩塊碧玉般的大湖說：「左面大的，雍瑪卓扎措，龍宮之湖，右邊小一點點的，拉姆拉措，懸掛在天空的仙女之湖。」

當時天空晴朗，湖水蔚藍，碧波倒映著雪峰白雲，湖周遠山隱約可見，《大唐西域記》中，高僧玄奘有感於此人間美景，將這兩片緊緊相臨的湖泊，稱為「西天瑤池雙璧」。

人所飼養的牲口不能進聖地，於是我和旺堆找平緩的地方向下，徒步朝湖邊走去，旺堆告訴我這裡有個傳說，湖底有「廣財龍王」的宮殿，聚集著眾多的罕見珍寶，有緣之人只要繞湖一周，撿到一條小魚，一粒石子，或是湖中水鳥的一根羽毛，就能得到「廣財龍王」的賞賜，一生財源不斷。

但是前來繞湖的朝聖者，更喜歡去繞仙女之湖，因為傳說仙女之湖中碧透之水，為女仙的眼淚，不僅能消除世人身體上的俗垢病灶，還能淨化心靈上的貪、嗔、怠、妒，使人心地純潔，兩湖對面的雪山，象徵著佛法的龐大無邊。

我對旺堆說咱們還是先去淨化心靈吧，繞仙女之湖一圈，從繞湖的信徒中，找到鐵棒喇嘛，二人徒步繞湖而行，由於我們不是特意前來朝聖，所以不用一步一叩頭，走在湖畔，不時可以看到朝聖者的遺骨，他們已經與聖地融為了一體。

遠處一個佝僂的人影，出現在我們的視野裡，從他背上那截最顯眼的黑色護法鐵棒，就可以知道他的身分，但是他的舉動很奇怪，顯然不是我們所見過的那種繞湖方式，就連藏民旺堆也沒見過他那種動作，好像是在進行這某種古老而又神祕的巫術。

第一八五章　天授的唱詩者

轉山或者繞湖，是生活在世界屋脊這個特殊地域的獨有崇拜方式，是一種萬物有靈的自然崇拜信仰，與藏族原始宗教觀念一脈相承的表現形式，常規動作可以分成兩種，第一種最普通的，是徒步行走，還有一種更為虔誠的方式，雙手套著木板，高舉過頭，然後收於胸前，全身撲倒，前額觸地，五體投地，用自己的身體來一點點的丈量神山聖湖的周長，每繞一周，就會消滅罪孽，積累功德，如果在繞湖的路上死去，將是一種造化。

鐵棒喇嘛的舉動，不像是在繞湖，而讓我想起東北跳大神的，在內蒙插隊時，糾鬥神婆和薩滿這些事都看到過，他是不是正在進行著一種驅邪的儀式？但在聖地又會有什麼邪魔呢？想到這裡我快步走上前去。

鐵棒喇嘛也認出了我，停下了他那奇怪的動作，走過來同我相見，一別十餘載，喇嘛似乎並沒有什麼變化，只是衣服更加破爛，我對喇嘛說起我那兩個戰友的現狀，喇嘛也感慨不已：「衝撞了妖魔之墓的人，能活下來就已經是佛爺開恩了，希望在我有生之年，能在湖邊多積累功德，為他們祈福。」

喇嘛這些年來，從來沒離開過拉姆拉措，每天就是念經繞湖，衣食都靠來湖畔朝拜的信徒們布施，其實那些一路膜拜過來的朝聖者們，在路上也接受布施，對聖徒的布施也是一種功德的積累。

我問起喇嘛剛才在做什麼，鐵棒喇嘛說起經過，原來喇嘛在向藥王菩薩占卜，因為有兩個

內地來的偷獵者，在附近納古西結打獵，但這兩個人是新手，等了五天，也沒看到什麼像樣的動物，最後終於看到一隻從沒見過的小獸，當即開槍將其射殺，趁著新鮮，剝皮煮著吃了。

兩個偷獵者吃完之後，立刻肚子疼得滿地打滾，等有藏民發現他們的時候，都已經人事不省口吐白沫了，這裡根本沒有醫院和寺院，在西藏寺廟裡的藥師喇嘛負責給老百姓看病，鐵棒喇嘛雖是護法，年輕時卻也做過藥師喇嘛之職，經常給湖畔的藏民與朝聖者治病消災，所以藏民們就來請鐵棒喇嘛救人。

鐵棒喇嘛聽說是偷獵的，本不想去管，但佛法莫大慈悲，死到臨頭之人不能不救，於是就答應了下來，吩咐藏民把那兩名偷獵者帶來，念誦《甘珠爾》向藥王菩薩祈求救人的方法。

我們正說著話，六名藏民已將兩個偷獵者背了過來，喇嘛命人將他們平放在地，只見這兩人面如金紙，氣若游絲，順著嘴角往下流白沫，肚子脹得老大，以我看來這種症狀也不算十分奇怪，照理說吃了不乾淨的東西，或是惡性食物中毒可能都有這種反應，是十分危險的，必須立刻送醫院急救，不知鐵棒喇嘛憑幾粒藏藥，能否救得了他們。

喇嘛看了看患者的症狀，立刻皺緊了眉頭，對幾個當地的藏民說道：「其中的一個吃得太多，已經沒救了，另外一個還有救，你們去聖湖邊找些死魚腐爛的白鱗來。」

藏民們按照喇嘛的吩咐，立刻分頭去湖邊尋找，兩名偷獵者之一口中流出的白沫已經變成了紫紅色，不一會兒就停止了呼吸，喇嘛趕緊讓我和旺堆幫手，將另外一個人的牙關撬開，拿兩粒藏藥和水給他吞服了，那人神智恍惚，勉強只吃下去一半。

這藏藥有吊命之靈效，吃下去後立刻哇哇大吐，吐了許多黑水，那命死中得活的偷獵者，雖然仍然肚疼如絞，卻已恢復了意識，喇嘛問他究竟吃了什麼？

偷獵者說他本人和這個死去的同伴，在內地聽說到西藏打獵倒賣皮子，能賺大錢，就被沖昏了頭腦，也想來發筆橫財，但兩人都沒有狩獵的經驗，無人區的動物多，又不敢貿然進去，只好在雪山下邊的森林裡瞧瞧，想碰碰運氣，哪怕打頭藏馬熊也是好的。

就這樣一直在森林邊緣走了五天，什麼也沒能打到，攜帶的乾糧反倒先吃光了，只好準備收拾行李打道回府，不想剛要離開，就看見一隻黑色的大山貓，體形比那山羊也小不了多少，長得十分醜陋，毫不畏人，以至於開始還誤以為是頭豹子，倆人仗著火器犀利，連發數槍，把那隻黑色的大山貓當場打死，正好腹中飢火難耐，也顧不得貓肉是否好吃，胡亂剝了皮，燒鍋水煮著吃了半隻，那肉的纖維很粗，似乎怎麼煮都熟不了，就這麼半生不熟地吃了。

偷獵者涕淚橫流，聲稱自己兄弟二人，雖然一時起了歹念，想偷獵賺錢，但畢竟除了這隻山貓什麼也沒打到，請喇嘛藥師一定大發慈悲，救他們的性命，以後一定改過自新，他斷斷續續地說了經過，腹中劇痛又發，立刻死去活來。

我記得在崑崙山聽過一個藏地傳說，那種黑色的巨大山貓，不是貓，是新死者所化之煞，當然不能吃了，我問：「喇嘛怎麼辦，這人還有救嗎？」

喇嘛說：「他們吃的大概是雪山麝鼠，那種動物是可以吃的，但他們吃的時間太早了，藏人從不吃當天宰殺的動物，因為那些動物的靈魂還沒有完全脫離肉體，一旦吃下去，就不好辦了，我以前服侍佛爺，曾學過一些密方，至於能不能管用，就看他們的造化了。」

去湖邊找腐爛魚鱗的藏民們先後回來，加起來找了約有一大捧，鐵棒喇嘛將魚鱗圍在病者身邊，又找來一塊驅鼠的雀木燒成炭，混合了腐爛發臭的魚鱗，給那偷獵者吃了下去。

在這一系列古怪的舉動之後，偷獵者又開始哇哇大吐，這次嘔吐更加劇烈，把肚子裡的東

西全吐淨了，最後直到吐得都是清水，喇嘛才給他服了藏藥止住嘔吐。

喇嘛看著他嘔出的穢物，說這人的命算是保住了，不過這輩子不能再吃肉，一吃肉就會嘔吐不止，我湊過去看了看，只見那大堆的嘔吐物中似乎有東西在蠕動，待一細看，都是一團團沒毛的小老鼠。

偷獵者跪倒叩謝喇嘛的救命之恩，問喇嘛是否能把他這位死去的同伴埋在湖邊，喇嘛說絕對不行，藏人認為只有罪人才要被埋在土中，埋在土裡靈魂永遠也得不到解脫，白天太陽晒著，土內的靈魂會覺得像是被煮在熱鍋裡煎熬，晚上月光一照，又會覺得如墜冰窟，寒顫不可忍受，如果下雨，會覺得像是萬箭穿心，颳風的時候，又會覺得如同被千把鋼刀剔骨碎割，那是苦不可言的，離這湖畔不遠的山上，有十八座天葬臺，就把屍體放到那裡去，讓他的靈魂得到解脫吧。

偷獵者不太情願這麼做，畢竟和內地的差異太大了，喇嘛解釋道，在西藏本土，所有處理屍體的方法，除土葬外，悉皆流行，但因為缺乏火葬的燃料，所以一般都把屍體抬到山頂石丘的天葬臺上，即行剁碎了投給鳥獸分享（波斯孟買的襖教所行也頗為相似），如果死者是因為某種危險的接觸傳染病而死，則土葬也屬慣例。

一般而言，藏人反對土葬，因為他們相信，土葬會使亡靈不安，甚至屍體會變成殭屍，倘若用火葬，或者其他迅速消解屍體五大法加以處理，則可以避免這些隱患，如果硬要埋在這裡，當地人也會覺得不放心。

偷獵者終於被喇嘛說服，就算是入鄉隨俗吧，在幾位藏民的幫助下，抬上同伴的屍體準備去山頂的天葬臺，我見他的行李袋比普通的略長，裡面一定有武器彈藥，我們這次進藏尚未配備武器，現在有機會當然不會錯過，就將他攔住，想同他商量著買下來。

偷獵者告訴我，這兩枝槍是在青海的盜獵者手中購買的，他處理完同伴的屍體後，就回老家安分守己地過日子了，留著槍也沒有什麼用了，既然你是鐵棒喇嘛的朋友，這槍就送給你，算是答謝救命之恩的一點心意。

我看了看包裡的兩枝槍，竟然是霰彈槍，雷明登，型號比較老，八七〇型十二毫米口徑，警車裝備版，五十年代的產品，但保養得不錯，怪不得麝鼠這麼靈活的動物都斃在槍下，還有七十多發子彈，分別裝在兩條單肩背的子彈袋裡，這種槍械十五米以內威力驚人，不過用之打獵似乎並不合適，攻擊遠距離的目標還是用突擊步槍，那一類射程比較遠的武器比較好，散彈槍可以用來防身近戰，最後我還是把錢塞給了他，槍和子彈包括包裝的行李袋我就留下來。

等這些閒雜人等分別散去之後，我才對喇嘛說明了來意，想去找魔國邪神的古墓，求喇嘛為我們的探險隊，物色一位熟悉魔國與嶺國歷史的唱詩人兼嚮導。

鐵棒喇嘛說挖掘古塚，原是傷天害理的事，但挖魔國的古墓就不一樣了，魔國的墓中封印著妖魔，是對百姓的一大威脅，歷史上有很多修行高深的僧人，都想除魔護法，將魔國的古墓徹底鏟除，以絕邪神再臨人間之患，但苦於沒有任何線索，既然你們肯去，這是功德無量的善事，通曉藏地古事跡的唱詩人，都是天授，概不承認父傳子、師傳徒這種形式，都是一些人在得過一場大病後，突然就變得能唱誦幾百萬字的詩篇，我出家以前就是得過天授之人，不過已經快三十年沒說過了，世界制敵寶珠雄師大王以及轉生玉眼寶珠的那些個詩篇，唉……都快要記不清了。

第一八六章　輪轉佛窟

鐵棒喇嘛當即就決定與我同行，搗毀魔君的墳墓，身為佛爺的鐵棒護法，這除魔乃是頭等大事，而且他雖然三十多年沒吟唱過制敵寶珠大王的詩篇，但這天授非同學習而得，細加回想，還能記起不少。

我擔心喇嘛年歲大了，畢竟是六十歲的人了，比不得從前，按經文中的線索，供奉「冰川水晶屍」的妖塔，是在雪山絕頂，萬一出個什麼意外如何是好。

鐵棒喇嘛說：「我許大願在此繞湖，然而格瑪那孩子仍然沒有好轉，希望這次能做件大功德之事，把格瑪的靈魂從冥府帶回來（藏人認為人失去神智為離魂症），事成之後，還要接著回來繞湖還願，修行之人同普通人對死亡與人生的看法完全不同，在積累功德中死去，必會往生極樂。」

我見喇嘛執意要去，也覺得求之不得，鐵棒喇嘛精通藏俗，又明密宗醫理，有他指點幫助，定能事半功倍，於是我們收拾打點一番，仍然由旺堆帶著我們，前往西藏最西部——喜馬拉雅山下的阿里地區。

在森格藏布，同胖子明叔等人會合，他們也是剛到不久，我一點人數，好像多了一個人，除了我和胖子、Shirley楊、鐵棒喇嘛這四個人外，明叔那邊有彼得黃、韓淑娜、阿香，原來明叔的馬仔（注）阿東也跟著來了。

注　北京話，同「跑腿」。

我問胖子怎麼阿東也跟來了？胖子告訴我說，阿東這孫子平時也就給明叔跑跑腿，這次知道明叔是去做大生意，天天求著明叔帶他一起來，後來求到大金牙那了，讓大金牙幫著說點好話，大金牙收了好處，就嘮叨明叔，說西藏最低的地方海拔都四千往上，得帶個人伺候氧氣瓶啊，這不就讓阿東給他們背氧氣瓶了嗎。

我心想這回真他媽熱鬧了，人越來越多，還沒到古格王城呢，九個人了，但也沒辦法，一旦在妖塔裡找到魔國轉生之地的線索，就跟他們分開行動，不能總攪在一起。

古格遺跡那邊當時還沒有路可通行，只好讓嚮導雇了幾匹氂牛，讓高原反應比較嚴重的幾個人騎著牛，好在沒什麼沉重的物資，在森格藏布那個只有百餘戶人家的小鎮上歇了兩天，就動身前去王城的遺跡，尋找古格銀眼。

一路上非常荒涼，沒有任何人煙，黃黃稀疏的荒草散落在戈壁上，沒什麼風，望向天空，滿眼的藍襯得地面的枯土荒草有些刺目，遠方褐色的山巒，顯得崢嶸詭異，令人不敢多望。

我們行進的速度並不快，我為喇嘛牽著氂牛，鐵棒喇嘛在牛背上給我講著他當年得天授學會的詩篇，都是些牛鬼蛇神、兵來將往的大戰。

這時路邊出現了一些從地面突出的木樁，Shirley楊說這看上去有些像是古墓的遺址，一聽說古墓，連趴在牛背上呼吸困難的明叔都來了精神，伸著脖子去看路邊。

嚮導說那些古墓早就荒了，裡面的東西也沒有了，你們別看這裡荒涼不毛，其實在大約唐代的時候，這裡堆滿了祁連圓柏，古墓的結構都是用整棵祁連圓柏鋪成，這種怪異的樹木喜旱不喜潮，只在青藏交界的山上才有，都是大唐天子賜給吐蕃王的，千里迢迢運送而來，但後來吐蕃內亂，這些墓就都被毀掉了，遺跡一直保留到了今天。

走過這片荒涼墟塚的遺跡後，又走了大約一天的路程，才抵達古城，這裡被發現已久，除了大量的壁畫及雕刻、造像之外，就是城市的廢墟，當時並未引起自治縣政府的重視，也不像幾年後裝上鐵門派人看守，那時候根本就沒人大老遠地跋涉來看這座遺跡。

我們從山下看上去，山坡到山頂大約有三百多米的落差，到處都是和泥土顏色一樣的建築群和洞窟，除了結構比較結實的寺廟外，其餘的民房大都倒塌，有的僅剩一些土牆，外圍有城牆和碉樓的遺跡，整個王城依山而建，最高處是山頂的王宮，中層是寺廟，低下則是民居和外圍的防禦性建築。

我對明叔說：「古格遺跡也不算大，但這幾百處房屋洞窟，咱們找起來也要花些時間，你所說的古格銀眼，具體在什麼地方？咱們按目標直接找過去就是了。」

由於高原反應，明叔的思維已經變得十分遲鈍，想了半天才記起來，大概是在廟裡，而不是在王宮裡，按經書中的記載，這裡應該有一座「輪迴廟」，應該就在那裡。

王城的廢墟中，幾座寺廟鶴立雞群，一看之下便能一目了然，當然這其中分別有紅廟、白廟、輪迴廟等寺廟遺跡，哪個對哪個，我們分辨不出來，只好請教鐵棒喇嘛，喇嘛當然能從外邊的結構看出哪座是「輪迴廟」，於是指明了方向，穿過護法神殿，其後有幾根紅柱的廟址就是供奉古格銀眼的輪轉廟。

這種地方早在三十年代就有探險家來過了，沒聽說出過什麼危險，但是為了安全起見，我還是把霰彈槍給了胖子一把，自己拎著一枝，帶隊繞過一層層土牆，爬上了半山腰，這裡的廢墟中，屋舍基本上沒有保存完好的了，憑著西藏乾燥的天氣所蒸發，風化加劇，如果僅僅是乾燥也就罷了，在雨季這裡又暴雨如注，年復一年的風化侵蝕下來，曾經緻密的土質變得鬆脆，一點一點地粉碎，一有外力施加，變成為一片塵埃，斷壁殘垣應突出的部位，皆被損磨了稜角，曾經充滿生計的城市，正無聲無息地被大自然消化殆盡。

我們怕被倒塌的房舍牆柱砸倒，盡量找空曠的地方繞行，明叔和他的老婆還能勉強支撐，但是瘦弱的阿香已經吃不消了，再往高處爬非出人命不可，明叔只好讓彼得黃留在山下照顧她，其餘的人繼續前進，爬到護法神殿之時，大多數人都已氣喘如牛。

我對這稀薄的空氣本來還算習慣，但靠著牆壁休息時，看到殿中的壁畫，呼吸也立刻變得粗重起來，胖子一邊喘氣一邊對我說：「老胡，想不到這裡竟然是處精神文明的衛生死角，還有這麼厲害的黃色圖片，要在北京看上一看，非他媽拘留不可。」

這裡的壁畫都是密宗的男女雙修，畫風潑辣，用色強烈，讓人看得面紅耳赤，再向裡走，壁畫的內容急轉直下，全是地獄輪迴之苦，一層層的描繪地獄中的酷刑，景象慘不忍睹，喇嘛說這道神殿在幾百年前都是禁地，普通百姓最多到門口，就不能再向裡走了，除了神職人員，國王也不能隨便入內。

昔日的輝煌與禁地，都已倒塌風化，我們喘口氣，便魚貫而入，神殿後面的輪迴廟，由於凹在內部，受風雨侵蝕的程度略小，保存得還算完好，廟中最突出的是幾根紅色的大柱子，柱身上嵌著一層層燈盞，上頭的頂子已經破損了，漏了好幾個大洞，造像之類的擺設都沒了，不知是被人盜了去，還是都腐爛成泥土了。

我看了看四周，這裡四處破爛不堪，哪有什麼「古格銀眼」的浮雕？明叔指了指頭頂：「大概指的就是這幅雕刻。」

我們抬頭向上望去，當時日光正足，陽光透過屋頂的破洞射進來，向上看有點晃眼，覺得

眼睛發花，但可以看到整個屋頂都是一整塊色彩絢麗的畫面，半雕刻半彩繪，雖然有一部分脫落了，還有一部分由於建築物的倒塌損壞了，卻仍保存下來了大約百分之七十五。

這幅頂上的壁畫，正中是一隻巨大的眼球，外邊一圈是放射形圖騰，分為八彩，每一道都是一種不同的神獸，最外邊還有一圈，是數十位裸空行母(注)，儀態萬方，無一雷同，不出所料，這就是古代密宗風水座標「古格銀眼」了。

我對明叔說，這回該把那本古老的經書拿出來讓我們看看了吧，不看個明白的話，單有這座標，也搞不清妖塔的具體方位所在。

明叔找了根紅色巨柱靠著坐下喘氣，阿東拿出氧氣管給他吸了幾口，這才能開口說話，伸手去到包裡摸那本經書，這時突聽哢嚓一聲，廟中一根立柱倒了下來，眾人發一聲喊，急忙四處散開躲避，巨柱轟然倒塌，混亂中也沒看清砸沒砸到人。

原來明叔所倚的那個柱子根基已倒，平時戳在那看起來沒什麼事，一倚之下，就轟然而倒，多虧了是向外側倒了過去，否則殿中狹窄，再撞倒別的立柱，非砸死人不可，眼看屋頂少了一根大柱，雖然還沒倒塌下來，眾人卻也不敢在留在廟內，都想先出去，到了外邊安全的地方再做打算。

向外走的時候，我們突然發現被柱子砸倒的一面土牆裡，露出一個巨大陰暗的空間，似乎是間被封閉的祕室，牆壁一倒，裡面腐氣直沖出來，據說義大利人在這片遺跡中找到過大量洞窟，功能各異，比較出名的一個是無頭乾屍洞，還有一個存放兵器的武器洞，但都離這「輪迴

注　女神。

寺」較遠，這廟中的祕密洞窟，裡面有些什麼？

胖子找出手電筒，打開來往裡照了照，眾人的眼睛立刻被裡面的事物吸引住了，最外邊的是一尊頭戴化佛寶冠的三眼四臂銅像，結跏趺坐於獸座蓮臺，三隻銀光閃閃的眼睛，在金黃色的佛像中閃閃發光。

然而在這三眼佛像的背後，還有一扇緊緊關閉著的黑色鐵門，門上貼滿了無數符咒經文，似乎裡面關著某種不能被釋放出來的東西。

第一八七章　定位

眾人被這古怪神祕的洞窟吸引，都圍到近處打著手電筒往裡面張望，那個黑色的鐵門裡面是什麼？為什麼要貼掛如此之多的經咒？

Shirley楊說當年義大利藏學研究家兼探險家杜奇教授，發現古格遺跡之後，做了一個保守的估計，這裡保存下來的遺址規模，房屋殿堂約有五百，碉堡敵樓六十座，各類佛塔三十座，防衛牆、塔牆數道，其中數目最龐大的就是王城地下洞窟，差不多有上千眼。

這說明古格王朝的城堡，其地下設施的面積和規模，甚至遠遠超出了建在地上的部分，眾人請教喇嘛，這個洞裡擺著一尊銀眼佛像，是個藏經洞，還是個洞窟形的佛堂？

鐵棒喇嘛不答，逕直跨過破牆，走入了那個隱祕的空間，我擔心裡面有什麼危險，也拿著雷明登緊緊跟了上去。

祕洞裡的佛像並不高大，只有一尺來高，色澤金光耀眼，但並非純金或純銅所鑄，而是分別以五金合鍊，而且是一體成型，只有古格人能做出這種工藝，其祕方現已失傳，銀眼金身的佛像傳世更少，這佛像價值不菲。

鐵棒喇嘛拜過了佛像，才繼續看洞中其餘的地方，銀眼佛幾乎和後面的鐵門底座連為了一體，被人為地固定住了，黑色緊閉的鐵門上，貼的都是密宗六字真言：「唵、嘛、呢、叭、咪、吽。」

這種六字真言雖然常見，我卻並不知道是什麼意思，只覺得可能是跟阿彌陀佛差不多，普通的門似乎沒有必要貼這種東西，我問喇嘛：「這六字真言代表什麼？是否是鎮邪驅魔的？看來這鐵門不能打開。」

鐵棒喇嘛對我說：「六字真言代表的意義實在是太多了，一般的弟子念此真言，使心與佛融合，不過密宗功力的高深，要靠日常顯法的修養積累，就如同奶渣糕點的質量，要靠對酥油不停地攪拌，也不能指望念念六字真言就成正果，這六個字要是譯成你們漢話，意思大概是，唵！蓮中的珍寶，吽！」

藏地宗教流派眾多，即便同是佛教，也有許多分支，所以鐵棒喇嘛對輪迴宗的事所知有限，據他推測，這座藏在「輪迴殿」旁邊的祕洞，可能代表了輪迴宗的地獄，大罪大惡之人，死後的靈魂不能夠得到解放，要被關進這黑門之中，歷經地獄煎熬折磨，所以這道門不能打開，裡面也許有地獄中的餓鬼，也許有冥間的妖魔。

我正和喇嘛在洞中查看，忽然腳面上有個東西，「嗖」地一下竄了過去，我急忙抬腳亂踢，洞外的眾人也用手電筒向地上照，原來是隻小小的黑色「鼨鼠」，形如小貓，見到手電筒的光線亂晃，慌慌張張地鑽進了黑門下邊。

我們這才發現，黑色鐵門下有一條很大的縫隙，我用手電筒向內照了照，太深了，什麼也看不見，我和鐵棒喇嘛不再多耽，又按原路回到洞外，這處祕洞與銀眼座標無關，多一事不如少一事，至於裡面有什麼東西，還是留給將來的考古隊或探險隊來發掘吧。

胖子和明叔都對那尊銀眼佛像垂涎三尺，但有鐵棒喇嘛在場，他們也不敢胡來，都強行忍住，明叔似乎在做自我安慰，只聽他自言自語地說道：「凡是能成大事者，皆不拘泥小節，咱們這次去挖冰川水晶屍，那是天大的買賣，這尊銀眼佛像雖然也值幾個錢，但相比起來，根本

不值得出手。」

鐵棒喇嘛讓大夥動手，搬些土石，重新將那道破牆遮上，然後都站在廟外，由於輪迴廟的佛堂中，少了一根柱子，眾人不敢再冒險進入殿堂，在外邊試探了一番，發現這座廟堂其餘的幾根巨柱，都極為堅固，那根倒塌的柱子，是由於下邊是洞窟的一部分，為了布局工整而安置的一根虛柱，屬於大年三十的涼菜，有它不多，沒它不少，並不影響整座建築的安全。

明叔取出那本得自境外博物館的古藏經卷，對照頂壁上的銀眼壁畫，參詳其中奧祕，有鐵棒喇嘛相助，加上我所掌握的風水原理，基本上沒有什麼阻礙，不費吹灰之力，便將經卷中的地圖同銀眼座標結合在了一起。

輪迴宗對於眼球的崇拜，其最早的根源可能就是魔國，魔國滅亡之後，仍在世上流下不少遺禍，輪迴宗也在後來的歷史中逐漸消亡，它所特有的銀眼遺跡，只在古格王城中保留了這麼一處，如果這裡也毀壞了，那即使有古經卷中的地圖，也找不到魔國妖塔了。

這本古代經卷，作者和出處已不可考證，只知道是某個外國探險隊在二、三〇年代，從西藏的某個藏經洞中挖出來的，開始並未引起重視，只是塵封在博物館的地下室中，後來一位對宗教很有研究的管理者，無意中發現了這本經卷，由於裡面記載的內容十分離奇，始終難以理解，直到最近幾年，隨著資料的積累，才分析出這本經卷中，很可能記載著一座九層妖塔的信息，這座妖塔是一個墳墓，裡面封存著魔國所崇拜供奉的邪神水晶屍，如果找到她，那絕對是考古界的超重大發現，西藏遠古時代那神話般不可思議的神祕歷史，也將由此得以破解。

經過他們反覆的考證，這本古經卷極有可能是魔國的遺族所著，其可信度應該是很高的，但當時唯一的遺憾就是，雖然有魔國疆域的地圖，但這些山川河流都是用野獸，或者神靈來標註的，與人們常識中的地圖區別太大，而且年代久遠，很多山脈水系的名稱和象徵意義，到今天都已發生了變化，這就更加難以確認。

輪迴廟中的大幅壁畫，就是解讀古代密宗風水的鑰匙，因為畫中的方位極為精確，每種不同的色彩、神獸或者天神，都指向對應的方位，有了這個方向的座標，再用古今地圖相對照，即便不能像「分金定穴」那樣精準，卻也算有了個大致的區域，強似大海撈針。

中原流傳下來的風水學，認為天下龍脈之祖為崑崙，這和藏地密宗風水就有很大區別了，但歸根結柢，本質還是差不多，密宗風水中，形容崑崙山為鳳凰之地，其餘的兩大山脈，分別為孔雀之地、大鵬鳥之地。

魔國最重要的一座九層妖塔，就在鳳凰神宮，經卷中形容道：鳳凰之宮是一片山巒，由天界的金、銀、水晶、琉璃四種寶石堆積而成，山腰處有座雪山，分別代表了魔國的四位守護神。

鐵棒喇嘛說：「如果崑崙山被形容為鳳凰，那一定是符合世界制敵寶珠大王的武勛長詩，那麼鳳凰神宮的位置，按詩中描述，是在喀拉米爾山口，青、藏、新交會的區域，那個方向對應的是白色銀色兩位行母，白色代表雪山，銀色則是冰川。

我對明叔和鐵棒喇嘛說了我的評估結果，四峰環繞之地，在青烏風水中稱做「殊繆」，尋龍訣中叫「龍頂」，堪為天地之脊骨，祖龍始發於其地，「形勢」十分罕見，只要能確認大概的區域是在喀拉米爾山口，再加上當地嚮導的協助，就不難找到。

明叔見終於確認了地點，忙把我拉到一旁，掏出紙和筆來，沒等他開口，我已經知道他想要說些什麼了，我對明叔說：「儘管放心，我們絕不會拋下你那組人馬單幹，咱們雖然沒簽合

約，但我已經收了兩片潤海石為定，君子的承諾用嘴，小人的承諾才用紙，君子不做承諾也不會違約，小人做了承諾照樣違約，能不能遵守約定在人，而不在於紙。」

明叔這才放下心來，喜形於色，高原反應好像都減低了，似乎已經將那冰川水晶屍摟在懷中了，我勸他還是先別忙著高興，這才是萬里長征的第一步，等到了崑崙山喀拉米爾，挖出九層妖塔再歡喜不遲，沒親眼所見之前，誰敢保證那經卷中的內容，都是真實可信的，也許那就是古代某人，吃飽了撐著纂著玩的。

Shirley楊又拍了一些照片，做為將來的參考資料，這次來尋密宗的風水座標，比我們預想的要順利許多，除了柱倒牆塌，讓眾人虛驚一場之外，幾乎沒有任何波折，希望以後的旅途也能這麼順遂。

我們下山的時候，日已西斜，高原上的夜晚很冷，沒必要趕夜路回去，於是眾人在離古格王城遺跡幾里遠的一座前哨防禦碉堡裡歇宿，同行的嚮導安排晚飯和酥油茶，然後又讓幾個體質較差的人喝上一碗感冒沖劑，在這種自然環境下，最可怕的就是患上感冒，高原上的感冒，甚至會有生命危險。

當晚眾人都已疲憊不堪，這裡沒什麼危險，狼群早就打沒了，所以也沒留人放哨，兩三人擠在一間敵樓中睡覺，Shirley楊和韓淑娜、阿香這些女人們，睡在最裡邊一間，我和胖子睡在最外邊的石屋裡。

入夜後，我們先後睡著了，我這些年在晚上就從沒睡好過，白天還好一些，晚上即使是做夢也睜著一隻眼，Shirley楊說我這是「後戰爭精神緊張綜合症」，需要服用神經鎮定藥物，我擔心喝了那種藥會變傻，所以一直沒喝。

就在半睡半醒之間，忽聽外邊傳來一串極細微的腳步聲，我立刻睜開雙眼，從碉樓孔隙中撒下來冷淡的星月之光，借著這些微弱的光線，只見一個黑色的人影，迅速地從門前一閃而過。

第一八八章 夜探

那人影一閃而過，什麼人如此鬼鬼祟祟？我來不及多想，悄然潛至門洞邊上，偷眼一看，已然明瞭，外邊月明似晝，銀光匝地，有一個躡手躡腳的傢伙，正沿路向古格王城的方向走去，身上還背著個袋子，非是旁人，正是明叔的馬仔阿東。

我早就看出來阿東不是什麼好人，油頭粉面賊眉鼠眼，在這大半夜的潛回古格遺跡，不用問也知道，肯定是盯上了那尊銀眼佛像。

阿東的老闆明叔是大賊，那點小東西是看不上眼的，應該不是明叔派他去的，白天人多眼雜，不方便下手，這才等到夜裡行動，他這如意算盤打得不錯，不過天底下哪有這麼便宜的事，既然教我撞見，該算你這孫子倒楣。

想到這我立刻回去，捂住胖子的嘴，把他推醒，胖子正睡得鼾聲如雷，口鼻被堵，也不由得他不醒，我見胖子睜眼，立刻對他做了個噤聲的手勢。

胖子花了十秒鐘的時間，頭腦終於從睡眠狀態中清醒過來，低聲問我怎麼回事，我帶著他悄悄從屋裡出去，一邊盯著前邊阿東的蹤影跟在後邊，一邊把經過對胖子說了一遍。

胖子聞言大怒：「那佛像胖爺我都沒好意思拿，這孫子竟敢捷足先登，太他媽缺少社會公德了吧！胡司令，你說怎麼辦？咱倆是不是得教育教育他，怎麼收拾這孫子，是棄屍荒野，還是大卸八塊餵禿鷲？」

我一臉壞笑地對胖子說：「這兩年咱們都沒機會再搞惡作劇了，今天正好拿這臭賊開練，咱倆先嚇唬嚇唬他，然後……」伸手向下一揮，我的意思是給他打暈了，扔到山上，讓這小子明天自己狼狽不堪地逃回來，但是胖子以為我的意思是把他宰了，伸手就在身上找傘兵刀，但是出來得匆忙，除了一枝隨身的手電筒之外，什麼都沒帶，胖子說沒刀也不要緊，我拿屁股都能把他活活坐死，不過咱們事先得給他辦辦學習班，說完也是嘿嘿嘿的一臉壞笑。

我越想越覺得嚇唬阿東有意思，心中止不住一陣狂喜，但囑咐胖子道：「還是慢著點，讓他吸取教訓就好了，弄出人命就不好了，另外此事你知我知，絕不能向別人透露，連Shirley楊也不能告訴。」

胖子連連點頭：「自然不能告訴她，要不然美國顧問團，可又要說咱們不務正業了，不過咱們出動之前，得先容我方便方便。」

我說現在沒時間了，等路上找機會再尿，再不快點跟上，這孫子就跑沒影了。

*　　*　　*

我們來了興致，借著天空上大得嚇人的月亮，在後邊悄悄跟隨著阿東，由於怕被他發現，也沒敢跟得太緊，一路跟進，就來到了古格遺跡的那座山丘之下。

阿東的體力不行，白天往返奔波，還得給明叔背著氧氣瓶，已經疲憊不堪，晚上偷偷摸摸的回來，一路沒停，加上心理壓力不小，到了山下便已喘不過氣來，於是他坐到一道土牆下休息，看他那意思，打算倒過來這口氣，就直奔「輪迴寺」去偷銀眼佛像。

我心想這孫子不知要休息到猴年馬月，還不如我們繞到前邊埋伏起來，於是便和胖子打個手勢，從廢墟的側面繞到了阿東前頭。

走了一半我們倆就後悔了，原來這王城的遺跡，只有大道好走，其餘的區域，都破敗得極

為嚴重，走在房舍的廢墟中，幾乎一步一陷，又不敢發出太大的聲響，走起來格外緩慢，好在終於找到一條街道，兩人緊趕慢趕地鑽進護法神殿。

還沒等我們再欣賞一遍火辣的密宗雙修圖，便聽後邊傳來一陣腳步聲，來者呼吸和腳步都很粗重，一聽就是阿東，想不到這麼快就跟上來了，也許是我們繞過來耽擱的時間太長了。

我和胖子急急忙忙地摸進「輪轉廟」大殿，但這殿中空無別物，根本無地藏身，情急之中，只好踩著紅柱上的層層燈盞，分別爬上了柱子。

這紅色巨柱除了那根倒塌的假柱之外，其餘的倒也都還結實，而且高度有限，胖子這種有恐高症的人，也能勉強爬上去。

我們前腳剛爬上柱子，阿東便隨後摸進了廟堂，明亮勝雪的月光，從殿頂的幾處大破洞裡照下來，整個殿堂都一片雪亮，看得清清楚楚，我對胖子做了個沉住氣的手勢，二人忍住了性子，先看看阿東怎麼折騰，等他忙碌一場即將搬動佛像之時，再出手嚇唬他才有意思。

大殿裡非常安靜，只聽見阿東在下邊呼呼喘氣，胸口起伏得很厲害，看樣子是累得不輕，他又歇了片刻，這才動手搬開石頭，打開了原本被我們封堵的破牆，一邊幹活，他還一邊唱歌給自己壯膽。

我和胖子在柱子上強忍住笑，覺得肚腸子都快笑斷了，不過看阿東的身手，也頗為靈活，搬動磚石都無聲無息，這大殿中沒有外人，他應該沒必要這麼小心，搬東西連點聲音也不敢發出來，除非這是他的職業習慣，我估計他是個拆牆的佛爺，北京管小偷就叫「佛爺」，原來他幹這個還是行家裡手，而且賊不走空，大老遠地殺個回馬槍，就為了一尊銀眼佛像。

封住祕洞的破牆，本就是被我們草草掩蓋，沒多大功夫，阿東就清出了洞口，這時月光的角度剛好直射進去，連手電筒都不用開，那裡面甚至比白天看得還要清楚。

阿東先在洞口，對著佛像恭恭敬敬地磕了幾個頭，口中念念有詞，無非就是他們小偷的那套說辭，什麼家有老母幼兒，身單力薄，無力撫養，然後才迫不得已做此勾當，請佛祖慈悲為本，善念為懷，不要為難命苦之人……

胖子再也忍不住了，哈的一聲笑了出來，趕緊用手捂住自己的嘴，我心中大罵，這個笨蛋怎麼就不能多忍一會兒，現在被他發現了，頂多咱們抽他兩嘴巴，又有什麼意思。

我們倆躲在柱子上，角度和阿東相反，在他的位置看不到我們，但還是清清楚楚地聽見有人突然笑了一聲，這古城本就是居民被屠滅後的遺跡，中夜時分，清冷的月光下輪轉廟的殿堂裡突然發出一聲笑聲，那阿東如何能不害怕，直嚇得他差點沒癱到地上。

我見阿東並未識破，暗自慶幸，覺得手中所抱的柱身，有很多由於乾燥脹開的木片，隨手從紅柱上摳下一小塊堅硬的木片，從柱後向牆角投了出去，發出一聲輕響，隨即屏住呼吸，緊緊貼在柱後，不敢稍動。

阿東的注意力果然被從柱子附近引開，但他膽色確實不大，硬是不敢過去看看是什麼東西發出的響聲，只是戰戰兢兢地蹲在原地，自言自語道：「一定是小老鼠，沒什麼可怕的，沒什麼可怕的。」

阿東嘮嘮叨叨地不敢移動，使得我和胖子也不敢輕易從柱後窺探於他，因為這時月光正明，從柱子後邊一探出頭去，就會暴露無遺。

我偏過頭，看了看攀在旁邊柱子上的胖子，月光下他正衝我齜牙咧嘴，我知道他的意思是，實在憋不住尿了，趕緊嚇唬嚇唬阿東就得了，再憋下去非尿褲裡不可。

我對胖子搖了搖手，讓他再堅持幾分鐘，但這麼耗下去確實沒意思，我看不到阿東現在怎麼樣了，忽聽殿中一陣鐵鏈摩擦的聲音，只好冒著被發現的危險，從柱後窺探，一看幾下，頓覺不妙。

阿東竟然已經壯著膽子，硬是把那尊銀眼佛像搬了出來，佛座原本同後邊的黑色鐵門鎖在一起，我估計他沒有大的動作，例如用鍬棍之類的器械，根本不可能將佛像抬出來，但沒想到他這種「佛爺」最會撺門撬鎖，那種古老的大鎖，對他來講應該屬於小兒科，一眼沒盯住，竟然已經拆掉了鎖鏈。

阿東把佛像從祕洞中抱了上來，但聽得鐵鏈響動，原來銀眼佛像的蓮座下面，仍有一條極長的鐵鏈同黑色鐵門相連，阿東這時財迷心智，竟突然忘記了害怕，找不到鎖空，便用力拉扯，不料也沒使多大力氣，竟將洞中的鐵門拉得洞開。

我在柱後望下去，月光中黑色鐵門大敞四開，但是角度不佳，雖然月光如水，我也只能看到鐵門，門內有些什麼，完全見不到，而在地上的阿東剛好能看見門內，我看他的表情，似乎是由於過度驚恐，幾乎凝固住了，站住了呆呆發愣。

我和胖子對望了一眼，心中都有寒意，阿東這傢伙雖然膽小，但究竟是什麼恐怖的東西，會把他嚇得呆在當場，動也動不了，甚至連驚叫聲都發不出來？

這時只聽咕咚一聲，我們急忙往下看去，原來是阿東倒在了地上，二目圓睜，身體發僵，竟是被活活地嚇死了，天空的流雲掠過，遮擋得月光忽明忽暗，就在這明暗恍惚之間，我看見從黑門中伸出了一隻慘白的手臂。

第一八九章　隱蔽

靜夜沉沉的輪迴廟中，我屏住了呼吸，從柱後窺探黑色鐵門中的動靜，從洞開的鐵門中，探出來一隻手臂，月光照射之下，可以清楚的看到，手臂上白毛絨絨，尖利的指甲泛著微光，那隻手臂剛剛伸出半截，便忽然停下，五指怒張，抓著地面的石塊，似乎也在窺探門外的動靜。

我心想壞了，這回真碰上殭屍了，還是白凶，但是除了手電筒什麼東西都沒帶，不過殭屍的手指似乎應該不會打彎，喇嘛說這輪轉廟下的黑色鐵門，代表著罪大惡極之人被投入的地獄，從裡面爬出來的東西，就算不是殭屍，也不是什麼容易對付之輩。

我看旁邊的胖子也牢牢貼著柱子，大氣也不敢出一口，滿頭都是汗珠，我當時不知道他那是讓尿憋的，以為他也和阿東一樣緊張過度，我輕輕對胖子打個手勢，讓他把帽子上的面罩放下來，免得暴露氣息，被那門中的東西察覺到。

我也把登山帽的保暖面罩放下來，像是戴了個大口罩一樣，這樣即使是殭屍，也不會輕易發現我們，現在靜觀其變，等待適當的時機逃跑。

這時天空中稀薄的流雲已過，月光更亮，只見門中爬出一個東西，好似人形，赤著身體，遍體都是細細的白色絨毛，比人的汗毛茂密且長，但又不如野獸的毛髮濃密匝長，月色雖明，卻看不清那物的面目。

我躲在柱子上，頓覺不寒而慄，開始有些緊張了，但我隨即發現，從鐵門中爬出來的這個

東西，應該不是殭屍，只見它目光閃爍，炯若掣電，雖然沒見過殭屍，但口耳相傳，殭屍的眼睛是個擺設，根本看不到東西，而這東西的雙眼在黑夜中閃爍如電……它究竟是什麼東西？

我怕被它發現，遂不敢再輕易窺視，縮身至柱後，靜聽廟堂中的動靜，把耳朵貼在柱身上，只聽地上一陣細碎的腳步聲，那個似人似殭屍又似是動物的傢伙，好像正圍著阿東的屍體打轉徘徊。

我不知道它意欲何為，只希望這傢伙快些離開，不管去哪裡都好，只要它一離開這座輪轉廟的遺址，我們就可以立刻脫身離開了，這時卻忽聽廟中發出一陣詭異如老梟般的笑聲，比夜貓子嚎哭還要難聽，若不是雙手要抱著柱子，真想用手堵住耳朵不去聽那聲音。

胖子在他藏身的那根柱後，指了指自己的肚子，對我連皺眉頭，那意思是這聲音太刺耳，再由它叫下去，無論如何也提不住氣了，肯定會尿出來。

我趕緊對胖子擺手，千萬別尿出來，人的尿液氣味很重，一尿出來，咱們立刻就會被那白凶般的怪物發現，這種怪異如老梟的叫聲，倒真和傳說中殭屍發出的聲音一樣，不知道那東西正在搞什麼名堂，我使自己的呼吸放慢，再次偷眼從柱後觀看堂中。

只見那白凶般的傢伙，正在俯視地上的死屍，俯掌狂笑不已，就好像得了什麼寶貝似的，然後又在殿中轉了一圈，走到屋頂的一個大破洞底下，望著天空的月亮，又嗚嗚咽咽的不知是哭是笑。

我和胖子叫苦不迭，我們在柱子上掛了少說有半個小時了，手足俱覺痠麻，這柱身上的燈盞也不甚牢固，使得我們輕易不敢動彈，萬一踩掉些東西，立刻就會被發現，赤手空拳的怎麼對付白凶，而這傢伙偏偏在殿中磨蹭起來沒個完，不知它究竟想做什麼。

就在這僵持不下的局面下，發生了一個突發事件，我看見一隻花紋斑斕的大雪蛛，正從房頂垂著蛛絲緩緩落下，蛛絲晃晃悠悠的，剛好落在我面前，距離還不到半釐米，幾乎都要貼到我臉上了。

雪蛛是高原上毒性最猛烈的東西，基本上都是白色，而突然出現在我面前的這隻，雖然只有手指肚大小，但身體上已經長出了鮮紅色的斑紋，紅白分明，這說明它至少已經活了上百年了，它的毒性能在瞬間奪走野生犛牛的性命。

這隻雪蛛掛在蛛絲上晃了幾晃，不偏不斜地落在我額頭的帽子上，那一刻我都快要窒息了，我把眼球拚命向上翻，也只看到雪蛛滿是花紋的一條腿，它似乎不喜歡毛線帽子，逕直朝我兩眼之間爬了下來，我的頭部，只有雙眼和鼻梁暴露在外邊，眼看著雪蛛就要爬到臉上了，我迫不得已，只能想辦法先對付雪蛛，但又不敢用手去彈，因為沒有手套，擔心中毒。

緊急關頭，更顧不上會不會暴露給白凶了，抬起頭，用腦門對準柱子輕輕一撞，「哢咯」一聲蟲殼碎裂的輕響，雪蛛已經被腦門和柱身之間的壓力擠碎，我用的力量不大，剛剛擠死雪蛛，就立刻一偏頭，將還沒來得及流出毒素的蛛屍甩到一旁。

但這輕微的響聲，還是引起了堂內那傢伙的注意，一對閃著寒光的雙眼，猛地射向我藏身的那根紅漆柱子，一步一步地走了過來。

我心中罵了一句，今日又他媽的觸到楣頭了，我想讓胖子做好準備，我吸引住它的注意力，然後讓胖子出其不意，抄起地上的大磚給它來一下子，但另一根柱後的胖子似乎死了過去，這時候全無反應。

我咬牙切齒地在心裡不停咒罵，這時只好故技重演，把剛才對付阿東的那一招再使出來，

用手摳下木柱的一塊碎片，對準阿東的屍體彈了過去，希望能以此引開那東西的注意力。

由於擔心聲音不夠大，我特意找了片比較大的碎木，這塊碎木，正好擊在阿東的臉上，在寂靜的佛堂中，發出啪的一聲響動，那個白毛絨的傢伙，果然聽到動靜，警覺地回頭觀看。

這時最意想不到的事情發生了，原本被活活嚇死的阿東，忽然發出一陣劇烈的咳嗽，躺在地上倒著氣，原來他還活著，只不過剛才受驚過度，加上高原缺氧，當時就一口氣沒上來，暈了過去。

阿東停止呼吸的時間並不長，只是在氣管裡卡住了一口氣，這時雖然開始了呼吸，但仍然處於昏迷狀態，那個從門中爬出來的傢伙，見阿東還活著，頓時怒不可遏，囂叫不止。

還沒等我明白過來它想做什麼，那傢伙已經搬起一塊石磚，對著阿東的腦袋狠狠砸了下去，跟砸個破西瓜差不多，頓時砸得腦漿四濺，仍不肯罷休，直到把整個腦袋都砸扁了才算完。

然後用爪子撥了撥阿東的死屍，確認到阿東徹底死了，又由怒轉喜，連聲怪笑，然後弓起身體，抱住死屍，把那被砸得稀爛的頭顱扯掉，脫去衣衫，把嘴對準胸腔，就腔飲血，吸溜吸溜地把人血吸個乾淨，然後吸髓嚼骨，能吃的東西一點都捨不得浪費。

我在柱後看得遍體發麻，這吃人的景象實在是太慘了，特別是在如死一般寂靜的古城遺跡中，聽著那齒牙嚼骨，軋軋之聲響個不停，我以前見過貓捉到老鼠後啃食的樣子，與眼前的情形如出一轍。

「天作孽，尤可違，自作孽，不可活。」這阿東貪圖那尊銀眼佛像，若不由此，也不會打開那道黑色的鐵門，雖然是他自作自受，卻仍然讓人覺得這報應來得太快太慘。

我忽然想到在「輪轉廟」前邊一進的「護法神殿」通道中，那一幕幕描述地獄酷刑的壁畫，其中有畫著在黑獄中，一種貓頭野獸，身體近似人形，有尾巴，正在啃噬罪人屍體的殘酷場面，記得當時喇嘛說那是輪迴宗的食罪巴魯(注)，因為輪迴宗已經在世間絕跡，所以後世也無法判斷，這食罪巴魯是虛構出來的地獄餓鬼，還是一種現實中，由宗教執法機構所馴養的，懲罰犯人的野獸。

描繪地獄中酷刑的壁畫，與我見到的何其相似，很可能從這門中爬出來的，就是輪迴宗所謂的「食罪刑徒」，我們躲在柱子上，根本不是辦法，手腳漸漸麻木，估計用不了多久就會堅持不住掉下去，但一時沒有對策，只好暫且拖得一刻算一刻了。

那食罪餓鬼啃嚼著阿東的屍體，不消片刻就已經吃了一半，我覺得這是個機會，趁它吃得正無比投入，我們可以偷著溜出去而不驚動於它。

我正想打手勢，招呼胖子撤退，那背對我們的食罪巴魯，突然猛地扭過了頭，狂嗅鼻子，似乎聞到了什麼特殊異常的氣味，頓時變得警覺起來。

我趕緊縮身藏匿形跡，月光從廟堂頂上漏下，斜射在胖子身上，胖子額頭上汗珠少了許多，對我不斷眨眼，似乎意有所指，我對他也眨了眨眼，我的意思是問他：「什麼意思，剛才裝哪門子死？」

胖子不敢發出響聲，做了個很無奈的動作，聳了聳肩，低頭看了看柱子下邊，我順著他的目光一看，紅色的木柱上，有很大一片水跡，我立刻在心中罵道：「你他媽的果然還是尿褲子了。」

第一九〇章　B計畫

胖子的表情如釋重負，我想這事也怪不得他，憋了這麼久，沒把膀胱撐破就不錯，只見胖子對我擠擠眼睛，我們倆這套交流方式，外人都看不懂，只有我能明白，他是問我：「既然被發現了，現在怎麼辦？」我伸手指了指上面，示意胖子往紅柱的高處爬，再爬上去一段，等我的信號。

隨後我也變換自己在柱子後邊的角度，食罪餓鬼已追蹤著氣味而至，我躲在柱後看得清楚，這傢伙嘴上全是斑斑血跡，它的臉長得和貓頭一樣，甚至更接近豹子，體形略近人形，唯獨不能直立行走。

我暗中窺伺，覺得它十分像是藏地常見的麝鼠，但又不像普通麝鼠長得好似黑色小貓，不僅大得多，而且遍體皆白，內地的傳說中，有些獸類活得久了，便和人類一樣毛髮變白。

但這時候不容我再多想，那隻白色惡鬼般的食罪巴魯，已經來到了胖子所在的紅柱下面，仔細嗅著胖子流下的尿跡，由於胖子是隔著褲子尿的，所以他身上的味道更重，食罪巴魯覺得上邊氣味更濃，便想抬頭向上仰望。

我心想要是讓這傢伙抬頭看見了上邊的胖子，那我們出其不意偷襲的計畫就要落空，於是從柱後探出身子，冷不丁對食罪巴魯喊了一聲：「喂……沒見過隨地大小便的是嗎？」

注　餓鬼或罪人。

白毛絨的食罪巴魯被突如其來的聲音嚇了一跳，慢慢回過頭來，兩隻眼睛在月光下如同兩道電光，我心說：「你的眼睛夠亮，看看有沒有這東西亮。」抬手舉起「狼眼」手電筒，強烈的光束直射食罪巴魯的雙眼，「狼眼」是一種戰術電筒，不僅可以用來照明、瞄準，它還有一個最大的特性，在近距離抵近正面照射，可以使肉眼在一瞬間產生暴盲。

有些動物的眼睛，對光源非常敏感，正因為如此，它們才在黑夜裡能看清周圍的環境，越是這樣，被「狼眼」的光束在近距離照到，越是反應強烈，食罪巴魯被照個正著，立刻喪失了視力，發出一陣陣老山梟般的怪叫聲。

這招可一而不可再，我見機不可失，便對柱子上的胖子喊道：「還等什麼呢你？快點肉體轟炸。」

胖子聽我發出信號，從上面閉著眼往下就蹦，結結實實地砸在食罪巴魯身上，要是普通人挨上這一下，就得讓胖子砸得從嘴裡往外吐腸子，但這野獸般的食罪巴魯卻毫不在乎，掙扎著就想要爬起來，胖子叫道：「胡司令咱這招不靈了，這傢伙真他媽結實……」話音未落，已經被甩了下來，胖子就地滾了兩滾，躲開了食罪巴魯盲目撲擊的利爪。

我們想趁它雙眼暫時失去視力的機會奪路逃跑，但位置不好，通往「護法神殿」的出口被它堵住了，如果想出古格王城，只有從這一條路下山，輪轉廟的另一個出口，是片被風雨蠶食成的斷壁，高有十幾米，匆忙之中絕對下不去，如果繼續攻擊，奈何又沒有武器，我們倒不在乎像狼牙山五壯士那樣，用石塊進行戰鬥，但只怕那樣解決不掉它，等到它眼睛恢復過來，反倒失了先機。

我往四周掃了幾眼，心中已有計較，對胖子一招手，指了指祕洞中黑色的鐵門，關上那道

鐵門，先將它擋在外邊。

二人不敢發出半點聲音，輕手輕腳的往祕洞方向蹭過去，但我們忽略了一個問題，食罪的餓鬼，雖然雙眼被「狼眼」的強光晃得不輕，但這傢伙的嗅覺仍然靈敏，胖子身上的尿騷味，簡直就成了我們的定位器。

食罪巴魯這時已從剛才暴盲的驚慌中恢復過來，它似乎見著活人就暴怒如雷，衝著胖子就過來了，我和胖子見狀不妙，拔開腿就跑，但是身體遮住了月光，面前漆黑一片，我被那道破牆絆了一下，伸手在地上一撐，想要爬起來繼續跑，卻覺得右手下有個什麼毛絨絨的東西，隨手抓起來一看，原來是隻黑色的麝鼠。

胖子冒冒失失地跟在我後邊，我摔倒在地，也把他絆得一個踉蹌，我揪住胖子的衣領，掙扎著從地上爬起來，只見身後是兩道寒光閃爍，那食罪巴魯的眼睛已經恢復了，我抬手將那隻小麝鼠對準它扔了出去，被它伸手抓住，五指一開，登時將麝鼠捏死，扔到嘴裡嚼了起來。

我想這不知是殭屍還是野獸的傢伙，大概有個習慣，不吃活物，一定要弄死之後再吃，這王城遺跡中，雖然看上去充滿了死亡的寂靜，但是其中隱藏著許多在夜晚或陰暗處活動的生物，包括麝鼠、雪蛛之類的，剛才要是按到雪蛛，可能已經中毒了，黑色鐵門後的洞窟不知深淺，但那已是唯一的退路，只能橫下心來，先躲進去再說。

我和胖子退進鐵門內側，還顧不上看門後的空間是什麼樣子，便急急忙忙地反手將鐵門掩上，胖子見了那鐵門的結構，頓時大聲叫苦，這門是從外邊開的，裡面根本沒有門栓，而且也不可能用身體頂住門，只能往後拉，有勁也使不上。

說話間，鐵門被門外一股巨大的力量向外拉開，我和胖子使出全身力氣壓住兩扇門，胖子對我說：「這招也不好使，胡司令，還有沒有應急的後備計畫？」

我對胖子說：「B計畫也有，既然逃不出去，也擋不住它，那咱倆就去跟它耍王八蛋，拚個你死我活。」

胖子說：「你早說啊，剛才趁它看不見的時候，就應該動手，那現在我可就鬆手讓它進來了，咱倆豁出去了，砍頭只當風吹帽，出去跟它死磕……」說著就要鬆手開門。

我趕緊攔住胖子：「你什麼時候變這麼誠實了？我不就這麼一說嗎，咱得保留有剩力量，不能跟這種東西硬碰硬。」我用腳踢了踢地上的兩條鐵鏈，這是我剛才跑進來的時候，順手從外邊拿進來的，這兩條鐵鏈本是和門外的銀眼佛像鎖在一起的，是固定鐵門用的，此時都被我拉進來，就等於給關閉鐵門加了兩道力臂。

但我根本沒想過要通過從內部關閉鐵門，擋住外邊的食罪巴魯，這鐵門就是個現成的夾棍，我告訴胖子一會兒咱們把門留條縫隙出來，不管那傢伙哪一部分伸進來，你就只管把鐵鏈纏在腰上，拚命往後，不用手軟留絲毫餘地，用力去夾它。

門外的食罪巴魯沒有多給我們時間，容我們詳細部署，它的手爪伸進門縫，已經把門掰開了一條大縫，腦袋和一隻手臂都伸了進來。

時機恰到好處，我和胖子二人同時大喊一聲：「拉！」使出全身蠻力，突出筋骨，扯動鐵鏈，使鐵門迅速收緊，嘎吱吱的夾斷筋骨之聲傳了出來，那食罪巴魯吃疼，想要掙扎卻辦不到了，脖頸被卡住，縱有天大的力氣也施展不得，但它仍不死心，一隻手不斷地抓開鐵門，另外伸進門內的那半截手臂，對著我們憑空亂抓。

胖子為了使足力氣，抱起銀眼佛像，把鐵鏈圍到自己腰間，但這樣縮短了距離，食罪巴魯

的爪子已經伸到了胖子的肚子，也就差個幾毫米，便有開膛破肚之危，我急忙掏出打火機，點火去燒它的手臂，食罪巴魯被火灼得疼痛難忍，但苦於動彈不得，只有絕望地哀嚎。

我和胖子都當過紅衛兵的骨幹，在我們的血管裡，可以說從小就有一種紅色嗜血和破壞的衝動，但只是在後來的歲月中，這些東西都被社會道德倫理壓抑住了，這時卻不知不覺地激發了原始的獸性，對待敵人要像冬天般嚴酷，對方越是痛苦地慘叫，我們就越是來勁，幹完這件事，在事後想起來，自己都覺得自己可怕，但當時沒想那麼多，直到打火機的燃料都耗盡了，把那食罪巴魯烤得體無完膚，它伸進門中的腦袋和半個肩膀，都幾乎夾成兩半了，死得不能再死了，方才罷休。

我和胖子剛才用盡了全力，在海拔如此之高的地區，這麼做是很危險的，感覺呼吸開始變得困難，二人一步也挪動不得，就地躺下，吃力地喘著氣。

我躺在地上，聞到這裡並沒有什麼腐臭的氣息，這個祕洞如果真是輪迴宗的地獄，那我們還是趕緊離開為妙，天曉得這裡還有沒有其餘的東西，但怎奈脫了力，如果在氣息喘不勻的情況下貿然走動，恐怕會產生劇烈的高原反應，只好用一隻手打開手電筒向四周照了照。

黑色鐵門之內的空間，地上堆滿了白骨，有人的，也有動物的，牆壁上有很多洞穴，有大有小，小的能讓鼹鼠之類的小動物爬行，大得足夠鑽進一頭藏馬熊，不過位置都很高，普通人難以爬上去，頭頂正上方也是個洞窟，洞口是非常規則的圓形，像是個豎井，可能那裡通著山頂的王宮，有什麼人冒犯了王權，便會被衛兵從上邊扔下來。

我正在觀看地形，卻聽旁邊的胖子對我說：「胡司令，你看看這是什麼皮？」

我奇道：「什麼什麼皮？誰的皮？」瞥眼一看，胖子從身下扯出一大塊黑乎乎的皮毛，我接過來看了看，不像是藏馬熊的熊皮，也不像是人皮，毛太多了，可能是野人的人皮吧？

隨手一抖，從那皮毛中，掉出一塊類似人頭的腦蓋骨，像是個一半的骷髏頭，但是骨層厚得驚人，不可能有人有這麼厚的骨頭，用手一捏，很軟，又不像是骨頭，我和胖子越看越覺奇怪，用手電照上去，見這頭骨上密密麻麻的似是有許多文字，雖然不是「龍骨天書」的那種怪字，但是我們仍然一個字都認不得。

第一九一章　中陰度亡

頭骨上的嘴遠遠大於正常人，我看了半晌，只覺得這有可能是個面具，為什麼要用這塊野人的皮毛包住，扔在這鐵門後的地獄裡？我和胖子就百思不透了，看那皮毛有人為加工過的痕跡，也不知道值不值錢。

我們喘了一會兒氣，感覺差不多可以活動了，見四周角落裡亂竄的小麝鼠越來越多，便不敢再多停留，迅速離開了這堆白骨的地方，因為我一看門後的地形，便已清楚，這鐵門根本不是用來攔擋食罪巴魯的，而是為了防止從上面摔下來的罪犯沒死，會從門中跑出去，斜頂上的幾個大洞，才是供那種食罪惡獸進出的，要是再爬進來兩隻，就不好對付了。

胖子用那野人的毛皮，將奇怪的面具重新包裹上，夾在腋下，我和他一前一後爬出了祕洞，這時外邊明月在天，正是中夜時分，輪轉廟的地面上血跡淋漓，都是阿東被啃剩下的殘肢，相對比較完整的，就是他那兩條分了家的，白花花的大腿，上半身除了幾根骨頭，基本沒剩什麼了，實在是慘不忍睹。

我和胖子一商量，甭管怎麼說，都是一路來的，別讓他曝屍於此，但要是挖坑埋了又過於麻煩，乾脆把他剩下的這點零碎兒，都給扔到祕洞裡去。

我們倆七手八腳的把阿東的殘肢扔進黑色鐵門，然後把那尊銀眼佛像也擺了回去，偷這種東西，一定遭報應，還是讓它留在祕室裡吧，接著又將鐵門重新關上，用殘磚朽木擋了個嚴實，這才按原路返回。

回去的路上，胖子還一味地嘆息，對阿東悲慘的命運頗為同情：「我發現一個真理，英雄好漢不是人人都能當的，胡司令還是你說得有道理，越是關鍵時刻，就越是得敢於耍王八蛋。」

我對胖子說：「也不能總耍王八蛋，瞎子有句話說得挺好，人活世上，多有無妄之災，江湖之險，並非獨有風波，面對各種各樣不同性質的危險，咱們就要採取不同的對策，自古道，攻城為下，攻心為上，我們以後要加強思想宣傳攻勢，爭取從心理上瓦解敵人……」

我們正邊走邊侃，正說得起勁，卻突然聽到後邊有一串腳步聲，似乎有人在跟蹤我們，我警覺起來，便立刻停下話頭不說，回頭看向身後，寂靜的山巒土林，被月光照出的陰影，漆黑的落在大地上，輪廓像是面目猙獰的猛獸，荒涼的高原上悲風怒嚎，起風了，也許剛才的只是錯覺。

雖然沒發現什麼異常，但心中總覺得不太對勁，於是我和胖子加快步伐，匆匆趕回探險隊宿營的那處堡壘，趁著無人察覺，我們鑽回睡袋裡蒙頭大睡，第二天一早，明叔就問我們有沒有看到阿東那個爛仔，我和胖子把頭搖得快說沒看見，我說阿東可能是覺得搬氧氣瓶太辛苦，受不了那份罪，提前開小差跑路了。

胖子裝得更邪乎：「阿東？他不是在北京嗎？怎麼會在這裡？明叔你是不是老糊塗了？缺氧了吧？趕緊插管去。」

明叔只好讓彼得黃到周圍去找找看，最後見無結果，便也不再過問，反正就是個跟班的，他是死是活，根本無關大局。

當天嚮導告訴我們，今天走不了，昨晚後半夜，刮了大半夜的風，看來今天一定有場大

雨，咱們隊伍裡氂牛太多，高原上的氂牛不怕狼，也不怕藏馬熊，但是最怕打雷，路上遇到雷鳴閃電，一定會亂逃亂竄，只好多耽擱一天，等明天再出發回森格藏布。

我們一想，反正崑崙山喀拉米爾的大概位置，已經掌握了，就算到了喀拉米爾也暫時無法進山，因為裝備物資都還沒到，等一切準備就緒，少說多做也要半個月的時間，而且從阿里地區到崑崙山，幾乎是橫跨藏地高原，路途漫長，也不必爭這一兩天的時間，於是就留在堡壘遺跡中，果然不到中午，天空黑雲漸厚，終於下起雨來了。

眾人在古堡中喝著酥油茶乾等，由於下雨，氣壓更低，阿香覺得呼吸困難，一直都留在裡屋睡覺，其餘的人商量著下一步的行動計畫，然後胖子給明叔等人講起了他波瀾壯闊的倒斗生涯，把那些人唬得一愣一愣的。

我趁機把喇嘛和Shirley楊叫到我睡覺的石屋裡，把野人的皮毛，還有那副紙糊的面具拿出來給他們二人看，昨晚所發生的事也簡要地說了一遍，但跟他們說阿東的死，最好不要對明叔講，免得引起誤會，他可能會以為是我和胖子謀財害命宰了阿東，別自己找麻煩。

Shirley楊聽後有點生氣：「你們膽子也太大了，赤手空拳地就敢在深夜去古城遺跡裡搞惡作劇，虧你還當過幾年中尉，卻沒半點穩重的樣子，真出點什麼意外怎麼辦？」

我對Shirley楊說：「好漢不提當年勇，憶往昔崢嶸歲月啊，昨天晚上包括之前的事，都已成為了歷史長河中小小的一朵浪花，咱們就不要糾纏於那些已經成為客觀存在的過去了，妳看看這面具上的字，能識別出來嗎？這是輪轉廟中唯一有文字的東西，輪迴宗和魔國信仰有很多相似之處，說不定這其中會有些有價值的情報。」

Shirley楊無可奈何的說：「你口才太好了，你不應該當大兵，你應該去當律師，或者做個什麼政治家。」說完，接過那副面具看了看，好奇道：「這是用葡萄牙文寫成的《聖經》。」

我除了擅長「尋龍訣」之外，還有個拿手的本領，就是別人如果問我一些我不想回答的問題，我就會假裝聽不見，於是我問Shirley楊：「妳還懂葡萄牙語？我說這字怎麼寫得像一串串葡萄。」

Shirley楊搖頭道：「只能看懂一點，但《聖經》我看得很熟，這肯定是《聖經》不會有錯。」

加上喇嘛在旁協助，終於可以斷定，這面具是一種輪迴宗魔鬼的形象，用《聖經》製成如此恐怖的面具，恐怕是和以前藏地的宗教滅法衝突有關，喜馬拉雅野人的皮毛，是古藏地貴族所喜愛的珍品，據說有保溫的作用，如果把屍體裹進裡面，還能夠防腐，王官貴族們狩獵的時候，喜歡將它披在背上做披風，可以在風中隱匿人類的氣味；還有一說，是這種皮毛能裹住靈魂，使之永不解脫。

Shirley楊想看看這面具中有什麼玄機，便將面具上乾枯的紙頁，一層層地拆剝開來，發現在這些《聖經》經書的紙張裡，竟然畫著很多曲曲折折的線條，是張地圖，有水路山脈，還有城堡塔樓，但不知是哪裡的。

由於再也沒有任何依據，只能根據圖中的地形推測，這可能是在大鵬鳥之地，古象雄王朝的地圖，也有可能是崑崙山鳳凰神宮的地圖，因為已經消亡了的古格王朝，與這兩個地方之間有很深的聯繫，很可能保留著這兩處古代遺跡的信息，有洋人偷著抄錄了出來，準備去尋寶，或者幹些別的什麼，但沒來得及帶出去，便遭到不測，人被扔進了地獄，餵了食罪巴魯，而偷繪地圖的《聖經》，被做成了惡魔的臉面，用野人皮毛包裹了，一併投入地獄，但其中的詳

情，就非我們所能推斷了，總之這張幾乎面目全非的地圖，有一定的價值。

Shirley楊忙著修復圖紙，我就轉身出去，到外間倒酥油茶喝，這時外邊的雨已經小多了，但雷聲隆隆，似乎還在醞釀著更大的降雨，天黑沉沉的如同是在夜晚，看來天氣明天能否轉晴還不好說，外屋中的胖子，坐在火堆旁，正聊得起勁，明叔、彼得黃、韓淑娜、名字叫做吉祥的嚮導扎西，都張大了嘴在旁邊聽得全神貫注。

只聽胖子口沫橫飛地說道：「胖爺我把那大棺材裡的老粽子，大卸了八塊，腦袋埋到路邊，胳膊大腿分別埋在東山，西山，中間剩下一截身子，就一腳踹進了河裡。」

胖子對彼得黃說：「就你們那什麼西拉馬克親王，那位爺你知道嗎？正趕上那老爺子來我們中國，滿大街都是歡迎他的腰鼓隊，外交部非讓我去會會他，我可沒功夫，嫌亂啊，就避到鄉下去了，找了間據說死過十七口人的凶宅一住，胖爺就這脾氣，不信那套，什麼凶宅陰宅，照住不誤，到晚上就開始清點從老粽子那摸回來的明器，哢哢哢剛一清點，我操，您猜怎麼著？」

明叔搖頭道：「有沒有搞錯啊，你不告訴我們，怎麼讓我們猜？你到底拿了多少明器？」

胖子說：「甭提了，還明器呢，剛點了一半，房門就讓人撞開了，外邊那敲門聲一個接著一個，接著房門自己就開了，從外邊滾進來一個東西，就是被我埋在河邊的那顆人頭。」

明叔等人無聊之餘聽胖子侃大山，雖明知他是胡說八道，但這時外邊的雷聲正緊，這廢棄的古堡中又陰森黑暗，也不免緊張起來。

我心中覺得好笑，心想：「胖子你真是好樣的，你就侃吧，最好把明叔心臟病嚇出來，咱們就有藉口不帶這些累贅去喀拉米爾找『龍頂』了。」

我走到茶壺旁邊，剛端起碗想倒些茶喝，忽聽裡間傳來一陣女子的驚呼，好像是阿香，她不是在睡覺嗎？這一下屋裡所有的人都站了起來，就連鐵棒喇嘛和Shirley楊也走了出來。

眾人擔心阿香出了什麼事，正想進去看她，卻見阿香赤著腳跑了出來，一頭撲進明叔的懷裡，明叔趕緊安慰她：「乖女別怕，發生什麼事情了？」

阿香瞪著一雙無神的大眼睛，環視屋內眾人，對明叔說：「乾爹，我好害怕，我看見阿東全身是血，在這房裡走來走去。」

別人倒不覺怎樣，但是我和胖子幾個知道阿東死亡的人，都覺得背後冒涼氣，這時鐵棒喇嘛走上前說道：「他中陰身了，必須趕快做中陰渡亡，否則他還會害死咱們這裡的活人。」

鐵棒喇嘛說中陰身不是怨魂，密宗中認為一個人死後，直到投胎輪迴之前的這段時間，其狀態就稱為中陰，喇嘛問阿香，現在能否看見中陰身在哪裡？

阿香戰戰兢兢地抬起手指，眾人都下意識地退後一步，卻見她的手指，直直地指向了鐵棒喇嘛。

第一九二章　本能的雙眼

明叔讓阿香指出阿東的中陰身躲在哪裡，阿香的手指剛一舉起，我和胖子都下意識地向後躲，頗有幾分作賊心虛的感覺，但誰也沒想到，阿香的手指，不偏不斜，指向的正是佛爺的護法鐵棒喇嘛。

鐵棒喇嘛臉色突變，只叫得一聲不好，隨即向後仰面摔倒，我眼疾手快，急忙托住他的後背，再看鐵棒喇嘛，已經面如金紙，氣若游絲，我擔心他有生命危險，趕緊探他的脈搏，一探之下，發現他的脈息，也是時隱時現，似乎隨時都有可能去往西天極樂世界。

我根本不懂中陰身是什麼，似乎又不像是被鬼魂附體，遇到這種情況，一時之間竟然不知該如何是好。

站在我們對面的明叔說道：「阿東怎麼會死掉？難道是你們謀殺了他？」說著對他的手下彼得黃使了個眼色，示意讓他保護自己。

一旁的胖子會錯了意，以為明叔是讓彼得黃動手，於是胖子摸出傘兵刀，搶步上前，想把明叔放倒，彼得黃拔出匕首，好像一尊鐵塔般地擋在明叔身前。

古堡中一時劍拔弩張，緊張的氣氛就像一個巨大的火藥桶，稍微有點火星就會被引爆，韓淑娜怕傷了她的乾女兒，忙把阿香護遠遠地拉開。

眼看胖子和彼得黃二人就要白刀子進去、紅刀子出來，我心想動起手來，我們也不吃虧，對方一個糟老頭子，兩個女流之輩，就算彼得黃有兩下子，充其量不過是個東南亞的游擊隊員，胖子收拾掉他不成問題，只是別搞出人命就好。

Shirley楊以為我要勸解，但看我不動聲色，似乎是想瞧熱鬧，便用手推了我一把，我一怔之下，隨即省悟，不知為什麼，始終都沒拿明叔那一組人馬當作自己人對待，但倘若真在這裡鬧僵起來，對雙方都沒什麼好處。

我對眾人叫道：「諸位同志，大夥都冷靜一點，這是一場誤會，而且這不是在貝魯特，有什麼事咱們都可以心平氣和地商量。」我把阿東去王城遺跡偷銀眼佛，被我和胖子發現，以及他是如何慘死的事說了一遍。

明叔趕緊就坡下驢：「胡老弟說的有道理啊，有什麼事都好商量，阿東那個爛仔就是貪圖些蠅頭小利，他早就該死了，不要為他傷了和氣……」頓了一頓又說道：「現在當務之急是這位喇嘛大師完了，快把他的屍身燒了吧，要不然，咱們都會跟著遭殃，我看的那部古經卷上，有一部分就是講的中陰身。」

明叔告訴我們：「阿東這個爛仔你們都是不瞭解的，別看他經常做些偷偷摸摸、撬門撬鎖的勾當，但他膽子比兔子還小，他變了鬼也不敢跟各位為難，但問題是現在的中陰身，一定是被什麼東西衝撞了，因為經中描寫的中陰那個過程是很恐怖的，會經歷七七四十九天，在這期間，會看到類似熊頭人身白色的女神，手持人屍做棒，或端著一碗充滿血液的腦蓋碗，諸如此類，總之都是好驚的，中陰身一旦散了，就變作什麼「陰垢」，不燒掉它，還會害死別人。」

然而明叔對此事也是一知半解，他雖然整天翻看那本輪迴宗古經，但都是看一些有關冰川水晶屍的內容，對於別的部分，都是一帶而過，而且經書中，對於中陰身的介紹並不甚詳。

我低頭查看鐵棒喇嘛的情況，發覺喇嘛眼皮上，似乎暴起了數條黑色的血管，於是翻開他

的眼皮，只見眼睛上布滿了許多黑絲，就像是缺少睡眠眼睛裡會出現紅絲，但他的眼睛裡的血絲，都是黑色的，再仔細觀看，發現眼睛裡的黑絲延伸到了臉部，如同皮下的血管和神經，都變做了黑色，脈絡縱橫，直到手臂。

眾人看了喇嘛的情形，都不由得直冒冷汗，什麼東西這麼厲害？此刻鐵棒喇嘛不省人事，不可能告訴我們該怎麼對付這種情況。

我想目前在我們這些人中，似乎也只有Shirley楊可能瞭解一些密宗的事情，但是一問之下，Shirley楊也並不清楚該如何解救，中陰身是密宗不傳的祕要，只有在錫金的少數幾位僧人，掌握著其中真正的奧祕，只怕鐵棒喇嘛即使神智清醒，也不一定能有解決的辦法。

我心中焦急，難道咱們真就眼睜睜看著鐵棒喇嘛死掉？他可是為了幫助咱們才不遠千里而來的，他要是有什麼意外……還不如讓我替他死。

Shirley楊對我說：「老胡，你先別著急，說不定阿香可以幫助咱們，她的親生父母是科學教的骨幹成員，科學教的事我不清楚，但我想阿香很可能具有本能的眼睛，讓她看看喇嘛身體內的情況，或許能找到辦法。」

* * *

「本能的眼睛」，我曾聽說過，前兩天在路上，鐵棒喇嘛就跟我們說過，阿香這個小姑娘，擁有一雙「本能的眼睛」，在密宗中，喇嘛們認為，眼睛可以分為七種境界，第一種是人類普通的眼睛，指視力正常的凡人；第二種是眼睛就稱做「本眼」，本能的雙眼，那是一種有著野生動物般敏銳直覺的眼睛，由於沒有受到世俗的汙染，比人類的視力範圍要大許多，這種範圍不是指視力的縱深長度，而是能捕捉到一些正常人看不到的東西；其次是「天眼」，能看到兩界眾生過去未來多生多世的情形；第四種稱作「法眼」，利如菩薩和阿羅漢的眼睛，可以明見數百劫前後之事；第五是「聖眼」，可以明見數百萬劫前後之事；最高境界為「佛眼」，無邊無際，可以明見徹始徹終的永恆。

我經Shirley楊這一提醒，才想到也許只有阿香是棵救命稻草了，當下便拿出我那副和藹可親的解放軍叔叔表情來，和顏悅色地請阿香幫忙看看，鐵棒喇嘛究竟是怎麼了。

阿香躲在明叔身後說：「我只能看到一個血淋淋的人影，看樣子好像是阿東，被一些黑色的東西，纏在喇嘛師傅的身上，右手那裡纏得最密集。」阿香最多只能看到這些，而且看得久了就會頭疼不止，從來不敢多看。

我撇了撇嘴，這算什麼？什麼黑色的東西？等於是什麼都沒說，但又不能強迫阿香，只好扭頭找Shirley楊商量對策，Shirley楊掀開鐵棒喇嘛的衣袖，看了看他的右手，對我說道：「剛才在看喜馬拉雅野人皮毛的時候，喇嘛大師的手指，被皮毛中的一根硬刺扎到了，當時咱們都未曾留意，難道這根本不是中陰身作怪，而是那張皮毛有問題？」

我聞言覺得更是奇怪，蹲下身去看鐵棒喇嘛的手指，中指果然破了一個小孔，但沒有流血，我急忙對胖子說：「快進屋把皮毛拿出來燒掉，那張皮有古怪。」

胖子風風火火地跑進我們的房間，一轉身又跑了出來：「沒了，剛剛明明是在房間裡的，還能自己長腿跑了不成？只剩下幾縷野人的黑毛……」

眾人相顧失色，我對Shirley楊說：「可能咱們都走眼了，那根本不是喜馬拉雅野人皮，而是一具發生屍變的殭屍的皮，說不定就是那個葡萄牙神父的，不過既然是黑凶的皮毛，咱們可能還有一線機會能救活喇嘛。」

自古以來「摸金校尉」們面臨的首要課題，便是怎麼對付殭屍和屍毒，不過我們還從沒遇到過殭屍，但在離開北京之前，我和大金牙同算命的陳瞎子，在包子鋪中一番徹談，瞎子說了許多我罕見罕聞的事物，例如黑驢蹄子有若干種用途……

陳瞎子雖然常說大話，但有些內容也並非空穴來風，臨時抱佛腳，也只好搏上一搏了，我們的那幾隻黑驢蹄子，還是去黑風口倒斗的時候，由燕子找來的，屯子裡驢很多，當時一共準備了八隻，後來隨用隨丟，始終沒再補充過，從雲南回來為止，丟了七個，只有北京家裡還留下一個備用的，這次也被胖子攜帶西來。

胖子從行李中翻了半天，才將黑驢蹄子找出來，交到我手中，我用手掂了兩掂，管不管用，毫無把握，姑且一試，如果不成，那就是天意了。我正要動手，卻被Shirley楊擋下：「你又想讓活人吃黑驢蹄子？絕對不行，這樣會出人命的，必須對喇嘛師傅採取有效的醫療措施。」

我對Shirley楊說：「這古格遺跡附近八百里，你能找出個牧民來都算奇跡了，又到哪去找醫生？我這法子雖土，卻也有它的來歷，而且絕不是讓喇嘛阿克把黑驢蹄子吃到嘴裡，現在救人要緊，來不及仔細對你說了，如果不將那具黑凶的皮毛盡快除掉，不僅鐵棒喇嘛的命保不住，而且人還會越死越多。」

我最後這一句話，使眾人都啞口無言，氣氛頓時又緊張起來，也不知是誰發現了情況，驚呼一聲，讓眾人看喇嘛的臉，廢棄的古堡外，早已不再下雨，但沉悶的雷聲隆隆作響，始終不斷，石屋中的火堆，由於一直沒人往裡面添加乾牛糞，已經即將熄滅，黯淡的火光照在鐵棒喇嘛臉上，眾人一看之下，都倒吸了一口冷氣，鐵棒喇嘛身體發僵，臉上長出了一層極細的黑色絨毛，這些絨毛都相互連接，像是一條條生長在皮膚外的黑色神經線。

第一九三章　黑驢蹄子

眾人適才忙於爭論，都沒注意鐵棒喇嘛的變化，這時一看，只見喇嘛臉色發青，身體僵硬，臉上手上，都生出了一層黑色絨毛，全身的血管都脹了起來，黑色的脈絡清晰可辨，如同神經線都長在了皮外，這原本好端端的活人，此刻卻像要發生屍變的殭屍一般。

我對眾人說道：「都別慌，這只是屍筋，要救人還來得及，你們快點燃一個小一些的火堆……還要一碗清水，一根至少二十釐米以上的麥管，越快越好。」

明叔也知道這鐵棒喇嘛是緊要人物，有他在，許多古藏俗方面的內容都可以迎刃而解，又兼精通藏藥醫理，得他相助，到喀拉米爾找「龍頂」上的九層妖塔，就可以事半功倍，於公於私，都不能不救，當下便帶著彼得黃和韓淑娜幫手救人。

我檢視鐵棒喇嘛右手的手掌，這裡的情況最為嚴重，瘀腫至肘，手指上那個被扎破的小孔，已經大如豌豆，半隻手臂盡為黑紫，用手輕輕一按，皮膚下如同都是稀泥，是從內而外的開始潰爛。

看鐵棒喇嘛的情形，正是危在旦夕，我緊緊握著手中的「黑驢蹄子」，心中一直在想，如果再多有幾隻就好了，一隻黑驢蹄子，實在是太少了，剛才雖然對眾人說救喇嘛還來得及，但現在看來，十分之一的把握都沒有，但如果什麼都不做，也只有眼睜睜看著他慢慢死去……

我正在心中權衡利弊，甚至有些猶豫不決之時，Shirley楊輕輕拍了拍我的肩膀：「都準備好了，不過這青藏高原上哪裡找得到什麼麥管，嚮導扎西把他的銅煙袋管拆了下來，你看看合

適用嗎？」

我從Shirley楊手中接過一看，是水煙袋的銅管，細長中空，剛好合用，我把鐵棒喇嘛搬到他們剛剛點燃的小型火堆旁，將那一大碗清水倒去一半，剩下的放在喇嘛右手下邊，隨後取出傘兵刀，將又老又硬的黑驢蹄子切下一小片。

眾人都圍在火堆旁，關切地注視著我的一舉一動，Shirley楊問我道：「你還是想讓喇嘛師傅吃黑驢蹄子？這東西吃下去會出人命的，就算是切成小塊也不能吃。」

胖子也表示懷疑，說道：「胡司令，喇嘛大叔還沒斷氣，你真要拿他當成大粽子來對付不成？」

明叔也問：「黑驢蹄子可以治病？」

我對圍觀的幾個人說：「同志們不要七嘴八舌地搗亂好不好？這世上一物剋一物，這是造化之理使然，鐵棒喇嘛當然不是殭屍，但他現在的狀況似乎是被屍氣所纏，只有用黑驢蹄子燒濃煙，向創口薰燎，才會有救，你們倘若有別的辦法，就趕緊說出來，要是沒有，就別耽誤我救人。」

Shirley楊和胖子、明叔等人覺得莫名其妙，異口同聲地好奇道：「用煙薰？」

我不再同他們爭論，先從火堆中撥出一小塊燒得正旺的乾牛糞，再把一小片黑驢蹄子與之放在一起烘燒，那黑驢蹄子遇火，果然立刻冒出不少清煙，說來卻也怪了，這煙非黑非白，色呈淡青，煙霧在火堆上漸漸升騰，除了有一種古怪的爛樹葉子味，並無特別的氣味，薰得人眼淚直流。

我揮了揮手，讓大夥都向後退上幾步，別圍得這麼緊，以免被煙薰壞了眼睛，隨後把鐵棒喇嘛右手的中指，浸泡在清水中，使破孔邊緣的膿血化開。

我突然想到，人的中指屬心，如果屍氣纏住心脈，那就算是把八仙中張果老的黑驢蹄子搞來，怕是也救不了喇嘛的命。

又添加了一小片黑驢蹄子，看看煙霧漸聚，我便將黃銅煙管叼在嘴裡，把燒出來的煙向喇嘛手指的創口吹去，不斷地薰燎，不到半分鐘，就見那指尖的破孔中有清水一滴一滴地流出，足足流了一碗有餘，我見果有奇效，心裡一高興，亂了呼吸的節奏，口中叼著煙管一吸氣，立刻吸進了一大口煙霧，嗆得我鼻涕眼淚全流了出來，直感覺胸腔內說不出的噁心，頭腦中天旋地轉，於是趕緊將煙管交給胖子，讓他暫時來代替我。

我到門外大吐了一陣，呼吸了幾大口雨後的空氣，這才覺得略有好轉，等我回到古老的碉堡中，鐵棒喇嘛的指尖，已經不再有清水流出，瘡口似乎被什麼東西從裡面堵住了，打起手電筒照了照，裡面似乎有一團黑色的物事。

Shirley楊急忙找出一隻小鑷子，消了消毒，夾住創口內黑色的物體，輕輕往外撥了出來，一看之下，竟然是一團團黑色的毛髮，都捲束打結，不知是怎麼進去的，再用黑驢蹄子燒煙薰烤，便再次流出清水，隔一會兒，便又從中取出亂糟糟的一團毛髮。

我見每取出一些黑色毛髮，喇嘛臉上的黑色絨毛，似乎就減輕一分，謝天謝地，看來終於是有救了，只要趕在剩下的半隻黑驢蹄子用完之前，將那些殭屍的黑毛全部清除，便可確保無虞。

喇嘛的命保住了，我懸著的心，也終於放鬆了下來，點了枝香菸，邊抽菸邊坐在地上看著Shirley楊等人為鐵棒喇嘛施救，這時明叔湊過來問我，他想瞭解一下，那黑驢蹄子為什麼對付

殭屍有奇效，不久之後探險隊進入崑崙山喀拉米爾，應該充足地準備一大批帶上，以備不時之需，回香港之後，也要在家裡放上一百多個。

我對黑驢蹄子的瞭解，最早得自祖父口中的故事，那時候我爺爺經常講那種故事，比如一個小夥子，貪趕夜路，半道住在一間破舊而沒有人煙的古廟裡，晚上正睡到一半，就從外邊天上，飛下來一隻殭屍，那種東西叫做飛殭，殭屍抱著個大姑娘，可能是從別的地方抓來的，到了廟裡就想吃大姑娘的肉，喝大姑娘的血，這小夥子見義勇為，把黑驢蹄子塞進了殭屍嘴裡，殭屍就完蛋了，小夥子和大姑娘兩人一見鍾情，然後就該幹嘛幹嘛去了。

等後來我年紀稍大，對這種弱智的故事已經不感興趣了，那時候我祖父就會給我講一些真實的經歷，或者民間傳說，但他對黑驢蹄子的來歷，所知也不甚詳，只知道是一種職業盜墓賊摸金校尉專用的東西，可以對付古墓荒塚裡的殭屍，殭屍這類東西，由來已久，傳說很多，它之所以會撲活人，全在於屍身上長出的細毛，按Shirley楊的觀點來講，那可能是一種屍菌受到生物電的刺激，而產生的加劇變化，但是否如此，咱們也無從得知，只知道有一些物品用來剋制屍變，都有很好的效果，並非只此一道。

明叔恍然大悟：「噢，要是這樣一講我就明白了，就像茅山術是用桃木，摸金校尉就用黑驢蹄子，按你胡老弟上次說的那句話講，就是殺豬殺屁股，各有各的殺法了。」

我說：「明叔您記性真不錯，其實咱們是志同道不同，都是志在倒斗發財，可使用的手法門道就千差萬別的，就像你們祖上幹背屍翻窨子的勾當，不也是要出門先拜十三鬚花瓷貓，再帶上三個雙黃雞蛋才敢動手嗎？」

以前我也是坐井觀天，以為黑驢蹄子只能塞進殭屍嘴裡，其實還有很多用途，根本聞所未聞，後來在北京包子鋪中，曾聽陳瞎子詳細說過黑驢蹄子等物的用法。

傳說在早年間，有一位摸金校尉，在雁蕩山勾當，忽遇大雷雨，霹靂閃電，山中震開一穴，往內探身一看，空洞如同屋宇，竟然是個古墓，以經驗判斷，其中必有寶器，於是這位摸金校尉墜繩而下，見穴內地宮中，有一口巨大的棺材，啓開一看，裡面躺著的死者，白鬚及腹，儀容甚偉，一看就不是尋常之輩，從屍體的口中，得到一枚珠子，從棺中得到一柄古劍，欲待再看，棺木以及地宮，被外邊灌進來的山風一吹，便都成了灰燼，只在穴中的石碑上，找到兩個保存下來仍能辨認的古字「大業」，從中判斷，這應該是隋代的古塚。

摸金校尉見穴中別無他物，便將古劍留下，裹了珠子便走，出去的時候，腳踝無意間被硬物磕了一下，當時覺得微疼，並未留意，但返家後，用溫水洗腳，見擦傷處生出一個小水泡，遂覺奇癢奇疼，整個一條腿都開始逐漸變黑潰爛，剛好有一位老友來訪，這位老友是位醫師，有許多家傳祕方，一看摸金校尉腳上的傷口，就知道是被屍鬃所扎，急命人去找黑狗屎，只要那種乾枯發白的，但遍尋不到，正急得團團亂轉，這時發現了摸金校尉家裡保存的黑驢蹄子，古方所載，此物對鬼氣惡物也有同效，便燒煙薰燎，從傷口處取出許多白色好像鬍鬚的毛髮，此後這個祕方才開始被摸金校尉所用。

我對明叔講這些，主要是想讓自己的精力稍微分散，因為鐵棒喇嘛命懸一線，使我心理壓力很大，如遇黑驢蹄子不夠用怎麼辦？這種悲觀的念頭，根本就想都不敢去想。

這時Shirley楊似乎發現鐵棒喇嘛有什麼地方不對勁，急忙回頭招呼我：「你快來看，這是什麼？」

第一九四章　走進喀拉米爾

我的心猛然一沉，趕緊把煙頭掐滅，過去觀看，黑驢蹄子已經剛好用盡，Shirley楊正從喇嘛指尖撥出一根黑色的肉疔，不知為何物，鐵棒喇嘛的皮膚雖然已經恢復正常，但面色越來越青，一探他的呼吸，雖然微弱，卻還平穩，但能否保住性命，尚難定論。

我從地上撿起肉疔看了看，後邊還墜著極細小的黑色肉塊，這大概就是刺破喇嘛手指的那根硬刺，此非善物，留之不祥，便隨手仍進火堆中燒了，那些惡臭沖天的黑色毛髮，也一根不留，全部徹底燒燬。

最後又把阿香叫過來，看鐵棒喇嘛身上確實沒有什麼異常了，這才放心，當天晚上我一夜都沒能闔眼，第二天鐵棒喇嘛方才醒轉，委頓不堪，似乎在一夜之間，就蒼老了二十歲，右臂已經完全不能動了，似乎視力也受到了極大的影響，最主要的是氣血衰竭，經不住動作了，以他現在的狀況，要想恢復健康，至少需要一年以上的時間，已不可能再進入崑崙山喀拉米爾的高海拔地區。

鐵棒喇嘛也知道這是天意，就算勉強要去，也只會成為別人的累贅，但喇嘛最擔心的，就是現在想再找另一位天授的唱詩者太難了，最後同我商議，還是跟我們一同前往喀拉米爾，不過不進崑崙山，在山口等候我們回來，而且在我們前期準備的這段時間裡，他會盡量將世界制敵寶珠雄師大王的武勛長詩，用漢語把其中與魔國有關的內容，敘述給Shirley楊聽，好在Shirley楊有過耳不忘之能，一定能記下很大一部分，在鳳凰神宮中尋找魔國妖塔的時候，也許會用得著。

為了讓喇嘛多休息幾天，就讓明叔帶著他的人，先取道前往崑崙山喀拉米爾附近的尕則布青，裝備物資等必需品也將被託運到那裡，那邊有大片的荒原和無人區，有不少的偷獵者，先遣隊的任務除了在他們手中買到武器彈藥之外，還要找合適的嚮導、雇傭腳夫，總之有很多的前期準備工作要做，而我和胖子、Shirley楊三人，則等鐵棒喇嘛病情好轉之後，再行前往，還離崑崙山尚遠，便已出現一死一傷，這不免為我們前方的路途蒙上了一層陰影。

明叔表示堅決反對，要行動就一起行動，不能兵分兩路，我知道這老港農肯定是又怕我們甩了他單幹，但怎麼說都不管用，只好把胖子撥給他當做人質，明叔這才放心。

我又怕胖子不肯，只好蒙騙胖子，說派他去當聯絡官，明叔那四個人，由胖子負責指揮，胖子一聽是去當領導，不免喜出望外，二話沒說就同意了，明叔對航海所知甚廣，但倒斗進山，需要什麼物資，什麼樣的嚮導等等一概不知，彼得黃雖然打過幾年叢林戰，他甚至根本不明白倒斗是什麼意思，也從沒來過內地，所以他們這些人自然都聽胖子的。

胖子帶著明叔等人出發前握住我的手說：「老胡啊，咱們之間的友誼早已無法計算，只記得它比山高、比路遠，這次我先帶部隊去開闢新的根據地，多年的媳婦熬成婆，胖爺這副司令的職務終於轉正了，但又捨不得跟你們分開，心裡不知是該高興還是該難過，總之就是五味俱全，十分地不知說什麼好了。」

我對胖子說：「既然十分地不知道說什麼好，怎麼還他媽說這麼多？咱們的隊伍一向是官兵平等，你不要跟明叔他們擺什麼臭架子，當然那港農要是敢小人你也不用客氣。」囑託一番之後，才送他們啓程。

等到鐵棒喇嘛可以活動了，就先為阿東做了一場渡亡的法事，然後在我和Shirley楊的陪同下，騎著犛牛緩緩而行，到森格藏布去搭乘汽車。

一路上鐵棒喇嘛不斷給Shirley楊講述關於魔國的詩篇，Shirley楊邊聽邊在筆記本上寫寫畫畫，這樣我們比胖子等人晚了二十多天，才到「尕則布青」，胖子和明叔早已等得望眼欲穿，見我們終於抵達，立刻張羅著安排我們休息吃飯。

我們寄宿是在一戶牧民家中，晚上吃飯前，明叔對我講了一下準備的情況，牧民中有個叫做「此吉」的男子，不到四十歲，典型的康巴漢子，精明強幹，他名字的意思是「初一」，明叔等人雇了此吉當嚮導，因為他是這一帶唯一進過喀拉米爾的人。

另外還有十五頭犛牛、六匹馬和五名腳伕，從「尕則布青」進入喀拉米爾，先要穿越荒原無人區，那裡溝壑眾多，沒有交通條件，附近只有一輛老式卡車，二輪驅動，開進去就別想出來，那片荒原連偷獵的都不肯去，所以攜帶大批物資進入，只有依靠犛牛運過去，現在犛牛、馬匹、嚮導、腳夫、從北京運過來的裝備，都是大金牙按Shirley楊購置的，已經準備妥了，隨時都可以出發。

我問明叔：「武器怎麼樣？咱們總不能只帶兩枝雷明登，七十多發槍彈，就進崑崙山吧？那山裡的野獸是很多的。」

明叔把我和Shirley楊領到牧民家的帳房後邊，胖子和彼得黃二人正在裡面擺弄槍械，長短傢伙都有，手槍的型號比較統一，都是偷獵的從東南亞那邊倒過來的，可能是美軍的遺留物資，美國單動式制式手槍M1911，型號比較老，但點四五口徑足夠大，性能夠穩定，可以算是美軍軍用手槍之中經典之中的經典，傳奇之中的傳奇，勃朗寧的傑作，絕對是防身的利器。

長槍卻都差了點，只有兩隻型號不同的小口徑運動步槍，沒有真正應手的傢伙，但再加上那兩隻霰彈槍，也能湊和著夠用了，畢竟是去倒斗，而不是去打仗。

我又看了看其餘的裝備，確實都已萬全，不僅有美國登山隊穿的艾里森「衝鋒服」，甚至連潛水的裝備都運來了，崑崙山下積雪融化而形成的水系縱橫交錯，這些全都有備無患，最主要的是那些黑驢蹄子、糯米、探陰爪之類的傳統器械，市面上買不到的工具類，都是另行訂造的，有了這些，便多了一些信心。

我留下一些錢，託當地牧民照顧鐵棒喇嘛，等我們從喀拉米爾出來，再將他接走，如果兩個月還沒回來，就請牧民們將鐵棒喇嘛送去附近的寺院養病，藏民信仰極為虔誠，就算我不說，他們也會照顧好喇嘛。

我見一切準備就緒，便決定明天一早出發，當天晚上，明叔請眾人聚在一起吃飯，這裡地處青、藏、新三地交會，飲食方面顯得有些兼容並蓄，我們的晚餐十分豐盛，涼拌犛牛舌、蟲草燒肉、藏包子、灌肺、灌腸、牛奶澆飯、烤羊排、人參羊筋、酥油糌粑，人人都喝了不少青稞酒。

明叔喝得有幾分偏高，說了句不合時宜的酒話，他竟說希望這不是最後的晚餐，被他的話一攪，眾人也都沒了興致，草草吃完，都回去睡覺。

第二天我們一早，便告別了鐵棒喇嘛，準備集合出發，鐵棒喇嘛將一條哈達披在我的肩頭：「菩薩保佑，願你們去鳳凰神宮一路都能吉祥平安。」我緊緊抱住喇嘛，想要對他說些什麼，但心中感動萬分，一個字也說不出來。

人們驅趕著犛牛和馬匹所組成的隊伍，望西北方向前進，藏北高原，深處內陸，遠離海

洋，氣候乾燥而寒冷，氣溫和降雨量呈垂直變化，冬季寒冷而漫長，夏季涼爽而短暫，當前正是夏末，是一年中氣溫最不穩定的時段。

荒涼的原野就是被人稱為「赤豁」的無人區，雖然杳無人煙，但是大自然中的生靈不少，禽鳥成群，野生動物不時出沒，遠處的山巒綿延沒有盡頭，山後和湛藍天空相接的，是一大片雪白的色彩，但距離實在太遠，看不清那是雪山，還是堆積在天邊的雲團，只覺氣象萬千，透著一股難以形容的神祕。

走了五天的時間，就穿過了無人區，當然即將進入的山區，是比無人區荒原還要荒寂的地區，山口處有一個湖泊，湖中有許多黑頸水鳥，在無人驚擾的情況下，便成群地往南飛，這些鳥不是有遷徙習慣的候鳥，它們飛離這片湖，可能是山裡有雪崩發生，使它們受驚，還有一種原因，可能是寒潮即將來臨的徵兆，有迷信的腳夫就說這是不吉的信號，勸我們就此回去，但我們去意已決，絲毫也不為之所動。

我同嚮導「初一」商量了一下，這裡海拔很高，再上山的話，隊伍裡可能有人要承受不住，能否從山谷中過去，這山中有數不清的古冰川，其上有大量積雪，從山谷裡走很容易引發雪崩，但「初一」自幼便同僧人進喀拉米爾採集藥材，對這一地區十分熟悉，知道有幾處海拔很深的凹地，可以安全的通過，於是讓眾人在山口暫時休息一下，二十分鐘後帶隊前往「藏骨溝」。

Shirley楊這一路上，始終在整理鐵棒喇嘛口述的資料，並抽空將那葡萄牙神父的《聖經》地圖進行修復，終於逐漸理清了一些頭緒，這時聽說下一步要經過什麼藏骨溝，便問嚮導初一，為什麼會有這麼個地名「藏骨溝」？藏著什麼人的骨？這片山脈叫做喀拉米爾，那又是什麼意思？

初一告訴眾人：「藏骨溝裡有沒有人骨，那是不清楚的，之所以叫這個名字，是因為那裡是山裡百獸們自殺的地方，每年都有大量的黃羊野牛藏馬熊，跑到那裡跳下去自殺，溝底鋪的都是野獸們的的白骨，膽子再大的人，也不敢晚上到那裡去，至於喀拉米爾，其含意為災禍的海洋，為什麼叫這個不吉祥的名字，那就算是鬍子最長的牧民，也是不知道的。」

第一九五章　藏骨溝

我同Shirley楊對望了一眼，都想從對方臉上尋找答案，但她和我一樣，根本難以想像隱藏在這古老傳說背後的真相是什麼，野生動物成群結隊自殺的現象世界各地都有，尤以海中的生物為多，但幾乎從來沒聽說過，多種不同種群的動物混合在一起結伴自殺，還有在這崇拜高山大湖的藏地，又怎麼會以「災難之海」這種不吉祥的字眼來命名這片山區？這些實在是有點不可思議。

嚮導初一解釋道：「藏骨溝的傳說，那是多少輩以前的老人們講的，每當彎月似眉的時候，山裡的野獸就會望著月亮，從高處跳進溝裡摔死，以牠們的死亡，平息神靈的憤怒，還有的傳說是這樣的：凡是跳入深溝而死的動物，就可以脫離畜牲道，轉世為人。」

但至今還活在世上的人，可誰也沒見過有野獸在那裡跳崖，也不知道那些古老的傳說是真是假，但在藏骨溝，還能看到不少野獸的遺骨，到了晚上會有鬼火閃動，而且那裡地形複雜，同神螺溝古冰川相連，你們想找四座雪山環繞之地，就在神螺溝冰川，到那裡，大約還需要五天以上的路程。」

神螺溝的地形之複雜，為世間罕有，這藏北高原，本就地廣人稀，生存環境惡劣，喀拉米爾附近幾乎全是無人區，大部分地區都為人跡所難至，「初一」本人，最多也只進到過神螺溝採藥，再往裡他也沒去過，喀拉米爾有得是雪山和古冰川，但被四座雪峰環繞的冰川，只有神螺溝冰川，初一所能做的，也只是把我們引至該地。

探險隊在山口休息了半個多小時，差不多該出發了，體力透支呼吸困難的人，都騎在馬背上，嚮導初一將獵槍和藏刀重新帶在身上，又拿出裝滿青稞酒的皮囊，咕咚咕咚灌了幾大口，隨後將皮鞭在空中虛擊三下，以告山神，然後對眾人說道：「要進藏骨溝，先翻尕青坡，走了。」說罷，一手搖著轉經筒，一手拎這皮鞭，當先引路進山。

其餘的人馬都跟在他後邊，在大山裡七轉八轉，終於到了尕青坡（又名尕青高），地名裡雖然有個坡，但和高山峻嶺比起來，也不遜色多少，這裡海拔太高，雲遮霧鎖，初一等一眾康巴漢子們還不覺得怎樣，明叔就有點撐不住了，以前內地人來高原，適應不了高原反應，在高原上逗留超過六十天，就會死亡，因為氣壓會使心臟逐漸變大，時間長了就超出了身體的負荷，後來可以通過醫療手段減輕這種情況，但仍然有著很大的危險。

我以前始終覺得有些奇怪，按說明叔這種人，他的錢早就夠花了，怎麼還捨得將著把老骨頭扔進這崑崙山裡，拚上老命也要找那冰川水晶屍，後來才從韓淑娜嘴裡得知，原來明叔現在的家底，只剩下北京那套宅子和那幾樣古玩了，家產全被他在香港的兩個兒子賭博敗光了，還欠了很大一筆債，明叔想趁著腿腳還能動，再搏一把大的，要不然以後歸西了，他的兩個兒子和乾女兒就得喝西北風去了，知道這些事後，我對明叔也產生了幾分同情。

我擔心再往高處走，明叔和阿香可能會出意外，便趕上前邊的「初一」，問他還有多遠的路程才進藏骨溝？

初一突然停下腳步，對我招了招手，指著斜下方示意我往那裡看，我順著他所指的方向看去，周圍的雲霧正被山風吹散，在地面上裂開一條深溝，從高處俯瞰深澗，唯見一氣溟濛，莫測其際，別說從這跳下去了，單是看上一眼，便覺得心生懼意，如果山頂雲霧再厚重一些，不

知這裡地形的人，肯定會繼續向前走，跌進深溝摔得粉身碎骨。

這下邊就是「藏骨溝」，我們所在的位置，就是傳說中無數野獸跳下去喪命的所在，當地人稱這裡為「偃獸臺」。

初一把裝青稞酒的皮口袋遞給我，讓我也喝上幾口，驅驅山風的酷寒，對我說道：「我以後叫你都吉怎麼樣，都吉在藏語中是金剛勇敢的意思，只有真正的勇士才敢從偃獸臺向下俯視藏骨溝，都吉兄弟，你是好樣的。」

我喝了兩口酒，咧著嘴對初一笑了笑，心想：「你是不知道，剛看了那幾眼，我腿肚子還真有點轉筋。」現在繞路下去，還能趕在天黑前出藏骨溝，我們正要催動氂牛過去，這時山風又起，頭頂上更厚的雲團慢慢移開，一座凜凜萬仞的雪峰從雲海中顯露出來，這座如同在天上的銀色雪峰，令人覺得觸手可及，難怪當地人都說：「到了尕青高，伸手把天抓。」

雪山在日光和白雲的映襯下，極具視覺和心靈的震撼力，初一和那五名腳夫都見慣了，而我們這些不常見雪山的內地人，則看得雙眼發直，徘徊了好一陣子，直到別的雲團飄過來將雪峰遮住，這才一步一回頭地離去。

在藏骨溝的入口我看了一下時間，由於對行進速度估計有誤，已經來不及在天黑前穿過這條深溝了，看來只能在溝外安營過夜，等第二天天亮再出發。

但入口處海拔也在四千五以上，剛才翻越尕青坡的時候，有些體力不好的人，產生了強烈的高原反應，雖然吃了藥，也沒見好轉，必須找個海拔較低的地方讓他們休息一晚，那就只有進入藏骨溝了。

嚮導初一說，鬧鬼還有野獸自殺這類的事都是很久遠的傳說了，說實話我也不相信，但是咱們晚上進去還是有危險的，那裡雖然不會受到雪崩的威脅，不過兩側的山崖上如果有鬆動的地方，即使掉落一小塊，如果剛好落在頭上，即使腦袋上扣著鐵鍋，也會被砸穿，這是其一，其二是裡面曾經死過成千上萬的野獸，磷火經常會出現，犛牛和馬匹容易受到驚嚇，犛牛那種傢伙，雖然平時看著很憨厚很老實，牠們一但發起狂來，藏骨溝那麼窄的地方，咱們都會被牠踩死。

我看了看爬在馬背上的明叔一家三口，覺得比較為難，最後還是Shirley楊想了個辦法，讓犛牛都在前邊，其餘人馬在後，從這裡往下去，藏骨溝中有不少枯樹，在樹後紮營，就會把危險係數降至最低，又討論了一些細節，最後終於決定進溝宿營。

等繞進海拔不足三千的藏骨溝，那些呼吸困難的人，終於得到喘息的機會，這裡之所以叫溝而不叫谷，是因為地形過於狹窄，兩側都是如刀削斧切的絕壁，抬頭仰望，只有一線天空，溝內到處都是亂石雜草，其間果然有無數殘骨，最多的是一些牛角和山羊角，這些東西千百年不朽。

據說與此地相連接的神螺溝，跟這裡環境完全不同，那裡有大量的原始森林，各種珍惜的植物種類繁多，山中尤其盛產藥材，所以又有藥山的別名。

走了約有四分之一的路程，夜幕已經降臨，我們卻仍沒有找到適合紮營的地區，犛牛們走了一整天，天黑後已經開始有些煩躁，為了安全起見，只好就近找了幾棵枯樹集中的地方停下腳步，支起帳篷，埋鍋燒水。

由於這條藏骨溝是東西走向，所以能看到夜空中的月亮，冷月如鉤，由於這裡實在太深，所以月光顯得分外朦朧，只有乾牛糞燃起的火堆能給我們照明。

眾人圍坐在火堆邊吃飯喝酒，豪爽的嚮導「初一」給大家講著西藏的民間傳說，我匆匆吃了幾口東西，便離開營火，獨自坐到不遠處的一斷樹樁上抽菸。

剛抽了還沒兩口，菸就被走過來的Shirley楊搶去踩滅了：「在高原上抽菸，對身體危害很大，不許抽了，我有些事找你商量。」

我本來想對Shirley楊說妳怎麼跟法西斯一樣明搶明奪，但隨即打消了這個念頭，自從進了藏骨溝之後，便有種奇怪的感覺，Shirley楊一定也感覺到了某些不尋常的跡象，所以才來找我商議，這關係到大家的生命安全，還是先別開玩笑了，說正事要緊。

Shirley楊果然是為此事而來，這溝中大量的野獸骨骸引起了她的注意，那些牛角、羊角、熊頭之類的殘骨，看上去距今最近的年代，也有兩三百年之久了，如果真像傳說中的一樣，為什麼最近這些年，不再有野獸跳進溝中自殺？

我想了想，對Shirley楊說：「古時候流傳下來的傳說，可能只保留了一些真相的影子，並不能當作真事看待，那些跳崖尋死的野獸，可能是被狼群包圍所致，也可能是因為一些自然現象的誘惑，那些事雖然匪夷所思，但確實是存在於世的，不過我想至少在這裡並不存在。」

我祖父留給我的半卷殘書，是清末摸金高手所著，裡面竟然也有提到藏地的「九層妖塔」之結構布局，我想在過去的歲月中，一定曾有摸金校尉倒過九層妖塔，像那種妖塔形式的墓葬，一定有兩條規模相同的龍形殉葬溝相伴，也許咱們所在的「藏骨溝」，就是其中之一，魔國的餘孽輪迴宗，可能也曾在這裡舉行過不為人知的祭祀。

我踢了踢身邊的半截枯樹樁，上面有個十分模糊的三眼人頭鬼面，少說也是幾百年前留下的，都快風化沒了，我自進入藏骨溝以來，已經看到了數處類似的圖騰標記，這對於我們來說，應該算是個好消息，說明我們距離鳳凰神宮已經不遠了。

我正和Shirley楊研究著這條祭祀溝的布局，以及妖塔可能的位置，忽聽圍在火堆旁的人們一陣驚呼，聲音中充滿了恐慌與混亂，我急忙把頭轉過去，眼前的場景讓人不敢相信是真的，朦朧的月影裡，一頭體型碩大無比的藏馬熊，正張牙舞爪地從千米高空中掉落下來。

第一九六章 恐慌

藏馬熊和別的熊略有區別，由於這種熊的面部長得有幾分像馬，看上去十分醜陋凶惡，所以才有這麼個稱呼，從我們頭頂落下來的那隻藏馬熊，在月影裡揮舞著爪子，翻著跟頭撞在了山壁突起的石頭上。

這藏骨溝本身就是尕青坡裂開的一條大縫，兩側的山崖陡峭狹窄，使得藏馬熊在這邊的山石上一磕，又改變下墜的角度，撞向了另一邊生長在絕壁上的荊棘枯樹，那千鈞體重的下墜之力何等之強，立時將枯樹幹撞斷，藏馬熊的肚子也被硬樹杈劃開了一個大口子，還沒等落地，便已遭開膛破肚之厄，夾帶著不少枯樹碎石，黑乎乎的一大片，轟然落下。

由於這隻巨大的藏馬熊，並非筆直落下，使下邊的人難以判斷牠落下的地點，而且這場面過於離奇，不少人都驚得呆了，竟然忘了應該躲避。

就在這緊要關頭，有人大喊了一聲：「快往後躲，後背貼住牆，千萬別動。」胖子和初一、彼得黃幾個人，終於反應了過來，拉住明叔三口，以及幾名驚得腿腳發軟的腳夫，紛紛避向山壁邊緣的古樹下邊。

幾乎是與此同時，藏馬熊的軀體也砸到了溝底的地面上，我和Shirley楊距離尚遠，都覺得一股勁風撲面，那熊體就像是個重磅炸彈，震得附近的地面都跟著顫了三顫，再看那藏馬熊，已經被摔成了熊肉餅，血肉模糊的一大團。

緊跟著上空又陸續有不少鬆動的碎石落下，正如嚮導初一在先前講過的，從千米高空掉下來的小石子，哪怕只有指甲蓋那麼大，也足能把人砸死，眾人緊靠著幾株古樹後的山岩，一動也不敢動，這時候已經無處可避，唯獨祈求菩薩保佑。

好在那頭藏馬熊跳崖的地方，距離我們稍遠，沒有人員傷亡，所有的人都不知道究竟發生了什麼事，難道那古老的傳說成真了？或者那種祭祀又開始了？可就算是「輪迴宗」也早已在幾百年前滅亡，不復存於世上了，這頭藏馬熊……

這時從高空落下的碎石塊漸漸少了，萬幸的是氂牛和馬匹都未受驚奔逃，都瞪大了眼，直勾勾地發愣，可能是發生的事情過於突然，牠們受驚過度，還沒反應過來該怎麼樣做。

正當我們以為一切就此結束的時候，忽見胖子指著高處說：「我的親娘啊，神風敢死隊……又來了！」

我還沒來得及抬頭往上看，就已經有隻頭上有角的野獸砸落下來，頭上的角剛好插進一匹馬的馬背，再加上巨大的下墜力一撞，連同我們的那匹馬雙雙折筋斷骨而亡，這時候才看清楚，剛才落下來的，是一頭崑崙白頸長角羊。

先後又有十幾頭相同的長角羊從溝頂掉落下來，這下剩餘的馬匹都受了驚，由於這溝中沒有什麼堅固的樹木可以栓馬，所以都繫得不太牢固，幾匹馬長嘶著掙斷韁繩，紛紛從氂牛背上竄過，沿著曲折的藏骨溝，沒頭沒腦地向前狂奔。

反應最為遲鈍的氂牛，在這時候也終於發了性，跟著馬匹低頭往前跑，牛蹄和馬蹄的踩踏聲，以及牲口們的嘶鳴聲，順這深溝逐漸遠去，只留下轟隆隆的沉悶回聲。

我們無法想像藏骨溝上面發生了什麼情況，也沒時間去猜測，由於趕了一天的路，十分疲憊，初一等人準備吃完飯喝些酒，然後再給氂牛卸載，所以有些物資還在氂牛背上，沒來得及

卸下來，其中最重要的就是那些生薑汁，沒有生薑汁沒辦法鑿冰，雖然我們也有預防萬一的炸藥，但在冰川用炸藥的話，那等於是找死。

另外犛牛對於藏民來說是十分貴重的，那時候初一家在當地算是比較富裕的，才不過有三頭犛牛，二十幾頭羊，如果一次丟了十頭犛牛，會是一筆巨大的損失。

我們看頭頂不再有野獸掉落下來，便顧不上危險，分作兩隊，我和嚮導初一，加上胖子，抄起武器，立刻就出發往前追趕牛群，其餘的人收拾收拾東西，在後面跟上。

沿著曲折的藏骨溝向前，地上都是牛馬踐踏的痕跡，被翻踢出了不少沒入泥土中的枯骨，這些殘骨早已腐朽，只是偶爾還能看見一絲鬼火般的磷光閃動，可以想像很久以前，這溝裡一到夜晚，累累白骨間，四處都是鬼火的恐怖場面，兩側叢生的雜草，都有半人多高，一些枯樹斷藤混雜其間，更顯得蕭颯淒冷。

我們向前趕了很遠一程，前後都沒了動靜，既聽不到那些牛馬的奔跑聲，也看不到後面那隊人照明工具的光亮，只好先停下喘幾口氣，初一把他裝酒的皮口袋取出，三人分別喝了幾大口，以壯膽色，胖子又掏出菸來發了一圈。

我問初一：「那藏馬熊和那些長角羊跳崖自殺究竟是怎麼一回事，這麼多年沒發生過的事，怎麼竟是讓咱們趕上了？」

初一搖頭道：「我也有將近十年沒進過藏骨溝了，別的人就更沒來過，以前除了古時候的傳說，確實沒有人親眼目睹過，想不明白為什麼咱們一來，就突然遇到這種怪事。」

三人商量了幾句，便又順著深溝的走勢，往前尋找犛牛和馬匹，這時知道短時間內是追不上了，又擔心後邊的那組人距離太遠，萬一有什麼變化來不及接應，只好放慢腳步前進。

前邊的路旁，雜草更密，嚮導初一突然警惕起來，對我和胖子指了指路邊的荒草，那草叢間有一股奇怪的氣味，像是屍體的腐爛加雜著一股野獸的騷臭，腥氣哄哄的有些嗆人。

胖子端著一枝運動步槍，我拿著雷明登霰彈槍，初一手中的是他慣用的獵槍，這時都進入了戰備狀態，準備撥開雜亂的長草，看看裡面有些什麼。

但還沒等我們靠近，就從草間突然竄出一頭母狼，躍在半空，直撲過來，這一下暴起傷人，是又快又狠，站在最前邊的初一動作更快，也沒開槍，拔出藏刀，當頭一劈，「唰」的一聲，將那頭母狼以鼻子尖為中線，把狼頭劈作兩個半個，死在當場。

我和胖子都忍不住喝采：「好刀，又快又準。」

初一哈哈一笑：「當年喀拉米爾打狼工作隊的隊長，可不是隨隨便便就當上的，這頭狼想埋伏咱們，算牠今天倒楣。」

初一忽然止住話頭，端起了獵槍，看他的意思，這草後還有其餘的狼，我們舉著槍撥開那大團的亂草，草後的山壁中露出一個大洞，裡面有無數毛絨絨的東西，遮住洞口的草被撥開，朦朧的月光照射進去，原來是一大窩狼崽子，暴露在光亮中，都嚇得擠在一起發抖，可能母狼也被剛才奔逃過的牛群驚了，見又有人經過，為了保護這些狼崽子，就撲出來想要傷人，這裡是個狼穴。

初一向來青稞酒不離口，這時酒勁發作起來，殺心頓起，再次抽出藏刀要鑽進洞去把那些狼崽子全部捅死。

剛才母狼突襲的時候，胖子的沒來得及表現，這時卻要搶著出風頭，把初一攔住說道：「好鋼用在刀刃上，好酒擺到國宴上，收拾這些小狼崽子還用那麼費事？你們都看胖爺我

的。」說著話，從懷中摸出三枚一組的雷管，就口中叼著的菸將引信點燃，一抖手就扔進狼穴。

我們趕緊都閃在邊上，沒過多久，便聽狼穴中爆炸聲起，冒出一股濃煙。

等煙散盡後，我們進狼穴進行最後的掃蕩，把沒死的都給補上一刀，這個山洞裡面空間大得驚人，竟然還有很多銅器的殘片，看來是一處隱祕在藏骨溝中的舉行祭禮的場所，但由於後來被這些狼所占據，很多東西和標記都毀了，已經無法辨認，我們在這洞裡發現了大量的動物遺骸，有一些還沒被啃淨，這才恍然大悟，原來這藏骨溝特殊的地形，被這些狼給利用了，由於狼並不適應在高海拔山區奔跑，很難追上獵物，所以就設法將獵物趕至尕青坡的溝頂，如果不是事先知道，很難在遠處發現山坡中裂開一道深溝，跑到跟前想停住已經來不及了，被從草原驅趕到山區的狼群，基本上銷聲匿跡，走投無路了，想不到牠們竟然靠這條古代祭祀溝的遺跡生存了下來。

從狼穴出來之後，胖子和初一展開了熱烈的討論，這麼看來，那隻倒楣的藏馬熊，肯定是在餓狼們趕長角羊的時候，稀里糊塗地被裹在了其中，藏馬熊面臨絕境的時候，瘋狂起來，十幾頭餓狼未必動得了牠，不過那是在走投無路的時候，這隻藏馬熊大概想遠遠避開跟狼群的接觸，結果掉進了深溝，摔成了熊肉餡餅。

我也想插嘴跟他們侃上幾句，但忽然想到，糟糕，在尕青坡上打轉的餓狼，不知數量有多少，但牠們一定會從我們來的方向繞回藏骨溝，因為據初一所說，這藏骨溝的前邊，是與神螺古冰川相連，那一帶冰川陡峭，只有這條路可以進去，所以狼群回來拖那些摔死的長角羊，不可能從前邊那個方向過來。

跑到前邊去的氂牛和馬匹，應該不必擔心牠們受到狼群的攻擊，但後面那些人毫無準備，我曾經跟藏地的惡狼打過交道，那些傢伙神出鬼沒，實在是太狡猾了，如果明叔他們遭到偷襲，難保不會有傷亡，我把這想法對胖子和初一說了，三人立刻掉頭往回走，畢竟人命關天，暫時顧不上去管那些氂牛了。

沒想到剛走出不遠，就見燈光閃爍，Shirley楊等人已經跟了上來，原來他們聽到這裡有爆炸聲，以為我們遇到了什麼危險，就趕著過來接應。

我見兩組人會合到一處，這才把心放下，這時卻見初一已經把槍舉了起來，在他槍口所指的方向，出現了數頭惡狼，那些傢伙就停留在武器射程以外的距離不再前進，夜色下，只能隱約看見牠們綠油油的眼睛和模糊的體形。

有武器的人都舉起了槍，準備射擊，我急忙阻攔住他們：「這些狼是想試探咱們的火力，咱們只有兩枝運動步槍可以射擊遠距離目標，不要輕易開槍，等牠們離近了，再亂槍齊發。」反正我們人多槍多，在山區的狼聚集起來，最多不過幾十頭而已，只要事先有所防範，也不用懼怕牠們。

這時遠處突然出現了一個白色的影子，毛髮在夜風中抖動，我心中一沉，立刻想起了在大鳳凰寺破廟中的那個夜晚，與狼群激戰的場面歷歷在目，就好像是昨天發生的事情一樣，他媽的，不是冤家不碰頭，想不到一隔十年，在這藏、青、新交界的崑崙山深處，又碰到了那頭白毛狼王，牠竟然還活著，剛才我們宰了那麼多狼崽子，雙方的仇恨是越來越深了。

我低聲對胖子說：「你在這開槍有把握嗎？擒賊先擒王，打掉了狼王，這些狼就不會對咱們形成威脅了，最好能一槍幹掉牠。」

胖子笑道：「小兒科，胡司令你就等著剝這張白毛狼筒子吧。」說著話，已經舉起了手中的運動步槍，瞄準的同時已經把手指摳在扳機上了。

我心中一喜，如果能在這裡解決掉牠，也算去了我一塊心病，但就在胖子的運動步槍隨目標移動，即將擊發之際，白狼已經躲進了射擊的死角，另外幾頭狼也跟著隱入了黑暗，胖子罵了一聲，不得不把槍放下。

那些狼知道在這狹窄的溝中衝過來，是往槍口上撞，便悄然撤退，但我心裡清楚，牠們一定恨我們恨得牙根癢癢，現在離開，只是暫時的退避，一有機會，牠們就會毫不猶豫地進行攻擊。

但是沒辦法，我們追也追不上，只好整隊繼續向前，尋找那些跑遠了的犛牛，在藏骨溝中跋涉許久，人人都覺得困乏疲憊，在溝口的一個山坡上，終於找到了那些犛牛，牠們都在那裡啃草。

嚮導初一和四名腳夫見犛牛們安然無恙，都覺得欣喜若狂，忘記了疲勞，匆匆跑上山坡，我們則慢慢地走在後邊，等我上到山坡之後，頓時呆住了，這似乎比從天上掉下來一隻藏馬熊還要離奇，犛牛旁邊倒著五個人，看服飾正是初一等人，他們都像是受了巨大的驚嚇，正倒在地上，全身瑟瑟顫抖。

第一九七章　雪域祕境

別人倒也罷了，初一那種酒不離口，揮刀宰狼連眉頭都不皺的硬漢，怎麼也嚇成這樣？但看他們的姿勢，不是混亂中橫七豎八的倒下，都衝著一個方向，臉朝下俯臥在地，全身一陣陣的哆嗦，我更是覺得奇怪，莫非不是恐慌過度，而是在膜拜什麼？但是從他們登山藏骨溝出口的山坡，還不到一分鐘，這麼短的時間裡，能發生什麼呢？

我心中想著，加快腳步，剛一踏出狹窄的深溝，便立時怔在當場，只見北面的天空上，亮起一道霧濛濛的白光，光線閃動搖曳，這道奇異的光芒剛好圍繞著雪峰的銀頂，一瞬間似乎產生了如同日月相擁，合和同輝的神聖光芒，這是我很久以前就聽說過的，崑崙山中千年一現的玉頂佛光啊，只有有緣弟子才能得見。

我也被這神聖的景象懾服，雖然不是佛教信徒，也想應該趕緊跪在地上參拜，這時後邊的人陸續上來，還沒等他們看清楚，那神奇的光芒就已消失在了夜幕之中，明叔等人只看見半眼，都頓足捶胸，追悔莫及。

Shirley楊也瞥見了一眼，告訴眾人說：「你們別後悔了，這根本不是千年一現的佛光，剛才那只是雲層中產生的同步放電現象，雪山下的雲團過厚，在夜晚就會產生這種現象，一千年才出現一次的佛光，哪有這麼容易碰到。」

但是「初一」等人堅信那就是佛光聖景，見到的人，都會吉祥如意，初一告訴我們，這種小佛光在喀拉米爾很常見，不過真正的千年大佛光，要在他遙遠的老家雲南卡瓦博格雪山頂才

有，據說只是在大約一千年前出現過那麼幾秒鐘，被畫在《十相自在圖》中，流傳了下來，有活佛預言，在最近十年中，還會再出現一次，臨近的時候，很多朝聖者都會不遠萬里地去神山下膜拜。

剛才拜過了佛光，腳夫們都顯得興高采烈，吆喝著把牛馬聚攏起來，檢點物資裝備，所幸並未損失多少，於是繼續前進，等天亮後找了處平緩的山坡紮營，休息了一天一夜，養足了精神氣力，就準備進神螺溝冰川了。

這一段時間，那些惡狼始終沒現蹤跡，但牠們不知在哪裡正窺伺著我們，所以一刻也不敢掉以輕心，尤其是我們繼續在深山裡前進了兩天之後，即將要進入一片更加危險神祕的地域——神螺溝。

神螺溝冰川是世間獨一無二的低海拔古冰川，最低的地方海拔只有兩千八，冰川從兩座大雪山之間穿過，延伸到下邊的原始森林中大約有數公里遠，冰川下密密麻麻的原始森林，古木參天，生長著數不清的奇花異草，擁有著高山寒漠帶豐富的動植物資源。

進入神螺溝的森林，高原缺氧酷寒的問題可以得到解決，但是我們遇到的新難題也隨之而來，這種地方根本沒有道路，氂牛和馬匹都不可能從冰川下去，而且還有過一道大冰坎。

看來只有把補給營紮在這裡了，本來的計畫是只留下兩名腳夫看守物資，其餘的人都負重進入冰川，但與狼群的遭遇，形成了潛在的威脅，留守的人少了，可能無法保護營地和牲口。

我也不想讓初一等當地人跟著進山，因為前面不知還會有什麼危險，實在不想連累他人，但是初一執意要去幫忙，挖魔國的妖塔是積累功德的事，如果成功了，初一就不打算送他的第三個小兒子去寺廟裡當喇嘛修行了，見到了寶頂佛光，更增添了他的信心，我們商量了很久，最後只好留下四名腳夫，看守牛馬，他們人人都有獵槍，是打狼的好手，在給他們留下一些炸藥雷管，有四個人應該就夠了。

其餘的八個人組成一隊，裡面穿潛水服，外邊罩衝鋒衣，戴上登山頭盔等護具，分配了一下武器彈藥，運動步槍兩枝分別給胖子和Shirley楊使用，我和彼得黃用霰彈槍，初一用獵槍，M1911除了阿香之外，人手一枝，背上必要的物資裝備，整點完畢，便開拔出發。

神螺溝冰川的門戶，便是當地人俗稱的「大冰坎」，下去的時候，是非常容易的，都是四十度與六十度之間的冰坡，抓著繩子，好像打滑梯一樣下去就是了，但回來時恐怕要費些力氣。

初一把我們帶到一個位置，這大冰坎，看起來很平緩，似乎不難下去，其實裡面有很多脆弱的冰縫和冰洞，人的體重一壓上去，就會把外薄薄的冰殼壓破，掉到下面去摔死，只有初一當年跟僧人們進神螺溝採藥時，發現的一條狹窄區域，是相對而言比較安全的。

我們設置了三條長索垂到冰坎下面，由初一打頭，率先溜了下去，其餘的人依次而下，很順利的就到達了冰坎下的神螺溝裡。

我下去後舉起望遠鏡向遠處看了看，林海雪山，茫茫無盡，這片冰川應該屬於複合型，主體是古冰川，其中也有不少區域是各個時期雪崩形成的現代冰川，大小都有，全被森林分隔包圍，冰漏、冰洞、冰溝以及大冰瀑，數不勝數，在海拔更低的森林中，融化了的冰水匯聚成溪，天曉得那妖塔埋在哪裡。

這裡雖然並非全是雪崩的危險區域，但有些地方是不能發出太大動靜的，那會驚醒銀色的雪山神明，所以嚮導初一建議眾人，把武器的保險全部關上，在沒有得到安全確認之前，誰也

不要開槍，如果有野獸襲擊，咱們就用冷兵器招呼它。

我們沿著冰川進入森林，邊走邊參照地形，研究妖塔可能所在的位置，輪迴宗直到幾百年前，還曾經常派人來舉行祭祀，也許會留下些遺跡，據那本《輪迴密傳經》上所說，具體的位置，應該在四座雪山環繞的冰川裡，那裡就是密宗風水中所謂的鳳凰神宮。

就這麼在森林裡走了大約兩天時間，這天繼續前進，路上初一給我們講了些這神螺溝的傳說，還有他當年來這裡採藥的經歷，在佛教傳說中，這裡以前是一片內陸海洋，海底有一隻巨大的海螺，變化成了妖魔，法力通神，由於它的原因，附近的生靈飽受荼毒，直到佛祖用佛法將海洋升騰為陸地高山，才使其降服，海螺魔神願意皈依佛門，最後成為了佛教的護法神，而它成佛後，留下的海螺殼，就化為了這古老的神螺溝冰川。

這傳說並不載於任何經書，可能只是前人所杜撰出來的，不過這倒符合普通佛教傳說的特性，佛教是最具有包容性的宗教，不管什麼妖魔鬼怪，只要肯放下屠刀，就能立地成佛，所以在佛經傳說中吸納了很多各地的魔神做為護法。

說話間走到一處大冰瀑前，初一讓眾人先停止前進，指著那處冰瀑說：「前邊那塊冰坂，剛還是在冰瀑的下邊，冰瀑上是一座雪山的主峰，我在十幾年前在上邊發現了一株八十八味珍珠靈芝草，就攀著冰瀑上去採，但這裡地形絕險，不但八十八味珍珠草沒摘下來，還險些掉下來摔死，你們想找四座雪山圍繞之地，那這前邊就是了，因為我上去採藥的時候親眼看到過，這裡剛好有四座巨型雪峰環繞，喀拉米爾的雪山很多，東一座、西一座連在一起的卻不容易找，我所見所知，僅此一處而已，但這盆地裡面，我以前也沒敢進去過，因為傳說這是災禍之海的中心，咱們進去的時候要加倍小心。」

我也看出來這裡氣象非比等閒，不是風水形勢，單看這大雪山上千萬噸的積雪，就讓人心生寒意，好在冰川相夾的林帶很寬，繞過冰瀑，從森林裡穿行而入，只要不出什麼太大的意外，就不會引起雪崩。

森林的盡頭是一片高低起伏的冰川，海拔陡然升高，冰川在雪線以上，看樣子在幾千幾萬年前，這裡不是高山冰湖就是塊高山盆地，四周果然是有四座規模相近的高聳雪峰，這就是天地之脊骨的「龍頂」了，供奉邪神的妖塔很可能就凍結在這片冰川之中。

眾人見終於有了著落，都振奮精神，都迫不及待地往前趕，想一鼓作氣，在天黑前找到九層妖塔，這裡的冰滑溜異常，都跟鏡子面似的，彼得黃一向在南方，這種冰天雪地的地方從來沒到過，很難適應，走得稍快就連滑了幾個跟頭，摔得他尾巴骨都要裂了，只好讓胖子和初一架著他走。

剛要再繼續前進，我一點人數不對，少了一個韓淑娜，這冰川上全是冰縫和冰斗、冰漏，要是真掉進去可就麻煩了，冰斗還好辦，掉進冰漏撈都沒辦法往上撈，而且冰上沒有足跡，想順著來路往回找也不容易，但在大雪山的下邊，也不敢喊她的名字，就算是阿香也沒有透視能力看到冰層下的情況。

眾人只好留下彼得黃在原地觀望，其餘的人散開隊形，按來路往回排查，然後改變角度，直換了兩個方向才發現一個被踏破的冰斗（此斗非彼斗，地理專用名詞，指冰川中的空洞間隙，形狀似盆如斗），我用狼眼手電向裡照了照，韓淑娜正掉在裡面，昏迷不醒，我們低聲呼喚她的名字也沒有任何反應，據我的目測，這冰斗深有七八米。

誰也不知道為什麼她會偏離路線從這裡經過，明叔見老婆掉在下面生死不明，急得團團亂轉，我勸慰他不用擔心，這裡不算太深，都穿著全套的護具，最多是掉下去的時候受驚過度暈過去了，下去把她拉上來就行，不會出大事。

我收拾繩索準備這就下去，Shirley楊向裡面先扔了一根冷煙火，以便看清楚地形，免得踏破了與此相連的冰縫，沒想到落下去的冷煙火，照亮了冰窖的四壁，眾人望下一看，都「啊」了一聲，冰壁中封凍了很多身著古衣古冠的死人，都保持著站立俯首的姿勢，圍成一圈，好像這些古屍都還活著，正低頭盯著昏迷不醒的韓淑娜，我們所見到的，只是最外邊的一層，在冰層深處還不知有多少被凍住的屍體。

第一九八章　雪山金身木乃伊

我們站在冰層上往下看，看來這冰斗並非是大自然的產物，冰壁中封凍著的屍體，都擺出一個神祕的姿勢，站立低首俯視著斜下方，胖子看後笑罵：「臨死還不忘低頭撿錢包。」

我對他們擺了擺手，別議論了，得趕緊下去把韓淑娜救上來，不管怎麼看，這冰窟都透著很重的邪氣，絕非善地。

於是眾人趕忙放下繩索，我抄起冰鑿拉著登山繩滑進冰窟，隨後Shirley楊也跟著下來，我們倆顧不上看四周冰壁中的死人，趕緊先查看韓淑娜的傷勢，身體上沒有明顯的外傷，就是臉上被尖冰滑了幾個淺淺的擦痕，人只是昏迷了過去。

我拿出硝石，在她鼻端一擦，韓淑娜立刻打了個噴嚏，清醒了過來，我問她有沒有受傷？韓淑娜搖了搖頭，原來她剛才鞋子鬆了，低頭重新綁好，已和眾人拉開了距離，當時大夥見終於找到了龍頂，都十分興奮，所以一時間沒注意到有人掉隊了，韓淑娜趕上來的時候，偏離了路線，一腳踩破冰殼掉了進來，這裡黑乎乎的，就打起手電筒照亮，然後準備發信號求救，但還沒等開口，就發現周圍全是古代的冰屍，雖然她平時接觸過很多古屍，但在這種特殊的環境下，毫無心理準備，當時就被嚇暈了過去。

我看韓淑娜沒受傷，就放下心來，舉著狼眼手電筒看了看四周冰層中的屍體，不像是在獻王墓天宮中見到的銅人，這些屍體可能都是活著的時候凍在冰壁裡的，鮮活如生，裡面一層挨著一層，站得滿滿當當，很難估計冰中具體有多少屍體，但是能看見的，就不下數十具，雖然

穿著都是古衣古冠，但並不是魔國的服飾。

Shirley楊給韓淑娜勾上「快掛」，準備讓明叔胖子等人，在上面將韓淑娜拉上去，兩人低頭準備的時候，忽然都驚呼了一聲，分別向後躍開，好像見到地上有毒蛇一樣。

我忙低頭往下看，用手電筒照著地下平整光滑的冰面，只見裡面有個朦朧的黑色人影，蜷曲著人體，縮成一團，橫倒著凍在地下的冰層中，冷眼一看，可能還會以為是個冷凍的超大蝦仁。

我對Shirley楊說：「這有什麼可怕的？就是凍著的死人而已，不過怎麼會擺了個這麼奇怪的姿勢？」

Shirley楊聳了聳肩說：「我根本沒看清下面是什麼，剛剛是被韓姐嚇了一跳。」

韓淑娜說道：「剛才一看這下面的人影，好像蜷縮成一團，我就想到了胎兒的樣子，可是猛然間想到世上哪有這麼大的胎兒，所以嚇得向後跳開。」

我讓韓淑娜先上去，她的特長是古屍鑑定，在這也幫不上什麼忙，只能添亂，等她上去後我和Shirley楊在冰斗中商量了幾句，這裡可能是輪迴宗教主的墓穴，這埋有邪神妖塔的冰川，一定是後世輪迴宗信徒眼中的聖地，他們的歷代宗主信徒，大概死後也都葬在此地，這冰斗就是其中一處，地下這蜷縮的黑色影子，大概就是其中一位教主，周圍這些人是陪葬的信徒，冰川下環繞著九層妖塔，還不知有多少這樣的冰窖墓葬，不妨把這冰下的教主屍體挖出來，看看他的陪葬品中有沒有什麼信息。

二人商議完畢，也從冰窖中爬回上面，把計畫對眾人講了一遍，我們現在所處的位置，可以說是四座雪峰各自的冰川交匯之處，形成了一大片又厚又深的「冰舌」，這裡地形凹凸不平，冰溝冰縫縱橫，由於建造妖塔的時候密宗甚至還沒有成形的風水理論，那個時代實在太古老了，所以無法使用分金定穴的辦法，與其大海撈針一樣在冰舌上逐漸排查，還不如先挖這輪迴宗教主的墓穴，以此來確定妖塔的確切位置。

明叔等人沒有這方面的經驗，自然我怎麼做怎麼是，安排已畢，在剛才那冰斗旁邊插了枝風馬旗做為標識，就地架起帳篷，由彼得黃和嚮導初一負責哨戒，防止狼群來偷襲，明叔和韓淑娜負責探險隊的飲食，我帶著阿香、Shirley楊和胖子，吃過飯後，就進冰斗中開工。

這時天色將晚，遠處的森林中，傳來一陣陣野狼的哀嚎，看來狼王也聚集了狼群，尾隨而至了，我聽到狼嚎，就想起格瑪軍醫那青色的肚腸，恨得咬牙切齒，囑託初一等人小心戒備，然後搬著器械，下到冰窖之中。

明叔就在上面掛起了螢光燈照明，他是倒騰古屍的老手了，見到這冰層下有具姿勢如此詭異的屍體，也是好奇心起，說不定這就能挖出一具價值連城的冰川水晶屍，於是和韓淑娜一起在上面觀看。

把阿香帶在身邊，可比點蠟燭方便多了，不過阿香膽子很小，為了預防她嚇傻了說不出話，我們還是按老規矩，在東南角的生門，點燃了一枝牛油蠟燭。

胖子按我所說的，把生薑汁灌在一個氣壓噴壺裡，先給地面的冰層噴了幾下，然後需要做的只是慢慢等著滲透進去。

四周冰壁中封凍著的屍體，都低著頭注視著我們將要挖開的冰面，剛好像是一群看熱鬧的在圍著我們，一言不發地冷眼盯視，這讓人覺得很不舒服，胖子說：「這太他媽太怪了，要不咱們找塊布把這四周的冰壁都擋上，實在是看得人心裡發毛啊。」

我對胖子說：「你又不是大姑娘，還怕被人看，你就當那些死屍不存在就好了……」我雖然這麼說，但也感覺這冰斗裡邪得厲害，從來沒見過這種陪葬的方式，而且墓主沒有棺材，還擺得跟個大蝦仁兒似地凍在下面，稍後究竟會挖出來個什麼東西，還真不好說。

Shirley楊大概看出來我有點猶豫，就對我說：「輪迴宗保留了很多魔國的邪教傳統，在英雄王說唱詩篇中，魔國是一個崇拜深淵和洞穴的國家，四周的陪葬者，做出俯視深淵的姿勢，這大概和他們的宗教信仰有關係，不用大驚小怪。」

這時生薑汁已經滲透得差不多了，我們便用冰鑿風鑽開挖，生薑汁是堅冰的剋星，萬年玄冰都可以迎刃而解，這道冰層也並沒有多厚，不多時，就挖掉一個方形冰蓋，再下面就沒有冰了，我們發現在冰層下黏著魚鰾，屍體就裹在其中。

一看屍體，大夥都覺得有幾分驚訝，阿香嚇得全身直抖，Shirley楊只好將她摟住，問她是否發現了什麼東西？阿香搖了搖頭，就是覺得這屍體實在太恐怖了。

我轉頭看了看蠟燭，正常的燃燒著，看來沒什麼問題，這才沉住了氣觀看冰下露出來的屍體，沒破冰之前，所看到的是個黑影，但這時一看，那屍體十分巨大，全身都是白色的，不是屍變那種長白毛，而像是全身起了一層厚厚的硬繭，有幾處地方白色的繭殼脫落，露出裡面金燦燦的光芒，裡面似乎全是黃金。

屍體雙手抱膝，蜷縮成了一團，這可能也和輪迴宗邪惡的教義有關，死亡後將進行轉生，所以將死者擺成回到母體中胎兒的姿態。

明叔在上面也看得清清楚楚：「哇噻，這是雪山木乃伊啊，不得了，不得了，這具雪山金身木乃伊就值一百多萬啊……只不過年代太近了，要是再久一點，比冰川水晶屍也差不多了。」

我抬頭問明叔：「什麼是雪山金身木乃伊？」對於這些「骨董」，我們誰也沒明叔和他的情婦所知詳熟。

明叔為了看得更清楚一些，也下到冰窨，好在這冰斗中比較寬敞，多一個人，空間也不會顯得過於局促，明叔拿著放大鏡看了半天，又伸手在屍體白色的繭殼上摸了摸，舔了舔自己的手指：「不會錯，絕對是雪山金身木乃伊。」

這種屍體的處理方式非常複雜，先要將死者擺好特定的姿態，裝進石棺，在裡面填滿沼鹽，停置大約三個月的時間，等待鹽分完全吸入身體各個部分，取代屍體中全部的水分，待到醃漬妥善之後，便再塗抹上一層類似水泥的物質，此物質由檀末、香料、泥土以及種種藥品配製而成。

然後此物質便逐漸凝固硬化，屍體上所有一切凹陷或皺縮的部分，例如眼睛、兩腮、胃部都會自行膨脹起來，形成自然和諧的比例，再於外部塗抹上一層熔金的漆皮，這就是金身，最後還要再用沼鹽包裹一層，只有一些宗教的宗主、教主才有資格享受這樣的待遇。

我和胖子都聽傻了，沒想到粽子還有這麼複雜的製作過程，明叔說：「咱們動手把雪山木乃伊搬上來吧！」但我們一動手發現無法移動，屍體下面還是冰層，凍成了一體，極為結實，用手電筒向深處照了照，冰下似乎有很多東西，但是隔著冰層看不太清楚。

於是再次取出噴壺，把生薑汁噴灑在冰層上，等了一會兒，估計差不多了，於是一冰鑹打了下去，不料順著冰鑹穿破的冰層，突然冒出一道長長的巨大藍色火柱，帶著都能刺破人耳骨的尖嘯聲，直從冰斗的最深處竄上了天空。

第一九九章　無量業火

明叔急於把那具值錢的教宗屍體搬上去，便迫不及待地動手，他將破冰籤剛剛插進「雪山木乃伊」下的冰層，整個金身屍體就被從冰下冒出的一股藍色火柱吞沒，火柱猶如火龍噴出巨焰，直射到冰斗外的天空。

按輪迴宗經書所載，藍色的火焰與其餘的火焰不同，輪迴宗稱之為「無量業火」，是傳說中能把靈魂都燒成灰燼的烈火，誰也沒有預料到，這雪山金身木乃伊下邊，會藏著如此古老而又狠毒的陷阱。

幸虧胖子眼疾手快，在火焰噴射而上的一瞬間，將明叔往後拉開，我和Shirley楊也拉著阿香向後閃避，眾人都縮到冰窖的角落裡，就覺得舌頭尖發乾，好像全身的水分都在急劇蒸發，不得不把臉貼在冰壁上，拚命用舌頭去舔那些凍著殉葬者屍體的冰面。

這種時候，每一秒都顯得漫長無比，再加上「無量業火」噴射而上的尖銳呼嘯聲，在狹窄的冰窖裡，聽起來格外驚心動魄，但現在什麼也做不了，只能盼著這股鬼火盡快散盡，如果再沒有新鮮空氣進來，根本沒有人能支撐多久。

無量業火的呼嘯之聲終於止歇，由於我們喪失了對時間長短的感知能力，也不知道剛才經過了幾秒鐘，還是更長的時間，互相看了看，好在沒人受傷，只有明叔沒戴登山頭盔，剛才慌亂中，腦袋被冰壁撞了一下，也無大礙。

冰窖中的那具「金身木乃伊」，已被「無量業火」燒成了一團黑炭，眾人驚魂之餘，都無心再去看它，忽聽上面有人大呼小叫，聽聲音是嚮導初一。

可能是狼群趁著天黑摸上來了，但是怎麼沒人開槍？我顧不上多想，搶先爬上冰面，只見彼得黃與初一，正在手忙腳亂地搶救韓淑娜，我走近一看，心中頓時一涼，韓淑娜的臉都被「無量業火」燒沒了，可能當時她在上面俯身向下看，由於天黑，反倒不如我們在近距離，立刻就能反應過來，結果剛好被「無量業火」燒到臉部，鼻子、眼睛都沒了，鼻子下面相對來講還算完整，但這只是對比腦門那些已經燒為灰的部分，下邊的臉皮幾乎全燒沒了，由於嘴唇也燒沒了，黑炭般的臉上，只剩下兩排光禿禿的牙齒，和裡面漆黑的舌頭，十分嚇人。

韓淑娜倒在地上，一動不動，初一對我搖了搖頭，看來當場就死了，你看她的腦漿子都烤乾了，整個腦袋凹進去了三分之一，顱骨內燒得一塌糊塗，成了一個大黑窟窿。

我見韓淑娜死得如此之慘，我也覺得心下黯然，拿了張毯子，把屍體遮住，免得讓明叔看見了這慘狀無法接受。

這時明叔等人也陸續爬了上來，看了看我們幾個人，又望了望地下蓋著毯子的屍體，剛想問他老婆哪裡去了，卻發現毯子下露出的大彎鬈髮，韓淑娜臉部燒沒了，但那「無量業火」似乎並沒有蔓延到她的頭髮上，明叔一看頭髮，便已知道發生了什麼，晃了兩晃，差點暈倒，彼得黃趕緊將他扶住。

我對Shirley楊使了個眼色，讓她把阿香先帶到帳篷裡，雖然不知道阿香跟她乾媽感情怎麼樣，但就憑她的膽子，看到那沒有臉皮的屍體，非得嚇出點毛病來不可。

我也不忍看明叔傷心過度，但又想不出怎麼勸慰，只好把初一叫在一邊，跟他商量，能否把明叔、阿香、彼得黃先帶回去，這龍頂冰川危機四伏，再讓他們繼續留在這裡，難保不再出

別的危險。

初一為難地說，都吉兄弟，現在恐怕想走都走不掉了，你看看這天上的雲有多厚，咱們在喀拉米爾山口，看到那些黑頸水鳥遠飛而去，看來真的是有寒潮要來了，雪山上一山有四季，天氣變得太快，沒人能夠預測，一年中只有在風速低、沒有雨雪的日子能進冰川，五月分是最合適的，現在是九月中旬，按理說也是一個吉祥的時間，但雪山上的天氣是不能用情理來推測的，天氣說變就變了，不出兩個小時，就會降下大雪。

這裡雖然不至於大雪封山，但龍頂冰川的地形非常複雜，據推測，這裡可能在遠古時代，是一個巨大的山間湖泊，所以才有「災難之海」的名稱，後來經過喜馬拉雅山脈的造山運動，使得這裡的海拔上升，氣溫降低，整個湖演變成了大冰川，偶爾的雪崩，使得冰川越來越厚，裡面的地形也越來越複雜。

夏天的時候，很厚一層冰川都會融化，冰層的厚度會降低許多，所以韓淑娜才會踏破一個冰斗，在氣溫低的季節裡，這種情況是不會發生的，而現在龍頂冰川中，許多縱橫交錯的冰縫和冰漏、冰斗，都暴露了出來。

進來的時候沒下雪還好說，但是山裡一旦出現寒潮，大雪鋪天蓋地地下起來，不到兩三個小時，就會把冰川覆蓋，冰下脆弱的地方卻還沒凍結實，掉下去就完了，即使最有經驗的嚮導，也不敢在這個時候帶隊涉險，何況狼群也跟著進了山，萬一出現狀況，牠們肯定會來趁火打劫，想往回走，就必須等到雪停了，冰川徹底凍住之後再離開。

我和初一正在說話，就覺得臉上一涼，這雪說話間就已經下了起來，我忙回去把眾人聚集起來，說明了目前所處的狀況，要離開，最少需要等兩天以後，而且我和胖子、Shirley楊三人已經有破釜沉舟的決心了，不把魔國邪神的妖塔挖個底朝天，絕不罷休，別說下雪了，下刀子也不撤退。

明叔老淚縱橫，盡說些個什麼他和韓淑娜真心相愛，什麼山險不曾離身邊，酒醒常見在床前之類的話，我和胖子以為他傷心過度，開始胡言亂語了，正想勸他休息休息，沒想到明叔突然來這麼一句：「總不能賠了夫人又折兵，這回就頂硬上了，不挖出冰川水晶屍就不回去。」然後囑托我們，他如果有什麼意外，一定要我們把阿香帶回去。

我見明叔執迷不悟，也無話好說，心想我和胖子、大金牙這些人，又何嘗不是如此，財迷心竅，很多時候，之所以會功敗垂成，不是智謀不足，也不是膽略不夠，其實只不過是利益使人頭腦發昏，雖然都明白這個道理，但設身處地，真正輪到自己的時候，誰也想不起來這個道理了，畢竟都是凡人，誰也沒長一雙能明見徹始徹終永恆的佛眼，而且我們以前也實在是太窮了。

等我們商議完畢之時，已經是將近午夜時分了，雪開始下得大了，遠處的狼嚎聲在風雪中時隱時現，我們把韓淑娜的屍體放在了營地旁邊，蓋了一條毯子，胖子和彼得黃負責挖一些冰磚，疊在帳篷邊緣，用來擋風和防備狼群的偷襲。

我和Shirley楊再次下到冰斗中，希望能找到一些線索，確認九層妖塔的位置，最好能在明天天黑之前把它掘開。

魔國的墳墓，都有一種被密宗稱為「達普」的透明瓢蟲，接近的人，都會被無量業火焚燒成灰燼，我們進藏之前，已經想到了應對之策，這酷寒的高原上，水壺裡的水很快就會結冰，根本無法使用，而灌滿生薑汁的氣壓噴壺，足可以把「達普」的鬼火澆滅。

不過這安放輪迴宗教主金身的冰窖中，突然出現的巨大藍色火柱卻在我們意料之外，經過Shirley楊的查看，這種火柱可能是一種古老的機關，魔國的鬼火輪迴宗不會使用，只是模仿著那種無量業火造了一種人工的噴火機關，金身下是個密封的空間，裡面裝了大量的祕藥，積年累月的絕對封閉環境，使祕藥與停滯其內的空氣相混合，形成了一種特殊的氣體，觸動雪山金身木乃伊，冰層一破就會引發它燃燒，墓主寧願屍身燒成灰，也不能被外人驚擾。

在冰窖的最深處，被火焰熔化的冰牆後，有一個更大的冰窟，我們在裡面發現了一間隱蔽的冰室，看樣子是用來放教主陪葬器物的，最中央擺放著一個三層靈塔，象徵著天上、地下、人間，靈塔高有一點五米，都是黃金製成，上面嵌滿了各種珍珠，眾寶嚴飾，光彩奪目。

Shirley楊在四周放置了幾根螢光管照明，我用探陰爪撬開塔門，靈塔中層有十多個類似於「嘎烏」的護身寶盒，以及紅白珊瑚、雲石、瑪瑙之類的珍寶，下邊代表地下的一層，都是些糧食、茶葉、鹽、乾果、藥材之類的東西，上層有一套金絲袍服，以及鏤空的雕刻。

我們看到靈塔最高處的雕刻漆繪，與古格遺跡中輪迴廟的銀眼壁畫類似，用異獸來表示方位座標，中間則有個裸身半透明的女子，那應該就是冰川水晶屍了，從這陪葬陵塔的擺放位置，以及那冊古經卷中的描述，供奉邪神的妖塔，就在這冰斗以西不超過三十米的範圍內，龍頂冰川上，少說有上百，甚至幾百處輪迴教歷代教主的墓穴，我們所發現的只是其中之一，這些墓穴都是按密宗的星圖排列，拱衛著魔國自古遺留下來的九層妖塔，不用再多找了，有了這一個參照物，配合經卷中的記載，明天一定可以找到最終的目標。

這間冰室的牆壁上刻著許多惡鬼的形象，看樣子靈塔中的財寶都受了詛咒，按我的意思，就是虱子多了不咬，帳多了不愁，就算是把這些珍寶都倒出去也無所謂，不過眼下大事當前，也沒心思去管這些黃白之物，於是我和Shirley楊將那「靈塔」，按原樣擺好，返回冰川之上。

我讓眾人輪流休息，由我和嚮導初一值第一輪班，我們兩人趴在冰牆後，一邊觀察四周的動靜，一邊喝酒取暖，不久前還若隱若現的狼蹤，此時已經徹底被風雪掩蓋，初一說狼群如果不在今晚來襲擊，可能就是退到林子裡避雪去了。

我見初一對狼性十分熟悉，又聽他說曾擔任過喀拉米爾打狼工作隊的隊長，不免有些好奇，便出言相詢。

初一講起了他以前的經歷，解放前，他家世世代代都是為頭人做活，當他還是個孩子的時候，七歲那年，狼群一次就咬死了幾十隻羊，這種現象十分反常，頭人以為是有人得罪了山神，便將他爺爺活活地扒了皮，還要拿初一去祭神，後來他全家就逃到了千里之外的喀拉米爾定居下來，路上他父親也被追上來的馬隊所殺……

初一每說一段，就要沉默半天，顯然那些悲慘的往事，不太容易去面對，我見他不太想說，也就不再追問，這時夜已經深了，地上的積雪漸漸變厚，火光中，可以見到不遠處的積雪凸起一塊，那是擺放韓淑娜屍體的地方，我忽然發現那團雪動了一動，忙把手中的霰彈槍握緊，舉起手電筒照了過去，心中暗想可能是餓狼摸過來偷屍體了，但馬上發現不是那麼回事，韓淑娜正手足僵硬地從雪堆裡慢慢爬了出來，手電筒的光束穿過風雪中的夜幕，剛好照在她那張沒有了臉皮，並且焦黑如炭的臉上，只有她那兩排裸露的牙齒最為醒目。

第二〇〇章　妖奴

韓淑娜那張被「無量業火」燒成黑洞一般的臉，對著我吃力地張了張口，似乎是想要發出什麼聲音，然而那沒有嘴唇的口中，只能虛無地徒然張合著。

我想叫身邊的初一看看這是怎麼回事，喀拉米爾山區以前有沒有過這種先例，被燒死的人還會發生屍起？但一轉頭，卻發現原本一直在和我說話的初一不見了，只有寒夜中的冷風夾雜著大雪片子呼呼呼灌進冰牆。

我心中似乎也被風雪凍透了，全身突然打了個冷顫，坐起身來，再一抬眼，初一就抱著獵槍坐在我身邊，舉著他的皮口袋，喝著青稞酒，再往放置韓淑娜屍體的地方看了看，上面的積雪沒有任何痕跡，原來剛才打了個磕睡，這麼短的時間裡，竟然做了個噩夢。

若說是日有所思，夜有所夢，也不奇怪，可能是在這個漆黑寒冷的夜晚，連續看到詭異的雪山金身木乃伊，以及韓淑娜被燒死的慘狀，那景象在腦海中揮之不去，所以才會做了這麼個怪夢，但那夢境中的恐慌感，真的很真實，也許是有某種微妙的預兆？

初一在旁邊將皮製酒囊遞給我：「剛剛說著話你就睡著了，我看你今天是累壞了，我把酒燙熱了，你喝上兩口，青稞酒的神靈，會幫你緩解疲憊的身軀的。」

我接過酒囊猛灌了兩大口，站起身來，還是想要再去確認一下，我必須親眼看到那「雪丘」下韓淑娜的屍體沒有變化，才能安心，以前也和她打過交道，就算沒有，這次也是同夥，我可不想等她的屍體發生了什麼變化再做處理，那就有可能要損毀她的遺體，最棘手的問題莫過於此。

誰知我剛一起身，忽然聽得冰牆後，「嗖」的一聲長鳴，一枚照明彈升上了夜空，這是我們紮營時，為了防止惡狼偷襲，在外圍設置的幾道絆髮式照明彈，都是安置在了幾道冰丘後邊，那是從外圍接近營地的必經之地。

照明彈上有一個小型的降落傘，可以使它在空中懸掛一段時間，寒風吹動，慘白的照明彈在夜空中晃來晃去，把原本就一片雪白的冰川，照得白光閃閃，晃人二目。

就在這白茫茫的雪霧中，十幾頭巨狼，暴露在了照明彈刺眼的光亮之下，這些狼中最近的，距離我們疊起的冰牆，已不過只有十幾米遠，牠們果然是借著鵝毛大雪的夜幕過來偷襲了，我見離得近了，紮營的時候，曾經分析過這裡的冰川結構，這個季節已經有很長時間沒下過雪了，輕型武器的射擊聲，並不容易引起雪峰上的積雪崩塌下來，於是索性就拉出M1911，向後一拉套筒，抬槍射擊，初一也舉起他的獵槍，對準潛蹤而至的惡狼，一彈轟了出去。

在雪原上悄然接近的群狼，可能是想要等到冰牆下，再暴起發難，不料在還有十幾米的距離，就觸發了照明彈，那奪目的光亮使牠們不知所措，趴在雪地上成了活靶子。

胖子等人聽到槍聲，也立刻抄起武器跑出來相助，長短槍枝齊發，立時就打死了十幾頭狼，剩下三頭巨狼見狀不妙，掉頭便向回竄，也都被胖子用步槍一一撂倒，狼屍在冰牆前橫七豎八的倒了一片，白茫茫的雪地上點點斑斑的積血。

就在最後一頭狼被胖子射殺的同時，懸在半空的照明彈也逐漸黯淡，最後冰川又被黑暗覆蓋，只能聽見狂風吹雪的哀鳴，這片位於龍頂冰川的鳳凰神宮，風勢都聚集在下面，雪山與雪山之間的間隙，都是吸進狂風的通風道，而越向上，風力將會越小，到了雪峰頂上，基本上就

沒有風了，可以把這片冰川比喻成一個口大底窄的喇叭形風井，加上大雪飄飛，附近的能見度很差。

胖子蹲在冰牆下避風，對我說道：「胡司令，這回咱給狼群來了個下馬威，量牠們也不敢再來，總算是能睡個安穩覺了，我這就先回去接著睡了，有什麼事你們再叫我，剛剛正做夢娶媳婦，剛娶了一半就讓你們吵醒了，回去還得接著做續集去……」

我對胖子說：「不要輕敵，等到勝利的那一天再睡覺也來得及，現在這還遠遠沒有結束，等把白毛狼王的狼皮扒下來，掛在風馬旗上的時候，它們群狼無首，就不足為患了。」

這時初一說道：「都吉兄弟說得對，這些狼非常詭詐，需防備牠們在這裡吸引咱們的注意力，而另外有別的狼從後面繞上來，一旦和惡狼離得近了，就不能用槍了，那會誤傷自己人。」

經嚮導初一這一提醒，我們都覺得有這種可能，初一太瞭解狼群的習性了，以剛才這次小規模的接觸判斷，狼群一定會分兵抄我們的後路，我們的營地紮在輪迴宗教主墓穴旁邊，兩側的遠端都有冰溝，不易通過，雖然前後都設置了裝有照明彈的機關，但也不能全指望著它能起作用。

眾人稍一合計，決定與其在這裡固守，被攪得整夜不寧，還不如迎頭兜上去，在狼群還沒有從後邊發起進攻前，就打牠們個冷不防。

初一估計後邊是狼群的主力，而且牠們從那邊過來是逆風，槍聲和人的氣味都會被牠們察覺，惡狼們一定是想趁咱們取勝後麻痹大意，散開休息的時候，突然撲上來，咱們要出其不意，就要迷惑牠們，而且要行動迅速，一旦讓牠們察覺到有變化，今夜就很難消滅這批惡狼了。

Shirley楊說：「狼的感知能力很強，咱們又是順風，很容易暴露，要怎麼樣做才能迷惑牠們？」

初一不答，翻身躍出冰牆，把最近的一具狼屍拖了回來，讓眾人都往自己額頭上抹一些狼血，按照當地人的傳說，萬物中，只有人的靈魂住在額頭一帶，惡狼是修羅餓鬼，它的鼻子和眼睛，感覺不到人體，只能看到人的靈魂，而且人和動物死後需要一晝夜的時間，靈魂才會離開肉體，所以這死亡不久的狼血中，也帶有狼魂，用它塗抹在額頭，遮住人的靈魂，就可以迷惑狼群了。

我心想這傳說雖然未必是真的，但抹上氣息很濃的狼血，確實可以隱蔽人的氣味，於是按初一所說，用傘兵刀插入狼頸，這狼剛死沒幾分鐘，並未凍住，血還冒著熱氣。

每個人都用三根手指沾血，在各自的額頭上橫著一抹，然後帶著武器，關閉了身上攜帶的光源，悄然摸向後面的冰坡，這冰坡大約位於龍頂冰川的正中央，類似高低起伏的冰坡在這片古冰川上有很多，開始的時候我們並未留意，只是覺得這個隆起的冰坡，能起到遮擋風雪的作用，故此在坡下紮營，直到我與Shirley楊在冰斗中，確認到了九層妖塔的位置，才覺得這冰坡非比尋常，很可能就是埋有冰川水晶屍的地點。

眾人把明叔和阿香裹在中間，趴冰臥雪，俯在冰坡的稜線以下，我們的裝備足以應付極地的環境，這龍頂海拔並不高，而且有言道是：「風後暖，雪後寒。」真正的寒潮要在降雪後才會來臨，狼群也會在雪停之前，退進森林，否則都會被寒潮凍死，這時雖然下著大雪，卻並不算太冷，不過縱然如此，趴在冰上的積雪中，也夠受的。

我把手向下一壓，示意眾人停住，我和初一兩人蒙住嘴，只露出額頭上的狼血，然後先將頭探出冰坡的稜線，觀看坡下動靜，如果狼群來偷襲，這裡將是必經之地。

黑沉沉的大地上，只有漫天飛舞的雪片，我看了半天，什麼也沒發現，天上鉛雲厚重，沒有半點光亮，能見度實在太低了，四周都是一片模糊朦朧的黑暗，這時候初一扯了扯我的衣袖，把手指緩緩指向坡下，我順著他的手凝神觀看，只見在風雪夜幕之中，有幾絲小小的綠光在微微閃動，由於雪下得很大，若不是初一指點，幾乎就看不到了。

我打開微光手電，對著身後的胖子等人晃了兩晃，意思是發現潛伏的狼群了，準備作戰，然而趴在地上的嚮導初一，突然躍了起來，衝下冰坡，直奔那黑暗中的幾絲綠光奔去。

我並不知道他為什麼這麼做，難道是發生了什麼突然的變化，但總不能任由他孤身涉險，於是拎著M1911，舉起「狼眼」手電筒跟追著他跑了過去，身後傳來胖子和Shirley楊等人的呼叫聲：「快回來，你們倆幹什麼去？」

初一奔到一處，停下腳步，我跟著站定，正要問他怎麼回事？卻發現雪地中倒著七八頭巨狼，狼頸都被鋒利的牙刀切斷，鮮血汩汩流出，有幾頭還沒有斷氣，用惡毒的眼睛盯著我們，但流血太多，已經動彈不得了，死神隨時都會降臨到牠們身上，我們在冰坡稜線上看到那些碧綠色的狼眼，就是牠們的。

初一蹲下去看了看狼頸上的傷口：「是那隻白毛狼王幹的，牠們今夜不會再來了。」說完用藏刀把還沒死掉的狼一一砍死，和我一同回到冰坡後邊。

我們把情況向眾人一說，大夥都覺得莫名其妙，顯然我們一開始估計得很準確，狼群想從後邊偷襲，但不知發生了什麼，狼王會一連咬死這麼多同類，然後悄然撤退，就連非常熟悉狼性的嚮導初一，也不明所以。

Shirley楊踩了踩腳下的冰坡，對眾人說道：「這冰層下十有八九便是咱們要找的九層妖塔，魔國的風俗，只有國主與邪神，死後才能入塔安葬，像輪迴教的教主教宗，那些地位頗高的神職人員，都不夠資格，只能在聖地四周的冰窟裡下葬，在『世界制敵寶珠雄師大王』的說唱長詩中，白狼是魔國的妖奴，制敵寶珠大王曾率領軍隊，同狼王帶領的狼群惡戰過多次。」

魔國雖然滅亡了很久很久，但國君與狼群的古老契約可能還沒有失效，狼群依然背負著古老的詛咒，也許狼王發現這裡是供奉邪神的妖塔，不得不放棄原有的計畫，並咬死了幾頭狼來進行犧牲祭祀，這有幾分類似於美洲印第安人關於狼群的古老傳說，崑崙山喀拉米爾是否也存在著這種事？」

聽Shirley楊這麼一說，我想起在崑崙埡大鳳凰寺，鬼母的墓室中，曾經有一張巨大的狼皮，以及驅使狼奴的壁刻，所以Shirley楊說的這種可能性應該是存在的。

既然狼群在今夜不會再來襲擾，就可以安心睡覺了，明天還要挖掘最重要的「冰川水晶屍」，於是眾人便返回營地休息。

我突然想起那個噩夢來，總覺得不確認一下韓淑娜的屍體會十分不妥，但這件事最好還是讓明叔知道為好，免得引起什麼誤會，我勸明叔最好連夜將她的屍體焚化了，把骨灰帶回去就好了。

明叔這時候已經懵了，正想答應，嚮導初一卻極力反對，距離韓淑娜死亡到現在，還不到一晝夜，她的靈魂尚未離去，以烈火焚燒屍體，她的靈魂也會感到業火煎熬之苦，對死者是十分不好的，那樣會給大家都帶來災難。

俗話說入鄉隨俗，雖然我們不信這套規矩，但不好反駁，眾人只好來到韓淑娜的屍體前，我問明叔能不能不用毯子蓋住屍體，而是捲起來裹住，這樣做只有好處沒有壞處，明叔沉默了一下，才緩緩點了點頭。

我把屍體上隆起的積雪撥開，伸手剛一碰那毯子，心中頓時涼了半截，毯子空空的架成拱形，蓋在下面的屍體不翼而飛了，我猛地掀掉毯子，下邊的冰面不知在什麼時候，出現了一個不算太大的冰窟窿，而下面則有條巨大的冰隙。

難道韓淑娜的屍體掉到下面去了不成？眾人都搶著圍上來觀看，我舉著「狼眼」手電筒往下照射，發覺在深不見底的冰淵下，有個人影一晃，閃進了黑暗的地方，我急忙將手電筒的光束追蹤過去，只見在冰縫間那垂直般的冰壁上，有個女人用手腳懸爬在那裡，她是背對著我們，但她的頭髮已經表明了她的身分，那就是韓淑娜。

胖子見原本已死的人又突然活了過來，認為必有妖魔附體，舉起步槍就想射擊，我將他攔住對著下面大喊一聲：「韓淑娜，你要去哪！」

韓淑娜顯然是聽到了我們的聲音，也感覺到有數枝手電筒在照著她，緩緩地從冰壁上回過頭來，她原本燒成黑炭的臉不見了，取而代之的是一片慘白，但她那張大白臉上只有兩排牙齒，而沒有眼睛和鼻子。

第二〇一章　雪彌勒

韓淑娜從冰淵垂直的絕壁上回過頭來，臉上白濛濛的一片，她和我們之間相距的距離，已經接近「狼眼」光束射程的極限，我為了看得更清楚一些，全身都趴在冰窟邊緣，用力將手電筒向下探，雖然看得模糊，但我已經可以感覺到，在冰壁上的那個「女人」，她已經不是人類了。

明叔也舉著手電筒往下看，但是一見到韓淑娜的那張臉，竟被嚇得呆住了，手腳頓時軟了，手中的電筒翻滾著掉進了冰縫，要不是彼得黃拉著他，險些連人都掉到下面的冰縫裡去了。

突然長了一張白臉的韓淑娜，被掉落的手電筒所驚，迅捷地爬向黑暗的冰淵下邊，很快就消失在了黑暗中。

我們俯身看那枝掉落的「狼眼」手電筒，希望能得知這條冰淵的深淺，但只見那枝電筒掉下去之後，就變做了一個翻動著的小亮點，越來越小，最終竟被吞進了下面的一片漆黑之中，我和胖子都見過沙漠中的「無底鬼洞」，見這冰淵深不見底，不免聯想起那個鬼洞。

就在這時，Shirley楊把一捆登山繩用快掛固定在了身上，對我說：「咱們趕緊跟上去。」看她的架式，似乎是要下到冰淵中去追韓淑娜，我一轉念，便已明白了Shirley楊的意思，韓淑娜的屍體，不知道發生了什麼變化，雖然她一看到眾人就逃進了冰淵深處，但那個方向，正好是斜插入冰坡下九層妖塔的方向，不知是有意還是無意，如果不把這件事搞清楚，很可能會給

明天挖掘「冰川水晶屍」造成意想不到的麻煩。

必須在事態繼續惡化之前找到韓淑娜，我也立刻準備繩索，同Shirley楊打開身上所有的光源，墜索而下，但冰淵中的冰面滑溜異常，根本沒有支撐點可以立足，身上的藍色螢光管與戰術射燈，在如鏡子一樣的冰壁上，反射出奇特而迷離的光線，除此以外四周全是黑沉沉的，使人不知身在何方，剛下到十幾米的深度，就感覺快要喪失方向感了。

不得不暫時停下來確認位置，這道狹窄的冰淵似乎沒有邊際。

Shirley楊說：「下邊至少還有幾百米的深度，最深處可能就是「災難之海」那個湖泊殘存的水脈了，明叔的手電筒掉進了水裡，所以才會消失不見。」說著話把一支螢光管扭亮了，扔向冰淵的下方，隔了很久，那藍色的螢光才在視線裡消失，我們把耳朵貼在冰壁上，隱隱約約能聽到流水的聲音傳導上來。

韓淑娜是往斜下方移動的，我們垂直降下，要想追上她，就必須橫向擺動過去，我們試了一試，但這冰壁太滑，難以做到，最後只有依賴工具，想用登山鎬鑿住冰壁，借力向內側移動，但剛鑿了一下，就發現碎冰不斷地往下掉落，這冰淵有要裂開的跡象。

龍頂冰川處於一個特殊的海拔高度，屬於低海拔冰川，每年有兩三個月的表面消融期，但最中間這厚達幾百米的冰層，始終不會改變。

但我們來的時機並不太合適，剛好趕上消融期的末尾，以及寒潮來臨的前期，正是主體冰川最脆弱的時間段，加上冰川裡有無數天然冰斗、冰漏、冰裂縫，以及上百處輪迴宗的墓穴，可以說這冰層裡跟那馬蜂窩差不多，平常的日子還好說，九月分是最容易崩潰的時候，雖然幾千年來沒有發生過大的地質變動，但這「災禍的海洋」，隨時都可能發生讓人意想不到的災難。

不過話又說回來，任何事物都有它的兩面性，冰川的脆弱期，對於挖掘深處冰層下的九層妖塔，又是十分有利的，倘若在寒潮之後動手，那就非常吃力了。

上面的明叔、胖子等人，擔心我們的安全，大聲呼喊著讓我們回去：「別追了，太危險了。」

他們這麼一喊不要緊，上面的聲音被風灌下來，我和Shirley楊覺得這整個冰壁都在顫動，趕緊用手電筒打信號，讓他們千萬別在冰窟窿那裡喊話了，否則這冰壁萬一裂開發生冰崩，我們都得被活埋在這寒冷漆黑的冰淵裡。

我們在冰壁上的移動速度，比預想中的還要慢，而且根本不可能橫向移動，加上這冰淵裡的環境過於漆黑複雜，兵貴神速，失了先機，就沒辦法追上了，Shirley楊無奈地對我搖了搖頭，看來不得不放棄追擊了，還是先上去再想辦法吧。

我們抽動登山繩，準備要回到冰窟窿上面，於是用手電筒對著上面的人劃了幾下十字，胖子等人會意，便在上面協助，我和Shirley楊逐漸上升，由於冰壁上停不住腳，貼近的時候用腳一蹬，身體就會不由自主地懸在空中轉上一圈。

我轉身的時候，突然看見側面黑暗的冰壁上，趴著一個女人，她的一半身體藏在冰壁上的縫隙裡，只探出一小半身體，臉上白乎乎的一片，只有兩排牙齒，看她的頭髮和身上黃色的衝鋒衣，正是韓淑娜。

我本以為她已經到冰淵深處去了，沒想到離我們不遠的冰壁上，有條不起眼的縫隙，韓淑娜就躲在了其中，在我們放棄了追蹤，準備返回上面的情況下，她又突然出現，想做什麼？

我一拉Shirley楊的胳膊，二人同時停下，Shirley楊也看到了從冰縫中爬出來的韓淑娜，同樣感到十分意外，我在下來之前，將照射範圍二十五米的「狼眼」纏到了手臂上，這時舉起胳膊來，直對著韓淑娜照了過去。

在漆黑寒冷的冰淵中，即使是「狼眼」，也只剩下了不足二十米的能見度，但這個距離，恰好可以照到韓淑娜所在的冰縫，「韓淑娜」，在我們搞清她是什麼之前，姑且仍然這麼稱呼她，她似乎對戰術電筒的光束照射沒有任何反應，趴在冰縫上探出半個身子，便一動也不動了。

由於韓淑娜的臉上沒有了五官，只是朦朧的一片花白，兩排牙齒虛張著，所以我們也看不清她的表情是哀是怒，雙方就這麼僵持在了半空，我逐漸有些沉不住氣了，那傢伙根本就不可能是人，似乎也不是身體關節僵硬的屍體，不過不管她是什麼，絕對沒有善意。

我拿出M1911準備一槍打過去，將韓淑娜的頭打爆，還沒撥開保險，便覺得有人輕拍我的肩膀，Shirley楊在我身後說：「不能開槍，會引起冰壁崩裂的。」

還沒等我把手槍收起來，那個沒有臉的韓淑娜突然像全身通了電一樣，竄出了藏身的冰縫，張開手腳，像個白色的大蜥蜴一般，刷刷幾下就迅速地向我爬了過來。

我和Shirley楊見狀不妙，不知道「韓淑娜」的屍體為什麼會變成這種恐怖的樣子，但唯一可以確定的就是，一旦被她接觸到，就要面臨巨大的危險，這時不敢怠慢，趕緊全力向下拉動套鎖裡的登山繩，快速將身體升上冰淵，最好能將韓淑娜引到冰川上。

但我們上升的速度雖快，但韓淑娜在冰壁上爬動的速度更快，在離冰面還不到五六米的時候，她那張白森森的大臉，就已經可以搆到Shirley楊的鞋子了，冰川上的眾人看得真切，胖子和初一兩個人不顧明叔的阻攔，舉槍探進冰窟中齊射，槍彈都打在了「韓淑娜」的臉上。

我回頭往下一看，只見「韓淑娜」白乎乎的臉上被開了兩個洞，她的身體也被子彈的衝擊力向下貫去，掉落了數米，便掛在冰壁上，抬起沒有眼鼻的臉向上張望，臉上的兩個洞旋即又重新癒合，這時冰淵果然被槍聲震動，碎冰不停地紛紛落下，「韓淑娜」似乎是為了躲避掉落的堅硬冰塊，身影一閃，就躲進了冰縫之中。

我和Shirley楊趁機爬到上面，再往下看的時候，上面坍塌的一些大冰塊已將那冰縫堵死，我們想要再從這進去找「韓淑娜」已經不可能了，但這冰川下的縫隙縱橫複雜，誰知道她還會從哪裡鑽出來，而且槍彈對她似乎沒有什麼作用，十分不好對付。

在這個風雪交加的夜晚，實在發生了太多難以想像的事情，然而午夜才剛剛過去，距離天亮還有很長一段時間，風雪什麼時候會停，難以預料，看來今夜是別想睡安穩了。

眾人堵住冰窟，回到帳篷中取暖，折騰了半宿，雖然疲憊，但是都睡不著了，圍在一起議論著「韓淑娜」的事情，彼得黃說：「可能她沒被燒死，只是受了重傷，埋在雪中又活了過來……」

胖子說：「怎麼可能，老黃說話別不經過大腦思考好不好，咱們都親眼看到了，腦袋燒沒了三分之一，這樣要是還不死，那天底下恐怕就沒死人了，在上面看她一臉白花花的東西，多半都是白毛，這肯定是變成雪山殭屍了，非常非常不好對付。」

我覺得事情不會這麼簡單，那種東西，從沒見過，也沒聽說過，Shirley楊問阿香有沒有看到什麼特別的地方，才得知阿香根本就沒敢睜開眼去看。

眾人各說各的理，討論了很久都沒個結果，最後嚮導初一忽然一拍巴掌，藏地喇嘛們論禪

的時候，經常會做這個動作，表示突然醒悟，或者加深記憶什麼的，初一年輕時經常跟喇嘛去山裡採藥，也養成了這麼個習慣，顯然是他此刻想到了什麼。

於是我們就停下不再說話，初一對眾人說：「一定是被雪彌勒纏上了，兩年前還曾有地勘院的同志們，在崑崙山摩竭崖遇到過這種事，不過喀拉米爾一帶卻還沒有過先例，崑崙山雪彌勒比惡鬼還要可怕，她的屍體會越長越肥大……」

初一正要講述以前雪彌勒在崑崙山禍害人畜的事情，卻忽然停住了口，在這一瞬間，他的表情似乎也僵化了，和他坐在一側的明叔、阿香、彼得黃也是如此，都一齊盯著我們身後的帳篷上方，好像那裡有什麼可怕的東西。

我急忙回過頭往後看，只見帳篷的帆布，被從外邊壓進來兩個巨大的手印，中間還有個巨大的圓印，像是個沒有五官的人臉壓在上面，都比正常人體的比例大出一倍，似乎有個什麼東西正想從外邊用手撐破了帆布，鑽進帳篷裡來，我看那兩隻大手實在是大得嚇人，帳篷被壓得直響，很快就要塌了。

第二〇二章　靈蓋破碎

帳篷快要被外邊的巨人撐破了，難道這就是嚮導初一所說的「雪彌勒」？夜裡在冰淵中見到韓淑娜，雖然看得並不清楚，但體形上並沒有發生什麼變化，那冰窟暫時崩塌封閉了，時隔還不到兩個小時，就算她從別的地方爬出來，又怎麼可能變得這麼大？

嚮導初一好像提到過被「雪彌勒」纏上，死者的屍體會越來越肥大，但這句話究竟是什麼意思，還沒來得及細問，就在帳篷外突然冒這麼個東西，再任其撐壓，這帳篷就得翻掉，在風雪交加的龍頂冰川沒了帳篷，那後果不堪設想。

為了避免開槍把帳篷射破，我順手抄起放在地上的一枝登山杖，對著帆布中露出人臉輪廓捅了過去，誰知登山杖上傳過來的觸感，那張大臉竟似有形無質，只有凹下來的帆布被杖頭戳了回去。

帳篷的入口剛好被堵住，明叔慌了手腳，打算爬出去逃跑，我趕緊拽拉他的腿，把他按倒在地，外邊那雪彌勒是什麼東西，除了初一聽說過一點之外，誰都不瞭解，好在這帳篷還能暫時攔住它，冒冒失失地跑出去，那不是往刀尖上撞嗎？

胖子學著我剛才的樣子，抄起一根在冰川上定位用的豎旗，對著那張臉捅了兩下，見沒什麼作用，便隨手抓起一把雷明登，也顧不上帳篷壞了之後怎麼辦了，抵在那張臉上，近距離發射了一槍，帳外那東西被霰彈擊中，勢頭稍減。

帳頂的帆布被剛剛這一槍射成了篩子，從中露出很多白色的東西，但是看不清是什麼，只

覺得與外邊的積雪差不多，好像在帳外的那傢伙，是個巨大的雪人。

胖子連續不斷地開槍，彼得黃和初一等人，也各自掏槍射擊，但起不到什麼效果，忽然帳篷中的支撐桿斷裂，整個帳篷立刻倒了下來，七個人全被蒙在了底下。

我心想這回完了，這帳篷散了架，裡面的人胳膊壓大腿，別說想跑出去了，就是想掙扎著站起來都十分困難，心裡雖然這麼想，但身體沒停，竭盡全力推開壓在我身上的一個人，迅速從帳篷底下鑽了出去。

還沒站起身，就已經把M1911拔出，但外邊冷風呼嘯，雪片亂舞，什麼東西也沒有，這時初一、Shirley楊和胖子等人，也先後從帳篷底下爬了出來，舉槍四顧，卻不見敵蹤。

還是嚮導初一熟悉這雪原冰川的環境，對準了一個方向，開槍射擊，我們也都順著他的槍口瞄準，可能夜晚已經過去了，龍頂冰川上已不再是漆黑一片，天上濃墨般的烏雲，以及四周大雪峰的輪廓變得依稀可見，只見一個巨大的白色人影，頂風冒雪向白茫茫的遠處奔跑。

那就是剛才襲擊帳篷的雪彌勒，要不是初一眼毒，在這雪茫之中，很難發現它的蹤影，我和胖子、初一三個人，一邊開槍，一邊踏雪從後追了上去，急得Shirley楊在後邊連喊：「別追了，小心雪下的冰裂縫……」但她的聲音，很快就被刮向身後的風雪淹沒了。

冰川上的積雪經過一個夜晚，已經沒了小腿肚子，跑出不到十幾米，只見那個巨大的白色身影忽然向下一沉，在雪原上消失了，我們隨後追至，發現這裡也有個很深的冰窟，似乎與先前的冰淵相連，也通向冰坡下的九層妖塔，在這片古老的冰川上，還不知有多少這樣的冰窟，其下的結構之複雜，難以用常理揣摩。

「雪彌勒」一旦藏到這裡面去，我們就沒辦法拿它怎麼樣了，只好趕到冰窟邊上罵了幾句，悻悻而回，我和胖子問初一：「怎麼那雪彌勒剛占了上風，反倒先逃跑了，它究竟是個什麼東西？怎麼不到幾個小時的時間，竟把一個女人的屍體變成了那副樣子？」

初一說：「現在沒時間講說這些事了，咱們這些漢子還好說，但隊伍裡還有兩個姑娘和一位老同志，這回帳篷也沒了，不能讓她們就這麼頂著風雪站在冰川上，先找個避風安全的地方安定下來，再說那雪彌勒的事不遲，儘管放心，天一亮它就不會出來了，最要命的是等到今天晚上雪還不停，那狼群也就不會退走，給咱們來個兩面夾擊，可也夠咱們受的。」

我們回到帳篷倒掉的地方，天已經大亮了，但大雪兀自下個不停，這帳篷算是完了，只好就地拋棄，茫茫雪原，表面都被大雪遮蓋，但在冰面還沒有徹底凍結之前，往遠處走是很危險的，附近只有幾座起伏不平的雪丘，根本沒有什麼地方可以容身。

Shirley楊說：「現在只有一個去處，直接挖開九層妖塔，至少先挖開最上邊的一層，咱們都到那裡去避過這場風雪，在那裡點起火堆，這樣氣流會向上升，把入口處的雪擋開，足可以避免在雪停之前，入口被雪蓋住，而且狼群怕火，也不敢輕易來犯。」

我們連稱此計甚好，這冰天雪地在外邊凍得難熬，都想盡快挖開九層妖塔，管它裡面有什麼鬼鳥，哪怕只是到裡面睡上一會兒也好，等養足了精力，一口氣挖出「冰川水晶屍」，然後趁著寒潮封凍冰川，便可以收隊撤退了。

眾人說做就做，把裝備物資都轉移到了雪坡背風的一側，挖開一大塊積雪，露出下面的暗藍色的冰層，依舊把生薑汁刷到冰面上，等候滲透的時候，初一講了一件兩年前聽說的事情，雖然同樣發生在崑崙山的深山裡，但離喀拉米爾是很遠的。

藏民中流傳著一個古老的恐怖傳說，在雪山上，每當黑夜時分，便會有種生存在冰下的妖

怪，來掠取剛死不久的屍體，它們會鑽進屍體的衣服，屍體表層就會變成白色，外邊像是籠罩了一層白色的肉皮，隨著外邊這層肉皮不斷吸收，表面會越脹越大，最多可以脹到兩個人加起來那麼大，隨後會逐漸隨著消耗而萎縮，這個過程中，它還會繼續撲咬活的人畜，如果兩三天內吃不到活人，就會慢慢乾枯萎縮，重新散開，鑽進地下的冰川裡藏匿起來，直到再找到新的死人，這種東西喜歡鑽雪溝和冰坑，只在深夜出沒，七百多年前，曾一度釀成大災，死人畜無算，在寺廟的經卷中有一套《至尊宗喀巴大師傳》，對此事有很詳細的記載。

我問初一道：「原來雪彌勒不是一個東西，而是一群？很多聚集在一起？」

初一點頭道：「沒錯，最多時一個屍體上會附著十幾個那種東西，只有它們吸收了屍體內的血肉，變得肥胖起來，像是整團整團的肥肉，一層層的黏在死人身上，遠遠看上去像是個很胖的雪人，當地人才管它叫做「雪彌勒」，以前「雪彌勒」成災的時候，距離現在是很多年以前了，由於年頭太久了，人們都逐漸把這些事遺忘了。」

直到前兩年有件事鬧得很凶，死了不少人，就是因為地勘隊的一些人，去崑崙山一處雪線以上的地方工作，結果從雪裡挖出幾個白花花胖乎乎的大雪人，還沒等地質隊的人搞清楚狀況，就被那些白色的人形撲進了雪窩子，全隊十個人，只活著逃回了兩個。

地質隊員們遇害的那片區域，不久前剛發生過雪崩，有一支多國組成的登山隊在那裡與外界失去了聯絡，寺裡年長的僧人說，地質隊遇到的那些胖雪人，可能就是被『雪彌勒』纏上的登山隊員的屍體，剛好上面要發動人去找那支失蹤的登山隊，以及地質隊員的屍體，於是附近的牧民和喇嘛，加上軍隊，總共去了百十人，在雪山裡找了整整五天，無功而返。」

『雪彌勒』唯一的弱點就是只能在夜裡出來，白天即使有雨雪也不敢現身，除此之外，

《至尊宗喀巴大師傳》中提到過，這種東西還特別怕大鹽。」

初一對我們說：「可現在咱們沒有大鹽，鹽巴也很少，雪彌勒晚上一定會再來，現在狼群肯定也藏在附近某條冰溝中避風雪，等著機會偷襲過來，看來今晚這冰川上會有場好戲。」

胖子握著運動步槍說：「可惜就是傢伙不太趁手，而且這一帶環境對咱們十分不利，否則胖爺一個人就敢跟它單練，什麼雪彌勒，到我這就給它捏成瘦子。」

胖子說的話還是有一定道理的，被大雪覆蓋的冰川，到處都是冰縫陷阱，非常危險，眼下似乎只有先挖開這冰層下的妖塔，看看裡面的環境如何，也許可以做為依托工事。

不消片刻，生薑汁已經滲進了冰面，眾人當下一齊出力，把冰層挖開，五六米之下，就挖出了大塊類似於祁連圓柏一類的木頭，和我在火山裡看到的一樣，是方木、圓木、夯土組合結構，在這裡動手，土木作業反倒比挖掘堅冰還要麻煩，但好在人多手快，工具齊全，不到半個小時，就挖開了妖塔的第一層。

為了防備這冰層下也有「無量業火」和「達普鬼蟲」，我們做了充分的準備，但出人意料，第一層妖塔什麼也沒有，進到裡面一看，就像是個土木構建的低矮房間，以黑色的木料、灰白的夯土為主，色調十分壓抑，在這一層中，只有一塊巨大的冰盤擺在地上，冰盤是透明的，很薄的一層，表面上刻著一個神像，看來要再往下挖，就得把這塊冰盤打碎才行。

Shirley楊看了看那神像，是個人身狼首，身披戰甲的武將形象，狼首是白色的，凱甲是銀色的，這個形象似乎在哪裡見過，一時卻又想不起來了，正思量間，明叔等人也都陸續下到塔中。

這時為了爭取早些找到合適的地方休息，初一和胖子，已經用冰鑿開始敲打那塊冰盤，但

一聽聲音就不太對頭，再摘下手套用手一摸，不是冰，而是一大塊圓形水晶。

明叔也在旁邊看著胖子等人幹活，這妖塔中昏黑無比，所以沒瞧見那狼頭雕刻，等到我們湊近了去查看那圓盤材料的時候，登山頭盔上的射燈都照在上面，明叔這才跟著看到，臉上忽然變色，急急忙忙地取出輪迴宗那本經書，指著這水晶盤上的狼首魔神說，這塊冰山水晶石不能破壞，這裡面有魔國白狼妖奴的詛咒，一打碎了，詛咒就出來了。

我搖頭不信，《十六字陰陽風水祕術》中，有講解九層妖塔的布局，我在火山裡也見到過，這一層不可能有什麼機關，這冰山水晶石的圓盤，應該是一種叫做「靈蓋」的塔葬裝飾，每一層連接的地方都有。

不過我還吃不太準「詛咒」和「機關」之間有什麼區別，這種時候了，就算相信明叔的話也晚了，刻著狼首妖奴的水晶盤，已經被剛剛那幾下子，鑿得裂開了，只須再輕輕一碰，就會碎掉。

第二〇三章　水晶自在山

一愣神的功夫，水晶靈盤的裂紋已經擴大到了極限，哪怕在這妖樓的塔頂，輕輕走動一下，都會使它破碎，剛才明叔說這水晶盤裡有個古老的詛咒，這麼一來，使得眾人的心都懸了起來，但是又不得不盡力抑制，不敢讓它跳得太快，說不定心跳聲稍大，都能震碎這塊水晶，比起歹毒的機關，無形的詛咒更能讓人吃不了兜著走。

Shirley楊走到近前，輕輕將靈蓋水晶盤敲成無數碎片，我知道她一向慎重，在誰都吃不準的時刻這麼做，她一定是有十足的把握，於是便放下心來。

圓盤形的冰山水晶石碎裂之後，果然是什麼也沒有發生，胖子不斷抱怨明叔大驚小怪，這麼一驚一乍的，容易把人嚇成心肌梗塞，這可比詛咒和機關的殺傷力還要大。

Shirley楊對我們說道：「明叔講的沒錯，不過頂層這個水晶盤是假的，真正有詛咒的水晶盤在最深處，這座供奉邪神水晶屍的妖塔，在制敵寶珠大王的說唱長詩中也提到過，銀色的妖奴白狼王，名為水晶自在山，它侍奉在塔底邪神的身邊，一旦有人接近，妖狼的大軍就會從天而降，將入侵者吞沒。」

狼神「水晶自在山」，是魔國的妖奴，這在西藏最早的神話體系中也有相關傳說，「水晶自在山」生前也是一頭白色的巨狼，是崑崙山所有惡狼的祖先，但它這個稱號是死後才得到的，傳說其被蓮花生大師所殺後，屍體化為了一塊巨大的冰山水晶石，所以才被稱做「水晶自在山」。

這塊由白狼妖奴屍體所化的「水晶自在山」之中，埋藏著妖奴亡魂惡毒的詛咒，任何妄圖接近的人，都會死無葬身之地，魔國是崇拜深淵與洞穴的民族，做為邪神象徵的冰川水晶屍，肯定在九層妖塔的最底層，挖到最深處的時候，一定要小心，不要損壞了「水晶自在山」而惹火燒身。

這片龍頂冰川，以前曾經是個巨大的湖泊，而妖塔的位置，據我們判斷，可能正好是位於湖中的湖心島上，妖塔周圍是凍土或者岩石，再外層就是深厚的冰川了，其底層甚至可能與「雪彌勒」藏身的冰淵相連，越往下挖就越是危險。

我們部署妥當，按部就班地又挖開兩層，這裡沒有陪葬的死者，只有一些堆成好似「瑪尼堆」的牛頭，都只有花白的頭骨與牛角，這應該是一種白色牛頭崇拜，因為氂牛在高原的作用很大，全身都是寶，在古藏地，不論哪個部族，唯有在這一點上比較統一。

最早發現的冰斗中，輪迴宗教主配葬靈塔奢華蓋世，富可敵國，而這最重要的九層妖塔裡卻什麼都沒有，不免讓我們有些失望，這時都感到疲憊起來，於是返回妖塔的頂層，生了火取暖吃飯，然後抓緊時間鑽進睡袋裡睡覺休息。

＊　　＊　　＊

下午兩點，我就把他們都叫了起來，要趕在天黑前挖到最深處，如果速度夠快的話，咱們可以趕在寒潮來臨之前撤出龍頂冰川，那麼明叔就可以帶著冰川水晶屍回香港了，我和胖子等人也要按照線索去找魔國的祭壇，總算是能甩掉這幾個大包袱了。

眾人各自裝備工具武器，明叔從包裡取出他祖傳的「十三鬚花瓷貓」，仔細數了數那瓷貓的十三根鬍鬚，並不曾少得半根，然後擺在地上，帶著阿香一起拜了兩拜。

我和胖子好奇的在旁邊看熱鬧，我問明叔：「磁貓的鬍鬚沒斷，是不是說明咱們能馬到成功，全身而退？」

明叔說：「那是當然了，這個東西很靈驗的，一定是馬到成功，全身而退，所以祖宗們才有全鬚全影一說。」

明叔說完就把「十三鬚花瓷貓」交給阿香，讓阿香好好收起來，他自己去背包裡找那面刻著「天官賜福，百無禁忌」的天官銅印，準備在挖到「冰川水晶屍」的時候使用。

我看見這枚假印才想起來，這印是假的，好在Shirley楊在從北京出發前，託人從美國送回來一套三十六根的「星官釘屍針」，是唐代摸金校尉使用的古物，後來流落到海外，有這套東西，應該也湊和著能應付了，不過那具冰川水晶屍究竟是什麼東西，沒看到之前還猜不透，總之見機行事便是。

我走神想這件事的時候，眾人都已經準備完畢，我和胖子、彼得黃、初一等四個人分做兩組，一組挖一層，輪流交替，進度還算夠快，估計三個小時之內，就會挖到第九層了。

第三層中掛滿了星火圖案的無字鬼幡，星紋分成五種顏色：紅、藍、白、綠、黑，又以黑色鬼幡最多，藍色的最少，按後世輪迴宗對魔國的記述，這些顏色分別有不同的象徵意義，紅色代表鮮血，藍色是天，白色的是山脈，綠色的是水源，黑色的則代表深淵，從這些鬼幡顏色的差別中，也可以看出魔國信仰與其餘宗教的不同，在他們的世界觀、宇宙觀中，黑色越多，洞穴越深，力量也就越強大。

我讓胖子把這些看得人眼花繚亂的鬼幡全部扯掉，留著做為燒火的燃料，然後當先下到第四層，這層妖塔堆著無數刻有不同符號的卵石，可能就是傳說中的「經石」，對考古的人來講

可能有價值，在我們眼中就是成堆的爛石頭，看了一層又一層，似乎除了那做為靈蓋的冰山水晶石之外，再沒有任何有價值的東西，本以為會有些關於魔國那個眼球神殿的壁畫記錄一類的線索，但設身處地地一看，不由得逐漸產生了一些失望的情緒。

就這麼一層一層地不斷挖開，直到第八層的時候，才發現這裡與上邊諸層迥然有異，這層之間也有個水晶靈蓋，剛揭開靈蓋的時候，沒發現什麼，一下去就覺得不對，四周有很多人影，趕緊舉起「狼眼」手電筒查看，另一隻手也抽出了M1911。

只見有十九具高大的男性古屍，都保持著坐姿，環繞一圈，坐在周圍，由於這妖塔始終被古冰川封凍，這些屍體都與活人無異，只是臉部黑得不同常人，裝束更是奇特，與獻王墓天宮裡所擺設的銅人像十分接近。

Shirley楊跟在我後邊下來，看到這些坐在周圍的古屍，對我說：「可能是搬運冰川水晶屍入葬後，自願殉亡的祭司護法之類的人，小心這層有埋伏。」

我打個手勢，讓正要下來的胖子等人停住，請阿香用她那雙「本能的眼睛」來看一看，這層有沒有什麼不乾淨的東西，阿香都快嚇哭了，極不情願地看了看那十九具古屍，搖頭表示什麼也沒有。

我仍然不敢大意，說不定這些死在妖塔的護法屍體中，都藏著那種能把靈魂都燒成灰的蟲子，那才是真正的「無量業火」，身體碰上一點，就絕對無法撲滅。

這座最重要的九層妖塔，挖起來實在過於順利，越是這樣，越是讓人覺得禍機暗藏，反正這也是第八層了，準備的生薑汁還有很多，於是讓胖子留下一些備用的，其餘的全噴到那些古屍身上，又把水壺裡的水都集中起來，將整個第八層塔內都灑遍了，到處都是溼淋淋的，這才覺得保險了，可以放心挖最深層的邪神屍體了。

黑摺子，撬棍，冰鑹齊上，把漆黑的大木板啓開，下面顯露出一個方形的空間，也都是用木、土、石所構築的，全部是黑色，往下邊接連扔了七八個螢光管，這塊空間才稍微亮了起來。

我們誰也沒敢貿然下去，就在上一層開出的洞口邊觀望，明叔急於想看他日思夜想的「冰川水晶屍」是什麼樣子，所以他擠在了最前邊，看了許久，越看心裡越涼，這下面哪裡有什麼邪神的屍體？

最底層只有兩個大小相同的，圓形水晶，一個是白色，一個是藍色，擺在石臺上面，被螢光管一照，流光異彩，可以看到上面有天然形成的星圖，除此之外就沒別的東西了，但這兩塊天然晶體，顯然不可能是「冰川水晶屍」，也不會是藏有詛咒的「水晶自在山」，因為它們只有拳頭大小。

胖子還趕緊安慰明叔，雖然沒找到正主，但這兩件行貨看上去也值不少銀子，不算空手而回。

我對明叔說下邊這層空間太暗了，咱們在這裡看，難免有所疏漏，還是下去看看才能確定，也許就藏在什麼地方，既來之，則安之，不翻個底朝天不算完。

於是眾人陸續下到妖塔的最深層，再下面就是塔基了，這種墓塔不像是寺廟裡的佛塔還有地宮，到這裡就已經是最後的空間了，把那藍白兩色的水晶搬開，發現這石臺是活動的，我讓胖子動手。

胖子一個人就把石臺推在一旁，下邊有個很淺的凍土坑，裡面有一大塊很薄的水晶石，上

面有一層層的好像水紋一樣的天然紋理，非常密集，刻著一個狼首人身的神將，它面目凶惡猙獰，頭戴白盔，身穿銀甲白袍，手持銀纓長矛，做出一個淩空躍下的姿勢，凜然生風。

Shirley楊一看趕緊告訴大夥誰也別亂動，這就是藏有妖奴詛咒的「水晶自在山」，雖然不知那傳說中的詛咒是具體指的什麼，但是觀看水晶石中的波紋非常奇特，可能會產生一種特殊的聲波，這塊水晶一裂開，整個龍頂的雪山和冰川，都有崩塌的危險，水晶自在山下有個物體，大概就是那具邪神的屍體。

第二〇四章　先發制敵

龍頂的地形，雖然屬於雪山冰川凍土帶相複合，但是目前正處於一年兩個多月的消融期末尾，地理位置本身又屬於低海拔，所以山頂的積雪並非終年不化，經過消融期後，並沒有剩下多少積雪，而且周圍四座雪峰環繞，之間都有很大的空隙，不會輕易攏音，再加上風雪對聲音的稀釋，所以我們在逐漸掌握了這裡的地形結構之後，發現在雪原上開槍之類的響聲是不容易引起雪崩的。

不過假如風雪一停，經過了整整兩天的降雪，雪峰上的積雪又達到了滿負荷，那時就變得很危險了，Shirley楊說這塊「水晶自在山」裡面密佈的鱗狀波紋，可能是一種積壓在裡面的特殊聲波，這塊水晶石一破，馬上就會引發大規模雪崩，另外這白狼妖奴的姿勢也說明了一切，帶著白色的毀滅力量從天而降，這也符合古神話傳說中，對雪崩、冰崩場面的描述。

沒經歷過雪崩的幾個人，並不知道那意味著什麼，嚮導初一得知可能發生雪崩，臉上的肌肉不由自主的緊繃了起來，在喀拉米爾，雪崩是很常見的，有時晌晴白日的時候，在山外會聽到天邊雷聲滾滾不斷，那就是山裡雪崩的聲音，從古到今，已不知有多少人畜被神明白色的憤怒所吞沒，在雪山腳下生存的人民，天生就對雪峰的狂暴和神聖，有種十分複雜的敬畏之心。

我剛參軍時，也遇到過大雪崩，那種白色怒濤般的毀滅力量，至今記憶猶新，望著那「水晶自在山」上的狼神，自言自語道：「這他娘的簡直就是個定時炸彈……」

明叔這時候有點孤注一擲了，舉著手電筒去照水晶石下的物體，想看看那具讓人垂涎已

久，價值連城的「冰川水晶屍」到底什麼樣，「狼眼」的光束射在晶體上，我和胖子等人也一直想看，但還沒等看清楚，明叔突然嚇得一縮手，那枝「狼眼」從手中滑落，眼看著就要砸到「水晶自在山」薄薄的表面了。

我們的心都跟著那手電筒往下掉，但發生得太過突然，都來不及伸手去接，眼睜睜地看著它落在了水晶石上，那聲音也不算大，但足能給心理防線撞出一道大口子，明叔腿都軟了，差點沒癱到地上。

塔底靜悄悄的，一點聲音都沒有，似乎所有人的呼吸都在這一刻凍結了，直到看清楚「水晶自在山」沒被砸裂，這才都長出了一口氣，我對大夥說：「沒關係，不管怎麼說，這也是塊石頭，比咱們想像中的結實多了。」

我撿起掉落在地上的手電筒對明叔說：「明叔啊，您可真是我親叔，手電筒今天你都掉了兩回了，下回拿緊點行不行？您要是手腳不聽使喚，就乾脆別親力親為了，還是讓老黃給你打著手電照亮吧。」

明叔解釋道：「不是不是……我也是跑過船見過大風大浪的人，又怎麼會這麼不夠膽色，我剛剛看到那水晶下的東西，是活的，還……還在動啊。」邊說邊掏出「天官銅印」，問我道：「這寶印怎麼用？」

我對明叔後半截的話完全沒聽到，難道那「冰川水晶屍」活轉過來了不成？什麼東西在動？我們聞聽此言，越發覺得心裡沒底，只好硬著頭皮再次去看「自在山」裡面的東西，越看心跳越快，這裡面竟然真有活的東西……

「水晶自在山」名字裡有個山字，其實遠遠沒有那麼大，往大處說，頂多只有個洗澡的浴盆大小，橢圓形的，四周有幾條弧形黃金欄，是用來提放的，它橫著放在塔底的坑中，象徵著雪峰崩塌之力的白狼妖奴，就刻在正面朝上，從上方俯視，有些像是個嵌在眼眶裡的眼球。

如果仔細看的話，就在這晶體外殼之內，有很多水銀一樣的東西在緩緩流動，而且這水銀的陰影線條分明，剛好是一個女子，在水銀人形的身體中，有一些深紅色的東西微微發光，從位置和形狀上判斷，那些好像是人體的心肝脾肺等內臟。

由於被外邊這層水晶石裹著，我們無法看清那水銀般流動的人形真面目是什麼樣子的，真的好像是個在活動的人，但那應該只是光學作用，只能初步判斷，有可能內部的人形也是一塊晶瑩剔透的液體水晶，八成就是明叔要找的那具「冰川水晶屍」。

至於是不是真正人類的屍體，還是同外邊的這層「水晶自在山」一樣，是一種象徵性的器物，不打開看看，是沒辦法知道的，我這次之所以會同意明叔一道進崑崙山，只是希望從這九層妖塔中，找到利用「雮塵珠」消除身上詛咒的辦法，但這被我寄予厚望的妖塔，竟然什麼信息也沒有，只還剩下這邪神的屍體沒看，我早已經做好了不到黃河不死心的精神準備，於是招呼眾人動手幫忙，把「水晶自在山」從坑裡抬出來。

明叔希望想個辦法把它弄到上面去，等運出喀拉米爾再打開，這樣就不用擔心引起雪崩了，想砸想切都可以任意施為。

我說這堅決不可行，雖然這種冰山水晶石比我們想的要結實很多，不是那麼輕易就會碎裂，但是用登山繩綁定金欄，逐層地往上吊，等於是在腦袋上頂著個炸彈玩雜耍，而且不僅是要搬到頂層的雪原上，還要穿過冰天雪地的神螺溝，那簡直比登天還難，要把「冰川水晶屍」

取出來，只有冒險在塔底進行，這樣做雖然看似危險，其實比運出去要安全許多。

我把明叔說服後，看了看錶，天快黑了，以初一對狼性的掌握，狼群今晚雪停之前，一定會發動總攻，牠們在雪溝裡忍饑挨凍，現在差不多也到極限了，這妖塔一旦被挖開，狼群就沒了顧忌，而且這「水晶自在山」是狼群祖先聖物，牠們不會容忍人類隨意驚動它，看來今天晚上雙方必須有一方死個乾淨才算完。

估計剩下的狼也不會太多了，只有先把別的事都放一放，解決了狼群之後再說，於是眾人都回到九層妖塔的第一層，把火堆的燃料加足，讓明叔和阿香留在這裡，其餘的人都返回大雪掩埋的冰川，雖然分處兩層，但距離很近，有什麼情況，也來得及救應，初一臨上去的時候，把所有的鹽巴都給了明叔，如果雪獼勒從哪鑽出來，就將鹽撒出去潑它。

外邊的天已經黑透了，雪漸漸小了，看樣子不到半夜，雪就會停，眾人把從塔中挖出的黑木堆積起來做為防禦圈，各自檢查武器彈藥。

我把霰彈槍和手槍的子彈裝滿，是時候和那隻白毛老狼算一筆總帳了，其實我們之間的恩怨已經很難說清了，在大鳳凰寺，正是狼王咬死了徐幹事，從而救了我一條性命，但也是牠帶領群狼圍攻我們，把格瑪的腸子都掏了出來，我又和胖子等人在藏骨溝宰了許多狼崽子，這些事理都理不清了，既然冤家路窄，就只能用一場你死我活的決戰來結束。

我們看到周圍雪原上死一般的寂靜，沒有任何生命的蹤跡，彼得黃等得焦躁，忍不住問初一：「狼群當真會來嗎？怎麼一點動靜都沒有？」

初一對彼得黃點了點頭，自幼便對狼十分憎恨，這時候惡戰在即，由於興奮，眼睛都有點充血了，他摸了摸自己臉上的傷疤，在山地雪野中，初一的直覺甚至比狼還敏銳，只見他舉起酒囊來喝了一大口青稞酒，然後抽出藏刀，把嘴裡的酒全噴到刀身上，低沉地對眾人說了一聲：「來了。」單手舉起獵槍，「碰」的一聲槍響，只見不遠處白色的雪地上，飛濺起一團紅色的雪霧，一頭全身都是雪的巨狼，被槍彈擊中，翻倒在地。

在四面八方的雪地裡，幾乎同時竄出數十頭惡狼，帶動了大量的雪霧疾衝而至，這一瞬間，我們的眼睛似乎都產生了一種錯覺，好像整個雪坡突然抖動沸騰了起來，狼群早已經潛伏在了附近的雪溝裡，只等我們從妖塔中出來防禦鬆懈的時機進攻，牠們剛想發動突擊，卻提前被初一看破，打死了距離最近的一頭狼，其餘的都狂衝過來。

我們人數雖少，也缺少衝鋒槍的火力，但我們這五個人之中，不乏一等一的射手，而且狼群數量有限，在此之前，已經折了二十多匹，現在只剩下不到七十隻，當即亂槍齊發，白色的雪地上立刻綻放出無數鮮紅的血花。

狼群對我們的火力估計非常精準，如果先前牠們埋伏得太近了，恐怕會被我們發覺，太遠了又衝不到近前，所以都埋伏在了三五十米的區域內，看起來是準備以犧牲十幾頭狼為代價，快速衝到近距離混戰，那我們的槍械就發揮不出太大作用了，但這些計畫都被初一打亂了。

但狼群與我們之間的距離仍然是太近了，在射殺了衝在第一波的三十餘頭巨狼之後，我們五個人手裡的長槍彈藥告罄，第二波惡狼已如白色的旋風一樣，撲到近前。

第二〇五章　凍結

第二波的數十頭餓狼已在瞬間衝到面前，我和胖子、Shirley楊、彼得黃等人，來不及給槍枝裝填彈藥，紛紛舉起手槍射擊，點四五ACP彈，幾乎是一發一倒，將衝到面前的狼一一射翻，沉穩的射擊聲使人勇氣倍增，抵消了近戰中的恐懼。

初一則用獵槍的前叉子戳倒一頭惡狼，然後撒手放開獵槍，用藏刀亂砍，一頭老狼，躲避稍慢，被閃電般的刀鋒切掉了半個鼻子，疼得嗚嗚哀嚎，初一再次手起刀落，把牠的狼頭剁了下來。

從初一打響第一槍開始計算，不到兩分鐘的時間，地面上已經倒了滿滿一片狼屍，裡面混雜著幾頭還沒完全斷氣的惡狼，還不時冒著白色蒸氣般的喘息。

眾人長出了一口氣，緊繃的神經鬆弛了下來，眼前的景象非常慘烈，這回喀拉米爾的狼可基本上能算是給打絕了，沒想到這麼快就結束戰鬥，不過如果不是初一制敵先機，雪地上橫七豎八的屍體裡，可能就不只是狼屍了。

然而，就在我們剛剛從激戰的緊張狀態中脫離出來，稍微有些大意的情況下，一個白色幽靈般的影子，突然出現在了初一身後，狼王已經撲住了初一的肩膀，沒有人看清白毛狼王是從哪裡冒出來的，想開槍射擊，卻發現空膛手槍還沒來得及裝彈。

這隻白毛獨眼老狼真是快成精了，牠似乎知道現在是個空檔，眼睜睜地看著群狼被全部射殺，硬是伏在雪地中一動不動，直到看準了機會，才攻其不備，牠也應該知道，一旦現身，雖然能咬死一兩個敵人，牠自己也絕對活不了，但似乎是受到了牠的祖先「水晶自在山」所召喚，捨棄了生命，全力一擊，直撲那破壞了牠進攻計畫，打擾牠祖先靈魂的牧人。

白狼行如鬼魅，就連初一也沒有防備會有這麼一手，還以為狼王已經在混戰中被打死了，想還擊已經來不及了，這一切實在太突然了，就在這連一眨眼都不到的時間裡，白狼撲倒了初一，一同滾進了妖塔頂層的窟窿。

與此同時，我也給M1911換上了彈匣，衝上去跳進妖塔，胖子等人緊跟在後，到了頂層一看，明叔指著下面一層說：「快，他們滾到下面去了……」

我急得腦袋都快炸開了，一層一層地追下去，最後在底層找到了初一和狼王的屍體，狼王死死咬住了初一的脖子，初一的長刀落在了上面，但他手中的一柄剝狼皮的短刀，全插進了狼王的心臟，狼王一身銀光閃閃的白毛，已經被他們兩個的鮮血染成了全紅，從妖塔頂上纏鬥著摔到底下，血都已經流盡了，早已沒了呼吸。

初一為人勇敢豪邁，雖然同我和胖子相處時間不長，但彼此之間很對脾氣，極為投機，我心如刀割，忍不住要流出淚來，頹然坐倒在地，望著初一和狼王的屍體發愣。

其餘的人也都十分難過，Shirley楊握住我的手安慰道：「想哭的話，就哭出來才痛快一些。」

我搖了搖頭，感覺心中好像在淌血，但眼淚卻流不出來，又失去了一位值得信賴的戰友，那種痛苦，不是大哭一場就能減輕的，現在就是不想同任何人說話。

明叔也安慰我道：「初一兄弟所殺的狼王，是白狼妖奴的後代，他的死亡是功德無量的，壯士陣前死，死得其所，咱們為他祈福，祝福他早日成佛吧，人死為大，咱們還是按他們的風

俗，先將他的後事好好料理了。」

我對明叔點點頭，讓他們去收殮初一的屍體，我現在腦子裡像是燒開了鍋，只想先靜一靜。

明叔讓彼得黃與胖子把初一和狼王的屍首分開，好像他們正好砸在「水晶自在山」上，也不知有沒有砸破，胖子抹了抹眼淚和鼻涕，攔住眾人說道：「且慢，初一是我兄弟，他走得壯烈，我得先為他念上兩句追悼詞。」

明叔等人無奈，只好閃在一旁，任由胖子為初一舉辦追悼會，胖子嘆了口氣，對著初一的屍體哽咽著說：「吾輩以戰鬥的生涯，欲換取全人類的幸福，願將這鮮血和眼淚，灑遍天下自由的鮮花……」

胖子嘮嘮叨叨地說了很多，這才使心中悲泣之情略減，讓彼得黃過來幫忙收殮，剛一抬開狼王的屍體，發現狼屍已經砸碎了「水晶自在山」，剛剛一碰，嘩啦一聲，碎成了若干殘片，眾人都倒吸了一口冷氣，提著心，支起耳朵聆聽外邊的動靜，大氣也不敢喘一口。

過了片刻，妖塔上的冰川始終靜悄悄的，難道Shirley楊判斷錯了？「水晶自在山」裡根本就不是什麼會使雪峰崩塌的聲波，也許在冰川裡凍的年頭多了，失靈了，不管怎麼說暫時先鬆了口氣。

「水晶自在山」裡露出了一尊全身透明的女屍，皮膚下有流動著的銀色光芒，裡面的骨骼內臟都是深紅色的，好像瑪瑙，外邊好像是透明的水晶，這應該不是真人的屍體，而像是一件巧奪天工的工藝品，這就是「冰川水晶屍」嗎？好像也沒什麼了不起的地方。

我不管明叔怎樣去看他的寶貝，同胖子一起把初一的屍體搬到第八層，想要繼續往上，突然覺得精疲力竭，有點喘不過氣來，可能是傷心過度，岔了氣，暫時先休息休息。

胖子對我說：「我說胡司令，咱們能不能到上一層去休息，守著這黑頭黑臉的十八羅漢，讓人渾身起雞皮疙瘩啊。」

我腦中現在雖然有點模糊，但是卻清楚的記著，這層有十九具坐姿的護法屍體，怎麼胖子說是十八羅漢？他數錯了？或者突然少了一具屍體？我立刻警覺起來，一具一具數了一遍，真的是只有十八具，六個一排，一共分為三排弧形排列，明明記得應該是有一排有七具屍體，是我記錯了，還是死屍消失了？

我想走過去看看發生了什麼變化，這時Shirley楊帶著阿香跟著上來，明叔等人也隨後登上，他和彼得黃已經將「冰川水晶屍」用繩子綁好，發丘印用膠帶貼到了水晶屍的腦門上，正準備用繩子把它吊上來，那對一藍一白兩個有天然星圖的水晶球也都給捎上了。

我問Shirley楊這第八層是不是一共有十九具屍體？Shirley楊點點頭：「沒錯，總共十九具，怎麼了？」

我擔心阿香聽到害怕，就低聲對Shirley楊說：「不知道什麼時候，少了一具，我先過去看看是怎麼回事，你們趕緊上去，咱們盡快離開這鬼地方。」

我拍了拍登山頭盔上那被撞歪的戰術射燈，一手握住黑驢蹄子，一手舉著M1911，摸索上前，查看那些高大的古屍，我發現在這層木塔漆黑的角落裡，出現了一個大裂縫，這些古屍都依著牆，那具突然少了的屍體難道掉進去了？怎麼偏趕這個時候作怪，沒等走近，便聽到有種聲音，好像那縫隙中有根大木頭在挪動。

我過去探頭往下一看，塔角破裂的大縫斜斜的向下，好像是個無底的深淵，一個莽莽撞撞

白色胖大人形，正在緩緩地撥開黑色木料，正想給它自己騰出個空間，以便能爬進妖塔。是那吃了韓淑娜屍體的雪彌勒，我見那傢伙沒發現我，趕緊往後一縮身，想找胖子要些炸藥，給它扔下去，把下邊的洞窟炸塌，將其壓到底下。

我正要招呼胖子，卻聽明叔和彼得黃同時大叫不好，他們已經把「冰川水晶屍」順利地提上了第八層，但也就在這時，突然從下面傳來一陣密集的碎裂聲，那聲音的頻率越來越快，片刻就有無數聲響成了一聲，我頓時醒悟，糟了，那「水晶自在山」並非無效，而是一旦那邪神屍骨被升到某個特定的高度，就會引發它內部的聲波震動，也就是說從理論上，根本沒有任何人能把「冰川水晶屍」帶出去。

一陣陣悶雷般的聲音從上面傳來，雪峰上的千萬噸積雪，很快就會覆蓋龍頂冰川，再過不到半個小時，寒潮就會封凍這些積雪，不到明年這個時候別想出去。

明叔和彼得黃都嚇得面如土色，兩人抬著的「冰川水晶屍」掉在了地上，隆隆雪崩聲如同萬馬奔騰，震得地面都在顫動，我擔心明叔他們自亂陣腳，忙對他們喊道：「別慌，都躲到塔中的牆角去，那裡比較結實……」但是這功夫就連我自己都已經聽不到自己的聲音了。

不知是誰的「狼眼」手電筒落在了地上，剛好滾到那具古怪的「冰川水晶屍」頭邊，光束照到了嘴上，我無意中看了一眼，那水晶女屍的嘴忽然張大了開來……

我顧不上再注意上面的雪崩，下意識地就去攜行袋中掏氣壓噴壺，要是有那種能燃起「無量業火」的鬼蟲出來，就用生薑汁先噴它幾下。

冰川水晶屍的口中，果然飛出一隻小小的瓢蟲，我對準它噴了兩下，竟然半點作用沒有，這時我已看清楚了，這隻從水晶女屍嘴中鑽出的「達普」，雖然與那種藍色的蟲子形狀完全一樣，也是全身透明，好像是七星瓢蟲，但全身是銀白色的，如同一粒微小的冰晶震翅懸在半空，稍作停留，就朝距離它最近的彼得黃飛去。

彼得黃不知厲害伸手想把它拍死，我出聲制止，但聲音都被雪崩的轟鳴淹沒了，想救他根本就來不及，只見彼得黃一巴掌將冰晶般的小蟲拍在地下，在他的手上立刻結滿了一層冰霜，連給他做出驚慌表情的時間都沒有，亮晶晶的冰霜就蔓延到了他全身，彼得黃凍得梆硬的屍體隨即倒在地上，摔成了無數冰塵，一點冰冷的寒光，從中飛出。

第二〇六章　乃窮神冰

我想起在大鳳凰寺見到的鬼母壁畫，當時曾聽鐵棒喇嘛說那畫已經殘破，其原貌應該是藍白兩色為主，象徵著鬼母擁有「無量業火」與「乃窮神冰」兩種可以粉碎常人靈魂的邪惡力量，在古藏地的傳說中，並沒有魔國這個稱呼，而是稱其為北方的妖魔，只有世界制敵寶珠大王的詩篇中，才稱其為「魔國」。

突然從「冰川水晶屍」口中鑽出的冰蟲，大概就是那種所謂的「乃窮神冰」了，只見彼得黃被「乃窮神冰」凍住的屍體，摔成了無數冰塵，未等塵埃落定，便從中飛出一個冰晶般的瓢蟲，在空中兜了半個圈子，振翅飛向距離最近的胖子。

由於雪崩的劇烈震動，所有的人都倒在地上無法站立，胖子趴在地上，把彼得黃的慘死之狀看了個滿眼，知道這種冰蟲犀利，沾上就死，碰上就亡，當下不敢怠慢，那隻冰蟲剛向他的方向移動，胖子就已經舉起了M1911，連瞄準的動作都省了，抬手便打。

此時龍頂冰川隆隆上的雪崩轟鳴聲，越演越烈，吞沒了世間一切的聲響，我想出聲制止胖子不要開槍，但無論是槍聲，還是喊叫聲，都被雪山的暴怒所掩蓋。

昏暗的木塔中，被槍火閃得微微一亮，槍口射出的一顆子彈，擊碎了空中的冰蟲，緊跟著擦著對面明叔的登山頭盔，射進了妖塔的黑木中，明叔驚得兩眼一翻暈倒在地，也不知是死是活。

冰蟲被ACP彈擊中，在空中碎成了十幾個小冰晶，都落在我面前的地上，蠕動了幾下，便紛紛生出翅膀，看樣子很快就會飛到空中進行攻擊塔內的活人，剛才只有一隻冰蟲就險些使我們全軍覆沒，若是變成十幾隻，在這低矮狹窄的木塔裡，根本就無法抵擋，人人都將死無葬身之地。

我急中生智，抓起地上背囊邊的酒壺，裡面有準備在高山地區禦寒的烈酒，猛喝了一大口，一手打著了打火機，將口中的烈酒，對準地上的那十幾隻冰蟲噴去，一片火光掠過，滿以為能將它們燒個乾淨，但卻發生了最意想不到的情況。

地上的冰蟲身體，突然由閃爍的銀白色，轉為了幽暗的藍色，也就是變成了我曾經兩次遇到過的那種火蟲，它體內的「無量業火」抵消了外部的火焰，毫髮無損。

我和Shirley楊、胖子三人都看得毛骨悚然，腦門子上的青筋直蹦，什麼樣的能量才能實現這瞬間的冰火轉換？難道這塔中真有邪神的力量存在不成？

「無量業火」的氣息頃刻散播到了塔中的各個角落，雖然鼻中所聞都是火焰的焦灼之氣，但身體卻感覺奇寒透骨，我們幾乎完全窒息了，地上的十幾隻達普鬼蟲，已經盤旋著飛了起來，在黑暗的空間中，帶動起一道道陰森的藍色拽光，隨即就要散開，撲向周圍的五個活人。

就在這令人窒息的一刻，大量的積雪從塔頂的窟窿裡直灌下來，順著我們挖開的通道，一層層的向九層妖塔內砸落，最後可能塔頂被大塊雪板蓋住，積雪便停止傾瀉而入，這麼短短的一瞬間，上面幾層可能都被積雪填滿了，落進第八層的雪，把空中的「達普」壓在了裡面。

我見機不可失，急忙對Shirley楊打了一個手勢，讓她趕緊把阿香帶到最底層去，這第八層已經不安全了，那種蟲子忽冰忽火，而且又不是常理中的火與冰，似乎是死者亡靈從地獄裡帶回的能量，根本沒法對付，只能在大踏步的撤退中尋找對方的弱點了，但下面不會再有退路，

這點我也心知肚明，只好能拖一刻是一刻了。

我看她們下去，就與胖子拖著明叔和所有的背囊緊跟著爬到底層，地面的震動和聲響逐漸平息，這些跡象表明大規模的雪崩已經結束了，龍頂冰川已被四座雪峰上滾下來的積雪蓋了個嚴嚴實實，不過當務之急，並非去想怎麼出去，而是急於找東西堵死與上層妖塔之間的縫隙，擋住那些鬼蟲下來的通道。

胖子想去搬地面的石臺，我一把將他拉住：「你想學董存瑞，舉著石臺堵上面的窟窿？快找些木頭板子來。」不管是「無量業火」，還是「乃窮神冰」，這兩種能量只能作用於有生命的東西，只要不留縫隙，應該能暫時擋住它們。

我和胖子手忙腳亂地找了些塔中黑色圓木，把下來的通道堵起來，Shirley楊用北地玄珠在明叔鼻端一抹，明叔打個噴嚏，甦醒了過來，一睜眼先摸自己腦袋，確認完好無損，才鬆了口氣，神色極為委頓。

我知道明叔和阿香這回算是嚇壞了，於是安慰他們說：「咱們這裡應該是很安全的，那些達普鬼蟲雖然厲害，但不碰到人體，就跟普通的小蟲一樣，沒什麼威脅，憑它們的力量也不可能推開封堵的木頭。」

胖子附和道：「蜻蜓撼柱，那是自不量力，咱就跟它們耗上了，早就做好打持久戰的準備了……」

話音未落，頭頂就傳來一陣巨響，無數斷木碎雪掉落下來，我和胖子剛好站在下方，多虧戴著頭盔，雖是如此也被砸得有點暈頭轉向，急忙向後躲避，心想難道是我們趕工的工程質量不行？剛堵上就塌坍了？還是上面幾層的積雪鬆動了，在塔內又形成了一次小範圍雪崩？

再看掉下來的東西，黑色的是木頭，白色的是積雪，中間晶瑩之光流轉不定的是那具「冰川水晶屍」，尚未細看，頭頂上轟然之聲再次發出，眾人抬頭一看，一個白呼呼的人形，正從上面用力爬將下來，我們這才想起，妖塔外層還有個「雪彌勒」，剛才由於雪崩的混亂，幾乎都把它忘了。

我抓起霰彈槍，頂在「雪彌勒」的頭上就轟，但那傢伙渾然不覺，子彈根本奈何不了它，它大頭朝下，不停地往下竄，但身體太胖，被卡在了上方的窟窿裡，不過這傢伙力量很大，這土木結構的妖塔困不住它，掙脫下來只是時間問題。

這次與「雪彌勒」距離極近，終於看清了它的面目，不過它根本就沒有面目，就像是塊人形的白色肉皮，上面有很多密密麻麻的白色圓圈收縮著蠕動，根本讓人不知從何下手。

我忽然想到初一生前說這傢伙怕大鹽，我們的鹽巴都在明叔那裡，急忙找明叔去要，明叔說：「完了，這次真的死定了，鹽巴都放在塔頂沒帶下來。」

胖子急得直跺腳：「明叔你讓我說你什麼好啊，你你……你整個就是我們這邊的義大利人。」這句話本來是我們去新疆的時候，Shirley楊用來對我形容胖子的，說胖子簡直就是咱們這邊的義大利人，現在胖子總算找著機會，把這頂帽子扣給了明叔。（二戰時德國與義大利是一夥的，在北非戰場上，義大利的部隊成事不足，敗事有餘，他們的戰績，成為了德國人取笑的對象，後來美軍剛剛參與北非的戰事，也是打了不少敗仗，當時英國人就戲稱美軍為：我們這邊的義大利人。後來這句諺語就在西方流傳開來。）

我剛想喝止胖子，還不趕緊想辦法，都這節骨眼兒了還有心情在口頭上找便宜，難道等會兒「雪彌勒」爬下來，咱們就跟它練武不成？

但話未出口，卻忽聽Shirley楊說道：「你們快看上面，它不是爬不下來，而是凍住了。」

我們聞言抬頭觀看，只見頭頂的「雪彌勒」的表皮上結了一層冰霜，但「雪彌勒」性耐酷寒，雖然凍住了，卻還能不斷掙扎著想要擺脫，猛然間，它身體上厚厚的白色肉皮，忽然張開，像是一隻白色的大鳥展開了翅膀，好像隨時都要凌空撲擊而下，我們吃了一驚，做勢要躲，但那展開的肉皮忽然就此凝固住了。

白花花的肉皮裡面赫然露出一副血淋淋的人類骨架，一看那人骨的骷髏頭，便知道她是韓淑娜，來不及再看第二眼，就已經被冰霜覆蓋，想要四散逃開的「雪彌勒」，被「乃窮神冰」不上不下地凍結在了半空，終於一動也不動了，可能稍微碰它一下，就會如同彼得黃一般碎成霧狀的冰塵。

但如果永遠沒有外力去驚動它，可能就會永遠在冰川下保持著這個樣子，連接塔頂上層的木板雖然被「雪彌勒」撞破，卻也因為它被「乃窮神冰」凍死，把兩層妖塔之間的通道，給堵住了。

我們從剛才這驚心動魄的一幕中回過神來，就醒悟必須趕緊從塔側打條通道，連接上「雪彌勒」爬進來的冰淵，否則這狹窄的封閉環境中能有多少空氣供五個人呼吸，我不敢耽擱，馬上就準備確認冰淵的方向。

這時候塔底忽然傳來一陣翅膀振動聲，我們早就被這聲音嚇掉了魂，此刻再次聽到，覺得整個身體的汗毛上都像是掛滿了霜，立刻循聲望去，黑木板堆中露出了「冰川水晶屍」的腦袋，她口中還有達普鬼蟲，不是一隻，而是一群。

第二〇七章　災難之門

被魔國視為邪神供奉的「冰川水晶屍」，透明的口中，一陣陣銀色的寒光閃動，傳出陣陣瓢蟲翅膀的嗡鳴，從那冰冷的閃爍裡就可以得知，毫無疑問，大群的達普即將攜帶著能凍碎靈魂的「乃窮神冰」飛出來。

胖子距離水晶屍最近，他眼疾手快，從袋子裡取出個黑驢蹄子，趁那些達普還沒出現，就搶先塞進了「冰川水晶屍」的口中，然後趕緊把手縮了回來，「冰川水晶屍」體內寒光隱隱閃了下，就此沒了動靜。

明叔在旁看得心驚肉跳，緊緊摟住阿香，問我道：「胡老弟，那……那銅印怎麼不管用？是不是咱們用的方法不對啊？」

我坐倒在地，無奈地搖了搖頭：「這還不都怪你，把戰略大方向搞錯了，誤導了我們，險些都被你害死，那天官銅印專門是鎮伏屍變的，任它什麼屍魔屍妖，也百無禁忌，可這冰川水晶屍根本不是屍體，別說把銅印扣到腦門上了，就是按到屁股上也沒用。」

我把責任推得一乾二淨，準備先稍微喘口氣，讓心情從大起大落中平穩下來，這時候想動也動不了，多虧胖子冒險使出黑驢蹄子戰術，把鬼蟲堵了回去，不過眼下似乎是沒什麼危險了，但這「冰川水晶屍」也許造得與真人一樣，共有七竅，雖然從口中出不來，卻說不定又會從屁眼之類的什麼地方鑽出來，最保險的辦法，應該是用膠帶一圈圈的把屍體裹起來，好像埃及木乃伊那樣，裹成個名副其實的大粽子。

我打定主意，深吸了兩口氣，就去翻找膠帶，裝有膠帶的背包掉在白毛狼王與「冰川水晶屍」之間，我硬著頭皮走過去想把背包拖到離這兩個魔頭遠一些的地方再找，但手還沒等碰到背包的帶子，就聽Shirley楊和胖子同聲驚呼：「老胡，快躲開……」

我心知不妙，當時我面朝著狼王的屍體，這一面並沒有什麼變化，應該是背後的「冰川水晶屍」有問題，我想縱身跳開，但腳下被些黏乎乎的液體滑了一跤，身體重心失去了平衡，臉朝下摔倒在地，臉部也蹭到了許多腥氣撲鼻的黏液。

我順手在臉上一抹，腰上一用力，翻過身來，只見那具「冰川水晶屍」整個都碎開了，暗紅透明的臟器都掉到了外邊，一群冒著寒光的冰蟲，如同一陣冰屑般的銀色旋風，從屍體中飛出，全部撲到了我的面前。

我瞪大了眼睛望著那些撲來的冰蟲，再也來不及躲避抵擋，其實就算來得及，也沒有東西可以抵擋，這回真要光榮了，想不到竟然死在這裡，永別了，同志們……

但就在這時候，冰蟲忽然在空中停了下來，並沒有像幹掉彼得黃那樣乾脆，我心裡隱約覺得不對，但此刻生死之間的距離比一根髮絲還細，腦子都完全停住了，搞不太清楚發生了什麼，難道這些帶有「乃窮神冰」的飛蟲……

在塔底遠端的Shirley楊腦子轉得極快，見我愣在當場，忙出言提醒：「老胡，是狼王的血，你額頭上沾到了狼王的血了……」

這句話如同烏雲壓頂之時天空劃過的一道閃電，我立刻醒悟過來，剛才我被地上的狼血滑倒，臉上蹭了不少，當時我並沒有來得及分辨那些充滿血腥味的黏液是什麼，隨手在臉上抹了一把，無意中把狼王的鮮血抹到了額頭上一些。

初一生前曾經說過一些事，至今言猶在耳，在藏地傳說中，人和野獸死亡之後，一晝夜之內，靈魂不會離開血液和肉體，萬物中，只有人類的靈魂住在額頭，如果用剛死的狼血蓋住，就可以隱匿行蹤，而且這隻剛被初一所殺的狼王，全身銀白色的皮毛，表明了牠的身分，是崑崙山群狼祖先「水晶自在山」的後代，血管裡流著的是先王的血液，「水晶自在山」與「乃窮神冰」同樣是守護這座妖塔的護衛，冰蟲們一定是把我當做了白狼，所以才停止了攻擊。

當然這些念頭只是在腦中閃了一下，根本沒時間容我整理思緒，那陣冰屑般閃爍的旋風，就盤旋起來，看樣子馬上就要改變目標，撲向明叔和阿香，我立刻把袋裡的幾枚黑驢蹄子拿出來，在地上抹了抹狼血，分別扔給明叔、胖子、Shirley楊等人，我自己也不清楚當時為什麼不拿別的，而單拿黑驢蹄子，大概是覺得這東西沉重，扔過去比較快。

此時千鈞一髮，就連一貫閒心過盛，對什麼都漫不在乎的胖子，也顧不上說廢話了，雙手並用，把狼王的鮮血在自己額前抹了又抹。

達普鬼蟲，無論是「無量業火」還是「乃窮神冰」，它們在每次選擇目標飛去之前，都要在空中盤旋幾圈，也就是這麼個空檔，給了我們生存下去的機會，當成群的冰蟲盤旋起來之後，發現沒有了目標，便紛紛落回那碎裂開的水晶屍上，身上的銀光逐漸變暗，但仍然在水晶屍的碎片上爬來爬去。

塔底中央的一大塊區域，都被它們占了，我們五個人緊緊貼著塔牆，誰也不敢稍動，我知道藍色的火蟲怕水，按這麼推斷，用火一定可以燒死這些冰蟲，但不知是一種什麼神祕的力量控制著它們，可以隨著環境的需要，在冰與火兩極之間進行轉換，簡直就是無懈可擊，如果不找出這種力量的根源，我們仍然擺脫不了當前的困境。

從剛才開始，我就覺得這塔底似乎有什麼不對的地方，但那個變化或者是跡象，實在太過微小，以至於十分難以察覺，即使看見了，也有可能被忽視，這時形成了僵局，我們都無法行動，這狼王的鮮血也不能抵擋一世，這樣下去，只有拖到明天被凍成冰棍而已，而且看情形，似乎想延遲到明天再死都不可能了，那些鬼蟲半透明的身體中，再次出現了陰冷的寒光，它們似乎已經發現「冰川水晶屍」損壞了，想四散飛離，那將形成最可怕的局面。

我四處打量，想尋找那個微妙的線索，最後把視線停留在了明叔身邊，明叔貼著塔牆，嚇得臉色都變青了，在他身邊，掉落著兩個晶球，我記得最開始見到的時候，分別閃爍著藍與白兩種黯淡的光芒，然而現在一隻黯淡無光，另一隻晶球中白色的寒光比以前明亮了許多。

Shirley楊剛好也留意到了這一點，同我對望一眼，不用說什麼就已經達成了共識，Shirley楊掏出手槍，對著那枚黯淡無光的水晶開了一槍，將其擊成碎片，這麼做十分冒險，也許可以成功，但沒人能保證擊碎了這枚晶球，妖塔中所有的達普鬼蟲，就只能保持「乃窮神冰」的形態了，但蠢蠢欲動的冰蟲，已經沒有時間再讓我們過多思索了。

Shirley楊剛將晶球擊碎，我就對胖子喊道：「王司令，快用火焰噴射器。」

胖子聞言，從他身後的背囊中迅速掏出「丙烷噴射瓶」，對準地上成群的冰蟲就噴，由於這密封的空間空氣本就不多，胖子也不敢多噴，火舌一吐，便立刻停止，塔底的冰蟲還沒等飛離「冰川水晶屍」的殘片，就一同燒為了灰燼。

我見終於奏效，那顆始終懸在嗓子眼的心才算落回原處，但經過剛剛這一股烈焰的燃燒，塔底空氣更少了，人人都覺得胸口憋悶，來不及回想剛才的事，就立刻動手，將塔底的黑木撬開，我先前在妖塔第八層，看到「雪彌勒」爬上來的地方，是塔外側的一條傾斜的大裂縫，似乎可以下到深處，估計這冰川中所有的裂縫，都與最大的冰淵相連，龍頂上崩塌下來的積雪，很快就會被席捲而來的寒潮凍結，憑我們的裝備與人力，想從上面挖出去勢比登天，只好向下尋找生路。

我憑記憶找到了方位，動手撬動塔底的木板，卻又有了一個驚人的發現，此處的黑木，明顯不是原裝的，而是有人拆下來後，重新安上去的，外邊的也不是夯土，而是回填了普通的凍土，簡直就像是個被修復的盜洞，不過看那痕跡，也絕非近代所留。

有了這條古老的祕密通道，再往外挖就容易了，很快就挖到了那條斜坡，這裡人工修鑿的痕跡更加明顯，但從手法上看，應該不是盜墓賊所打的盜洞，斜坡的凍土上，有一層層的土階，最下面可能連接著冰淵的深處，顯然不是匆忙中修鑿的，當然更不可能是「雪彌勒」那種傢伙做的，但這究竟是……，一時間有些摸不著頭腦。

我讓明叔等人盡快離開妖塔，鑽進下方的斜坡，別人都還好說，只有阿香被剛才那些情景嚇得體如篩糠，哆哆嗦嗦的不肯走動，這裡十分狹窄，也沒辦法背著她，明叔和Shirley楊勸了她半天，始終也挪動不了半步。

我只好對胖子擠了擠眼睛，胖子立刻明白了，嚇唬阿香道：「阿香妹妹，妳要不肯走，我們可不等妳了，說句肺腑之言，當哥的實在不忍心把妳這如花似玉的大姑娘扔到這裡，你大概不知道這塔底下有什麼吧？妳看到那燒得黝黑的水晶女屍了沒有，她死後只能住在這，哪都去不了，在這陰曹地府裡的生活是很乏味的，只能通過亂搞男女關係尋求精神上的寄託，等夜深了，埋在附近的男水晶屍就來找女水晶屍了，不過那男屍看到女屍被燒成了這醜模樣，當然就不會和她亂搞了，但妳想過沒有，那男屍會不會對妳……」

阿香被胖子從我這學得的那套「攻心為上，從精神上瓦解敵人」的戰術嚇壞了，不敢再聽下去，趕緊抓住Shirley楊的手，緊緊跟著Shirley楊爬進了塔外的坡道。

我對胖子一招手，二人架起明叔，也隨後跟上，在黑暗中爬至一處略為平緩的地方稍作休息，Shirley楊對我說：「以你的經驗來看，這古冰川深處，會通向什麼地方？」

我說既然這裡以前是個高山湖泊，也許下面有很深的水系亦未可知，不過這條在冰川下的坡道絕對有什麼名堂，我剛剛想了想，唯一的一種可能，就是輪迴宗挖的，不過他們在這冰川裡修了很多宗主的墓穴，又大動土木，從下面挖通了妖塔，而且看起來，這工程量似乎遠不止於此，莫非輪迴宗想從冰川下挖出什麼重要的東西？

Shirley楊說：「鐵棒喇嘛師傅給我講了許多制敵寶珠大王長詩中，有關於魔國的篇章，以其中的內容，結合咱們在這裡所見到的種種跡象，我有個大膽的推測，這冰川深處，是通往魔國主城——惡羅海城的災難之門，輪迴宗是想把這座神祕的大門挖通。」

第二〇八章　黑虎玄壇

「惡羅海城」又名「畏怖壯力十項城」，它與「災難之門」，都是只存在於崑崙山遠古傳說中的地名，從未載於史冊，只是傳說隱藏在崑崙山最深處，它們真的曾經存在過嗎？「獻王墓」壁畫中的那座古城，也許描繪的就是「惡羅海城」，不過這北方妖魔的巢穴，與新疆沙海深處的「無底鬼洞」之間，又有怎樣的聯繫？能否在那裡找到巨大的「眼球」祭壇？我們目前還沒有太大的把握。

甚至要做最壞的打算，在傳說中，那古老邪惡的「惡羅海城」也同「精絕古城」一樣，在一天夜裡，突然神祕地消失了，所以強盛的「魔國」才就此一蹶不振，那裡究竟發生了什麼災難或變故，都還屬於未知數。

我忽然想起張贏川所說的：「終則有始，遇水而得中道。」中道是指中庸之道，正途，也可以理解成安全保身的道路，雪崩壓頂，身陷絕境，卻又柳暗花明，發現了一條更為神祕的通道，這條漫長狹窄的斜坡，通向龍頂冰川的最深處，那裡應該有湖泊或者暗河，有水就一定有路，想到這裡，頓時增添了一些信心。

眾人在這緩坡中休息了大約半個鐘頭，由於擔心妖塔附近不安全，就動身繼續向下，這修築有土階的凍土隧道，在地下四通八達，密如蛛網，我們不敢亂走岔路，只順著中間的主道下行，不時能看到一些符咒、印記，其中不乏一些「眼球」的圖案。

Shirley楊對我說：「輪迴宗如果只想挖通災難之門，那就沒有必要一直把隧道挖進九層妖

塔，而且看這地下隧道裡的狀況，都不是同一時期修建的，可能修了幾百甚至上千年，這可能與他們相信深淵是力量的來源有關，但你有沒有想過，輪迴宗的人為什麼要挖開妖塔？」

我想了想說：「這事確實蹊蹺，供奉邪神的妖塔，是不容侵犯的，會不會是輪迴宗想從裡面取出什麼重要的東西？除了冰川水晶屍，那塔中還會有什麼？」

我們邊走邊商量，但始終沒研究出個所以然來，就只得作罷，在向斜下方延伸了一段之後，便與垂直的冰淵相接，冰壁雖然稍微傾斜，但在我們眼中，這種角度與直上直下沒有什麼區別，根本沒辦法下去。

這裡已經可以看到冰淵的底部了，最深處無數星星點點的淡藍色螢光，彙聚成一條微光閃爍的河流，在冰川下蜿蜒流轉，由於這冰壁略有斜度，所以我們最早在追蹤「雪彌勒」的時候，眾人在凍土隧道口望下一看，如同倒視天河，都忍不住讚嘆：「真美，簡直像銀河一樣。」

下面可能有水晶，或者是河裡有水母一類的螢光體，所以才會出現這樣夢幻般的奇景。隧道口有些殘破木料的遺跡，幾百年前，大概有木橋可以通向下方，但年代久了，便坍塌崩壞，木料大概都掉到下邊的河裡去了，我目測了一下高度，這裡已經是冰川的最底部了，距離那螢光閃爍的河流，大約有三十多米的距離，這個高度，可以用長繩直接墜下去。

我對眾人說：「既然有活水，就必然會有出路，咱們可以用登山繩下去……」

明叔卻提出異議：「這冰壁比鏡子面還要光滑，三十多米雖然說起來不高，但摔下去也能把人摔爛了，還是再找找有沒有別的路，用繩子從冰壁上滑下去實在是太危險了。」

胖子往下看了看，也覺得眼暈，連忙贊同明叔：「小心駛得萬年船，後邊隧道有這麼多分支路線，一定還有別的出口，當然胖爺我倒是無所謂，就算摔扁了，大不了二十年後又是一條好漢，但咱們現在扶老攜幼的，得多為明叔他們的安全著想。」

我提醒胖子說：「王司令你可不要站錯了隊，放著捷徑不走，非要去鑽那些隧道，一旦在裡面迷了路轉不出來怎麼辦？明叔他們的事咱們就沒必要管了，反正按先前的約定，九層妖塔也掘開了，冰川水晶屍也找到了，以後咱們就各走各的了，要是能留得命在，回北京之後，咱們再把帳目問題結清了，明叔你回家後把你的古董玩器都準備好，到時候我們可就不客氣了。」

我這麼說只是嚇唬嚇唬明叔，明叔果然擔心我們把他和阿香甩在這裡不管，思前想後，還是跟著三名摸金校尉才有可能從這冰川裡出去，而且這次行動損兵折將，把老本都賠光了，也許在下面的「災難之門」裡，能找到具更值錢的東西，當然這些事要以活下來為前提條件，於是表示絕對不能分開，這樣在災難中存活下來的機率才會變大。

我見把明叔搞定了，就動手準備繩索，就以長繩配合登山鎬，當先降下，冰淵之下的河谷兩邊，四周有不少散落的黑色朽木，河岸邊存在著大量的冰山水晶石礦脈，閃映著河中淡藍色的螢光，不需要使用任何光源，也會有一定範圍的能見度。

我看了看四周，見沒什麼危險，就發信號讓上邊的人跟著下來，等到胖子最後一個大呼小叫地滑下來，已經耽擱了不少時間，從挖掘木塔、同狼群惡戰，直到來至冰淵深處，這之間大夥只休息了不到半個小時，這時難免都又飢又餓。

Shirley楊對我說：「必須找個安全的地方休息一夜，讓明叔和阿香回復體力，否則再走下去，真要累出人命了。」

我點頭答應，於是眾人在附近找尋可以安營的地點，先到地下河的邊上往下看了看，這裡河水非常平緩，而且水質極清，水中有不少淡水水母，淡藍色的螢光都是牠們發出來的，不過這種生物看起來雖然很美，但實際上非常的危險，如果大量聚集，其發出的生物電可以使大型動物瞬間麻痺，Shirley楊告誡眾人盡量遠離河畔，一定注意不要碰到河水。

這河谷似乎沒有盡頭，沿著水流的方向走過去，不久後在布滿水晶石的峭壁下，發現了一個洞穴，由於在深處地下，上邊如果落下點什麼東西來，砸到誰誰也受不了，絕壁底部的洞穴，自然就成了最理想的宿營場所。

洞口比較寬敞整齊，像有人工修鑿過的痕跡，不過年代久遠，很難確認，打起手電筒，從洞穴外向裡看，一片片的晶光閃動，洞中和外邊一樣，存在有大量的透明結晶體，但其中似乎極為曲折幽深，站在外邊，看不清裡面的深淺。

這洞穴不像有什麼野獸出沒之所，但為了安全起見，我還是帶著胖子當先進去偵察了一番，深入洞中踱了不到五六步，就是個轉彎，其後的空間大約有一間二十來平米的房間大小，如果沒有什麼危險，這裡確實很適合宿營。

我和胖子舉著「狼眼」在洞中各處亂照，地上有些古舊的石臺，角落裡堆放著一些白花花的牛頭，石臺上有尊一尺多高的黑色人形木像，我心中一動，這裡八成是輪迴宗祭祀的地方，這黑色的小木人，這種形式，似乎與鐵棒喇嘛提到過邪教的「黑虎玄壇」一樣。

我讓胖子把阿香等人叫進來，讓阿香看看這洞穴裡，有沒有什麼不乾淨的東西，阿香進洞看了一遍，沒有，死的、活的都沒有，那黑色的小木人也沒什麼。

既然一切安全，而且眾人也已經非常疲憊，再往前找，也未必有比這裡合適的地方，於是就在洞中休息，升起火來給飲食加熱。

這水晶洞穴最裡面的石壁上，還有些天然的小孔，有拳頭大小，不過即使小孩也鑽不進去，用石頭將這些洞都堵上，防止有蛇鑽進來，那應該就比較安全了。

眾人圍在火旁吃飯，唯獨明叔唉聲嘆氣，食不下咽，讓阿香取出他那只祖傳的「十三鬚花瓷貓」來，不住地搖頭，撿起塊石頭，一下子將瓷貓砸了個粉碎。

胖子在旁看得可惜，對明叔說：「您老要是不想要了，您給我啊，這大花貓也有幾百年歷史了吧？好賴它也是個玩意兒，砸了多可惜，要說砸東西，破四舊的時候，我砸得比您多，可是現如今呢，不是也有點後悔了嗎？」

我對明叔說：「記得不久前您還拜過這隻花瓷貓，據說這東西很靈驗，它的鬍鬚一根也沒斷，可為什麼咱們在妖塔中折了這許多人手？莫非沒看黃曆，犯了衝？」

明叔長嘆一聲，說出實情：「像我這種跑了這麼多年船的人，最信的就是這些事情，也最怕那些不吉利的兆頭，年紀越大，這膽子反而就越小，為了圖個彩頭，這隻祖宗傳下來的瓷貓，被我用膠水把鬍鬚都黏死了，掰都掰不斷。」越說越生氣，好像有點跟自己過不去，揮手把破碎的瓷貓撥到牆邊。

說來也巧了，那瓷貓身體碎了，可貓頭還很完好，滾到牆邊，剛好正臉衝著明叔，火光映照下，那對貓眼炯然生光，似有神彩，好像變活了一樣，這使明叔更加不舒服，喃喃地罵了一句：「老瓷貓都快成精了，我讓你瞪我。」說著話又撿起那塊石頭，想走過去將花瓷貓的貓頭砸爛。

我想阻攔明叔，這是何苦呢，犯得上跟個物件兒發火嗎？但還沒等我開口說話，明叔的身

體卻突然僵住，站在那裡一動不動了。

他背對著我們，我不知道他看到了什麼，我一招手，胖子已經把槍頂上了膛，Shirley楊把阿香拉到稍遠的角落裡。

我站起身來，看明叔兩眼直勾勾地盯著那貓頭，便問明叔怎麼回事？明叔戰戰兢兢地說：「胡老弟，那裡有蛇啊，你看那邊。」明叔在南洋的時候，曾被毒蛇咬過，所以他十分懼怕毒蛇。

我心想剛才都檢查過了，哪裡會有蛇，再說蛇有什麼好怕，按著明叔所指的方向一看，原來那瓷貓的貓頭旁，有一個被我先前用石塊堵住的孔，石塊微微晃動，似乎裡面有東西要從中拱出來。

我將明叔護在身後，把工兵鏟拔了出來，不管從裡面鑽出的是蛇，還是老鼠，一鏟子拍扁了再說，Shirley楊等人也都舉起手電筒，從後邊往這裡照著。

那石塊又動了幾下，終於掉落在地上，我掄起工兵鏟就拍，但落到一半，硬生生地停了下來，不是蛇，而是一條綠色的植物枝蔓，一瞬間就開出一朵如碗大小的紅花。

這裡怎麼會長出花來？我還沒搞清楚怎麼回事，只聽阿香在後面忽然驚叫一聲，我正全神貫注想看個究竟，被她的驚叫聲嚇得差點把工兵鏟扔在地上，我從沒想過如果女人害怕到了極點，會發出這樣的動靜。

Shirley楊忙問阿香怎麼回事？是不是看見什麼……東西了？

第二〇九章 血餌

阿香拚命往後躲：「我……我看到那石孔裡長出來的是……是一具男人的屍體，上面有很多的人血。」說完就捂住眼睛，不敢再看那朵鮮豔的紅花了。

這段時間來，我們對阿香的眼睛十分信任，覺得有她在身邊，會少了很多麻煩，但這次我不得不產生一些懷疑，那朵鮮豔欲滴的紅色花朵，雖然長得奇怪，卻絕對應該是植物，怎麼會是屍體？這兩者之間的區別……未免也太大了一些。

只有明叔對阿香的話毫無疑慮，我和胖子卻不太相信了，都轉頭去看阿香，她這話說的莫名其妙，哪裡有屍體？又哪裡有什麼人血？

Shirley楊指著從石孔裡長出的紅花，對眾人說道：「你們看，它結果了。」

我急忙再看那朵紅花，大概就在我剛剛轉移視線的這麼點時間裡，它竟然已完成了開花結果的全部過程，嫩綠的枝蔓頂端，掛著一個好像桂圓般的球形果實，我和胖子、明叔、Shirley楊都是走南闖北，正經見識過一些稀奇事物的人，但都從未見過這樣古怪的植物。

看樣子這石壁上的孔洞，就是被裡面生長的植物頂破形成的，由於石孔是彎曲的，我們無法直接看到裡面的情況，這洞穴後面，似乎另有一個空間，但究竟是什麼樣的地方，可以不需要陽光水分也能生長植物？

我戴上手套，輕輕把那枚果實摘了下來，剝開外邊的堅殼，裡面立刻流出一些暗紅色的液體，好像是腐爛的血液，臭不可近，最中間有一小塊碎肉，竟似是人肉。

果實剛剛摘下，那綠色的枝蔓就在瞬間枯萎，化成了一堆灰色的塵土，我趕緊把手中拿著的肉塊扔到地上，對眾人說道：「這八成是生人之果的血餌啊。」

風水祕術中有一門名叫「化」，其中內容都是一些關於風水陰陽變化的特例，在風水形勢特殊的地點，會發生一些特異之事，我們所說的「龍頂冰川」，是當地人稱為「神螺溝冰川」的一部分，雖是世間僅有的低海拔冰川，但玉峰夾持，雪山環繞，是崑崙山中的形勢殊絕之地，崑崙本為天下龍脈之起源，「神螺溝」又是祖龍的龍頂，其生氣之充沛，冠絕群倫，其實生氣聚集的穴眼並非祖龍才有，只不過極其罕見，正是由於生氣過旺，葬在龍頂一些特殊地點中的屍體，會死而不朽，生氣極盛之地的不朽屍，被稱為「玄武巨屍」，那種地方的天然洞穴裡，甚至還會發生一些奇特的變化，例如變為不斷長出「血餌」的「生人之果」。

我們現在下到的位置，是冰淵的底層，這裡海拔只有一千多，已經基本上沒有冰了，到處都是大量的水晶石礦脈，在這裡發現的「黑虎玄壇」應該是個神灶之類的設施，是魔國滅亡後，由後世輪迴宗修建的，它們祭拜妖塔中的邪神，主要儀式都是在這種地方進行的。

我本以為按慣例，那黑色的小木人像就是某種神的象徵，但我忽略了密宗風水與青烏術存在很大的差異，也許在內地，有個神位神像就夠了，但現在想來，如果是輪迴宗的話，也許會真的弄那麼一具屍體來獻祭，在這生氣彙聚之地，證實其永生不滅教義的神跡。

我把這些事對Shirley楊等人說明，有必要找到洞穴後邊那個空間的入口，進去探查一番，運氣好的話，說不定可以找到很多關於「惡羅海城」或者「災難之門」的線索，至少讓咱們有個宏觀上的概念，那麼再向前行，也不必如同盲人摸象般地為難了。

我又告訴明叔這種地方生氣很旺，不會有什麼危險，儘管放心就是，如果不願同往，那就和阿香一起留在這等我們回來。

明叔現在對我和胖子倚若長城，哪裡肯稍離半步，只好答應帶著阿香同去，於是眾人在洞穴中翻找有沒有什麼機關祕道，可以通向後邊長出「生人之果」的空間。

明叔問我道：「只有一事不明，我在進藏前，也做了很多關於密宗風水的功課，魔國修築妖塔的時候，密宗還沒有形成風水理論，定穴難免不準，看這座黑虎玄壇的位置，似乎是與九層妖塔相對應，這裡真的就是生氣最旺的吉穴嗎？萬一稍有偏差，趕上個什麼妖穴、鬼穴，咱們豈不是去白白送死？」

我心想明叔這老油條，又想打退堂鼓，於是應付著對他說：「風水理論雖然是後世才有的，但自從有了山川河流，其形勢便是客觀存在的，後人也無外乎就是對其進行加工整理，歸納總結，安插個名目什麼的，龍頂這一大片地域，是天下龍脈之源，各處生氣凝聚，哪裡會有什麼異穴？所以您不要妖言惑眾，我和胖子都是鐵石心腸，長這麼大就不知道什麼是害怕，您這麼說只能嚇唬嚇唬阿香。」

明叔討了個沒趣，只好退在一旁不復多言，這晶石洞穴裡有許多石臺，散亂一地，我們一一將其挪開，最後發現一個靠牆的石臺後，有個低矮的通道，裡面是半環狀的斜坡，繞向內側洞穴的上面，眾人戴上防毒面具，彎著腰鑽進通道。

這段通道並沒有多長，繞了半圈，就見到一個更大的穹頂洞穴，大約一百多平米，出口處是個懸空的半天然平臺，向下俯視漆黑一團，看不見底。

我其實也是由那長出人肉的花朵來推測是「血餌」，除此之外，並不太瞭解這種東西，因為實在太罕見了，更不知道會不會有什麼危險，不過臨陣退縮的事我也不打算做，既然發現了

這種地方，若不探明此祕、窮盡其幽，將來一定會後悔莫及。

這個穹頂的水晶洞，應該就是在我們宿營洞穴的隔壁，我們則位於其上數米的半空，那生長「血餌」的屍體，似乎就在下面，這裡靜悄悄的，除了我們的呼吸聲之外，就沒有別的動靜了。

由於頭盔上的燈光難以及遠，所以眾人都俯身趴在石臺上，想用「狼眼」往下探照地形，但手電筒的光束，只照到平臺下密密麻麻的「血餌紅花」，植物非常密集，而且枝蔓像爬山虎一樣，在壁上散布，深處的東西都被遮蓋住了。

我低聲把阿香叫過來，讓她先從石臺向下看看，她先前看到血餌紅花，說那是一個男人的屍體，現在再用她的眼睛看看下面，是否能找出這「血餌」的根莖所在，那裡應該就是「玄武巨屍」的所在，阿香的眼睛只能看到普通肉眼視力範圍內沒有障礙物遮擋的東西，例如幽靈與非常狀態的死體，即使在黑暗無光的地方也能看到。

在Shirley楊的鼓勵下，阿香壯著膽子看了看，對我們點了點頭確認，她透過「血餌紅花」的縫隙，看到下面有一個高大的人形，所有的植物，都是從那具屍體中生長出來的，也就是說，那些「血餌」，是屍體的一部分。

我覺得這下面，是個擺放屍體的祭祀坑，下面肯定還有其餘的祭品，於是讓胖子找幾枝螢光管扔下去，照明地形，看看有沒有能下去落腳的地方。

胖子早就打算下去翻找值錢的明器，聽我這麼一說，立刻扔下去七八枝藍色的螢光棒，平臺下立刻被藍色的光芒照亮，無數鮮血般紅豔的花朵，密布在洞底，有不少已經長出了血餌果實，從上面往下看，像是有個花團錦簇的花圃，只不過這花的顏色單調，加上藍色的螢光襯托，顯得陰鬱之氣沉重，好像都是冥紙糊成的假花，並無任何美感可言。

花叢的邊緣，有一塊重達千斤的方形巨石，是用一塊塊工整的冰山水晶石料砌起來的，我們離得遠了，巨石表層又爬上了不少「血餌紅花」，只能從縫隙中看到那上面，似乎有些符號圖形之類的石刻，巨石的下方，壓著一口紅木棺材，迎面的擋口上，破了一個大窟窿。

這種地方怎麼會有這樣的棺材？我看那塊巨大的方形冰山水晶石頗有古怪，就打算從平臺上下去看個究竟，剛要動身，手腕突然一緊，身邊的阿香緊緊抓住我的手，眼中充滿了驚恐的神色，不用她說，我也知道，她一定又看到什麼東西了。

Shirley楊好像也聽到了什麼動靜，將食指放在脣邊，對眾人做了個噤聲的手勢，我當即打消了立刻下去的念頭，屏住呼吸趴在石臺上，與眾人關閉了身上所有的光源，靜靜注視著下面發生的事情。

剛剛扔下去的幾枝螢光棒還沒有熄滅，估計光亮還能維持兩分鐘左右，只聽一陣窸窸窣窣的輕微響聲，從下方的石縫中傳出，藍幽幽的螢光中，只見一隻綠色的……小狗，無法形容，只能說這東西的形狀很像長綠毛的「小狗」，慢悠悠地從石縫裡爬出，這東西沒有眼睛，也許是常年生活在地下世界，它的眼睛和嗅覺已經退化了，並沒有注意到四周環境的變化，也沒發現石臺上有人。

牠不斷地吞吃著「血餌」果實，十分貪婪，隨著牠不停地一路啃過去，失去了果實的紅花紛紛枯萎成灰，不一會兒下邊就露出一具兩米多高的男性屍體。

我在上面看得心跳加快，那究竟是個什麼東西？正想再看的時候，螢光管的光芒就逐漸轉為黯淡，微弱的螢光消失在了黑暗之中，我忽然覺得手背上發癢，似乎多了點什麼東西，用手一摸，頓時覺得不妙，像是長出了什麼植物的嫩芽。

第二一〇章　空殼

手背上就是有點癢，也不覺得疼，但是用手指捏住了一拔，疼得我險些從平臺上倒翻下去，我急忙擰開頭盔上的射燈，手背接近手腕的地方，竟長出了兩三個小小的黑綠色肉芽，不去碰它就只會感覺微微發癢，但一碰就疼得像是往下撕肉，整個胳膊裡的骨髓都被帶著一起疼，我急忙再檢查身上其餘的地方，都一切正常。

這時Shirley楊和胖子等人也打開了光源，我讓他們各自看看有什麼不妥的地方，但除我之外，Shirley楊、明叔、胖子都沒事。

這事也真奇了，眾人自到這黑虎玄壇，未曾分離半步，怎麼單單就我身上異常，再不想點辦法，怕是也要長出「血餌紅花」了。

正沒理會處，發現阿香倒在我身邊人事不省，她的鼻子正在滴血，沾到血的半邊臉上，布滿了綠色的肉芽，她的手上也有一些，阿香有時候看到一些不想看到的東西，鼻子就會流血，剛才在外側的洞穴裡，她剛看到「血餌紅花」，鼻子便開始淌血，這種現象以前也有過，並未引起我們的重視。

現在才明白，原來「血餌」這種傳播死亡的植物，在空氣中散播著無形的花粉，一旦觸碰到皮膚上的鮮血，就會傳播生長，從阿香看到它的第一眼起，就已經中招染上血毒了。

剛才眾人趴在石臺上觀察下面動靜的時候，阿香由於突然發現自己鼻子流血不止，抓住我的手腕想告訴我，把血沾到了我的手背上，然後她就昏迷了過去，我當時還以為是她看到了下面的什麼東西，哪裡想到出此意外。

Shirley楊想幫阿香止血，我趕緊告訴Shirley楊千萬別接觸血液，用手指壓住阿香的上耳骨，也可以止住鼻血，左邊鼻孔淌血壓右耳，右邊壓左耳，但無論如何不能沾到她身上的血。

「血餌」在陰陽風水中被解釋為生氣過盛之地，屍體死而不腐，氣血不衰，積年累月不僅屍體慢慢開始膨脹變大，而且每隔十二個時辰便開出肉花，死人倒還罷了，活人身體中長出這種東西，只能面臨兩種選擇，第一是遠遠逃開，離開這生氣太盛的地方，血餌自然就不治而癒了，但這片地域為祖龍之淵，在短時間內難以遠遁；再就是留在這裡，等到這被稱為「生人之果」的血餌開花結果，那活生生的人就會變成脹大的屍體了。

明叔看她乾女兒三魂悠悠，七魄杳杳，性命只在頃刻之間，便哭喪著臉說：「有沒有搞錯啊，這回真的是全完了，馬仔和保鏢沒了，老婆沒了，冰川水晶屍也沒了，現在連乾女兒也要死了……」

我對明叔說：「先別哭喪，我手上也長了血餌，你捨不得你的乾女兒，我也捨不得我自己，眼下應該趕緊想辦法，藏族老鄉不是常說這樣一句諺語嗎——流出填滿水納灘的眼淚，不如想出個鈕扣一樣大的辦法。」

明叔一聽還有救，趕緊問我道：「原來你有辦法了？果然還是胡老弟胸有成竹、臨危不亂，不知計將安出？還請明示，以解老朽愚懷，倘若真能救活阿香，我願意把我乾女兒嫁給你，將來咱們就是一家人了……」

我並未答話，心中冷哼了一聲，老港農生怕我在危險之時丟下他不管，還想跟我結個親，也太小看人了，這種噱頭拿去唬胖子，也許還能有點作用。

想不到胖子也一點都不傻，在旁對明叔說：「明叔，您要是真心疼阿香，還捨得帶她來西藏冒這麼大的風險？您那倆寶貝兒子怎麼不跟著來幫忙？不是親生的確實差點事兒。」

胖子不像我，說起話來沒有任何顧忌，剛剛這幾句話，果然刺到了明叔的痛處，明叔無可辯駁，臉上青一陣紅一陣，顯得十分尷尬。

我胳膊肘撞了胖子一下，讓他住口別說了，其實明叔對阿香還是不錯的，當然如果是他親生女兒，他肯定捨不得帶她來崑崙山環境這麼惡劣的地區，人非聖賢，都是有私心的，這也怪不得他。

Shirley楊見我們不顧阿香的死活，在石臺上都快吵起來了，一邊按住阿香的耳骨止血，一邊對我們說：「快別爭了，世間萬物循環相剋相輔，腹蛇五步之內，必有解毒草，下面那綠色的小動物以血餌為食，牠體內一定有能解血餌毒性的東西，或者牠是因為吃了這洞穴中其餘的一些東西……」

我點頭道：「若走三步路，能成三件事，若蹲著不動，只有活活餓死，胖子你跟我下去捉住那長綠毛的小傢伙。」說完將兩枚冷煙火扔下石臺，下面那隻小狗一樣的動物，正趴在地上吃著屍體上最後的幾枚果實，再不動手，牠吃完後可能就要鑽回洞穴的縫隙裡去了。

胖子借冷煙火的光芒，看清了下面的情況，想圖個省事，掏出手槍來就打，胖子掏槍、開保險、上彈、罩準、射擊的動作幾乎是在同一時間完成的，我想攔他已經晚了，匆忙中一抬他的胳膊，胖子剛剛那一槍，就射到了洞壁上。

子彈擊得碎石飛濺，這一下震動不小，那隻似乎又盲又笨的小動物，也被驚動，掉頭就向回爬，我對胖子說：「別殺牠，先抓活的。」一邊說邊跳下石臺，剛好落在下面的男屍身上，攔住了它的去路。

這石臺不算太高，胖子倒轉了身子，也跟著爬到下面，與我一前一後將那綠毛小狗夾在中間，二人都抽出工兵鏟來，這東西看似又蠢又笨，只知道不停地吃生人之果，但四肢粗壯，看樣子力量很足，此時牠感覺前後被堵，在原地不斷轉圈，蛇頭一般的臉上長著一張大嘴，虛張虛闔著散發出一股腥臭。

這隻小獸全身都是肉褶，遍體都是綠色的硬毛，從來沒聽說世上有這種動物，我和胖子先入為主，總覺得這東西有可能是殭屍，但是與人類的差別太大，也許是某種野獸死後變成的殭屍，既然身體呈黑綠腥臭的狀態，那必然有毒，不過體形僅僅如同普通的小狗大小，看來要活捉牠，倒也並非難事。

那小獸在原地轉了兩圈，對準胖子，張口亂咬著硬往前衝，胖子掄起工兵鏟拍下，正砸在牠頭上，那小獸雖然皮肉甚厚，但被工兵鏟砸中，也疼得發起狂來，將胖子撲倒在地，胖子把黑驢蹄子向前一塞，塞進牠的嘴裡。

那隻如同狗一樣的動物，從沒嘗過黑驢蹄子的滋味，應該不太好吃，不斷甩頭，想把黑驢蹄子吐出來，胖子用腦袋頂住牠的嘴，兩手抓住牠的前肢，雙方各自用力，僵持在了一起。

我從後邊趕上來，用膠帶在這小怪物的嘴上纏了十幾圈，又用繩子把它腿腳捆上，

我把胖子從地上拉起來，胖子對我說：「這東西比想像中的好對付多了，大概牠天天除了吃就是睡，根本就沒別的事做，不過這到底是個什麼東西？我看牠可不像是條狗。」

明叔和Shirley楊見我們得手，立刻帶著阿香從石臺上下來，我看了看自己手背上的那些血餌肉芽，這麼一點時間裡，已經又長大了一倍，阿香的情況比我嚴重得多，若不盡快施救，怕

是保不住命了。

胖子踢了一腳那被我們捉住的動物：「這傢伙能當解藥嗎？看牠長得這麼醜，說不定身體裡的血肉都有毒，難道是要以毒攻毒？」

Shirley楊說：「這種動物是什麼我也不清楚，但不外乎兩種可能性，一是牠體內分泌的東西可以化解血性，再不然就是它居住的環境或者吃的其餘食物，可以中和毒性，在這洞穴附近搜索一下，或許能有收穫。」

我們不敢耽擱，分頭在洞底查看，我走到那巨大的冰山水晶石下，石上刻有大量的密宗符號，我還沒顧得上看那石上的圖形有些什麼內容，便先發現石下有個奇怪的東西，原來我們在上面看這裡像是壓著一口紅木棺材，而其實是大水晶下，有一個紅底黑紋的空龜殼，被石頭壓得年代應該已經很久了，那巨龜可能早已死亡腐爛盡了。

明叔也看到了這個空空的龜殼，紅底黑紋的龜甲極其少見，傳說「鳳麟龍龜」為四靈獸，其中的龜，就是單指殼上顏色變為暗紅的千年老龜，明叔若有所思，回頭看了看那被胖子捉住的動物，急忙對我說道：「這次發達了……那東西不是狗的殭屍，而是蛻殼龜，阿香有救了。」

我見明叔過於激動，有點語無倫次，便讓他冷靜些，把話說清楚了，什麼發達了有救了？明叔顧不上再說，先把龜殼用鏟子切掉一塊，合水搗碎了塗抹在我和阿香長有血餌的地方，一陣清涼透骨，皮膚上的麻癢疼痛立刻減輕了不少。

看阿香脫離了危險，明叔才告訴我們說，以前彼得黃當海匪的時候，截住了一艘客船，但奇怪的是船上的人都已經死光了，船艙中眾多的屍體上，長出許多菇狀的血藻，海匪們在船上打死了一隻大水蜥，但也有不少人碰到屍體的血液，命在旦夕，海匪老大熟識海中事物，知道這船上可能藏有什麼東西，於是命人仔細搜索，果然在貨倉中找到了一隻被貨櫃夾住的龜殼，能蛻殼的老龜一定在水中吃過特殊的東西，都變成精了，害死了船上所有的人，牠爬過的地方，死者身上都會長出肉花肉草，被吃後死者精血全失，便成為了乾屍，龍頂下面的深淵裡，大概生氣過旺，所以一具屍體上才可以反覆生長血餌。

牠的殼是寶貝，所有的毒症皆可醫治，世間難覓，這一整只龜殼，都不能說是天價了，是無價之寶，當時海匪內部因為爭奪這件東西，自相殘殺，死了不少人，彼得黃也險些把命送掉，也就是在那時候，明叔在海上救了彼得黃，才從他口中知道有這種蛻殼龜，帶人回去再找的時候，海匪的船已經爆炸沉沒了，只好敗興而歸。

後來這件事隔的時間久了，就逐漸淡忘了，現在看到這水晶石下壓著的空龜殼，紋理顏色都非尋常可比，這才回想起來，看來人還是要積善德，當初舉手之勞，救了彼得黃一命，現在卻也因此救了自己的乾女兒，救人一命勝造七級浮屠，多做善事才有好報啊。

胖子一聽這東西那麼值錢，趕緊就動手想從下面把龜殼全挖出來，我心想明叔說到最後，又把話繞了回來，對我進行旁敲側擊，也許他在香港南洋那些地方，人與人之間缺乏足夠的真誠，但總這麼說也確實很讓我反感，以後還要找機會再嚇他個半死，於是暫時敷衍明叔說：「不見山上尋，不懂問老人，全知全能的人很少，一無所能的人更少，還是您這老江湖見多識廣，我們孤陋寡聞都沒聽過這種奇聞……」

我心不在焉地同明叔談話，眼睛卻盯著那塊巨大的方形冰山水晶石，只看了幾眼，上面的圖形便將我的眼睛牢牢吸住，難道雲南的「獻王」曾經來過這裡？

第二一章　魚陣

巨大的方形「冰山水晶石」，被平均分為五層，每一層有一些簡易的石刻，大量的密文與符號我看不懂，但是其中的圖形卻能一目了然，最上邊一層，刻著很多惡毒的殺人儀式，給我的第一感覺就是，這些儀式與雲南獻王的「痋術」十分相似，都是將人殘忍的殺害後，用某種特別的東西附著在人體上，把死者的怨念轉化為某種力量。

我顧不上再往下看，趕忙招呼Shirley楊來看這塊冰山水晶石，Shirley楊聞言將阿香交給明叔照料，走到水晶石下凝神觀看，隔了一陣才對我說：「獻王的痋術本就起源於藏地，這石上記載的痋術，遠遠沒有獻王的痋術花樣百出，神鬼難測，這裡可能是痋術最古老的源頭，還僅僅是一個並不完善的雛形，但是痋術的核心——將死亡的生命轉化為別的能量，已經完全體現出來了，後來獻王痋術雖然更加繁雜，卻也沒能脫離開這個原始框架。」

Shirley楊說：「其實剛看到『雪彌勒』被『乃窮神冰』凍住的時候，就已經感到似曾相識，那種東西實在像極了『痋術』，下到冰淵深處後，看到地下河中大量的淡水水母，就覺得有可能那『雪彌勒』的原形，便是一種水生吸血水母，在高山湖轉變為古冰川的大災難時期，逐漸演變進化成了在雪原冰層中生存的形態，它們懼怕大鹽，可能也與此有關，也許古代魔國或者後世輪迴宗，就是根據這些生物的特性，發明了『痋』這種遺禍百世的邪術。」

這洞穴中那具變為生人之果的玄武巨屍，從某些角度上來講，也符合『痋』的特徵，再看冰山水晶石的第二層，上面是一個女人，雙手遮住自己臉的標記；第三層是一條頭上生眼的巨蛇，第四層中最重要的部分，被人為地磨損毀壞了，但是看那磨損的形狀，是個原形，也許這裡以前應該是個眼球的標記，最下邊的一層，則最為奇特，只刻著一些好像是骨骸的東西。」

我指著這層對Shirley楊說：「這塊大石頭，分成數層，從上至下，每一層都以不同的內容為主，這好像與精絕古城那座象徵地位排列的黑塔一樣。」

Shirley楊又向下面看了看：「這的確是一種排列，但與精絕古城的完全相反，從『制敵寶珠詩篇』中對魔國的描述來看，這水晶石上的標記應該象徵著力量或者能量，而非地位，順序是從上至下，越向下力量越強大。」

雖然與精絕國存在這某種差異，但仍然有著緊密的聯繫，單憑這塊巨石，就能斷言，精絕的鬼洞族與魔國崇拜深淵的民族之間一定有著極深的關係，也許鬼洞族就是當年北方妖魔或輪迴宗的一個分支。

這說明我們確實的在一步步逼近那「眼球」詛咒的真相，只要找到魔國的「惡羅海城」，說不定就能徹底做個了結，但如果真能找到「惡羅海城」，那裡一定比精絕更加險惡，事到如今，不可能再猶豫不決，只能去以命賭命了。

隨後我和Shirley楊又在洞穴中，找到了一些其餘的水晶碑，上面沒有太多的文字，都是以圖形記事，從其中的記載可以得知，壓住蛻殼龜的冰山水晶石，就是輪迴宗從「災難之門」中挖出來的一小部分，其上的石刻都是惡羅海人所為，那「災難之門」本身是一堵不可逾越的巨大水晶牆，在魔國遭到毀滅的時候，「災難之門」封閉了與外界唯一的通道，後世輪迴宗將它挖開一條通道，是為了等待「轉生之日」的降臨。

搜遍全洞，所得到的信息也就這麼多了，我估計將災難之門中的一塊巨石放在洞中，作

為祭祀的場所，用來彰顯輪迴宗挖開通向魔國之門的功業，洞穴中的屍體和靈龜都是特殊的祭品，估計沿著這條滿是水母的河流走下去，就必定能找到那座水晶大門，「惡羅海城」也應該在離那裡不遠的地方。

這時胖子已經把靈龜殼挖了出來，那具膨脹的屍體由於被「蛻殼龜」吃盡了生長出的血餌，已變得形如枯木，估計要到明天這個時候，它才會再次脹大變為生人之果，而被我們生擒住的「蛻殼龜」，由於捉住後就沒再管牠，此刻再一看，已經一動不動了，究其死因，大概是由於用膠帶纏得太緊，窒息而亡，這東西並非善物，全身是毒，留之不祥，於是胖子把牠的屍體，與那能長出血餌的男屍扔在一處，倒了些易燃物，一把火燒成了灰燼。

我看這洞中已被殺光搶光，再沒什麼價值了，於是帶著眾人回到外側的洞穴，看阿香的傷勢已經無礙，但失血過多，現在最需要充足的休息，其餘的人也已經疲憊不堪，加之終於肅清了附近的隱患，便都倒頭大睡。

＊　　＊　　＊

冰川下的深淵永遠是那個環境，無所謂白晝與黑夜，直到睡得不想再睡了，才起來打點準備，今天要繼續沿著河走，穿過「災難之門」。

我把武器彈藥和食品裝備都檢查了一遍，由於這裡海拔很低，於是把衝鋒服都替換下來，防寒的裝備不能扔掉，因為以後可能還要翻山出去，因為明叔和阿香加起來，只能背負一人份的物資，其餘的就要分攤給我和胖子，所以盡量輕裝，把不必要的東西扔掉，只帶必需品。

明叔正和胖子討價還價，商量著怎麼分那塊龜殼，二人爭論起來，始終沒個結果，最後胖子發起飆來，把傘兵刀插在地上，雖然沒說話，但那意思明擺著：「懶得跟你掰扯了，港農你就看著辦，分完了不合我意，咱就有必要拿刀子再商量商量。」

明叔只好妥協，按胖子的分法，按人頭平分，這樣一來胖子分走五分之四，只留給明叔五分之一。

明叔說：「有沒有搞錯啊肥仔，我和我乾女兒應該分兩份，怎麼只有五分之一？」

胖子一臉茫然：「明叔你也是個生意場上的聰明人，怎麼睡了一夜，醒來後就淨說傻話？阿香那一份，不是已經讓她自己治傷用掉了嗎？喀拉米爾的雲是潔白的，咱們在喀拉米爾倒斗的人，心地也應該純潔得像雪山上的雲，雖然我一向天真淳樸，看著跟個傻子似的，但我也知道餓了蘿蔔不吃，渴了打拉不喝，您老人家可也別仗著比我們多吃過兩桶鹹鹽粒子，就拿我真當傻子。」

明叔一向在南洋古玩界以精明著稱，常以小諸葛自居，做了很多大手筆的買賣，但此刻遇到胖子這種混世魔王，你跟他講道理，他就跟你裝傻充愣，要是把他說急了，那後果都不敢想，一想就覺得毛骨悚然，無可奈何，只好自認倒楣。

胖子吹著口哨，把靈龜殼收進了包裡，明叔看見胖子那一臉得意的表情，氣得只差沒背過氣去，只好轉過身去看他乾女兒。

我走過去把明叔拉到一邊，對他講了現在面臨的處境：「明叔你和阿香比不得我們，我們這次過去就做好了回不去的打算，而你們有三個選擇，第一是沿著河岸向上游走，但那裡能不能走出去的機率是對半分的；其次，留在這黑虎玄壇的洞穴裡，等我們回來接你們，但我們能不能有命回來，有多大機會我也不清楚；最後是跟著我們一起往下游走，穿過災難之門，那門後可能是惡羅海城，這一去絕對是凶險無比，九死一生，我不一定能照顧得了你們父女，生命

安全沒有任何保障，究竟何去何從，得你自己拿主意。」

我對明叔說，如果願意分頭走，那就把靈龜殼都給他，明叔一怔，趕緊表明態度：「絕對不分開走，大夥是生是死都要在一起，一起去災難之門，將來阿香嫁給你，我的生意也都要交給你接手，那靈龜殼自然也都是你的，咱們一家人還說什麼兩家話？不用商量，就這麼決定了。」

我心中嘆了口氣：「看來老港農是認定我們要扔下他不管，不論怎麼說，也改變不了他先入為主的觀念，總以為我們是想獨自找路逃生，看來資本主義的大染缸真可以腐蝕人的靈魂，從昨天到現在，該說的我也都對他說過數遍了，話說三遍淡如水，往下游走是死是活，就看各人的造化了。」

我只好帶上明叔和阿香，沿著布滿水晶礦脈的河流不斷向下游前進，一連走了整整三天，走到後來，那些發光的淡水水母漸漸稀少，最後這狹長的深淵終於有了盡頭，巨大的山體縫隙，被一道幾百米高的水晶牆攔住，牆體上都是詭密的符號和印記，一如先前看到的那塊冰山水晶石，不過牆實在是太大太高了，人在這宏偉的巨大水晶壁下一站，便覺得渺小如同螞蟻，巨牆上面隱約可見天光耀眼，這一定就是傳說中的「災難之門」了。

水晶牆下沒在河裡，河水穿牆而過，現在是崑崙山各個水系一年中流量最大的時期，看來那條被挖開的隧道就在水下，若在平時，災難之門上的通道，可能都會露在水面之上，由於不知道這通道的長度，潛水設備也僅有三套，不敢貿然全隊下去，我決定讓大夥都在這裡先休息一下，由我獨自下水探明道路，再決定如何通過。

胖子卻攔住我，要自告奮勇地下水偵察通道的長短寬窄，我知道胖子水性極佳，便同意讓他去水下探路，胖子自恃幾十米長的河道，也足能一口氣游個來回，逞能不戴氧氣瓶，只戴上潛水鏡就下到水中。

我在岸上掐著錶等候，時間一秒一秒地過去了，水面靜靜地毫無動靜，我和Shirley楊開始有些沉不住氣了，一分鐘了還沒回來，八成讓魚咬住屁股了，正要下水去找他，卻見水花一分，胖子戴著登山頭盔的腦袋冒了出來，抹了一把臉上的河水：「這水晶牆的通道很寬，也並不長，但他媽的對面走不通了，水下的大魚結成了魚陣，數量多得數不清，堵得密不透風。」

「魚陣」在內地的湖泊裡就有，但這裡沒有人跡，魚群沒有必要結為魚陣防人捕捉，除非這水下有什麼不為人知的東西，正威脅著牠們的生存。

第二一二章　山路

除了我和胖子之外，其餘的人都沒聽說過「魚陣」之事，我們曾在福建沿海的海域中，聽說這種傳說，內地的淡水湖中也有，但不知為什麼，最近二十年就極少見了，「魚陣」又名「魚牆」，是一種生物學家至今還無法解釋的超自然魚類行為，水中同一種類的魚群大量聚集在一起，互相咬住尾巴，首尾相連，一圈圈的盤據成圓陣，不論大小，所有的魚都層層疊疊緊緊團在一起，其規模有時會達到數里的範圍。

淡水湖中的魚類結成「魚陣」，一是為防烏鬼捕捉；二是抵禦大型水下獵食動物的襲擊，因為在水下遠遠一看，「魚陣」好像是個緩慢游動著的黑色巨大怪物，足可以嚇退任何天敵；也有可能是由於氣候或環境的突變，魚群受了驚嚇，結陣自保。

眾人在河邊吃些東西，以便有體力游水，順便策劃如何通過水晶牆後的「魚陣」，這件事十分傷腦筋。

Shirley楊找了張紙，把胖子所說的水下情況畫在上邊，「災難之門」在水下有條七八米寬的通道，距離約有二十米長，出去之後的地勢為喇叭形，前窄後寬，數以萬計的「白鬍子無鱗魚」就在那喇叭口中結成滾桶式「魚陣」，堵住了水下通往外界湖泊的去路，到了那裡就過不去了，「白鬍子魚」是喀拉米爾山區水中才存在的特殊魚類，其特點是體大無鱗，通體皆青，唯有鬍子和嘴都是雪白的，所以才得了這麼個名字，胖子說「災難之門」後邊的「白鬍子魚」，大大小小不等，平均來說都有半米多長一尾，那巨大的魚陣翻翻滾滾，根本就沒辦法過去，除非能讓牠們散開。

Shirley楊說：「白鬍子魚雖然不傷人，但種群數量龐大，本身就是一種潛在的威脅，咱們從水下穿過的時候，倘若落了單，就有可能被魚群圍住失去與其牠隊員的聯繫，咱們應該設法將魚陣事先擊散，然後才能通過。」

我對眾人說：「自古漁人想破魚陣，需有鬼帥出馬，但咱們身在崑崙山地下深處，上哪去找鬼帥？而且就算真有鬼帥可以驅使，怕是也對付不了數萬條半米多長的白鬍子魚。」

明叔等人不知道什麼是「鬼帥」，請問其詳。我讓胖子給他們講講，胖子說：「你們知不知『烏鬼』是什麼？不是川人對黑豬的那種稱呼，在有些漁鄉，漁人都養一種叫鸕鷀的大嘴水鳥，可以幫忙潛下水裡捉魚，但是得提前把牠的脖子用繩綁上，否則牠捉著魚就都自己咪西[注]了，這種水鳥的俗名就叫『烏鬼』。

凡是養『烏鬼』捕魚的地方，在一片湖泊或者一條河道的水域，不論有多少鸕鷀，都必有一隻打頭的『鬼帥』，鬼帥比尋常的鸕鷀體形大出兩三倍，那大嘴比鋼鉤還厲害，兩隻眼睛精光四射，看著跟老鷹差不多，有時候漁人乘船到湖中捕魚，但是連續數日連片魚鱗都捉不到，那就是說明水下的魚群結了魚陣，這時候所有的漁民，就要湊錢出力，燒香上供祭祀河神，然後把『鬼帥』放進水裡，不論多厚的『魚陣』，也架不住牠三衝兩鑽，便瓦解潰散。

但這裡的環境得天獨厚，所產的白鬍子魚體型碩大，非是內地湖泊中尋常的魚群可比，這種魚在水裡游起來，那勁頭能把人撞得頭昏眼花，恐怕縱有『鬼帥』也衝不散這裡的魚陣。」

藉著胖子給大夥白話的功夫，我已經打定了主意，既然已到了魔國的大門前了，就絕沒有不進反退的道理，沒有「鬼帥」，但我們有炸藥，足可以把魚群炸散，但從水下通道潛水穿

過，必須五個人一次過去，因為我看這道巨大的「災難之門」，並非一體成形，而是用一塊塊數米見方的冰山水晶石，以人工搭建的，不僅刻滿了大量的圖形符號，而且石塊之間有很多縫隙，可能是水流量大的時候沖刷出來的，也可能是修建的時候故意流下，以減輕水流的衝擊力對牆體的影響，爆破魚陣用的炸藥不能太少，太少了驚不散這麼多的白鬍子魚，但炸藥多了，衝擊波一定會把一部分水晶牆破壞，這堵巨牆是上古的遺跡，說不定牽一髮動全身，「災難之門」就此崩塌。

無法進行準確的推算，但看這道牆壁的結構，如果爆炸一旦影響到「災難之門」，將會產生一種波動效應，兩分鐘之內，從主牆中塌落下來的石塊會把通道徹底封堵，在此之前約有一分半鐘的時間，應該是相對安全的，只有抓住波動效應擴散之前的這一點時機，從門中穿過，而且一旦過去了，就別想再從原路返回。

我把可能要面臨的危險同眾人說了，尤其是讓明叔提前有個心理準備，現在後悔了往回走還來得及，一旦進了災難之門，就沒有回頭路了。

明叔猶豫了半天，咬著牙表示願意跟我們同行，於是我們裝備整齊，下到水中，三個氧氣瓶，胖子自己用一個，由他去爆破魚陣，Shirley楊同阿香合用一個，我和明叔用一個，明叔大半輩子都在海上行船，水性精熟，在水下跟條老魚一樣，阿香雖然水性平平，但有Shirley楊照顧她，絕對可以讓人放心。

喀拉米爾山底的河水，非常獨特，又清又白，這裡的水下很少有藻類植物，最多的是一種

注　「吃」的意思，由日語まんし演變而來。

吃石衣的透明小蝦，構成了獨特的水下生態系統，進到水底，打開探照燈，只見四下裡白光浮動，水下的石頭全是白色的。

一片碧綠的水晶牆上有個將近十米寬的通道，用水下探照燈向通道前方照射，對面的水域顯得十分渾濁，無數白鬍子魚後一隻銜著前一隻的魚尾，牠們所組成的魚牆無邊無際，蔚為壯觀，把連接外邊的河道堵得死死的，水流的速度似乎並未因此減緩，可能在地下更深處，還隱藏有其它分支水系。

我和明叔、Shirley楊、阿香四人等在洞口邊等待時機，胖子帶著炸藥游過通道，他的身影很快就消失在了魚陣前濁水之中，過了很久還沒回來，也許在水下對時間的流逝容易產生錯覺，每一秒鐘都顯得很漫長，我舉起探照燈不斷往那邊照著，正在焦急，看見對面水中燈光閃動，胖子著急忙慌地游了回來。

胖子邊往這邊游邊打手勢，看他那意思是炸藥不太好放，所以耽擱了時間，馬上就要爆炸，這時明叔也在通道口往那邊看，我趕緊把他的腦袋按下去，伸出胳膊，把拚命往這邊游的胖子拖了過來。

也幾乎就在同時，水下一陣晃動，好像那堵水晶牆都跟著搖了三搖，強烈的爆炸衝擊波，夾帶著破碎的魚肉向四周擴散開來，我們伏在牆底，透過潛水鏡可以看到一股濃烈的紅霧從災難之門裡冒了出來，誰也沒料到爆炸的威力這麼強，胖子手指張開橫擺：「炸藥大概放得有點多了……」

由於時間緊迫，衝擊波剛一過去，我們就把身體浮向上邊，想盡快從通道中衝過去，我把頭剛抬起來，還沒等看清通道中的狀況，潛水鏡就被撞了一下，鼻梁骨差點都被撞斷了，我

趕緊把身體藏回牆後，無數受了驚的白鬍子魚從通道中衝了過來，這些結成「魚陣」的大魚，當時的精神狀態都很亢奮，用生物學家的話講，它們處於一種被「無我」的境界，這時候宰了牠，牠都不知道疼，所以很難受外部的干擾而散開，但強烈的爆炸衝擊力，使牠們忽然從夢遊的狀態中驚醒過來，頓時潰不成軍，瞪著呆滯的魚眼，拚命亂竄。

一股股的魚潮好像沒有盡頭，從通道中如洩洪一般，似乎永遠都過不完，我心道不妙，本來以為魚群會向另一個方向退散，但是完全沒想到，這些魚完全沒有方向感，仍然有大批鑽進了災難之門的通道，預計水晶牆受到衝擊之後，將會在兩分鐘之內發生規模不小的崩塌，現在時間已經過去了一分半鐘，魚群再過不完，我們就喪失了這唯一能進入「惡羅海城」的機會了。

正在這時從通道裡噴湧出來的白鬍子魚已停，我們爭分奪秒地游進通道，這裡的河水被魚鱗魚肉攪得一片渾濁，身處水中，直欲嘔吐，而且能見度幾乎為「零」，好在通道筆直，沒有轉彎，長度也有限，含住了一口氣，奮力向前。

身體不時受到撞擊，還有不少掉隊的白鬍子魚像沒頭蒼蠅似地亂鑽，這些大魚在水底下力量很大，混亂之中明叔帶著的充氣背囊，被一尾半米多長的大青魚撞掉，明叔想游回去抓住背囊，這時候回頭去找等於送死，我和胖子在水下拉著他的腿，硬把他拉了回來，不管裡面裝的是什麼東西，丟了就算完了，人能活著過去才是最重要的。

不到二十米長的距離總算撐到了頭，我最後一個從通道中鑽了出來，這裡的湖水很深，水流的換水量也很大，雖然還有無數裹在魚陣最裡面的大魚，還沒有來得及逃開，但水下能見度提高了許多，這時「災難之門」上的冰川水晶石開始逐漸崩塌，幾塊巨大的碎石已經遮住了來路。

我打個手勢，讓眾人趕緊輪流使用氧氣瓶換氣，然後全速往斜上方游，然而大夥剛要行動，都不約而同地愣住了，只見最後一層魚陣已經散開，一條體長十幾米的巨型白鬍子魚從中露出，牠似乎沒有受到爆炸的驚嚇，木然地浮在水中，頭頂殷紅，兩腮雪白，鬚子的長度更是驚人，幾米長的魚鬚上掛滿了小魚，這條老魚的年齡已經難以估計了，牠大概是這湖中的魚王。

雖然我們都知道這些白鬍子魚不會襲擊人，但癩蛤蟆跳到腳面上，不咬也嚇一跳，這條大魚實在太大了，都看傻了，這是他媽的魚還是龍？這裡就是沒有龍門，要是有龍門，這老魚怕就真能變為龍了，就在我們這麼一愣神的功夫，這條白龍般的「白鬍子魚」搖頭擺尾地游向了湖水的深處，隱去了蹤跡，眾人被牠游動激起的水流一帶，這才從震驚中回過神來，互相提攜著，向水面上浮起。

一出水面，我們看到外邊的環境，與先前那雪原地底相比，完全是另一個世界，身後的「災難之門」嵌入萬仞危崖，頭上的天空，被大片濃厚的雲霧封鎖，幾千米的雪山在雲中隱現，四周山環水抱，林樹茂密，望之鬱鬱蔥蔥，距離我們最近的地方，有一座山坡，上面的樹林中，一條寬闊蜿蜒的道路從林中伸出，路面平滑如鏡，連接著湖面，山林茂密，卻看不清這條路連著哪裡。

明叔見有道路，頓時喜出望外，對我說：「咱們就近游過去，那條路也許能通山外……」

我也正有此意，剛要答應，忽聽Shirley楊急切地說：「不行，那條路的路面太光滑了，那絕不是什麼人工修出的道路，而是被什麼猛獸常年累月經過磨出來的，咱們趕快向遠處那塊綠岩游，現在就過去，快快快……千萬別停下來。」

第二一三章　風蝕湖的王

明叔還在猶豫，覺得Shirley楊有些武斷，放著路不走非要爬那塊陡峭高大的綠色岩石，我和胖子卻知道Shirley楊在這種事上一向認真，從來不開這方面的玩笑，她既然這麼著急讓大夥遠遠躲開，那一定是發現了危險的徵兆，何況我經她一說也已經看出來了，山上那條路，的確是太光滑了，上面連根雜草都沒有，肯定不是人走的路。

我們在湖中的位置，距離那條光滑如鏡的道路很近，不管從上面衝下來什麼猛獸，在水中都無法抵擋，不敢再去多想那山上究竟有什麼東西，連忙拉住明叔和阿香，手腳並用，游向左側湖邊的一塊綠色岩石。

這湖邊雖然山林密布，但能上岸的地方不多，唯有那平滑異常的道路，其餘兩面都是看不到頂的峭壁，另外也就是左邊有一大塊深綠色的巨岩，高有十幾米，想爬上去且得使些力氣。

我們游到綠岩下方，剛伸手觸摸到冰涼的石壁，耳中便聽到山上道路的遠端，也傳來了一陣陣碎石摩擦的聲音，好像有什麼龐然大物，正迅速從山林深處爬出來，眾人心頭一沉，聽那聲音來得好快，能用身體把山路磨得如此光滑的，不是巨蟒大蛇，就是「龍王鱷」一類棲息在崑崙山深處的猛獸，甭管是什麼，都夠我們喝一壺的，趕緊拿登山鎬勾住綠岩往上攀爬。

但綠岩上生了許多苔蘚，斜度又陡，登山鎬並不應手，Shirley楊的飛虎爪又在背囊裡不太好拿，只好找了一條登山繩繫個繩圈，使出她在德克薩斯學的套馬手藝，將繩圈套在了一塊突起的石頭。

看明叔那身手一點都不像五十來歲的人，跟隻老猿一樣，不愧是在海上歷練了多年的老水手，逃起命來比誰都快，「噌噌」幾下就拉著繩子，搶先爬上了綠岩中部的一個天然凸臺，我和胖子還有Shirley楊在下面托著阿香，將她推向上邊，明叔伸手把阿香拉上去。

然後又協助Shirley楊爬上岩石，這時那塊被套著繩子的石頭已經鬆動了，胖子一扯就連繩子帶石頭都扯進了水裡，等Shirley楊重新準備繩索的時候，我和胖子但聽得身後「嘩啦」一陣猛烈的入水聲，有個東西已經從山中竄下，鑽入了湖中。

Shirley楊和明叔從岩石上放下登山繩接應我們，明叔在高處看見了那水裡的怪物，他一向有個毛病，可能是帕金森綜合症的前期徵兆，一緊張手就抖得厲害，早晚要彈弦子，手裡不管拿著什麼東西，都握不牢，此刻也是如此，手裡拿著岩楔想把它固定在岩縫中，突然緊張過度，一鬆手，岩釘掉進了水裡。

我和胖子的手剛抓住登山繩，正想借力上去，沒想到還沒來得及用力，整團的繩子和岩釘就掉了下來，我和胖子在下面氣得大罵明叔是我們這邊的義大利人，怎麼竟幫倒忙？

Shirley楊想再拿別的繩子，卻發現已經來不及了，指著水面對我說：「先到水下的岩洞裡去躲一躲。」

我和胖子雖然不知道從水中過來的怪物究竟是什麼，但肯定不好惹，而且沒有任何變通的餘地，那傢伙轉瞬就到，無奈之下只好閉住氣沉入湖底，這湖並不深，湖水清澈透明，水下能見度很高，水底的岩石都是白色的，湖底有一些與地底相連的滲水孔，另外還有幾處很深的凹洞，可謂是千瘡百孔，此處的地貌，都是未被水淹之前被風吹出來形成的，這是一個特殊的「風蝕湖」，千萬年滄海桑田的變化，使這塊巨大的風蝕岩沉到了湖底，也許這「風蝕湖」的

壽命一到，下面的風孔就會全部塌陷，而這片從山中流出的湖水，就會沖到地下的更深處，形成一個地下瀑布。

水中的各種魚兒都亂了，除了數量最多的「白鬍子無鱗魚」之外，還有一些「紅鱗裂腹魚」，以及「長尾黑鱝寸魚」，不知是剛才「災難之門」附近的爆炸，還是突然入水的怪物，這些魚顯然受了極大的驚嚇，紛紛游進洞中躲藏，「白鬍子魚」可能就是「鯰魚」的一個分支，牠們的體型小於一米，並不適應地下的環境，慌亂中鑽進災難之門的魚群，又紛紛游了回來，寧可冒著被水怪吃掉的危險，也捨不得逃離這水溫舒適的「風蝕湖」。

我剛沉到水裡，就發現在慌亂的魚群中，有一條五六米長，生有四短足，身上長著大條黑白斑紋，形似巨蜥的東西，像顆「魚雷」似的，在水底卯足了勁朝我們猛撞過來。

我腦中猛然浮現出一個猛獸的名字「斑紋蛟」，牠生性喜熱懼寒，一九七二年在崑崙山麥達不察冰川下施工的兄弟部隊，曾經在冰層裡挖出過這種猛獸凍死的屍體，有人想把牠做成標本，但後來不知出於什麼原因沒能成功，當時我們還特意趕了幾百里山路，去那裡參觀過，不得了，這東西比「龍王鱷」還狠，而且皮糙肉厚，連來福槍也奈何牠不得。

胖子和我見「斑紋蛟」來勢迅猛，微微一怔，立刻沉到湖底一塊豎起的異形風蝕岩下，「斑紋蛟」堅硬的三角形腦袋猛撞在岩石上，立時將雪白脆弱的風蝕岩撞成了無數碎塊，趁勢向上破水而出。

我心中一驚，不好，牠想竄出水去襲擊綠岩上的Shirley楊和明叔三人，忽見水花四濺，白沫橫飛，「斑紋蛟」又重重地落回湖中，看來牠在水中一躍之力，還碰不到岩石上的獵物，「斑紋蛟」緊接著一個盤旋俯衝下來，然而牠似乎沒有固定目標，在湖中亂衝亂撞，來不及逃散的魚群，全被牠咬住嚼碎。

我趁機拿過胖子的氧氣瓶吸了兩口，同他趁亂躲進湖底的一個風洞裡，這裡也擠著很多避難的魚類，如今我們和魚群誰也顧不上誰，各躲各的，很快我就明白了那隻「斑紋蛟」的企圖，牠在湖中折騰個不停，是想把藏在風洞裡的魚都趕出來，那些白鬍子魚果然受不住驚嚇，從風洞中游出來四處亂竄，「斑紋蛟」就趁機大開殺戒，牠好像和這群魚有血海深仇似的，絕不是單純地為了飽腹。

「白鬍子魚」先前結成「魚陣」，可能就是要防禦這個殘暴的天敵，清澈透明的湖水很快就被魚類的鮮血染紅了，湖中到處都是被咬碎的魚屍，我和胖子躲在風洞裡看得驚心動魄，想藉機逃回綠岩下爬上去，但爬上去至少需要半分鐘的時間，倘若半路撞上這隻殺紅了眼的「斑紋蛟」，牠在水中的速度比魚雷還快，如果不能依有利地形躲避，無論在水中或陸地直接面對牠，沒有絲毫存活下來的可能性，只好在水底忍耐著等候機會。

胖子身上戴的氧氣瓶中，也沒剩下多少氧氣了，正沒理會處，湖底卻突然出現了更為慘烈的場面，追趕著魚群亂咬的「斑紋蛟」，剛好游到我和胖子躲避的風洞前，這時只見混雜著鮮血的水中白影閃動，那條在湖底的白鬍子老魚，神不知鬼不覺的已經出現在了「斑紋蛟」身後，扭動十幾米長的身軀，甩起魚頭，狠狠撞到了「斑紋蛟」全身唯一柔軟的小腹，「斑紋蛟」在水中被撞得翻出肚子，怪軀一扭，一口咬住白鬍子老魚的魚脊，這種白鬍子魚雖然沒魚鱗，但牠身上的魚皮有種波紋狀肉鱗，也十分結實，尤其這條老魚身軀龐大，肉鱗的厚度也相應遠遠高於其他白鬍子魚。

「斑紋蛟」仗著牙尖、皮厚、爪利，「白鬍子老魚」則是活得年頭多了，經驗豐富，而且

身長體巨，肉鱗堅固，被咬上幾口也不會致命，雙方糾纏在一起，一時打得難解難分，整個湖裡都開了鍋，不過從山腹間注入的水很多，加上湖底的一些漏底風洞滲水量也不小，所以陣陣血霧隨流隨散，風蝕湖中的水始終明澈透亮。

我和胖子看得明白，這是二虎相爭，牠們是為了爭奪在「風蝕湖」的生存空間，所展開的決戰，它們為什麼理由打得你死我活？也許是因為風蝕湖的獨特水質，也許是天敵之間的宿怨？這我們就無法知道了，但想逃回湖面就得趁現在了，二人分頭將氧氣瓶中最後殘存的氧氣吸了個精光，避開湖中惡鬥的「斑紋蛟」和「白鬍子老魚」，摸著邊緣的風蝕岩，游上水面。

Shirley楊在綠岩上俯看湖中的情景，遠比我們在水下看得清楚，她見我們趁亂浮上，便將登山繩放下，這次沒敢再讓明叔幫忙。

我攀上岩石的時候，回頭向下看了一眼，老魚已經占了上風，正用魚頭把那「斑紋蛟」頂到湖底撞擊，「斑紋蛟」嘴裡都吐了血沫了，眼見不能支撐，等我登上岩石，卻發現情勢急轉直下，從那山道上又爬出來一條體形更大的「斑紋蛟」，白鬍子老魚只顧著眼前的死對頭，對後邊毫無防備，被從後頭衝過來的「斑紋蛟」一口咬住魚鰓，將牠拽進了「風蝕湖」深處的最大風洞之中。

看來這場爭奪「風蝕湖」王位的惡戰已經接近了尾聲，胖子抹了抹臉上的水說：「等牠們咬完了，咱還得抓緊時間下去撈點魚肉，明叔把裝食品的背囊丟在水晶牆後了，要不然今天晚上咱們全得餓肚子了。」

我對胖子說：「水下太危險了，別為了青稞粒子，滾丟了糌粑團子，我那包裡還有點吃的，咱們可以按當年主席教導咱們的辦法，忙時吃乾，閒時吃稀，不忙不閒的時候，那就吃半乾半稀，大夥省著點兒吃，還能對付個三兩天。」

胖子說：「有吃糌粑的肚皮，才有想問題的腦袋，一會兒我非下去撈魚不可，這深山老林裡哪有閒著的時候，說不定接下來還碰上什麼，做個餓死鬼到了陰曹地府也免不了受氣。」

Shirley楊注視著湖中的動靜，她顯然是覺得湖下的惡戰還未結束，聽到我和胖子的話，便對我們說：「這裡的魚不能吃，當年惡羅海城的居民都在一夜消失了，外界沒人知道發生了什麼，關於惡羅海城毀滅的傳說有很多，但其中就有傳說講那些城中的軍民人等，都變為了水中的魚，雖然這些傳說不太可信，不過藏地確實自古便有不吃魚的風俗，而且這麼大群體的白鬍子魚也確實古怪，咱們最好別自找麻煩……」

「風蝕湖」透明的湖水中，忽然出現了數以萬計的白鬍子魚，密密麻麻地擠在一起，它們似乎想去水底解救那條老魚。

這時天色漸晚，暮色蒼茫，為了看得清楚一些，我爬上了綠岩的最上層，但這道綠岩後邊的情景，比湖中的魚群激戰更令人震驚，岩後是個比風蝕湖水平面更低的凹地，一座好像巨大蜂巢般的風蝕岩古城，少說也有十幾層，突兀地陷在其中，圍著它的也全是白花花的風蝕岩，上面的洞穴數不勝數，這一帶與周圍蔥鬱的森林截然不同，幾乎是寸草不生，蜂巢般的城頂，有一個巨石修成的眼球標記，難道這就是古代傳說中的「惡羅海城」？我沒體會到一絲長途跋涉後抵達目的地的喜悅，相反覺得全身汗毛都快豎起來了，因為令人膽寒的是，這座城中不僅燈火通明，卻又死氣沉沉。

第二一四章　牛頭

暮靄籠罩下的「惡羅海城」，城內有無數星星點點的燈火，在若有若無的薄霧中顯得分外朦朧，好像古城中的居民已經點燃了火燭，準備著迎接黑夜的到來，而城中卻是死一般的寂靜，感覺不到一絲一毫的生氣，只看了幾眼，我就已經出了一身的冷汗，傳說這座城中的居民都莫名其妙地消失了，而且就算後世輪迴宗也滅絕數百年之久了，這城中怎麼可能還有燈火的光亮？可以容納數萬人的城中，又沒有半點動靜，看來它不是「死城」，就是一座「鬼城」。

就在我吃驚不已的時候，其餘的人也陸續攀到了綠岩的頂端，他們同我一樣，見到這座存在著「死」與「生」兩種巨大反差的古城，都半天說不出話來。

傳說羅馬時代的「龐貝」古城也是由於火山噴發的災難，毀滅於一夜之間，後來的考古發掘，發現城中的居民死亡的時候，都還保留著生前在家中正常生活的樣子，「龐貝城」的姿態，在毀滅的那一瞬間永遠凝固住了。

然而我們眼前的古城，裡面的居民似乎全部人間蒸發了，只有蜂巢般的「惡羅海城」，燈火輝煌地矗立在暮色裡，它保存的是那樣完好，以至於讓人覺得它似乎掙脫了時間的枷鎖，在這幾千年來從未發生過任何改變，這城中究竟發生過什麼災難？單是想想都覺得恐怖。

我們難免會想到這城是「鬼滋」，但問了阿香之後，卻得到了否定的答案，這座魔鬼的巢穴，是確確實實存在著的，並非死者亡靈製造的「鬼滋」。

我們正要商量著怎麼進城，忽聽岩下的「風蝕湖」中湖水翻騰，這時天尚未黑透，從高處往下看，玻璃般透澈的風蝕湖全貌歷歷在目，只是相對模糊朦朧了一些，「白鬍子老魚」與那兩隻「斑紋蛟」惡鬥已經分出了勝負，成千上萬的白鬍子魚，為了幫助牠們的老祖宗，奮不顧身的在水下用身體撞擊「斑紋蛟」。

「白鬍子魚」的魚頭頂上都有一塊殷紅的斑痕，那裡似乎是牠們最結實的部位，牠們的體形平均都在半米左右，在水中將身體彈起來，足能把人撞吐了血，那對「斑紋蛟」雖然猛惡頑強，被十條八條的大魚撞上也不覺得怎樣，但架不住上萬條大魚的狂轟亂炸，加上老魚趁勢反擊，「斑紋蛟」招架不住，只好竄回了岸上的樹林裡，樹木被牠們撞得東倒西歪，頃刻間消失了蹤影。

遍體鱗傷的老魚浮在湖中，牠身上被「斑紋蛟」咬掉了不少肉鱗，魚鰓被扯掉了一大塊，牠的魚子魚孫們圍攏過來，用嘴堵住了牠的傷口，「白鬍子魚」越聚越多，不消片刻，便再次結成了「魚陣」，黑壓壓的一大片，遮住了「風蝕湖」的湖面。

我見那「魚陣」緩緩沉向湖底，心想看來「白鬍子魚」與「斑紋蛟」之間，肯定經常有這種激烈的衝突，「斑紋蛟」似乎只想將這些魚群趕盡殺絕，而非單純的獵食果腹，但魚群有魚王統率，「斑紋蛟」雖然厲害，也很難占到什麼便宜，難道牠們之間的矛盾，僅僅是想搶奪這片罕見的「風蝕湖」嗎？這湖泊究竟有什麼特殊之處？這其中也許牽涉到很多古老的祕密，但眼前顧不上這些了，趁著天還沒徹底黑下來，應該先進「惡羅海城」。

Shirley楊問我是否要直接進城？城中明明是有燈火閃爍，卻又靜得出奇，詭異的種種跡象，讓人望而生畏。

我對Shirley楊說：「不入虎穴，焉得虎子，既然阿香說這城中沒有什麼不乾淨的東西，我

想咱們三十六敗都敗了，到現在也沒有什麼好怕的，只不過這座古城，確實從裡到外都透著股邪氣，而且似乎隱藏著一些難以想像的事情，咱們只有見怪不怪，單刀直入了。」

於是眾人帶上剩餘的物品，覓路進城，大蜂巢一樣的古城，深陷在地下，圍桶般的白色城牆，似乎只是個擺設，沒有太多軍事防禦的功能，但規模很大，想繞下去頗費力氣，城中飄著一縷縷奇怪的薄霧，這裡的房屋全是蜂巢上的洞穴，裡面四通八達，我們擔心迷路，不敢貿然入內，只在幾處洞口往裡看了看，越看越是覺得心驚肉跳。

這城中沒有半個人影，但是十家裡有七八家已經點著燈火，而且那些燈不是什麼長明永固的燈火，都是用野獸的乾糞混合油脂而製成的古老燃料，似乎都是剛剛點燃不久，而且城池洞穴雖然古老，卻絕不像是千年古蹟那樣殘破，洞中的一些器物和獸皮竟都像是新的，甚至還有磨製了一半的頭骨酒杯。

這城裡的時間真的彷彿凝固住了，其定格的時間，似乎就是城中居民消失的那一瞬間，我們商量了一下，黑夜裡在城中亂轉很容易迷路，而且這座「惡羅海城」中的街道，包括那些政教、祭祀機構的主要建築，可能都在大蜂巢的深處，這城中千門萬戶，又與尋常的城池結構完全不同，眼下最穩妥的途徑，是等到天亮在外圍看明白蜂巢的結構，找條捷徑進入深處的祭壇，絕不能在城中魯莽地瞎撞，該耍王八蛋的時候自然是不能含糊，但該謹慎的時候也絕不能輕舉妄動。

我們本打算到城牆上去過夜，但經過牆下一個洞口的時候，胖子像是嗅到了兔子的獵犬，吸著鼻子說：「什麼味兒這麼香？像是誰們家在燉牛肉，操牛魔王他妹妹的，這可真是搔到了胖爺的癢處。」

聽胖子這麼一說，我也好像聞到了煮牛肉的肉香，就是從那個洞屋中傳出來的，我正發愁食物所剩不多，不敷分配，剛才在風蝕湖湖邊說還能對付個兩三天，那是安慰大夥，其實還不夠吃一頓的，此刻聞到肉香自然是得進去看看，當下和胖子兩人帶頭鑽進了洞屋，裡面的石釜中，確實有正煮得爛熟的氂牛肉，冒著熱氣，真可謂是香薰可口，五味調和。

胖子嚥了嚥口水，問我說：「胡司令，咱們真是想什麼來什麼，雖說酥油香甜，卻不如糌粑好吃，糌粑雖好，但又比不上氂牛肉抗餓，這鍋牛肉是給咱預備的吧？這個……能吃嗎？」

這沒有半個人影的古城中，竟然還煮著一鍋剛熟的牛肉，這實在難以用常理去揣測，我想起了剛當知青插隊那會兒，在那座九龍罩玉蓮的「牛心山」裡，吃那老太太的果子，這莫非也是鬼魂之類的鬼市？都是些青蛙、蚯蚓變的障眼法，吃了就得鬧肚子，想到這些，我不免猶豫起來，心中雖然十分想挑煮得稀爛的大塊牛肉吃上一頓，但理智告訴我，這些肉情況不明，還是不吃為好，看著雖然像牛肉，說不定鍋裡煮的卻是人肉。

明叔此時也餓得前心貼後背了，跟胖子倆人直勾勾地盯著鍋裡的氂牛肉，這一會兒功夫，他們倆大概已經用眼睛吃了好幾塊了，我問Shirley楊對這鍋肉有沒有什麼看法？

Shirley楊搖頭搖得很乾脆，又同阿香確認了一遍，這鍋煮著的氂牛肉，確實是實實在在，不摻半點假的。

胖子聽阿香這麼說，再也等不及了，也不怕燙，伸手捏了一塊肉吞進嘴中：「我捨身取義，先替同志們嘗嘗，肉裡有毒有藥都先往我身上招呼。」他邊吃邊說，一句話沒說完，就已經吃到肚子裡七八塊牛肉了，想攔都攔不住。

我們等了一下，看他吃完了確實沒出什麼問題，這時候胖子自己已經嗑掉了半鍋牛肉，我覺得不能再觀察下去了，再等連他媽黃瓜菜都涼了，既然沒毒，有什麼不敢吃的，於是眾人橫下心來，寧死不當餓死鬼，便都用傘兵刀去鍋裡把牛肉挑出來吃。

我吃著吃著突然想起一件事來，對明叔說：「明天天一亮，我們就想進那大蜂巢的深處，那裡面有什麼危險不得而知，料來也不會太平，你和阿香還是留在城外比較安全，等我們完事了再出來接你們。」

明叔嘴裡正塞著好幾塊牛肉，想說話說不出來，一著急乾脆把肉囫圇著硬生生嚥了下去，噎得翻了半天白眼，這才對我說：「咱們早晚都是一家子人，怎麼又說見外的話？我和阿香雖然沒多大本領，多少也能幫幫你的忙……」

以前明叔說要把阿香嫁給我，都是和我兩人私下裡商議的，我從來沒答應過，這時明叔卻說什麼早晚是一家人，Shirley楊聽見了，馬上問明叔：「什麼一家人？你跟老胡要攀親戚嗎？」

明叔說：「是啊，我就看胡老弟人品沒得說，男大當婚、女大當嫁，我這當前輩的自然要替他們操心了，我乾女兒嫁給他就算終生有托，我死的時候也閉得上眼，算對得起阿香的親生父母了。」

我趕緊打斷明叔的話：「幾千年來，中國勞動人民的血流成了海，鬥爭了失敗，失敗了再鬥爭，直到取得最後的勝利，為的就是推翻壓在我們中國人民身上的三座大山，我活了半輩子的命，到頭來還想給我安排封建制度下的包辦婚姻？想讓我重吃二遍苦，再造二渣兒罪？我堅決反對，誰再提我就要造誰的反。」

胖子剛好吃得飽了，他本就唯恐天下不亂，聽我們這麼一說，馬上跟著起鬨，對明叔說：「明叔，我親叔，您甭搭理胡八一，給他說個媳婦，這是天上掉餡餅的好事，他卻楞嫌掉下來的餡餅不是三鮮的，您不如把阿香賞給我得了？我爹媽走得早，算我上你們家倒插門行不行？以後我就拿您當親爹孝敬，等您歸位的時候，我保證從天安門給您哭到八寶山，向毛主席保證，一聲兒都不帶歇的，要多悲慟就……就他媽有多悲慟。」

胖子拿明叔打嚓，我聽著差點把嘴裡的牛肉全噴出去，正在這時一聲牛鳴從洞屋的深處傳來，打斷了眾人的說笑聲，屋裡的人全都聽見了，本來犛牛的聲音在藏地並不奇怪，但在這寂靜的古城中聽到，加上我們剛吃了牛肉，這足夠讓人頭皮發麻。

我讓Shirley楊留下照顧明叔和阿香，對胖子一揮手，二人抄起武器，舉著「狼眼」摸進了洞屋的深處，進來的時候我曾粗略地看了裡面一眼，結構與其餘的洞屋差不多，只不過似乎多了道石門，由於看了幾處洞屋，裡面都沒有人，所以到這之後只是隨便看了看，並沒有太留意，這時走到石門邊，便覺得情況不對。

石門上滑膩膩的，有一個帶血的人形手印，似乎有人手上沾滿了血，走的時候匆匆忙忙把石門帶上了，用手一摸，那血跡似乎還很新鮮，留下的時間並不長。

我對胖子點點頭，胖子退後兩步，向前衝刺，用肩膀將石門撞開，我跟著舉槍進去，裡面卻仍然是沒有人蹤，只見四周的牆壁上到處都是鮮血，中間的石案和木樁也都是鮮紅的，看到那一堆堆新鮮的犛牛肉，這裡是城中的屠宰場，有幾張血淋淋的牛皮上還冒著熱氣，像是剛剛從牛上剝下來的。

我和胖子剛吃過煮牛肉，這時候都覺得有些噁心，忽然發覺頭上有個什麼東西，猛地一抬

頭，一顆比普通氂牛大上兩三倍的牛頭，倒懸在那裡，牛頭上沒有皮，二目圓睜，血肉淋漓，兩個鼻孔還在噴著氣，多半截牛舌吐在外邊，竟似還活著，對著我和胖子發出一聲沉重的悶哼。

第二一五章　X線

沒有了皮的氂牛頭，突然活動了起來，好在我和胖子提前有心理準備，胖子舉槍想打，我匆忙之中看那牛頭雖然十分怪異，但卻沒有要傷害我們的意思，便先將胖子攔住，仔細看看這氂牛頭是怎麼回事。

氂牛在活著的時候，先被活活剝掉臉皮，然後再行宰割這種行為，我們曾經在輪迴廟的壁畫中見到過，這倒沒什麼奇怪的，做為一種古老的傳承，象徵著先釋放靈魂，這樣肉體就可以放心食用了。

原來這間屠房中有個能把牛夾在中間的大木欄，兩邊前後都可以伸縮活動，這樣把牛夾在其中，任牠多大的蠻力，也施展不得，屠夫就可以隨意宰割了。

那氂牛頭的身子，就被夾在那血淋淋的木欄之中，牛身的皮並沒有剝去，牛尾還在抽動，無頭的空牛腔前，落著一柄斬掉牛頭的重斧，我們看見的那顆牛頭，則被繩子掛到了半空，牛眼還在轉動，似乎是牛頭剛被斬落的一瞬間，這裡的時間忽然凝固住了不再流逝，而這隻氂牛也就始終被固定在了——牠生命跡象即將消失之前的一刻。

身首分離，而生命跡象在幾秒甚至幾分鐘之內還未消失的事，在生物界十分尋常，雞頭被砍掉後，無頭的雞身還能自己跑上好一陣子，古時有死刑犯被斬首，在人頭剛一落地的時候，如果有人喊那死刑犯的名字，他的人頭還會有所反應，這是由於神經尚未死亡。

不過那只是一瞬間的事，從我和胖子發現這還沒死乾淨的氂牛頭到現在，牠就一直保持這

種介於生死之間的樣子，難道牠就這麼停了幾千年？不僅僅是這頭倒楣的大犛牛，整座「惡羅海城」中的一草一木，包括點燃的燈火、未完成的作品、被屠宰的犛牛、煮熟的牛肉、石門上未乾的血手印，都被定格在了那最後的幾秒鐘，而整座空城中連半個人影都沒有，這一切都與毀滅「惡羅海城」的災難有關嗎？那是一種什麼樣的災難，才有如此恐怖的力量？

想到我們剛才吃的，可能是一鍋煮了幾千年的牛肉，不免有點反胃，這城中的種種現象實在太不可思議了，還是先撤到城外比較安全，等到明天天亮之後再進那蜂巢般的主城，於是我和胖子叫上Shirley楊等人，帶上東西按原路往回走。

我抬頭看了一眼天空，夜幕早已降臨，但這座「惡羅海城」中的光線，仍然是和我剛發現這裡的時候相同，如同處在黃昏薄暮之中，雖然有許多燈火，但看起來十分朦朧恍惚，也許連古城毀滅之時的光線都永遠地停留了，要不是阿香確認過了，我一定會認為這是座鬼城。

我邊走邊把屠房中的情況對Shirley楊簡要說了一遍，Shirley楊卻認為這裡不是失落在時間的軌道以外那麼簡單，比如鍋裡煮的熟牛肉，的確爛熟可口，吃光了它，它自己也不會再重新出現，城中的一切都固定在了某一時段，如果不受外力的影響，它始終不會發生任何變化，外邊的天空由昏暗變成漆黑，手錶的時間也很正常，這說明我們身邊的時間依然是正常流逝的，另外還有一點最容易被忽略，「惡羅海城」中的事物，並非是靜止不動的，只能說它永久地保留著一個特定的形態，絕非是時間凝固的原因，所以可以暫時排除時空產生的混亂這種設想，但還無法得知這種現象形成的原因所在，為了便於稱呼，姑且將「惡羅海城」中那永恆一樣的瞬間，稱為「X線」，一個完全停留在了「X線」上的神祕古城，「X」表示未知。

想解開「X線」之謎，就一定要弄清楚「惡羅海城」在最後的時刻發生了什麼，還需要等到天亮的時候，再進城看看有沒有什麼變化才能進一步確認，也許在那蜂巢城堡的深處，才能找到真相的答案。

我被這座古城裡的怪事搞得頭大，摸不著半點頭腦，甚至想要抓狂了，此時聽了Shirley楊的分析，發現她的思路非常清晰，看來人比人得死，貨比貨得扔，不過也許我這輩子就是當領導的材料，所以沒長一個能當參謀人員的頭腦。

我們從城牆外圍，爬回到了「風蝕湖」邊的綠岩之上，回頭眺望夜色中的「惡羅海城」，它靜靜地陷在地下，依然閃爍著無數燈火，城中的光線卻依然如黃昏時般昏暗，看來到了明天早上，城中也依然是這個樣子。

一番來回奔波，明叔和阿香都已體力透支，由於山林中有「斑紋蛟」出沒，我們不敢下岩，只好在綠岩上找個避風的地方休息，準備歇到天明，便進那座主城一探究竟。

於是輪流守夜，第二天天亮的時候，我發現Shirley楊早已經醒來，正專注地翻看我們從「輪轉廟」中發現的那本「聖經地圖」，頭頂上的雲層很厚，透過雲隙射下來的陽光並不充足，四周被絕壁險峰環繞的山谷中十分昏暗，岩下的「惡羅海城」就像是與這個世界完全隔絕了一樣，依然如故，城中燈光閃閃，卻又靜得出奇，整座城停留在了「X線」上。

Shirley楊說她有種預感，如果今天找不出「X線」的祕密，恐怕大夥就永遠離不開這「災難之門」後的山谷了，這裡根本就是處「絕境」。

我知道Shirley楊這張地圖破損得十分嚴重，是葡萄牙神父竊取「輪迴宗」的機密，他想要去掘寶，但未等成行，那神父便由於宗教衝突被殺了，我們始終分辨不出圖中所繪製的地形究竟是「大鵬鳥之地」，還是「鳳凰神宮」，便問Shirley楊，現在是不是有了什麼新的發現？

Shirley楊說：「與附近的地形對比來看，可以斷定『聖經地圖』就是鳳凰神宮——惡羅海城的地圖，但是盡了最大努力，也只把那葡萄牙神父偷繪的圖紙復原出不到百分之三十，而且還是東一塊、西一塊，互不連接……不過如果時間許可的話，我可以根據這裡的環境，把地圖中缺失的部分補充完整。」

如果有了古城的地圖，哪怕是只有一部分做為參照，那對我們來說也絕對是個極大的幫助，我打起精神，把胖子、明叔、阿香一一喚醒，把剩下為數不多的食物，分給大夥當作早餐，吃完了這頓，就沒有任何儲備了，除了下湖摸魚，就只有去城裡自己煮牛肉吃了。

再次進城的時候，明叔又同我商量，不進城也罷，不如就翻山越嶺找路出去，那座古城既然那麼古怪，何苦以身犯險。

我假裝沒聽見，心想我和胖子、Shirley楊三人，為了找尋「鳳凰膽」的根源，付出了多大努力，好不容易到了這裡，怎肯輕易放棄，寧死陣前，不死陣後，當即快走幾步，搶先進了城。

除了被我們碰過的東西，其餘的東西沒有任何變化，甚至就連城中那層淡淡的薄霧也還是那樣，胖子直接到屠房裡，割了幾大塊「新鮮」的犛牛肉備用。

昨天夜裡，本想等到天亮，看清那高大「蜂巢」的結構再直搗黃龍，但城中的光線依然昏暗，在「蜂巢」下抬頭望上一看，主城內的燈火，就像是靜靜附著在蜂巢上的千百隻螢火蟲，那種氣氛，帶給人一種威壓的緊迫感。

露在上面的「大蜂巢」僅是半截，更大的部分深陷在地底，按照魔國的價值觀，重要的權力機構，應該都在地底，於是我們繞著城下走，找到最大的一個洞穴進入「蜂巢」內部，裡面的洞穴之密集，結構之複雜，真如蜂窩蟻巢一般，不免讓人懷疑裡面的居民是人還是昆蟲。

想當初在六十年代末期到七十年代初期，全國深挖洞、廣積糧的時候，流竄到境外反動分子，曾惡意攻擊說我們當家的是「灰」家，要不然怎麼全國都跟著挖洞呢？那種「人防」設施我也挖過，但比起這地下的「惡羅海城」來，似乎有點小巫見大巫，可能這些洞穴有很多是天然就存在的，否則單以那時候的人力和器械，很難想像做出這種工程。

我們找最大的一條通道走向地底，這裡的通道與兩側的洞窟中，都有燈火照明，每向前走一段，Shirley楊就用筆將地形記在紙上，她畫草圖的速度極快，一路走下去，也並未耽擱太多的時間，就繪製了一張簡易實用的路線圖。

我不時用「狼眼」手電筒去照射兩旁的洞屋，大部分沒燈火的洞屋中，都是空空如也，還有些洞中，有些潮溼的地方，還聚集著許多比老鼠還大的蟑螂，用槍托搗都搗不死，越往深處走，洞屋的數量也就越少，規模卻是越來越大。

巢城地下的盡頭，是兩扇虛掩著的大石門，通道的左右兩側還各有一道門洞，門洞上分別嵌著一藍一白兩塊寶石，用手電筒往裡一照，左側的洞內，有數十坪米見方，穹頂很高，深處有個石造的鬼頭雕像，鬼頭面目醜惡猙獰，下放刻著一排七星瓢蟲的圖案，四個角落裡燃著微弱的牛油燈，最中間的地面上，並排放著黑牛、白馬這兩隻被蒸熟了的祭品，另一邊門洞裡的事物也差不多。

Shirley楊翻出「聖經地圖」，其中的一塊殘片上有「冰宮」與「火宮」這兩個地點，與這裡完全一樣，然而地圖上應標有通道盡頭大石門裡面的地方，卻是屬於損壞丟失了的那部分，只有在「聖經地圖」缺損的邊緣，可以看到一點類似動物骨骼的圖案，記得在輪迴宗的「黑虎

玄壇」中，那水晶磚的最下層，也有類似的圖形，這些骨骼與「惡羅海城」中全部人類消失的事件有關嗎？

帶著種種疑問，我推開了盡頭處的石門，一進去就立刻感到一陣惡寒直透心肺，心想這殿裡的邪氣可夠重的，又陰又涼，與上邊幾層的環境截然不同，眼中所見，是一間珠光寶氣的神殿，不過殿中雖然多有燈火，卻都十分昏暗，殿堂又深，看不太清楚裡面的情況。

這時Shirley楊和胖子也隨我進了石門，我正想往前走，忽然覺得少了點什麼，一回頭，發現明叔和阿香站在外邊沒有跟進來，我對他們招呼道：「走啊，還站著等什麼？」

阿香躲在明叔背後，悄悄對明叔耳語，明叔聽了滿臉都是驚慌，我越發覺得奇怪，便走回去問他們搞什麼鬼？

明叔突然拔出手槍指著我：「別過來啊，千萬別過來，再過來我開槍了，你……你背上趴著個東西。」

第二一六章　隱藏於真實背後的真實

我停下腳步，站在明叔和阿香對面七八步的距離，面對著明叔指向我的槍口，我已經明白了，一定是阿香說我被那種東西上身了，我同她無怨無仇，她不應該陷害我吧？難道就是由於我沒答應娶她？女人怎麼能這樣！不過阿香脾氣好像很好，應該不至於，或許因為我實在太有魅力了，我腦子裡開始有點混亂，但突然想到，莫非是我身上真有什麼東西？我怎麼沒有感覺到？

我馬上在心中默念了兩段《毛選》：「理論和實踐相結合的作風，是和人民群眾緊密地聯繫在一起的作風，以及自我批評的作風。」沒問題，我還是我，可以放心了。

明叔對我說：「胡老弟啊，你我交情不薄，我看你前途無量，所以才有意將阿香許配給你，不過你現在真的有問題了，阿香的眼睛不會看錯的。」

這座「惡羅海城」中的情景，實在是遠遠超出了人類可以想像的範疇，什麼事都有可能發生，我對此有心理準備，而且我知道明叔的老婆和保鏢、馬仔死後，他已經成了驚弓之鳥，也是什麼事都做得出來，為了他自己的安全，他是絕對敢開槍的。

但明叔剛舉起槍的時候，我身後的胖子和Shirley楊也將兩枝運動步槍瞄準了他的腦袋，我對後邊的胖子一擺手，讓他們冷靜一些，如果有一方沉不住氣先開槍，不管是誰倒在血泊中，那都是非常可怕的自相殘殺。

明叔剛才確實緊張過度，這時候他那個號稱「小諸葛」的頭腦慢慢恢復了過來，當前的局

面他自然看得出來，應該知道只要他再有哪怕一丁點出格的舉動，胖子和Shirley楊會毫不猶豫的用子彈在他腦袋上開兩個窟窿，想要把手槍放回去，卻又覺得有些尷尬，想說些片兒湯話圓場，也吞吞吐吐地說不出來了，過了半天才解釋拔槍是想打我背上的東西，這世上哪有岳父大人開槍打自己女婿的事？

我看出胖子和Shirley楊的槍口，使明叔的心理防線崩潰了，再借他個膽子他也不敢開槍了，於是直接問阿香，到底怎麼回事？究竟看到我背上趴著什麼東西？

阿香說：「胡大哥，我很害怕，我剛才確實看到你背上有個黑色的東西，但看不清是什麼，好像是個黑色的漩渦。」

「黑色的漩渦」？難道是身上的眼球詛咒開始有變化了？但阿香為什麼沒看到Shirley楊和胖子身上有東西？我趕緊用手指著自己的後頸問阿香：「是這裡？」

阿香搖頭道：「不是的，在你的背包裡面……現在也還在的。」

我急忙把身後的背包卸下來，發現背包的兩層拉鍊都開了，好像是在通道盡頭的時候，胖子從我的包裡掏過探陰爪，準備探查石門後有沒有機關，由於用完之後還想放回去，他就圖省事沒把背包拉上，阿香的眼睛只能看到沒有遮蓋的區域，即使不是直視，或沒有光線，但我的背包裡能有什麼東西？

我把裡面的東西全抖了出來，阿香指著一件東西說：「就是它……」

這時Shirley楊也過來觀看：「鳳凰膽！」這枚珠子本來與獻王的頭顱融成了一體，後來被我們帶回北京，經過巧手工匠切剝，也難以盡復原觀，這時一看，發現它表面上那一層玉石竟然在逐漸融化消失，露出了裡面的珠子，它本身就有一種能吸引混沌之氣的能量，阿香看到的就是那種東西。

看來「鳳凰膽」是一定受到了這座神祕古城的某種影響，也許會和那使時間凝固住了的「X線」有關，有這顆珠子在手，也許我們就有了開啓那扇沉封著無數古老祕密之門的鑰匙。

胖子見我們這沒有什麼意外，便趁這機會，過去把明叔的武裝解除了，順手把他的瑞士金錶也搜出來，順帶給一併沒收了，明叔這回算是在胖子手裡有把柄了，一聲兒都沒敢吭。

我和Shirley楊對著「鳳凰膽」觀察了一番，但一時還參悟不透，總之，這顆代表長生不滅的輪迴之眼與這「惡羅海城」的祕密，還需要在城中繼續尋找，於是把珠子重新裝好，對明叔和阿香稍微解釋了一下，這是一場誤會，這座「惡羅海城」中，連個鬼影都沒有，讓他們不用擔心，如果還是不放心想要分道揚鑣的話，那就請自便，自己身上都長著腿，沒人攔著。

隨後我們走進了石門後的大殿，這裡只有一個入口，石柱上都有燈火，牆上滿滿的掛著幾百張人皮，以前看見壁畫都是繪在牆上，或者磚石之上，而這裡竟然是用紅、白、黑、藍四色將城中的重要事件，紋到了人皮表面，也是我們是「惡羅海城」中所見到唯一有記載有事件繪卷，以及符號標記的地方。

殿中還有一些大型祭器，最深處則有一些裸體女性的神像，Shirley楊只看了幾眼就說：「這些人皮上記載的信息太重要了，雖然符號不能完全看懂，但結合『世界制敵寶珠雄師大王說唱長詩』中，與魔國戰爭的那一部分內容，與殿中記載的魔國重大事件相結合，就能瞭解那些鮮為人知的古老歷史，這絕對可以解開咱們面臨的大部分難題。」

關於資料信息一類的情報，我們所掌握的雖然不少，但到現在為止，都是些難以聯繫起來的碎片，只有Shirley楊才能統籌運用起來，在這方面我也幫不上太大的忙，只能幫著出出主

意。

於是就讓明叔和阿香在殿中休息，胖子負責烤些牛肉給眾人充飢，我和Shirley楊去分析那些人皮上的繪卷，逐漸理清了一條條的線索。

「惡羅海城」做為魔國的主城，其政權體系完全不同於其餘的國家，魔國鼎盛時期的統治範圍覆蓋崑崙山周邊，歷代沒有國王，直接由他們供奉的主神「蛇神的遺骨」統率，所有的重大決策，都由國中祭師通過向「蛇神之骨」進行祭祀後，再占卜所得，在那個古老的時代中，「占卜」是很嚴肅重大的活動，並非能輕易舉行，其中要間隔數年，乃至十數年才能舉行一次。

魔國沒有國王，這也是城中沒有王宮，而只有神殿的原因，所謂的王室成員，都是一些地位極高，掌握著話語權的巫師，但這些人的地位在王國中要排到第五之後。

在魔國的價值觀中，「蛇神之骨」是最高神，僅次於這「邪神」的是其埋骨的洞穴；再次之的，則是那種頭頂生有一隻黑色肉眼的「淨見阿含」（巨目之蛇）。

然後就是魔國傳說中出現最多的「鬼母」，魔國的宗教認為，每一代「鬼母」都是轉生再世，從不能以面目示人，永遠都要遮擋著臉部，因為他們的眼睛是足可以匹敵於「佛眼」的第七種眼睛「魔眼」，佛眼無邊，魔眼無界，也並非每一代鬼母都能有這種妖瞳。

在「鬼母」之下的，才是掌握一些邪術，類似「痋術」原始形態的幾位主祭師，當然那時候的「痋術」，遠沒有獻王時期的複雜，不能害人於無形，主要是用來舉行重大祭祀。

他們的葬俗也十分奇特，只有「主祭師」才能有資格被葬入「九層妖塔」，在崑崙埡的「大鳳凰寺」的遺跡中，我所見到的魔國古墳，應該是一位鬼母的土葬墓穴，這是由於第一位

「鬼母」，被視為邪神之女的「念凶黑顏」已經被葬在了龍頂冰川的妖塔裡了，這些名詞都多次在格薩爾王的傳說中被提及。

這些人皮繪卷上，在一些描繪戰爭場面場景中，甚至還可以看到狼群等野獸的參與，其中那頭白狼大概就是「水晶自在山」，不過像白狼王與「達普」鬼蟲的地位就很低了，僅相當於妖奴，那個時期流傳下來的古老傳說，基本上都是將一些部落的特點，以及野獸的特點，加以誇大神化，封為山川湖泊的神靈，這就如同中國夏商時期之前的傳說時代。

在格薩爾王的傳說中，由於「北方妖魔」（魔國）的侵略，嶺地、戎地、加地三國曾經多次面臨滅族之厄，終於在高原上出現了一位制敵寶珠的王，加上蓮花生大師的協助，帶領三國聯軍，踏入北方的雪域斬妖除魔，一舉覆滅了魔國，魔國的突然衰弱，很可能就是由於「惡羅海城」出現的毀滅性災難，但在這些人皮上，並沒有對這件事情的記載。

這時胖子招呼我們：「有屁股就不愁找不著地方挨板子，先吃了飯再說吧。」

我也覺得腹中飢火上升，便把這些事暫時放下，過去吃東西，回頭一看Shirley楊仍然在出神的望著最後幾張人皮，我叫了她好幾次，這才走過來。

但Shirley楊沒去拿胖子烤的牛肉，直接走到阿香身邊，漫不經心地似有意似無意用手撥開阿香的秀髮，看了看她的後頸，她這時候臉色已經不對了，又去看明叔的後脖子，明叔不知道她想幹什麼，只好讓Shirley楊看了一眼後頸。

我一看Shirley楊的咬著嘴唇的表情，就知道出事了，她在做重要的判斷和決定之前，都有這個習慣動作，果然Shirley楊對我說：「我想咱們都被阿香的眼睛給騙了，這座城確實是真實的，但這裡根本不是惡羅海城，這裡是無底鬼洞……」

第二一七章　惡羅海城

Shirley楊很有把握的認為，我們所在的這座「大蜂巢」古城，並非真正的「惡羅海城」，而是「無底鬼洞」，並讓我和胖子看看明叔父女的後頸。

我心想「古城」與「鬼洞」之間的差異，未免也太大了一些吧？不過時間凝固的「惡羅海城」與深不見底，充滿詛咒的「鬼洞」，都是凌駕於常識之外的存在，根本不能用普通的思維去理解，所以也並沒有感到過於驚奇。

我過去扒開明叔後脖子的衣領，果然看到他後頸上有個淺淺的圓形紅痕，而且並非是在皮膚裡面，像是從內而外滲出來的一圈紅疹，只不過還非常模糊，若非有意去看，絕難發現，我又看了看阿香的後頸，同明叔一模一樣。

這是被「無底鬼洞」詛咒的印記，雖然只是初期，還不太明顯，但在一兩個月的時間之內，就會逐漸明顯，生出一個又似漩渦，又似眼球般的胎記，受到這種惡毒詛咒的人，在四十歲左右，血液中的血紅素會逐漸消失，血管內的血液慢慢變成黃色泥漿，把人活活折磨成地獄裡的餓鬼。

但明叔等人最近一個多月始終是和我們在一起，不可能獨自去了新疆塔克拉瑪干的黑沙漠，難道他們父女當真是由於見到了這座「蜂巢」古城，才染上這恐怖的詛咒嗎？

明叔一頭霧水，不知道我們在說什麼，但是聽到什麼「詛咒」、「鬼洞」之類的字眼，便立刻覺察到一陣不祥的預感，忙問我究竟，我正有許多事要問Shirley楊，一時沒空理會他，便讓胖子跟他簡單地說說，讓他有個精神準備，胖子幸災樂禍的一臉壞笑，摟住明叔的肩膀：「這回咱們算是一根繩上拴的螞蚱了，走不了我們，也跑不了你們，想分都分不開了，我給親人熬雞湯裡怎麼唱的來著？噢，對了，這叫不是一家人，勝似一家人啊，您猜怎麼著，它是這麼這麼著……」

胖子在一邊添油加醋地給明叔侃了一道「無底鬼洞」的事跡，我則把Shirley楊拉到一旁，問她究竟是怎麼發現這些事情的，為什麼說大夥都被阿香的眼睛給騙了？

Shirley楊將我帶到最後幾張人皮壁畫前，看了上邊向「蛇神之骨」獻祭的儀式，原來蛇神埋骨的地方，就是我們在黑沙漠扎格拉瑪神山下見到的「鬼洞」。

這些人皮壁畫並未明確的指出「蛇神之骨」是在新疆，但結合「世界制敵寶珠大王」的長詩，就不難做出這樣的判斷，在崑崙山遙遠的北方，有一處藏有寶藏的僧格南允洞窟，裡面有五個寶盒，分別被用來放置「蛇神」的骨骸，蛇神的兩個神跡，分別是雖然身體腐爛只剩骨架，但它的大腦依然保存著「行境幻化」的力量，另外蛇頭上的那顆巨眼，可以使它的靈魂長生不滅，在天地與時間的盡頭，它會像鳳凰一樣，從屍骨中涅槃重生，並且這個巨眼，還可以作為通向「行境幻化」之門的通道，也就是佛經中描述的第七種眼睛「無界妖瞳」。

如果用科學現象來解釋，恐怕這「行境幻化」，就是美國肯薩斯特殊現象與病例研究中心的專家們，所一直研究的那種「虛數空間」，神話傳說中「鳳凰膽」是蛇神的眼睛，但沒有人親眼見過，是不是那個「虛數空間」裡，真的有蛇骨，那是無法確認的，也許「蛇骨」只是某種象徵性的東西。

在人皮壁畫最後的儀式描繪中，魔國的先祖，取走了「蛇骨」的眼睛，並且掌握了其中的

祕密，然後遠赴崑崙山喀拉米爾，建立了龐大的宗教神權，每當國中有擁有「鬼眼」的鬼母，便要開啓眼中的通道，舉行繁雜的儀式，將俘虜來的奴隸用來祭祀「蛇骨」，凡是用肉眼見過「行境幻化」的奴隸，都會被釘上眼球的印記，然後像牲口般的圈養起來，直到他們血液凝固而死，魔國人認為，那些血都被「行境幻化」吸收了，然後由信徒吃淨牠們的肉，只有牢固遵守這樣信仰的人，才被他們認為是修持純潔的男女信徒，在本世將獲得幸福、歡樂還有權力，在來世也會得到無比的神通力，這與後世「輪迴宗」教義的真諦完全一樣。

魔國附近的若干國家，無數的百姓都淪為了「蛇骨」祭品，但魔國中的祭師大多掌握這邪術，尤其是善於驅使野獸和昆蟲，各國難以對敵，直到格薩爾王與蓮花生大師攜手，派勇士潛入魔域，將那顆轉生的寶珠「鳳凰膽」用計奪走，加上在那不久之後，魔國的主城「惡羅海城」神祕的毀滅，雙方力量立時發生逆轉，聯軍（長詩中稱其為「雄師」）掃蕩了妖魔的巢穴，制敵寶珠之王的事跡，在雪域高原說唱詩人的口中，不斷傳唱至今。

「鳳凰膽」很可能在那個動蕩不安的時代，流入了中原，如果周文王推測此物為「長生不滅」之物，也可以說應該是完全有道理的，到此為止，「鳳凰膽」的來龍去脈，基本上算是搞清楚了，但我們所在的「惡羅海城」，又是什麼？這裡的人都到哪去了？為什麼城中的時間凝固在了一瞬間？

Shirley楊說：「惡羅海城中的居民去了哪裡，大概只有他們自己清楚，老胡我記得你在九層妖塔中和我提過，那具冰川水晶屍似乎少了些什麼，輪迴宗的人不辭辛苦，挖開了妖塔與災難之門，這些都是為了什麼？但當時局面混亂，咱們沒有再來得及細想，現在回憶起來，那具冰川水晶屍，沒有眼睛和腦子。」

當時我只模糊地記得，冰川水晶屍皮肉都是透明的，只有五臟六腑是暗紅色，好像鮮紅的瑪瑙，確實像是少了一部分，輪迴宗就是將她的頭腦包括妖瞳，都取了出來，放入了災難之門後邊。輪迴宗找不到蛇骨埋葬之地，卻可以設置一條通道，或者說是鏡像。

Shirley楊說，一直看到人皮壁畫中最後的儀式那部分，才明白究竟，輪迴宗想繼續祖先的祭祀，開啓了一座本已消失於世的古城，這座城是鬼母生前的記憶，舉個例子來說，在那屠房裡，剛剛被斬首的氂牛，煮熟的牛肉，門上未乾的血手印，也許並非發生於同一段時間，這些都是在鬼母眼中留下深刻印象的碎片，通過妖瞳在「虛數空間」裡構造的一座記憶之城。

鐵棒喇嘛都承認阿香有著野獸動物一樣敏感的雙眼，這使我們對她產生了一種盲目的依賴與信任，她是能看見真實與虛幻，但畢竟只比人類的眼睛稍微敏感一點，根本不能分辨出這通過印象建立在「虛數空間」中的古城，雖然只是鬼眼利用鬼洞的能量，所創造出來的鏡像之城，但它同樣是客觀真實存在的，就如同黑沙漠中那個沒有底的「鬼洞」，看到它的人都會成為「蛇骨」的祭品，可以隨時離開，但臨死的時候，你還是屬於這裡的，到天涯海角都逃不開，甩不掉，鬼洞是個永無休止的噩夢。

這時明叔被胖子一說，唬得魂不附體，走過來又同我確認，我把Shirley楊的話簡單地對他講了一遍，明叔哭喪著臉對我說：「胡老弟啊，真沒想到會是這個樣子，我做牛做馬，像條狗一樣辛辛苦苦打拚了一輩子，想不到臨死也要像條狗，成了什麼蛇骨的祭品，唉，我也就算了，可憐阿香才有多大年紀，我對不住她的親生父母，死也閉不上眼啊。」

我對眾人說：「雖然明叔同阿香被捲了進來，而且這座城也並非真正的惡羅海城，但事物都有它的兩面性，如果不到這裡，咱們也無法見到這些記錄著魔國儀式真相的人皮壁畫，這說

明咱們還是命不該絕，那麼然後呢，然後……」

Shirley楊接口說，然後只要找到真正的「惡羅海城」遺跡，在最深處的祭壇裡，舉行相反的儀式，用「鳳凰膽」關閉「行境幻化」，這個詛咒也就會隨之結束，我不相信世界上有什麼詛咒，我想這種鬼洞的詛咒，很可能是一種通過眼睛來感染的病毒，一種存在於那個「虛數空間」中的病毒，切斷它們之間的聯繫，是最直接最有效的途徑。

明叔一聽還有救，立刻來了精神，忙問如何才能找到真正的「惡羅海城」遺跡？這才是重中之重，能否保命，全在於此了。

我此刻也醒悟過來，一個環節的突破，帶來的是全盤皆活，馬上招呼眾人快向上走，回到城邊的綠岩上去，於是大夥抄起東西，匆匆忙忙按原路返回，綠岩的兩側，一邊是籠罩在暮色中的「惡羅海城」，但那是鬼母的記憶，而綠岩的另一邊，是清澈透明的「風蝕湖」，湖中的大群白鬍子魚，以及湖底那密密麻麻的風蝕岩洞，都清晰可見。

傳說中「惡羅海城」就位於「災難之門」後邊，真實的「惡羅海城」原形，應該與那記憶中的古城完全一樣，全部是利用天然的巨大風蝕岩建成，此時眾人望著湖底風巢般的窟窿，已經都明白了，由於魔國崇拜深淵和洞穴，所以城下的洞窟挖得太深了，真正的「惡羅海城」已經沉入了地下，被水淹沒，幾千年滄海桑田，變成了現在這處明鏡般的「風蝕湖」，至於城中的居民變為魚的傳說，應該是無稽之談，說他們都在地陷災難的時候死掉餵了魚還差不多，傳說蛟魚最喜戲珠，那些凶猛的黑白斑紋蛟，之所以不斷襲擊湖中的魚群，大概是想占了湖底的珠子，也許輪迴宗的人就是將鬼母的眼睛，放在了湖底。

當然在未見到之前，對這些事情，還只是全部停留在猜測階段，不過有一點可以肯定，想找到更深處的祭壇，就要冒險從中間最大的風洞下去。

第二一八章　失散

站在長方形的綠岩上向下看，「風蝕湖」底最大的風洞中一片漆黑，不知道究竟有多深，對比那座由記憶碎片拼接而成的影之城，不難看出湖底最大的洞窟，就是由位於蜂巢頂端那顆巨大的「石眼」砸出來的，在「惡羅海城」倒塌陷落的時候，那枚重達千斤的巨石，將主城的頂壁穿破，直接貫穿下去，通過我們剛才在城中看到的結構，下面縱然崩塌了，那石眼也不會陷進去太深，而且湖水並沒有形成強力的潛流或漩渦，只能從城池廢墟的縫隙間滲透下去，這些跡象都說明湖水並不算深，但如果想進入比蜂巢更深的神殿，以及祭壇，那就要穿過隨時會倒塌的風蝕岩洞，可能有些岩洞裡是並沒有沒水的，地形非常複雜，可以說下去的人，是要把腦袋別到褲腰帶上去玩命的。

這時明叔頸後的印記，比剛才要深得多了，看來留給我們的時間非常有限，這時候除非在一兩天之內，像陳教授一樣，遠遠地逃到大洋彼岸，否則留在古城遺跡附近，恐怕是活不過兩三天的，似乎離鬼洞這種能量越近，對這個能吸收血紅素的虛數空間，所得到的感受也就越真實、越強烈，感受到它存在的同時，也就成為了它的一部分，永遠不能解脫。

明叔老淚縱橫，對我們嘮嘮叨叨，不下去是死，下去的話更是拿腦袋往槍口上撞，湖中魚群雖然不傷人，但那兩條黑白斑紋蛟說不定什麼時候就突然竄下來，它們那種狂暴凶殘的猛獸，一旦在水下衝擊起來，絕非人力可以抵擋，而且誰能保證地下深處還有沒有更危險的事物，越想越覺得腿軟。

我和胖子、Shirley楊忙著做下水前的準備，沒空去體會明叔複雜的心情，除了保留必要的武器炸藥以及照明器材、燃料、藥品、禦寒的衝鋒衣之外，其餘的東西全部拋棄，按照我們的判斷，因為原址已經被水淹沒了，所以冰川水晶屍的腦子，肯定是被輪迴宗埋在了影之城的下方，而她的雙眼，應該是在「惡羅海城」真正遺址的正下方，不過最大的可能，它已經被吞進魚王的肚子裡去了，當然這些並不重要，只要順著廢墟，潛入地下深處的祭壇就可以了，不過魔國的祭壇，在經過了如此漫長的歲月之後，是否還能在地底保留下來，仍然是個未知數。

我對胖子和Shirley楊說：「一直以來，這麼多的困難咱們都堅持了下來，現在差不多是最後的時刻了，咱們進藏前，我請我師兄起了一課，遇水方能得中道，以前我對此將信將疑，現在看來，無不應驗，此行必不落空。」

胖子說：「芳香的花不一定好看，能幹的人不一定會說，我就什麼也不說了，等找到了地方您們就瞧我的，鬼洞妖洞我不管了，反正咱們不能空手而回，有什麼珍珠瑪瑙的肯定要鑿下來帶回去，甭多說了，這就走，下水。」說完按住嘴上的呼吸器和潛水鏡，筆直地跳進了風蝕湖，激起了一大片白珍珠一般的水花，驚得湖中游魚到處逃竄。

Shirley楊對我說：「當初如果不是我要去新疆的沙漠，也不會惹出這許多事來，我知道你和胖子很大方，抱歉和感激的話我都不說了，但還是要囑咐你一句，務必要謹慎，最後的時刻，千萬不能大意。」

我對Shirley楊點了點頭，她也由綠岩跳入湖中，我對身後的明叔與阿香囑咐了幾句，讓他們就在此等候，等我們完事後一定回來接他們，隨後也縱身從岩上躍下，湖裡的魚陣還在水晶牆附近緩緩移動，並沒有因為接連三人落水而散開。

剛與胖子、Shirley楊在湖中會合，還沒等展開行動，明叔帶著阿香也溜到了水裡，我對明叔說：「這可真麻煩，你們在上面待的好好的，下來攪和什麼？咱們又沒有那麼多的氧氣瓶。」

明叔拉著阿香，邊踩水邊對我說：「唉呀……別提了，剛才在上面看到，那林子裡又有動靜，怕是那兩條斑紋蛟起了性子，又要到湖裡吃魚了，我就想在上邊提醒你們，但腿有些發軟，沒站穩，就掉下來了。」

我回頭望了望「風蝕湖」邊的林子，只有山間輕微的風掠過樹梢，不見有什麼異常的動靜，隨即明白過來，事情是明擺著的，明叔這死老頭子，擔心我們下去上不來，找到祭壇後另尋道路走脫，撇下他不管，他有這種擔心不是一天兩天了。

既然他們下來了，我也沒辦法，總不能讓他們泡在水中不管，但他們只有潛水鏡，沒有氧氣瓶，只好還按先前的辦法，眾人共用氧氣瓶，於是讓大夥在湖中聚攏在一起，重新做了簡明的部署，從那個被巨大石眼砸破的風蝕岩洞下去，哪往下滲水滲得厲害就從哪走。

我們剛要下去，湖中的魚群突然出現了強烈的騷動，那些非白鬍子魚的魚類，像是沒頭蒼蠅般地亂竄，一旦逃進湖底的岩洞中，就再也不肯出來，而上萬條結成魚陣的白鬍子魚，也微微顫慄，似乎顯得極為緊張。

看到這些魚的舉動，我立刻感到不妙，心中暗想：看來這位明叔不僅是我們這邊的義大利人，除了幫倒忙之外，他還有衰嘴大帝的潛力。

剛有這個念頭，湖中那「魚陣」就已經有一部分潰散開了，似乎是裡面的「白鬍子老魚」傷勢過重，掛不住這些魚了，而有些白鬍子魚感到了他們的祖宗可能快不行了，鬥志也隨即瓦解，但還是有一部分緊緊銜成一團，寧死不散，不過規模實在是太小了。

我估計這魚陣一散，或者陣勢減減弱，那麼山後的「斑紋蛟」很快就會竄出來，牠們是不會放過咬死這條老魚的機會的，稍後在這片寧靜的「風蝕湖」裡，恐怕又會掀起一陣血雨腥風，一旦雙方打將起來，倘若老魚被咬死，那想再下水就沒機會了。

機不可失，我趕緊打個向下的手勢，眾人一齊潛入湖底，剩餘的半座「魚陣」正向湖心移動，我們剛好從它的下方游過，密集的白鬍子魚，一隻隻面無表情，魚眼發直，當然魚類本身就是沒有表情的，但是在水底近距離看到這個場面，就會覺得似乎這些「白鬍子魚」像是一隊隊慷慨赴死，即將臨陣的將士，木然的神情平添了幾分悲壯色彩。

湖下不太深的地方，就是「蜂巢」頂端的破洞，剛剛潛入其中，湖中的水就被攪開了，一股股烏血和白鬍子魚的碎肉、魚鱗，都被向下滲入的暗流，帶進風蝕岩兩側的洞內。

胖子對我打了個手勢，看來上邊已經幹起來了，又指了指下面，下行的道路被一個巨大的石球堵死了，不過已經看不出石眼的原貌，上面聚集了厚厚一層的透明蜉蝣，以及各種處於生物鏈末端的小蝦小魚，看來只能從側面繞下去了，於是眾人輪番使用呼吸器，緩緩游向側面的洞口，越向深處，就感覺水流向下的暗湧越強。

在一個岩洞的通道裡，Shirley楊逐步摸索著，確認哪個方向可行，因為直接向下是最危險的，這千萬年的風蝕岩承受著巨大的壓力，早已不堪重負，說不定頭頂的「石眼」什麼時候就會砸下來，被拍下就得變成一堆肉醬，安全起見，只有從側面迂迴下去最為保險。

最後我們潛入一個百餘平米的大風洞裡，這裡像是以前古城的某處大廳，有幾分像是神殿，頂壁已經破了個大洞，但裡面儲滿了水，水流相對穩定，似乎是只有上面那一個入口，別

的路都被岩沙碎石封堵，雖然可以向下滲水，但人卻過不去，眾人只好舉著照明探燈在水下摸了一圈，氧氣所剩不多，再找不到路的話，如果不游回湖面，留在這迷宮般的風蝕湖底，就是死路一條。

正在無路可走，眾人感到十分焦慮之時，大廳中的湖水突然變得渾濁，我抬頭看了一眼頭頂的出口，頓覺不妙，那條十幾米長的老魚，正被兩隻猛惡的「斑紋蛟」咬住不放，掙扎著向我們所在的湖底大廳裡游來。

「斑紋蛟」都是三四米長的身軀，雖然跟「白鬍子老魚」相比小了許多，但怪力無窮，身體一扭，就扯掉一大條魚肉，隨後又張口咬住別的部位不放，那條老魚遍體鱗傷，垂死掙扎，拖著這兩個死對頭沉了下來，不時的用魚身撞擊水底的牆壁，希望能將牠們甩掉，此時雙方糾纏在一起，翻滾著落入水下神殿。

在這些水下的龐然大物面前，人類的力量實在過於微不足道，我對眾人打個手勢，趕快散開，向上游回去，這神殿雖然寬敞，卻經不住牠們如此折騰，但在水底行動緩慢，不等眾人分散，老魚已經帶著兩條斑紋蛟倒撞到殿底。

神殿底部也是雪白的「風蝕岩」，那條體大如龍的白鬍子魚，受傷發狂後的力量何等巨大，這種魚的魚頭堅硬無比，直接將地面撞出了一個大洞，然而這神殿底層也很堅固，魚頭剛好卡在其中無法行動，想衝下去使不上勁，想抽回來也不可能，只有拚命亂擺魚尾，一股股的濁血將水下神殿的湖水都快染紅了。

一切計畫都被打亂了，我們怕在混亂中被牠的魚尾砸中，分散在四處角落躲避，由於已經散開，又是在水下，我根本沒辦法確認其餘的人是否還活著，只能個人自求多福了。

兩頭黑白「斑紋蛟」見老魚被困，欣喜若狂，在水下張牙舞爪的轉圈，正盤算著從哪下口結束魚王的性命，牠們被水中的血液所刺激，跟吸了大煙一樣，顯得有些興奮過度，這一折騰不要緊，竟然發現了這殿中還有人，其中一隻在水下一擺尾巴，像個黑白紋的魚雷一般，竄了過去。

這時殿底的窟窿四周開始出現裂縫，渾濁的血水跟著灌下，能見度立刻提高了不少，我用水下探照燈一掃，只見竄出來的斑紋蛟，直撲向不遠處的Shirley楊和阿香，她們二人共用一個氧氣瓶，都躲在殿角想找機會離開，但已經來不及了，我想過去救援，又怎能比那魚雷還快的「斑紋蛟」迅速，而且就算過去，也不夠牠塞牙縫的。

形勢萬分危急，突然水下潛流的壓力猛然增大，那顆卡在蜂巢中間的千鈞石眼，終於落了下來，撲向Shirley楊與阿香的那頭「斑紋蛟」，也被這突如其來的巨石嚇傻了，竟然忘了躲閃，被砸個正著，這湖水的浮力有限，巨石的下墜本身就有上面整湖的水跟著下灌，砸到「斑紋蛟」之後連個楞兒都沒打，緊跟著將水下的殿底砸穿，這殿中所有的事物，都一股腦地被巨大的水流向下沖去。

我在水裡只覺得天旋地轉，身體像是掉入了沒有底的鬼洞，下面是個大得難以想像的地下空間，只能閉住口鼻，防止被激流嗆到，恍惚間，發覺下面有大片的白色光芒，似乎是產生了光怪陸離的幻覺，也不知其餘的人都到哪去了。

身體落入一個湖中，這裡的岩石上隱約有淡薄的螢光，但看不太真切，頭上有數百個大小不等的水柱，透過頭頂的各處岩洞倒灌入湖中，忽然一隻有力的手將我拉住，我定神一看，原來是胖子，見了生死相隨的同伴，頓覺安心不少，拍亮了頭盔上的射燈，尋找另外三個人的下

落。

由於這裡的水還在繼續向東邊的深澗裡滾滾流淌，稍一鬆懈，就有可能被繼續往下沖去，我和胖子只好先游到附近的岸上，扯開嗓門大喊了半天，但都被水流沖下的聲音淹沒了，明叔、阿香、Shirley楊都下落不明。

我和胖子一商量，肯定是被水沖到下游去了，趕緊繞路下去找吧，生要見人，死要見屍，這地下的世界，地形地貌之奇特，屬於我們平生所未見，剛一舉步，就見一隻大蜻蜓般的水生蜉蝣，全身閃著螢光從頭頂飛過，竟然有六寸多長，像是空中飛舞著的白色幽靈。

就這麼一走神，加上失散了好幾個人，心神有些恍惚，沒注意看腳下的道路，剛好這是一個碎石坡，二人踩到上邊收不住腳，翻滾著滑落下去，還沒等反應過來，就已經凌空落下，這段斜坡很短，下邊是懸空的，我們摔下七八米，落在一個蓬蓬鬆鬆的大墊子上，一時頭暈腦脹，好在這地方很軟，摔下來也不疼，但是突然發覺不太對，這手感……竟然是掉到了一塊肉上了，趕緊讓自己的神智鎮定下來，仔細一看，不是肉，我和胖子對望了一眼：「這他媽八成是蘑菇啊……十層樓高的皇帝蘑菇。」

第二一九章　Pill Bug

這地下的龐大空間中，水邊有無數飛舞的大蜉蝣，牠們的生命很短暫，從水中的幼蟲長出翅膀後，大約只能在空中活幾分鐘的時間，這時牠們的身體將散播出一種特殊的螢光粉，死後仍會持續發光一段時間，所以整個地下都籠罩在一層朦朧神祕的白色螢光之中。

隨著在地底的時間漸久，我們的眼睛，已經逐漸適應了這種黯淡的地底螢光，看周圍的東西也不像剛開始那麼模糊了，我看了看身下那個軟軟的大墊子，似傘似蓋，中間部分發白，周圍是漆黑的，確實是個罕見的大蘑菇，直徑不下二十米。

這種菌類在地下潮溼的區域生長極多，看到身下這個大蘑菇，我和胖子都立刻想起在興安嶺插隊的時候，到山裡去採木耳，剛剛下過雨，竟然在山溝裡看到一隻比山都高的蘑菇，摩天矗地地長在林子裡，當時我們驚嘆不已，屯子裡的人說那是「皇帝蘑菇」，運氣好的話，每年八月可以見到一兩次，不過這東西長得快，爛得也快，早上剛看見，不到晌午可能就沒了，而且長有「皇帝蘑菇」的森林附近，都很危險，因為這東西味道太招搖，另外顏色不同，其性質也千差萬別，又因其稀少，很少有人能盡知其詳，所以大夥看見了也只能當看不見，既不敢吃，也不敢碰，繞路走了過去。

我和胖子商量，這個蘑菇沒有咱們在興安嶺見過的個頭大，但也不算小了，應該同樣是「皇帝蘑菇」那一類的，從地下湖邊的碎石坡滾下來，想再爬回去幾乎是不可能了，那個碎石坡實在太陡，而且一踩一滑，根本立不住腳，只好先從這個「皇帝蘑菇」上爬下去。

我們從那篩子般的洞頂被水沖到地底，和另外的幾個人失散了，我最擔心的就是「斑紋蛟」，在「風蝕湖」底一場混戰，兩隻「斑紋蛟」的其中一隻，似乎被掉下來的千鈞石眼砸死了，但仍然還有一條，包括那條「白鬍子魚王」，應該也都被激流沖到了地下湖中，如果Shirley楊、明叔、阿香中有人跟牠們碰上，必定凶多吉少。

想到這些，我和胖子不敢怠慢，顧不得身上的痠痛，從「皇帝蘑菇」的頂端，爬到邊緣向下觀看地形，高大的「皇帝蘑菇」底下，長滿了無數高低錯落的地菇，顏色大小都參差不齊，望下去就像是一片蘑菇的森林，許多長尾蜻蜓般的大蜉蝣，像一群群白色的幽靈在其中飛舞穿梭。

遠處是地下湖的第二層，我剛落入湖中的時候，感覺水流向東湧動的力量很強烈，原來這巨大洞穴中的地下湖分為兩層，有著很大的落差，最上面穹廬般的洞頂上，有無數洞眼，大則十幾米，小則不到一米，上邊的湖水，以及山中的地下水，都從那些洞眼中灌注下來，所有的水柱全部流入上面的一層地下湖，這裡是個傾斜的鍋底，東邊的地勢較低，這一層水滿之後，形成一個大水簾，傾洩到下方的第二層地下湖裡，那片湖規模更加龐大，水勢大的區域，都沒有螢光，看起來黑一塊白一塊，難辨其全貌。

如果其餘的人還活著，就很有可能是被水流沖到地下湖的第二層去了，「皇帝蘑菇」就生長在距離第二層地下湖不遠的地方，我們居高臨下，想從高處尋找失蹤的Shirley楊等人，但只見到水裡不時躍起幾條大魚，哪裡見得到半個人影，我讓胖子留在這裡瞭望，我下去先沿著湖邊找上一圈再說。

正要用傘兵刀扎著蘑菇下去，卻見下面的湖中，游上來一個人，雖然看不清面目，但看那身形，應該是明叔，只見明叔爬上了岸，吃力地走了幾步，向四周看了看，便逕直走入了「皇帝蘑菇」下的蘑菇森林中，看他那副樣子，似乎也是想爬到高處看明地形。

我對胖子說，這老港農命還真夠大的，他既然是奔這邊來的，就由胖子暫時照顧他，我再去湖邊找其他的兩個人，最後在這棵最為明顯的「皇帝蘑菇」附近會合。

我正要動身下去，卻突然察覺到有情況發生了，只見明叔在高高矮矮的蘑菇中走了十幾米的距離，大概是由於連驚帶嚇，疲勞過度，腳底下邁不開步子，絆倒在地，摔了個狗啃泥，躺在地上翻了個身，揉著胳膊很久也不起身，似乎他是有點自暴自棄的念頭，打算就這麼死這算了，實在是不想動彈了。

按說明叔摔著一跤，本也不算什麼，但他身子沉重，驚動了附近的一個東西，我和胖子在高處借著慘淡的螢光，發現離他不遠處的那片蘑菇忽然一陣亂動，裡面有個全身黑殼的東西在慢慢蠕動，那黑殼是一層接一層的圓弧形，身子很長，我心裡一想，不好，像是條大蜈蚣，要真是蜈蚣，那得多大的個頭？

明叔四仰八叉地躺在地上，嘴裡一張一闔像是在自言自語，可能又在怨天尤人，但對附近的危險完全沒有察覺，我和胖子想在「皇帝蘑菇」上喊他小心，但聲音都被附近水流的聲音遮蓋了，不在近前說話根本聽不到。

我的那枝霰彈槍已經在「風蝕湖」底的混戰中丟了，只剩下手槍，胖子身上的東西卻沒怎麼損失，運動步槍始終背在身上，這時舉槍想要射擊，我按住他的槍身，步槍的射程雖然能夠及遠，但口徑不行，在這裡開槍無濟於事，就算是打明叔附近的地方給他示警，也未必能夠救他，一旦讓他看見那條大蜈蚣，肯定嚇得兩腿發軟，半步也跑不出去，只有我趕緊衝下去救

他，但蘑菇森林中全是密密麻麻的蘑菇，在高處雖然能看見明叔和那條大蜈蚣，但一下去視線必被遮擋，必須由胖子做為瞭望手，在高處用手語為我指明複雜的地形，並且在關鍵時刻用步槍進行掩護射擊。

當然這是爭分奪秒的行為，根本來不及把這些計畫進行部署，只對胖子說了一句看我信號行動，我就將傘兵刀插在「皇帝蘑菇」上，從傾斜的傘蓋上向下滑落，下面也有些很高大的蘑菇，呈梯形分布，遇到斜度大不能落腳的地方，就用「傘兵刀」減速，很快就下到了底部，這裡也沒有地面的岩石，底下滿滿一層，全部都是手指大的小蘑菇，附近則都是一米多長的大蘑菇。

我回頭望了一眼上面的胖子，胖子把步槍吊在胸前，揮動著兩隻胳膊，打出海軍通信聯絡用的旗語，這都是以前在福建學的，很簡單，也很直觀，看他的動作是，對方移動緩慢，然後指明了方向。

我對他一揮胳膊，表示收到信號，這時蘑菇森林中出現了一層淡淡的霧氣，我擔心蜈蚣放出毒霧，從袋裡掏出防毒面具戴上，雙手握住M1911，壓低槍口，快速向明叔的位置接近。

在胖子指示了幾個方位之後，我找到了躺在地上的明叔，不遠處有「嘁嘁嚓嚓」的聲音，這種聲音雖然並不算響，但好像無數腳爪亂撓，聽得人心裡發怵，而且這裡水聲已弱，更是格外令人心慌。

我悄悄接近，想拉著明叔把他拖起來，立刻跑路，明叔突然見到防毒面具，也嚇了一跳，但隨即知道是自己人，瞪著呆滯的雙眼，對我笑了笑，想掙扎著爬起來，但似乎兩條腿變成了麵條，怎麼也不聽使喚，我急於離開這片危機四伏的區域，於是對他做了個噤聲的手勢，示意他不要發出任何動靜，然後將他背了起來。

但還沒等邁動步伐，就聽身後的明叔忽然發出一陣大笑，我當時心裡就涼了多半截，這王八操的老港農沒安好心！帝國主義殖民地統治下的老資本家怎麼會有好人，這次真是太大意了。

我立刻雙腳一彈，向後摔倒，把明叔壓在背下，這一下使足了勁，估計能把老港農壓個半死，但明叔的笑聲兀自不停，聽聲音已經有點岔氣了，那笑聲比婦人哭嚎還要難聽十倍。

我心想這港農死到臨頭了還笑得出聲，記起一句詩來，魔鬼的宮殿在笑聲中顫抖，他媽的，臨死前放聲大笑是革命者的特權，你個老資本家憑什麼笑，讓你嚐嚐胡爺這雙無產階級的鐵拳，給你實行實行專政，看你還笑不笑得出來，但隨即發覺不對，明叔那種笑不是因為他想笑而發出來的。

我急忙用槍頂住明叔的腦袋，仔細一看，明叔已經笑得上氣不接下氣了，全身都在抽搐，嘴裡都吐白沫了，再笑下去恐怕就要歸位了，他這是中毒了。

我四下裡一看，發現明叔剛才摔倒的地方，有一簇簇與眾不同的小蘑菇，上面有層綠色的粉末，他十有八九是在撲倒的時候在上面舔了一口，這是不是就是那種笑菇？這粉末竟然如此犀利，沾到口中一點，就變成這樣，這麼笑下去不出幾分鐘，就能要了人命。

我急中生智，趕緊猛抽了明叔幾個耳刮子，又掏出北地玄珠放在他鼻端，這北地玄珠的氣味非常極端，明叔一聞之下，猛打了幾個噴嚏，這才止住笑聲，但臉上的肌肉都笑抽了筋，一時恢復不過來，還在不停地抽搐，鼻涕眼淚流了一臉，真是狼狽到了極點。

這時一顆步槍子彈射在了我附近的蘑菇上，我猛一回頭，透過朦朧的薄霧，看到胖子在

「皇帝蘑菇」上舉著槍不斷揮動，好像在通知我趕快撤離。

附近的一片大蘑菇一陣晃動，那條全身黑色甲殼的大蜈蚣鑽了出來，明叔的位置剛好暴露在牠的面前，我急忙向後退了幾步，扯掉防毒面具，先對「皇帝蘑菇」上的胖子打個不要開槍的信號，然後驚慌地對明叔說：「明叔，你身後這蜈蚣怕是要把你吃了，你捨身救我，我一輩子也不忘，回家後一定給你多燒紙錢，你是救人而死，一定可以成正果，我先恭喜你了。」

明叔驚得呆了，忙回過頭去看身後，兩眼一翻就要暈倒，我趕緊把他拉起來，對他說道：「行了，不跟您老人家開玩笑了，那傢伙一露頭，我就看出來了，不是蜈蚣，是隻生長在地下的大丸蝦，是吃素的和尚，當年我們師不知道在崑崙山地下挖出來過多少隻了，很平常。」

明叔聽我這麼說，這才仔細看身後那東西，五六米長的一隻節肢類「丸蝦」，這隻又胖又粗的大甲蟲，頭前長著一對彎曲堅硬的觸角，用來感應探路，全身都是黑色，只有腳爪是白的，粗胖的身軀下也有蜈蚣那樣的百足，這東西很蠢，只吃地下的菌類。

明叔長出一口大氣，抹了抹汗，這條老命算是又從鬼門關裡撿回來了，勉強對我苦笑了一下，我問他有沒有見到Shirley楊和阿香？

明叔剛要回答，忽聽一陣腳爪撓動的聲音，我們扭頭一看，見附近那隻「丸蝦」的身體縮成了一團，一節節的圓弧甲殼將牠包成了一個大輪胎的樣子，我腦門子上的青筋一蹦，這是禦敵姿態，在附近一定有某種巨大的威脅，我抬頭去看高處的胖子，胖子已經不用旗語了，掄起胳膊就一個動作：「危險，快向回跑！」

第二二〇章　湖中升起的照明彈

在起伏錯落的蘑菇森林中，「丸蝦」突然縮成了一團，站在「皇帝蘑菇」上的胖子也不斷掄起胳膊，打出緊急撤退的信號，我見狀急忙一把揪住明叔的胳膊，倒拖了他向後便走。

身後傳來一陣陣蘑菇晃動的聲響，聽聲音數量不少，至少是三面合圍，只有湖邊那個方向沒有，我也顧不得回頭去看究竟是什麼東西，只管向胖子所在的位置一路狂奔，胖子始終沒有開槍，這說明那些東西離我尚遠，或者沒有追擊上來，等我們攀著梯形蘑菇山，回到「皇帝蘑菇」上的時候，明叔立刻倒了下去，「呼哧呼哧」像個破風箱似地喘作一團。

我和胖子拿出望遠鏡，順著來路向回望去，就在剛才那片蘑菇叢林的空地上，出現了數百隻形態好像小狐狸或雪鼠的「地觀音」，牠們這種傢伙皮毛勝似銀狐，齒爪鋒利，擅長打洞，又因其叫聲似虎，所以學名叫做雪鼠，不過牠們只能在有溫泉或地熱的區域裡生存，生性狡猾殘忍，在喀拉米爾也有人俗稱它們為地狼，或者叫「地觀音」，很多當地人家中，都要這種動物毛皮製成的生活用品，價值極高，東北也有，不過數量少，毛皮樣子也不如崑崙山的，更像是黃鼠狼。

大群「地觀音」像是一道白色圍牆，將那隻「丸蝦」緊緊圍住，牠們好像紀律森嚴，誰也沒有輕舉妄動，只是沉默地趴在周圍，不多時，從隊中爬出一隻銀毛「地觀音」，牠似乎是這些「地觀音」的首領，只見牠抬著前爪人立起來，用爪子推了推那一動不動的「丸蝦」，然後圍著牠轉了兩圈，便又回歸本隊。

這時，其餘的「地觀音」紛紛上前，接近「丸蝦」後，在極近的距離張開嘴，順著「丸蝦」緊緊縮住的硬殼縫隙吹氣，沒一會兒的功夫，那「丸蝦」似乎耐不住癢一般，把縮緊的甲殼伸展開來，沒有半點反抗的餘地，被數十隻「地觀音」推翻過去，仰面朝天，只能任其宰割。

由於距離太遠，雖然這洞中到處都有螢光，但中間間隔黑暗的區域如果太多，光線也就被地下空間的黑暗吸收減弱了，我和胖子無法看清那些「地觀音」使得什麼邪招，只見那可憐的「丸蝦」像隻大蝦一般，頃刻間就被剝去了殼，露出裡面半透明的肉來，那群「地觀音」們剝了「丸蝦」的肉，扛在身上，抬向遠處的角落裡去了。

我和胖子面面相覷，趴在「皇帝蘑菇」上，半天都說不出話來，那成百上千的「地觀音」，我們倒不在乎，只是剛剛那一幕，確絕不是「地觀音」這種野獸能做出來的行為，牠們的習性都是三五成群，很少有這麼多聚集在一起，而且又井然有序，最不可思議的是牠們剝了「丸蝦」的殼之後，並不爭食，好像是在舉行什麼儀式一般，將食物運到別處，可這些傢伙絕不像白蟻那樣有儲藏食物的習慣，這種行為太反常了。

胖子想了半天說：「也許牠們知道最近物價上漲幅度比較大，想囤積點物資，這就是一群搞投機的。」

我搖了搖頭，突然產生了一種不太好的預感，在那些記載著古老儀式與傳說的人皮壁畫中，還有世界制敵寶珠大王的事跡裡，都不止一次提到「魔國」的祭師可以驅使野獸，統稱「妖奴」，這種事也不是不可能，古時一些已經失傳的藥草和配方，確實可以控制野獸的簡單行為。

我感到那些「地觀音」很不尋常，牠們一定受到某種力量的控制，那些食物也不是給牠們自己吃的，可能在那地下祭壇附近，有某種守護祭壇的東西，這些奴才可能都是給牠運送食物的，如果Shirley楊和阿香誤入祭壇，她們勢單力孤，那可就麻煩了。

眼看大群「地觀音」遠遠離開，牠們大概又去捉別的食料了，明叔也總算把那口氣恢復正常了，我問他能不能自己走動？要是走不了，就留著等著我們，我們得到第二層地下湖去找失散的那兩個人了，可能這皇帝蘑菇上有種特殊的氣味，一般的東西不敢接近，留在這裡應該還是比較安全的。

明叔立刻表明態度，被水從神殿裡沖下來的時候，沒看見其餘的人，仗著自己水性精熟，大江大洋也曾游過，才沒喝幾口水保下這條命來，現在當然是要一起去找，阿香要是有個三長兩短，他死不瞑目，於是我們從皇帝蘑菇上下來，迂迴到地下湖邊，這裡的大蜉蝣更多，不僅空中，地上也全是牠們和未能蛻殼的幼蟲屍體，整個區域，籠罩在一片死亡的螢光之中。

湖邊還有幾條巨大的天然隧道，地下湖的湖水分流而入，形成一條條龐大的暗河，這還只是暴露出來的，加上隱藏在地下更深處的水系，造就了這裡錯綜複雜的巨型水網，有件事不用說大夥也清楚，我們現在基本上已經迷路了，根本不敢離開雙層地下湖太遠，四周全是未知的區域，完全陌生的地質地貌，包括那些從沒見過的古怪昆蟲，而且那篩子般的弧頂，下來容易，上去難，沒有可能再從那裡回去，想到這些便覺得有些憂心忡忡，Shirley楊身上帶著照明彈和信號槍，按理說應該通過這種工具跟我們取得聯繫，但遲遲不見動靜……我實在是不敢往壞處去想。

這片地下湖甚大，我們沿著湖走了很久，才走了不到小半圈，始終是不見Shirley楊和阿香

的蹤影，我看胖子倒是還行，什麼時候都那一個德行，就是飢火難耐，看見什麼都打算捉了烤烤吃掉，而明叔則是又累又餓，像個洩了氣的皮球，於是給他們鼓了鼓勁兒，這地下湖裡肯定有好東西，早就聽說「龍頂」有西王母煉的「龍丹」，說不定咱們走著走著，就能撿上一鍋，吃一粒身輕如燕，吃兩粒脫胎換骨，吃一把就與天地同壽了。

胖子說道：「胡司令，你個二政委又來唬我們，我聽這套說詞怎麼有點像算命的陳瞎子賣大力丸時侃的？你現在也甭提什麼龍丹仙丸，能給我來把炒黃豆，我就知足了。」

我對胖子說：「你這是小農主義思想，小富既安，炒黃豆有什麼吃頭？我真不是蒙你們，這片地下湖絕不是一般的水，這是什麼地方？在風水中這是龍頂，這些水都是祖龍的腦漿子，不信你下去喝兩口試試，比豆汁營養價值還高，喝幾口也能解飽。」

明叔一聽我們說到吃的東西，嘬了口唾沫，不以為然地說：「豆汁那是很難喝的嘛，想當初我在南洋，什麼沒喝過？當然是什麼都喝過了，我們那裡也很注重風水的，但是難道風水好的地方，水就有營養？沒有這個道理嘛，胡老弟你這可就有點亂蓋了。」

我心想這港農又不是剛才嚇得跟三孫子似的了，於是對明叔說：「風水一道，不得真傳，終是偽學，您老人家對這裡邊的門道兒才瞭解多少？我實話告訴你說吧，這地下湖的水不僅好喝，而且還值大錢，中國的龍脈值多少錢，這湖就值多少錢，並不是有崑崙才有龍脈之發，沒有這片湖，崑崙祖龍就什麼都不是，古人有個很恰當的比喻，無襄陽荊州不足以用武，無漢中則巴蜀不足以存險，無關中河南不能以豫居，形勢使然也，由於風與水本身就是客觀存在的，同樣，沒有這些地下水，崑崙山也就不配為龍首了，雖然除了古代魔國的信徒，可能外人沒見過這片地下水系，但在幾乎所有的風水理論中，都已經論證了它的存在，這就叫天地之造化，陰陽之同理。」

一番闊論，把明叔侃得啞口無言，但這一分散注意力，也就不覺得過於疲乏了，餓就只能忍著了，等把下落不明的Shirley楊和阿香找到，才能想辦法去祭五臟廟，沿著地下湖的邊緣繞了快一圈了，越走心裡越涼，生不見人，死不見屍，我們望著黑氣沉重的湖中，真怕她們都已經餵了大魚了，或者是被沖進了更深的地方，這黑咕隆咚的可上哪找去？

正當我們焦急不已，打算到那幾條暗河河道裡去找的時候，突然從下層地下湖的中心，升起了一枚照明彈，照明彈懸在空中，把湖面照得一片通明，四周受驚的蜉蝣拽著光尾向各處飛散，流光亂舞，這時的景象，就如同在黑暗的天幕裡爆開的煙花一樣光芒燦爛。

我和明叔、胖子三人驚喜交加，驚的是我們繞著地下湖搜尋未果，原來在黑暗的湖心有個小小的湖心島，確實出人意料，喜的是既然那邊打出照明彈，就說明Shirley楊至少還活著，也許阿香就在她身邊，但借著慘白的光亮，湖中的小島上只有隆起的一個錐形山，卻不見半個人影，光線逐漸變弱，沒等再仔細看，就消失在了湖中的黑暗裡。

明叔一驚，既然沒有人，那照明彈是誰打的？而且為什麼隔了這麼久才發信號？這一連串的疑問，無外乎就是想說也許湖中的小島上有陷阱，這是引大夥上鈎，貿然前往，難免被人包了餃子，還是應該從長計議。

我沒有理睬明叔的猜測，趁著照明彈還懸在半空並未熄滅，舉起望遠鏡仔細看了看湖中的地形，島子上確實沒人，但是我留意到剛才那顆照明彈所射上來的角度，是垂直的，而不是我們通常採用的弧線發射法，另外高度不對，這說明照明彈是從水平面以下打上去的，湖中那個島上一定有個洞口，她們有可能陷在其中，事不宜遲，只有盡快泅渡過去支援她們。

三人對身上的裝備稍一整理，拿出僅剩的一個探照燈，一刻也沒敢耽擱，便游入地下湖中，拚命游到湖心島上，但卻發現這孤伶伶的湖中小島，附近不僅沒人蹤，就連地面也沒有任何洞穴的痕跡，只在一塊岩石後邊，掉落著一把打光了子彈的M1911，彈殼散落在四周，似乎曾經發生了一場激戰，而手槍的主人當然就是Shirley楊。

這片島有小半個足球場大小，中間隆起，像個喇叭似地倒扣下來，地形非常奇特，我看了看腳下的岩石，對胖子和明叔說：「這是個地下山中山的死火山，上面是火山口，她們如果還活著，有可能掉進火山口了。」說完搶先跑了上去，胖子拖拉著明叔跟在後邊。

跑出沒幾步，我就發現些火山岩中散亂著不少朽爛的硬柏，附近的石堆也可以看出是人為堆積的，難道死火山的山腹裡，就是惡羅海城的地下祭壇？正走著，忽然看到地上掉著一隻斷下來的人手，血跡還未乾，那是隻女人的手，指上戴著個念吉祥的指環，是鐵棒喇嘛送給阿香的。

第二二一章 大黑天擊雷山

我俯身撿起地上的斷手，可以肯定這就是阿香的右手，齊腕而斷，看斷面上齒痕參差，是被巨大的咬合力給硬生生咬斷的，只有Shirley楊身上帶有照明彈，這樣看來她和阿香應該是在一起的，她們一定遇到了什麼凶殘的猛獸，最後退避到死火山的活山口裡求援。

胖子拖著疲憊不堪的明叔從坡下跟了上來，在與此同時，錐形山的上邊，轉出一隻紅色的火蜥蜴，吐著尺許長的舌頭，牠還保留著後冰川時期的古老特徵，有數排鋒利的牙齒。

我和胖子立刻拔槍射擊，一陣亂槍打去，火蜥蜴被子彈的衝擊力撞得連連後縮，但牠的皮肉之堅固，僅此於「斑紋蛟」，輕武器雖然能射傷牠，卻都不足以致命，胖子從包裡摸出三枚一組的拉火式雷管，當做手榴彈朝牠扔了出去。

火蜥蜴被子彈連續擊中，本想後逃，但見彈雨忽止，便又挺身前衝，胖子扔出去的拉火式雷管剛好投在牠的頭上，反撞落到了地上，它前衝勢頭不減，正好就撲在了雷管之上。

由於是在靠近火山口的位置突然遭遇，距離極近，而且拉火式雷管說炸就炸，炸石門的雷管威力很強，這麼近的距離爆炸有可能同歸於盡，我趕緊將明叔按倒，頭頂處一聲巨響，爆炸的氣浪將火蜥蜴端上了半空，很多碎石彈在了我們身上，幸虧有登山頭盔護著頭上的要害，但暴露在外的手臂都被蹭了幾條血痕出來。

刺鼻的硝煙散去，我抬頭看了看那條火蜥蜴，倒翻在十幾米外的地方，被炸得腸穿肚爛，我剛想對胖子說：「你要是打算學董存瑞不要緊，但是最好離別人遠點，別拉著我們給你墊

背。」

但這時候，我發現明叔兩眼發直，盯著阿香的那隻斷手，我心中黯然，也不知道該怎麼勸他，據我所知，人的肢體斷了，如果在短時間內進行手術，還可以接上，但這種與世隔絕的環境中，怎麼可能進行手術？再說這斷面不是切面，也根本無法再接，甚至還不知道她現在是否還活著。

明叔愣了好一會兒才問我：「這……是我乾女兒的手？」也不等我回答，便垂下頭，滿臉頹然的神色，似乎十分心痛，又似乎非常自責，表情和心情都很複雜。

胖子也看到了那隻斷手，對我撇了撇嘴，我知道他的意思是，十分為難，明叔怎麼辦？我對他擺了擺手，越勸越難過，什麼也別說了，趕緊架著明叔上山。

於是我和胖子一人一邊，架著明叔的胳膊，跟拖死狗一樣把他拖到錐形山的頂端，山口附近有大量的黑色火山砂，火山岩由灰白變黑，再形成砂狀潔淨，至少需要幾百萬年的時間，死火山也可以說是大自然中的一具屍體，踩著它走，切實地接觸著那些亙古的巨變，會使人產生一種莫名失落的感覺，我甚至對走到火山口的這幾步路有些畏懼了，總是在擔心看到死火山的山腹裡，是她們的屍體。

不過路再長也有盡頭，到了山頂就要面對現實，火山口比我想像得要小許多，歲月的侵蝕，使得洞口消磨坍塌了很大一部分，剩餘的洞口大小，也就像個工廠中的大煙囪，難怪那隻火蜥蜴爬不進來，望內一張，底下有些綠色的螢光，那種光線我們很熟悉，是螢光管裡發出的，我對下面喊了幾聲，等不及有人回答，就爬了下去。

死火山的倒喇叭口裡，有很多石頭與黑木的井式建築，可能是用來給祭師通行用的，一直從底下鋪到頂，雖然木料已朽，但方形巨石還很堅固，我三下兩下竄到山底，只見Shirley楊正抱著阿香坐在角落中，我見她們還活著，撲咚撲咚的心才稍稍平穩了下來。

阿香的斷腕處已經由Shirley楊做了應急處理，我問Shirley楊有沒有受傷？阿香的傷勢是否嚴重？

Shirley楊對我搖了搖頭，她自己倒沒什麼，但阿香的情況不容樂觀，在水底神殿的「白鬍子魚王」與「斑紋蛟」一場混戰，把殿底撞破，整個風蝕湖裡的水都倒灌進了地下，Shirley楊被湧動的激流捲到了第一層地下湖，剛露出頭換了口氣，就發現阿香從身邊被水沖過，伸手去拉她，結果兩人都被水流帶入了第二層地下湖，不等上岸就遇到了水裡的「火蜥蜴」，阿香被牠咬住了手，拖到湖中的火山島上，Shirley楊追了上去，在抵近射擊中救下阿香，由於沒有彈藥了，只好退到山上的火山口裡，這才發現阿香的手已經不知什麼時候被咬斷了，便急忙給她包紮，但沒有藥品，不能完全止血，束手無策，等穩定下來，才想起來發射信號求援。

這時明叔和胖子也分別下來，胖子見眾人都還活著，便用嘴叼了傘兵刀，重新爬上去，想從火蜥蜴身上割幾塊肉，烤熟了充飢，實在是餓得扛不住了。

明叔看了阿香的傷勢，臉都嚇白了，對我說：「胡老弟啊，你可不能因為阿香少了隻手就不要她了，現在醫學很發達，回去按上隻假手，戴隻手套什麼也看不出來，她一定能給你生個兒子……」

我對明叔說：「她手沒傷的時候，我就沒答應娶她做老婆，我的立場不是已經表明了嗎？我堅決反對包辦婚姻，我爹我媽都跟我沒脾氣，您老現在又拿這個說事兒，這倒顯得我好像嫌棄她少了一隻手似的，我再說一次，阿香就是三隻手，我也不能娶她，她有幾隻手我都不在

乎。」

明叔說：「哎呀，你就不要推托了，到什麼山砍什麼柴，你們就到香港去戀愛一段時間，那就不屬於包辦婚姻了，既然你不嫌棄她的手，難道你還嫌她長得不夠漂亮嗎？」

Shirley楊顯得有點生氣了，微微皺著眉說：「什麼時候了還爭執這些事？你們怎麼就從來不考慮考慮阿香是怎麼想的？在你們看來難道她就是一件談生意的籌碼？別忘了她也和你們一樣有獨立的意識，是個有喜怒哀樂的人……趕快想辦法給她治傷，再不抑制傷勢惡化，恐怕撐不過今天了。」

我和明叔被Shirley楊訓了一頓，無話可說，雖然知道救人要緊，但在這缺醫少藥的情況下，想控制住這麼嚴重的傷勢，卻又談何容易，阿香的手臂已經被Shirley楊用繩子緊緊紮住了，暫時抑制住血液流通，不過這是不是辦法的辦法，時間長了這條胳膊也別想保住了。

我苦無良策，急得來回踱步，一眼看見了剛才胖子下來的時候，放在地上的背囊，心中一動，總算是抓住了救命稻草，這時候胖子也回來了，搞回來幾大片蜥蜴肉，我心想胖子和明叔這兩義大利人，不幫不忙，越幫越忙，於是讓他們倆去給大夥準備點吃的，由我和Shirley楊為阿香施救。

Shirley楊拆下了阿香手腕上的繃帶，由於沒有酒精，我只好拆了一發子彈，用火藥在創口上燎了一下，然後把胖子包裡那幾塊蛻殼龜的龜殼找出來，將其中一部分碾碎了，和以清水，敷在創口處，又用膠帶貼牢，外邊再纏上紗布。

Shirley楊問我這東西真的能治傷嗎？我說反正明叔是這麼說的，能蛻殼的老龜都有靈性，而且不會遠離蛻下的龜殼，還會經常用唾液去舔，所以這龜殼能入藥，除了解毒化瘀，還能生肌止血，他的乾女兒這回是死是活，就看明叔有沒有看走眼了，如果這東西沒有他說的那種奇效，咱們也就無力回天，雖然不是直接的致命傷，但阿香身子單薄，沒有止疼藥，疼也能把她活活疼死。

阿香剛剛被火藥燎了一下，已經從昏迷中甦醒過來，疼得嗚嗚直哭，我安慰她道：「傷口疼就說明快要癒合了，少了隻手其實也不算什麼，反正人有兩隻手，以前我有幾個戰友踩到反步兵地雷，那些雷很缺德，專門是為了把人炸殘，而不致命，為的就是讓傷兵成為對手的負擔，結果他們受傷了之後，照樣回國參加英模報告會，感動了萬千群眾，也都照樣結婚，什麼也沒見耽誤。」

我胡亂安慰了阿香幾句，這才坐下休息，順便看了看這裡的地形，死火山是天然的，但在古時候都被人為地修整過的，底下的空間不小，我們所在的中央位置，是一個類似石井的建築，但有石頭門戶，越向四周地勢越窄，底部距離上面的井口的落差並不大，死火山雖然位於地下湖下邊，但裡面很乾燥，沒有滲水的跡象。

胖子升起一堆火來，連筋骨帶皮肉的翻烤著火蜥蜴，借著忽明忽暗的火光，我看見石壁上刻著很多原始的符號，像是漫天散布的星斗，其中一片眼睛星雲的圖案，在五爪獸紋的襯托下，正對著東方，Shirley楊曾和我說過，「聖經地圖」上有這個標誌，「惡羅海城」真正的眼睛祭壇肯定就在離這不遠的東面，世界制敵寶珠大王的說唱詩文中，管這個地方叫做「瑪噶慢寧墩」意為「大黑天擊雷山」，「大黑天」是傳說中控制礦石的一種惡魔。

我想同Shirley楊確認一下，便問她這裡是不是「擊雷山」？沒想到這句話剛出口，旁邊的明叔突然「唉呦」了一聲，胖子問他什麼事一驚一乍的？

明叔臉色都變了，看到阿香的斷手時，我都沒見他臉色這麼難看，追問究竟，才知道原來明叔這人不是一般的迷信，尤其對批命八字更是深信不疑，他本名叫做「雷顯明」，一聽這地名叫做「擊雷山」，那不就等於擊他嗎？

我跟胖子都不以為然，不失時機地諷刺他大驚小怪。明叔卻鄭重其事地說：「你們後生仔不要不相信這些，這人的名字啊，往小處說事關吉凶禍福，往大處說生死命運也全在其中了。」

明叔見我們不相信，就說：「那落鳳坡的事太遠，遠的咱們就不說了，軍統的頭子戴笠你們都知道吧？那也是國民黨內的風雲人物了，他年輕的時候請人算過八字，測為火旺之相，需有水相濟，於是他請人取了個別名叫做江漢津，三個字全有水字旁，所以他在仕途上飛黃騰達啊。」

我對明叔說：「是啊，飛黃騰達沒飛好，結果坐飛機掉下來摔死了，改名有什麼用？您就甭操那份心了。」

明叔說不對不對，你們只知其一，不知其二，戴笠還取過很多化名，因為他們軍統都是搞特工的，有時需要用化名聯絡，他就曾經用過洪�、沈沛霖等等代名，就連代號裡都要有水，你們說是不是見鬼了，唯獨他坐飛機掉下來的那天，鬼使神差地非要用「高崇岳」這個名字，見山不見水，犯了大忌了，結果飛機就撞到山上墜毀了，收屍的那些人一打聽，才知道，飛機撞上的這山叫「戴山」，殘骸掉進去的山溝叫「困雨溝」，分明就是收他命的鬼門關，所以這些事，真的是寧可信其有，不可信其無。

胖子問道：「不是，那什麼您先別說了，軍統特務頭子的事你怎麼知道得這麼清楚？你到底是什麼的幹活?坦白從寬，抗拒的話我們可就要對你從嚴了。」

明叔趕緊解釋，跟戴笠沒有任何關係，這些都是當年做生意的時候，聽算命先生講的，但後來一查，果不虛言，句句屬實，所以很信這些事，這樣的例子多不勝數，不行就趕緊撤吧，要不然非把老命留在這不可。

我對明叔說：「一路上你也看見了，這地下哪裡還有別的地方能走?咱們只有摸著死火山東邊的地道過去，寄希望於祭壇附近能有個後門什麼的，不過那也得等到咱們吃點東西，休息一下再行動，現在哪都去不了。」

明叔覺得反正這山裡是不能待了，他坐臥不安，恨不得趕快就走，走到東面的石門前，從縫隙中探進頭去張望，但剛看了沒幾眼，就像見了什麼可怕的東西，突然把門關死，用後背緊緊頂上，腦門子上出了一層黃豆大的汗珠，驚聲道：「有人……門後有人，活……活的。」

第二二二章　白色隧道

看到明叔那刷白刷白的臉色，我心裡不禁打了個突，他所說門後有人，我倒不覺得有什麼可怕，大不了兵來將擋，水來土掩也就是了，我自始至終最擔心的一件事，就是明叔的精神狀態，自打進藏以來，接二連三的出現傷亡，使他成了驚弓之鳥，而且這「大黑天擊雷山」的地名，偏又犯了他的忌，明叔雖然也算是在大風大浪中歷練過多少年的老水手了，但「多疑」是他的致命弱點。

在這世界上有許多事，不能盡信，卻不可不信，但過度的迷信，只會給自己帶來無法承受的精神壓力，即便是有再大的本事，也都被自己的心理壓力限制住了，根本施展不得。

此刻我已經無法判斷明叔的舉動是真是假了，也許他只是庸人自擾，自己嚇唬自己，但穩妥起見，我還是走到石門邊察看究竟。

明叔見我打算把石門打開，連忙再次對我說：「門後有人，千萬不能開啊，看來那邊的祭壇是不能去的，胡老弟我看咱們還是想辦法另找出路。」

我抬手把明叔撥開，對他說道：「幾百上千年沒有活人進出的地方，怎麼可能有人？再說咱們現在走的是華山一條路，不管裡面有什麼，都有必要冒險闖上一闖，否則……」我本來想告訴明叔今天再不進祭壇，其餘的人倒還好說，你這死老頭子八成是死定了，但轉念一想還是別說這件事了，再給他增加點刺激，也許他就要和陳教授一樣變成精神病了。

我敷衍了明叔幾句，將他勸在一旁，便來到地底石門之前，進了這死火山山腹中的神廟至今，我還沒來得及仔細看過這唯一的門戶，此時到近前一看，這道並不厚重的石門十分的古老，底部有滑動的石球作為開闔機關，門上沒有任何多餘的裝飾點綴，只在石板上浮刻著兩隻巨大的人眼，眼球的圖騰在精絕城以及惡羅海城中，可以說遍地皆有，屢見不鮮，但石門上的眼球浮雕卻與眾不同，以往見到的眼睛圖騰，都是沒有眼皮的眼球，而這對眼睛，卻是眼皮閉闔在一起的。

古城中的先民們，認為眼睛是輪迴之力的根源，但閉目狀的眼睛浮雕又代表了什麼？我當時只是微微一愣，並未多想其中的奧祕之處，便已拉開了石門，小心翼翼地探出半個身子，去看門後的動靜，石門後是一處幽長的天然山洞，有大量火山大變動時期形成的岩石結晶體，散發著冷淡的夜光，在黑暗的地下世界裡，猶如一條蜿蜒的白色隧道，隧道並非筆直，數十米外便轉入了視線的死角，難以判斷出它的長度。

我見這門後的山洞雖然有些怪異，屬於十分罕見的地質結構，但並非如明叔所言，哪裡有半個人影？心想看來老港農大概真的已經精神崩潰了，正要縮身回去，突然聽到白色隧道的遠處，傳來一陣緩慢腳步聲。

這石門後的區域，似乎極能攏音，腳步聲雖遠，但耳朵一進入門後，便聽得清清楚楚，不會錯，那緩緩邁動的步伐聲，是一個人的兩條腿發出來的，可能是由於地形的關係，聽起來格外的沉重，似有千鈞之力，每一步落地，我的心臟便也跟著一顫。

如雷般的腳步聲由遠而近，節奏越來越急促，似乎在白色隧道的盡頭，有一個巨人狂奔而至，落地的腳步聲震人心魄，我心跳加快，一股莫名的驚恐從心底湧出，竟然遏制不住，再也不敢往隧道中張望，急忙縮身回來，「砰」的一聲，用力把那石門緊緊關閉，而那腳步聲幾乎

也在同時嘎然而止。

我長出了一口氣，發覺身上已經出了一層白毛汗，一時心馳神搖，就連自己也想不明白，剛剛為什麼對那腳步聲如此恐懼，心中暗想真是他媽的活見鬼了，那山洞裡肯定有什麼東西。

我很快就讓自己鎮定下來，調勻了呼吸節奏，把耳朵貼在石門上偵聽，門後卻又靜得出奇，良久良久，也沒有什麼異常，彷彿那隧道中只有一片寂靜的虛無，任何有生命的東西都不存在。

明叔在我身後，顯然是沒聽到那腳步聲，但見了我的樣子，便知道我和他第一次推開石門後的遭遇應該相差無幾，但仍然開口問我怎樣？看見了什麼？

我心想現在我們這群人又累又餓，還有人受了重傷，可以說是強弩之末，在進行休整之前難有什麼作為，那石門後雖然不太對勁，但似乎只要關起門來，在這火山山腹中還算安全，不如暫不言明，免得引起大夥的慌亂，有什麼問題都等到吃飽了肚子再解決，於是對明叔搖了搖頭，表示什麼也沒有，裝作一切正常的樣子，拉著他的胳膊，將他拉回胖子烤蜥蜴的地方。

明叔現在走也不是，留也不是，提心吊膽的，兩眼全是紅絲，坐在火堆旁又對我說開了名字和命運、地名之間的迷信因果，勸我帶大夥早些離開這「大黑天擊雷山」。

我無動於衷，只顧著吃東西填飽肚子，但明叔就好像中了魔障似地說起來沒完沒了，他先說了幾件近代的著名事件，見我沒任何反應，便越說越遠，最後說起在後周顯德六年，周世宗柴榮起大軍北上伐遼，以取幽州，真龍天子御駕親征，士氣大振，加之兵行神速，契丹軍民上下無不驚慌，遼兵望風而逃，連夜奔竄，周軍勢如破竹，連下兩州三關，分別是莫州、瀛州，淤口關、瓦橋關、益津關，眼看著就能收復幽州了，卻不料在過瓦橋關的時候，柴榮登高以觀六師，見三軍雄壯，龍顏大悅，當地有許多百姓夾道迎接，世宗柴榮看此處地形險惡，占據形勢，便問當地一個老者，此地何名?答曰：「歷代相傳，喚作病龍臺。」柴榮聽了這個地名，立刻神色默然，當晚一病不起，不得不放棄大好形勢退兵，失去了收復幽州的時機，而他本人也在歸途中暴病而亡，可見這名稱與吉凶……

我聽明叔說了半天，有些事沒聽過，但有些又好像真有其事，但這恐怕都是心理作用，有道是國家積德，當享年萬億，人為善舉，可得享天年，古代皇帝還都稱「萬歲」呢，也沒見哪個能活過百年，可見都是他媽的扯蛋，我覺得不能再任由明叔說下去了，我們聽者無心，他說者有意，結果是只能讓他自己的神經更加緊張，於是對胖子使個眼色，讓他拿塊肉堵住明叔的嘴。

胖子會意，立刻把一塊有幾分烤過火了的肉遞給明叔：「爬雪山不喝酥油茶，就像雄鷹折斷了一隻翅膀……當然酥油茶咱們是喝不上了，不過這肉還算夠勁道，我說明叔，您老也甭想不開了，想那麼多頂蛋用，甩開大槽牙您就啃，吃飽了好上路。」

明叔對胖子說：「肥仔你不會講也不要亂講好不好?什麼吃飽了好上路?那豈不是成了吃斷頭飯，這誰還吃得下去……」但把肉拿到手中，聞到肉香撲鼻，確實也餓得狠了，話說一半便顧不上說了，氣哼哼地大口啃將起來，看那破罐破摔的架式，真有幾分豁出去了，是死是活聽天由命的悲壯。

我心裡明白如果一個人在短時間內情緒起伏很大，絕不是什麼好兆頭，但此時此地只能乾著急，卻沒有咒念，不過好歹算是把明叔給先穩住了，趁著功夫我去找Shirley楊商量一下對策。

Shirley楊正在照料阿香的傷勢，那龜殼確有奇效，阿香的傷口竟然在短時間內都已癒合，只是由於失血過多，十分虛弱，此刻昏昏沉沉地睡了過去。

我把那通往祭壇的石門之事對Shirley楊詳細講了一遍，Shirley楊對石門後的白色隧道從未知聞，以前收集的所有資料中，都沒有提到這條通道，但可以預想到一點，喀拉米爾這片區域，一定有它的特殊之處，否則惡羅海人也不會把鬼洞的祭壇特意修在這裡了，我們討論無果，看來眼下只有先休息幾個小時，然後進入白色隧道，走一步看一步，除此之外，沒有太多的餘地可供選擇了。

於是眾人飽餐一頓，按預先的布置輪流休息，明叔吃飽之後，也沒那麼多話了，把心一橫倒下就睡，但是眾人各懷心事，只睡了四個鐘頭，便誰也睡不著了，Shirley楊在阿香醒過來之後，給她吃了些東西，我把剩餘的武器重新分配，胖子繳獲明叔的那枝M1911手槍，給了Shirley楊，這時我才發現，我們僅剩下三枝手槍、一枝運動步槍了，彈藥也少得可憐，平均每人二十幾發子彈，沒了子彈的槍械還不如燒火棍好使，武器裝備的損失大大超出了預期，給前方的去路，蒙上了一層不祥的陰影。

事到如今，也只有自己安慰自己沒有過不去的火焰山，硬著頭皮往前走了，Shirley楊看了看石門上緊閉的雙目雕刻，想了半天也沒有頭緒，於是眾人分別將手中的武器保險打開，使之隨時處於可以擊發的狀態，然後把石門向後拉開，但因有前車之鑑，誰都沒敢越雷池半步，仍然站在門外窺視裡面的動靜，而門後的隧道中，除了洞穴深處微弱的白色螢光，沒有其餘的動靜。

這次將石門從門洞中完全拉開，我才發現門板的背面，也有閉目的眼睛浮雕，還另有些古怪的眼球形圖案，兩段都是閉目的形態，中間分為兩格，各為眼睛的睜與闔，睜開的那一部分，背景多出了一個黑色的模糊人影，我看得似懂非懂，好像其中記載的，就是這條天然隧道的祕密。

Shirley楊只看了幾眼，便已領悟了其中的內容：「太危險了，幸好剛才沒有冒冒失失地走進去，這條結晶礦石形成的天然隧道，就是傳說中的邪神大黑天擊雷山，這是進入惡羅海城祭壇的唯一道路，沒有岔路，任何進入的人，都必須閉上眼睛通過，一旦在隧道中睜開眼睛那將會……將會發生一些可怕的事情。」

我問Shirley楊在這條白色結晶石的隧道中睜開眼睛，到底會發生什麼事？Shirley楊說那就不知道了，石門上的內容，只起到一個警示作用，很籠統，也很模糊，人的眼睛會釋放洞中的邪神，至於究竟睜開眼睛會看到什麼，石門上並沒有相關的記載。

Shirley楊想了一下又說，傳說「大黑天擊雷山」是控制礦石的邪靈，當然那只是神話傳說，大概就如同雪崩之神「水晶自在山」一樣，構成這段隧道的，很可能是一種含有特殊異種元素的結晶岩，人體中隱藏著許多祕密，尤其是眼睛，人的眼睛中存在著某種微弱的生物電，舉個例子來說，某些人對別人的目光非常敏感，甚至在一個人的背後注視，有時候也會使其察覺，這種微妙的感應就來源於此，我想這條白色隧道一定不簡單，也許一旦在其中睜開眼睛，就會受那些元素的能量產生某種影響，輕則喪失神智，重則可能要了人命。

Shirley楊的意思是如果想進隧道，就必須保證在到達祭壇之前不能睜開眼睛，否則後果不堪設想。我想她這是從科學的角度考慮，雖然難免主觀武斷了一些，但且不論那「大黑天擊雷山」究竟是什麼，入鄉隨俗，要想順順當當地過去，最好一切按著古時候的規矩辦。

閉著眼睛，等於失去了視力，在這樣的情況下穿過隧道，是非常冒險的，而且在此之前，誰都沒有過這種經驗，但我們商議了一下，還是決定冒險一試，由胖子打頭陣，將那枝步槍退掉子彈，倒轉了當做盲杖，明叔與阿香走在相對安全的中間，由於不須跋山涉水，阿香自己也勉強能走，我和Shirley楊走在最後，我仍然是擔心有人承受不住黑暗帶來的壓力，在半路上睜開眼睛，那就要連累大夥吃不了兜著走，於是在進入石門前，用膠帶把每個人的眼睛貼上，這才動身。

由於沒有足夠的繩索了，只好後邊的人扶著前邊人的肩膀，五個人連成一串，緊緊靠著隧道左側，一步步摸索著前行，我暗地裡數著步數，而明叔則又開始緊張起來，嘮叨個不停，我心想讓他不停的說話也好，現在都跟瞎子似的，只有不斷地說話，並且通過手上的觸感，才能瞭解到互相之間的存在。

這次閉上眼走入隧道，卻沒有再聽到深處那驚心的腳步聲，Shirley楊說在科羅拉多大峽谷的地底，也有一種可以自己發出聲音的結晶石，裡面的聲音千奇百怪，有類似風雨雷電的自然界聲響，也有人類哭泣發笑，野獸咆哮嘶吼一類的聲響，但是要把耳朵貼在上面，才可以聽到，被稱為「聲動石」，這條隧道可能也蘊含這類似的物質，干擾人的聽覺。

人類可能對黑暗有種本能的畏懼心理，眾人邊走邊說，還不時互相提醒著不要睜眼，分擔了一些由於失去視力而帶來的心理壓力，但誰都不知道距離隧道的盡頭還有多遠，就這麼斷斷續續地走出百餘步，隧道中潮溼腐臭的氣息逐漸變濃，四壁冷氣逼人，我回想第一次從石門口向內張望，突然感到一股壓倒性的恐懼，可能是由於這裡的環境造成的，現在閉著眼睛走在其中，仍然會產生懼意，雖然不像往裡面看的時候那麼強烈，但隨著一步步地深入其中，那種感覺又逐漸加重，使整個人都感到極其壓抑。

這時前邊的胖子開始罵了起來，抱怨在這隧道裡，使得全身上下每一根汗毛都覺得彆扭，原來不僅是我有這種感覺，所有的人都一樣，那是一種很奇怪的感覺。

只聽明叔說：「楊小姐你剛剛說被人盯著看的那種感覺，會使人覺得很不舒服，我好像現在也有那樣的感覺，你們有沒有感到有很多人在死死地盯著咱們看?上下左右好像都有人。」

我聽到我前邊的Shirley楊說：「是有這種感覺，但願這只是由於目不見物而帶來的錯覺……不過這洞裡好像真的有些什麼。」

這時四周出現了一些響動，聽那聲音竟然是毒蛇游走吐信的動靜，我們不由自主地停下向前挪動的腳步，我感到手指發麻，不知是不是因為把手搭在Shirley楊的肩膀上時間過長，所導致的痠麻，我忽然產生了一種不好的念頭，很糟糕，先是視覺在迫不得已的情況下被限制，隨後聽覺、嗅覺和觸覺也有異狀，進入隧道後，我們的五感在逐漸消失。

第二二三章　黑暗的枷鎖

眾人都不約而同地感受到了，這裡有著某種不尋常的存在，於是暫時停在白色隧道中間，藉機活動一下發麻的手臂，並且由於環境的影響，人人自危，都有些猶豫不決，不知是該進還是該退。

我開始懷疑這段通往祭壇的隧道，根本就是一個陷阱，裡面的東西在不斷干擾視、聽、觸、嗅、味等五感，始終保持固定姿態而產生的疲勞，會使人的肢體痠麻，失去原本敏銳的感覺，鹹魚般的腥臭，也使人心思紊亂。

而且在眼睛貼著膠帶的情況下，完全沒有任何方向感可言，一旦過於緊張，稍微離開隧道的一側牆壁，就很可能轉了向，失去前進的參照物，但這非同兒戲，不敢輕易扯掉膠帶去看隧道中的事物，只好提醒走在前邊的眾人，第一，無論發生什麼，必須靠著左側的牆壁，不要離開；第二，誰也不准擅自扯掉眼睛上的膠帶，也不要自己嚇唬自己，那等於是自亂陣腳。

我聽到隊伍最前邊的胖子對我說：「老胡，這洞裡有蛇啊，你們聽到了沒有？還他媽不少呢，再不摘掉膠帶就要出人命了，難道咱就乾等著挨咬？我是肉厚，身先士卒雖然不打緊，但本司令渾身是鐵又能碾幾顆釘？根本架不住毒蛇咬上一口的。」

在正常的情況下遇到毒蛇，我們自是有辦法對付，但如今五個人等於就是五個瞎子，要是這隧道裡真有毒蛇，我們這樣基本上等於是擺在案板上的肉，只有任其咬噬的分了。

我把食指豎在脣邊，對胖子說：「噓……別出聲，仔細聽，先聽聽是不是當真有蛇。」

連明叔等人也都屏住呼吸，靜靜地傾聽四周的動靜，有人說瞽目之人，耳音強於常人數倍，因為一個身體機能的喪失，會使另一個機能加倍使用，所以變得更加發達，不過我們現在只是自行遮住眼睛，並非真的失明，所以不知是暫時將全部身心都集中在耳朵上，還是這條白色隧道中，由獨特結構產生了特殊攏音效果，總之就連一些細微的聲響，都似乎是被無形地放大了，聽得格外清晰，益發使人心中不安。

細聽之下，前後都有窸窣不斷的聲音，還有「嘶嘶嘶嘶」的毒蛇吐信聲，而且數量之多難以想像，有另一種可能，也許牠們數量不多，但是聲音被這條隧道擴大了很多倍，給人一種如潮水般掩至的錯覺，聽聲可知，蛇群似乎正在迅速地向我們靠近，我不知道前邊的幾個人是什麼感覺，但我可以感到，離我最近的Shirley楊已經有些發抖了，蛇鱗有力的摩擦聲，以及蛇信吞吐時獨有的金屬銳音，都不同於任何其牠種類的蛇，這聲音很熟悉，只有那種精絕黑蛇才有。

我們曾在沙漠中，見過一種身體短小，頭上生長著一個肉瘤般怪眼的黑蛇，極具攻擊性，而且奇毒無比，咬到人身的任何部位，都會在短短的數秒之內毒發身亡，去新疆的考古隊員郝愛國，就死在這種罕見毒蛇的毒牙之下，當天在扎格拉瑪山谷中的殘酷情形，至今仍然歷歷在目，想忘也忘不掉。

那時我們並不知道牠的名稱種類，直到在影之惡羅海城的神殿中，才知道在古老的魔國，曾經存在這一種被稱做「淨見阿含」的黑蛇，是鬼洞的守護者。

如果在這條通往祭壇的白色隧道中，遇到黑蛇「淨見阿含」，也當屬情理之中，但我們仍然缺少足夠的思想準備，事先又怎會想到，在這條需要閉著眼才能安全通過的隧道裡，竟然會

有如此之多的毒蛇。

我想起沙漠中的遭遇，微微一分神，就這麼個功夫，毒蛇似乎已經到了腳邊，人們的呼吸也跟著都變得粗重起來，緊張的心情可想而知，都在用最大的定力，盡力克制自己恐慌的情緒，因為眾人都記得石門上的警告，絕不能睜眼，否則將會發生非常可怕的事情，那是惡羅海祭師的傳統，恐怕一定也是基於某種不為人知的原因，現在只能冒險相信它的正確性，不到最後時刻，絕不能輕易打破這一古老的禁忌。

我突然想到如果有人沉不住氣扯掉眼睛上的膠帶，明叔肯定首當其衝，阿香雖然膽子不大，但好在比較聽話，於是分別扶著前邊Shirley楊和阿香的肩膀，摸到胖子身後的明叔身邊，用一隻手抓住了他的胳膊，他要萬一有什麼不合時宜的舉動，我盡可以提前制止。

Shirley楊在後邊提醒我們說：「倘若真是頭頂生有肉眼的黑蛇，以牠們的攻擊性，早已撲過來咬人了，但聽聲音，蛇群的移動速度並不快，這裡面一定有問題，先不要摘掉眼睛上的膠帶。」

我對Shirley楊說：「世上沒有不咬人的毒蛇，也許是這些傢伙剛吃過點心，暫時對咱們沒有什麼胃口……」說到毒蛇咬人，我忽然想到在精絕古城中，所見到的一些壁畫，壁畫描繪了毒蛇咬噬奴隸的殘忍場面，奴隸們無助地瞪視著雙眼……對了，好像所有被蛇所咬的奴隸，都是瞪著眼睛，死不瞑目，幾十副壁畫都一樣，僅僅是一種巧合嗎？還是壁畫中的信息有特殊的涵義？或許是我記憶有誤，主觀產生的臆想，壁畫中奴隸的眼睛並非全是瞪視的，那些情景又突然在腦海中模糊起來，但我仍然隱隱約約感到，說不定正是因為我們沒有睜開眼睛，周圍的毒蛇才不來攻擊我們，可能黑蛇頭頂那肉瘤般的怪眼，感受到活人眼中的生物電，才會發現目標，所以在白色隧道中絕不可以睜開眼睛，這就是「大黑天擊雷山」的祕密？

這個念頭只在腦中一閃而過，卻增加了幾分不能睜眼的信心，我將明叔的右臂夾住，又把他的另一條胳膊塞給胖子，與胖子把他夾在中間，明叔大驚，以為我和胖子要把他當做抵禦毒蛇的擋箭牌，忙問：「做什麼？別別……別開玩笑，沒大沒小的，你們到底打算怎麼樣？」

胖子不放過任何找便宜的機會，哪怕只是口頭的便宜，當下順口答道：「打算當你爺爺娶你奶奶，生個兒子當你爸爸，呦……有條蛇爬到我腳面上來了……」黑暗中傳來胖子將蛇踢開的聲音，中間的明叔忽然身體發沉，如果不是我和胖子架住他，他此刻驚駭欲死，恐怕就要癱倒在地了。

我也感覺到了腳邊蠕動著的蛇身，這種情形，不由得人不從骨子裡發怵，進入這條白色隧道，就如同面對一份全是選擇題的考卷，需要連續不斷地做出正確判斷，有時甚至連思考的餘地都沒有，而且只能得滿分，出現任何一個小小的選擇錯誤，都會得到生與死的即時評判，是不能挽回的，我們此刻所要立即做出選擇的是——在群蛇的圍攻下，是否要揭掉眼睛上的膠帶，能不能冒險破壞那千年的禁忌？我有點按捺不住了，抬了抬手，卻終究沒有揭掉膠帶。

這時只聽得明叔聲音發顫：「蛇啊，毒蛇……毒蛇爬到我脖子上了，救命啊胡老弟。」我也正自心神恍惚，夾著明叔的胳膊稍稍鬆了，感到明叔突然抽出了他的右臂，大概是想用手撥開爬上他脖子的毒蛇。

我反應過來，不等明叔的胳膊完全抽出，便再次緊緊抓住他的手：「沒關係，別管牠，這他媽的都是幻覺，不是真的，毒蛇不可能憑空鑽出來，現在前後都是蛇，咱們一路過來的時候可沒感覺到有蛇……」話音未落，我覺得登山頭盔上啪的一聲響，由頭頂落下一物，冰涼滑

膩，「嘶」的一聲，順著頭盔滑到了我的後肩，那種冰冷的恐懼，立刻蔓延至全身，這不可能是「大黑天擊雷山」使人產生的錯覺，百分之二百是貨真價實的毒蛇。

我把先前的估計，也就是不睜開眼就不會被黑蛇攻擊的想法丟在了腦後，顧不上再握住明叔的胳膊，趕緊用登山鎬撥掉後背的毒蛇，忽聽胖子大罵：「港農是不是你？老不死的你怎麼敢把蛇往我身上扔，討打是不是？」可能明叔也趁機抽出手來，甩掉了身上的毒蛇，卻不料甩到了胖子身上。

Shirley楊和阿香在不斷撥開身旁的毒蛇，我們最初是一列縱隊貼著隧道牆壁前進，後來為了監視明叔別做出格的舉動，就變換了隊形，改為前三後二，兩列橫隊推進，這會兒受到毒蛇的干擾，隊形一下子亂了套。

我眼睛被遮，什麼都看不見，也不知是誰撞了我一下，向邊上踉蹌了幾步，腳下踩到團軟呼呼的事物，不用看也知道是條蛇，我已經有點一個頭兩個大了，這些蛇都是從哪冒出來的？趕緊縮腳轉身，等站穩了才感覺到，已經分不清東西南北了。

這時我聽到胖子在附近喊道：「受不了啦，老子當夠瞎子了，老子要睜眼看看！」我趕緊順著聲音摸過去，按住他的胳膊，叫道：「千萬不能扯掉膠帶，那些蛇如果當真有意傷人，咱們恐怕早就死了多時了，你不看牠們，牠們就感覺不到咱們的存在，不會發動攻擊。」

其餘的人聽到我和胖子的叫喊聲，也都循聲摸了過來，眾人重新聚攏，明叔驚魂未定，喘著粗氣說：「胡老弟真不愧是摸金校尉中的頂尖高手，臨危不亂啊，料事如神，大夥萬萬不可睜眼，從現在開始你怎麼做，我們就跟著怎麼做。」

Shirley楊低聲對我說：「有這種可能性，但我覺得好像還不止這麼簡單，這隧道裡危機四伏，而且人的自制力都有其極限，咱們的眼睛在這裡反而成了累贅，多停留一分鐘，便多一分危險，必須盡快往前走。」

要想重新前進，就必須找對方向，但現在完全喪失了方向感，唯今之計，只有先找到一面牆壁做為依托，再作理會，四周群蛇的游走聲響徹耳際，保守估計也不下幾百條，我拉著眾人向一邊摸索，遇到地上有蛇，邊輕輕踢在一旁，斜刺裡摸到冰冷的隧道牆面。

剛剛站定，便聽隧道一端傳來一串腳步聲，距離非常之遠，我趕忙伸手摸了摸周圍的四個人，Shirley楊、阿香、明叔、胖子都在，那是什麼人跟在我們後邊？又或是迎頭趕來？記起了先前從石門中探著身子向隧道裡窺探的情形，難道那東西又來了？

腳步聲由遠而近，置身在白色隧道之中，聽那聲音更是驚心動魄，帶著回聲的沉重步伐越來越快，越來越密，每一下都使人心裡跟著一顫，我們此時跑也跑不掉，看也看不見，一時竟無計可施，五個人緊靠在一起，我把傘兵刀握在手中，冷汗涔涔不斷。

隧道中的群蛇，也被那腳步落地聲驚動，窸窸窣窣一陣遊走，竟全然不知所蹤，我忙在牆壁上摸索，摸到在距離地面很近的位置，有一些拳頭大小的洞穴，裡面很深，手放在洞口，能感到一絲絲微弱的冷風，這些蛇八成都鑽進裡面去了，我們想躲避卻也鑽不進去。

我對Shirley楊說：「當真是結晶石裡……天然就存在的動靜嗎？我聽著可不太對勁。」盲目的迷信科學原理，與盲目的迷信傳統迷信，本質上其實差不多，都會使人盲從，思維陷入一個固定的模式，我並非不相信Shirley楊所說，但設身處地的來看，確實與她推測的可能相去甚遠。

說話間，那聲音已經到了身畔，我還能聽見胖子咬牙的聲音，可想而知，所有人都緊張到

了極點，但那轟然而響的腳步落地之聲，卻忽然停了下來，由於白色隧道的地形特殊，加之又出人意料，我們竟沒聽出那東西落腳在哪裡，前後左右都有可能，好像某個東西，在附近一個角落裡站定了，盯著我們在看，不知道它究竟想做什麼，這一刻猛然間靜得出奇，遠比有什麼東西直接撲過來要恐怖得多。

我們的神經緊繃，處於高度戒備狀態，過了好一陣都沒有動靜，側耳聆聽，除了我們的心跳呼吸外，沒有別的什麼響動，大夥這才稍微有幾分放鬆，心想大概Shirley楊說的沒錯，別再疑心生暗鬼了，這陣突然傳來，如傾盆暴雨般的腳步聲，至少嚇退了那些毒蛇。

我摸索著再次清點了一遍人數，阿香哭哭啼啼地問我能不能把膠帶摘掉，眼淚都被封在裡面，覺得好難過。

我斬釘截鐵地拒絕了她的要求，想哭就等出了隧道再哭，便同胖子、Shirley楊研究往哪邊走，由於現在根本搞不清我們手邊的隧道牆是在哪一側，所以必須先想辦法確認方向。

白色隧道雖然不寬闊，但它不是筆直的，人手總共才有多大面積，一點點地摸索，根本無法判斷哪些地方有弧度轉彎，雖然這裡可能沒有岔路，摸著一側的牆壁走，最起碼能回到起點，但惡羅海城地底這些舉行古老儀式的神祕之地，進了祭壇的隧道，在什麼都不做的情況下轉一圈又回去，會不會有什麼危險降臨？我們誰也不知道，也不敢保證，但這種潛在的危險卻是不能不考慮的，在可能的情況下，最好不走回頭路。

胖子說：「依本司令愚見，咱們得想個轍，往高處走，因為從死火山裡面進去的時候，石門是對著西邊開的，這等於就是從第二層地下湖底部，往高處的第一層地下湖底部走，祭壇肯定是在古城遺跡的正下方，越向西地勢越高，高的那邊就是西。」

我想了想，忽然有了打算，便對胖子說：「你知道是愚見就不用說了，向西邊走肯定沒錯，但是你們不要忘了，從龍頂冰川到這白色隧道，惡羅海城有一個最大的特點，這些人崇拜深淵，咱們始終是在不斷向下，越向深處也就越接近咱們的目標，所以我敢用腦袋擔保，這隧道雖然通向西面的第一層地下湖底，但卻是傾斜向下的，應該往下走。」

Shirley楊說：「向下走這個前提條件是肯定的，但咱們不能用眼睛去看，而且即使白色隧道向下延伸，這坡度也是極小的，憑感覺很難察覺，咱們又怎麼能判斷出哪邊高哪邊低呢？」

我說這也好辦，還是老辦法「遇水而得中道」，說著取出水壺，將裡面的水緩緩倒向地面，摸摸水往哪邊流，就知道哪邊低了。

片刻之間解決了方向問題，於是眾人重新整隊，和先前一樣，摸索著繼續向裡走，在這裡想快也快不起來，只能一步一蹭向前挪動，隧道中那串神祕的腳步聲時有時無，似乎是在緊緊跟著我們，我在心中暗地裡罵了一通，卻對它毫無辦法，天知道那是什麼鬼東西，這時候只好發揚樂觀主義精神，往好的一面想，也許就是「聲動石」裡的天然聲響在作怪。

又走出三四百步，仍然沒有抵達盡頭，但至少說明我們前進的方向是正確的，否則百餘步便又回到出口了，這條白色隧道很漫長，走的時間久了，仍然是不能習慣其中的環境，如果長時間受到這種黑暗的困擾，對任何人的心理承受能力都是考驗，何況附近還有個鬼魅般如影隨行的東西。

走著走著，我忽然想到一件緊要的事情，想到這些全身竟然都有些發抖了，忙對前邊的Shirley楊說：「從進隧道開始，我就忽略了一個細節，石門上有這條隧道的禁忌，必須閉著眼睛才能進入，但我和明叔……早在咱們一同進來之前，就已經從石門後把腦袋探進去看過隧

道了，那肯定是已經越過了門口的界限，也就是在一開始，就已經破壞了這裡的規矩，肯定沒錯，當然這都是明叔帶的頭。」

Shirley楊聞言微微一怔，那麼說咱們所想的都偏離了方向，如果白色隧道中真有什麼邪靈，或者其他侵害性的物質，它早就被釋放出來的，為什麼咱們沒有受到真正的襲擊？

Shirley楊心念動得很快，剛說完心中的疑問，便已經自己給出了答案：「咱們是……祭品，那些黑蛇不來襲擊，當然可能是與咱們閉著眼睛有關，更可能是由於咱們都被釘上了祭品的標記。」

我嘆了口氣，身為一個魔鬼的祭品，自行走向邪神的祭壇，心中會是一種什麼樣的心情？真他媽的不是滋味。

我正心中暗自叫苦，前邊的胖子停了下來，只聽他問道：「胡司令，那個什麼祭壇是方的還是圓的？我這已經走到頭了，你過來摸摸，這些石頭很奇怪。」

我過去摸到胖子，然後順勢摸了摸前方的石壁，那形狀像是絞在一起的麻花，憑兩隻手根本無法辨認地形，我想摘掉膠帶看看，反正已經是祭品了，又已經探進頭來看過了，要死早死在隧道口了，但忽然心念一動，打起了明叔的主意。

我想剛才遇到蛇的時候，我擔心明叔控制不住，扯掉自己眼上的膠帶，便和胖子夾住他的胳膊，但我現在突然覺得剛才的舉動有些多餘，以我對明叔的瞭解，他是一個多疑、有幾分謀略，而且城府很深的商人，當然在險象環生的地方，他境界不夠的一面就暴露出來，顯得很做作，但他絕對是知道利害關係的，如果五個人中，先有一個人承受不住壓力扯掉膠帶，那麼那個人，絕對不會是明叔，但第二個就一定非他莫屬，這次要不捉弄捉弄他，胡某人也就不姓胡了。

我悄悄取出未用的膠帶，暗中扯掉一截，輕輕貼在腦門子上，然後又把剛才對Shirley楊說的那番話，詳細地對眾人解釋了一遍，現在摘不摘膠帶，已經沒有什麼意義了，至少我和明叔已經破壞了隧道中的禁忌，反正這裡已經到了盡頭，我就先帶個頭，睜開眼睛看看有沒有什麼危險，說著靠近明叔，把腦門上的膠帶用力撕了下來，疼得我只咧嘴，這是故意讓明叔聽得清清楚楚。

明叔聽到我扯下膠帶，卻沒什麼危險發生，便跟著效仿，我聽到他扯膠帶揉眼睛的聲音，又隔了一會兒，大概他的眼睛已經從黑暗中恢復過來，適應了周圍的環境，只聽他訝異地對我說：「有沒有搞錯啊，你不是已經摘掉膠帶了嗎？胡八一呀胡八一，你個衰仔坑老拐幼啊，這損招連狐狸精都想不出來。」

我心中偷樂，也跟著摘掉了膠帶，一時間眼睛看周圍的東西還有些朦朧，卻聽明叔突然不再抱怨於我，轉而驚聲說道：「不對呀，楊小姐不是講那腳步聲是什麼聲動石結晶裡發出的嗎？那那那……那咱們身後的是什麼？」

我的眼睛還看不太清楚，只覺得四周有淡淡的白色螢光，使勁睜著眼向我們後邊看去，數米開外，似乎依稀看到有個黑黝黝的影子。

第二二四章　可以犧牲者

明叔腿腳快步移動，「蹭」的一下竄到了我的身後：「胡老弟，你……你看見沒有？那究竟是什麼東西？好像就是它在一直跟著咱們，一定不懷好意。」

我對明叔一擺手，示意他不要再說話，跟著拔出槍來，對準了後邊那團黑色的影子，拚命搖了搖頭，想使自己的眼睛盡快從一片白濛濛中適應過來，不遠處那團黑影在我眼中也逐漸清晰了起來，好像是一隻黑色的手，比胖子的腦袋還要大上兩號，我感到持槍的手開始發抖了，自從進入隧道以來，便不由自主地感到六神無主，不知為什麼，心裡始終很虛。

這時Shirley楊和胖子也分別撕下貼在眼睛上的膠帶，但是與我有個時間差，我繼明叔之後，終於第二個看清了隧道後面的東西，白色隧道中不需光源，便可以看清附近的事物，但在這種黯淡的螢光環境中，眼中所看到的東西，也都略顯朦朧，只見距離我們十餘步開外，是個隧道弧，坡度傾斜得比較明顯，隧道在這裡像是被什麼力量擰了一把，形成了一個「8」字形，就在「8」字形中間扭曲比較靠近頂上的部分，白色的牆壁上赫然呈現出一隻巨大的黑手。

不過這隻手的形狀並不十分清晰，我沒敢貿然過去，只站在原地摸出「狼眼」手電筒，用強光去照，電筒的光束落在黑手之上，原來那隻手並非是在隧道裡面，而是貼在外頭，與我們隔著一層隧道牆，白色隧道只有一層很薄很晶瑩，卻很堅固的外殼，至少頂端是這樣，在通壁潔白光潤的牆體上，那黑手的陰影顯得比較刺眼，目力所及之處，全是白的，唯獨那手掌黝黑一團，但那段隧道曲折，看不到後邊是否還有其餘的東西。

難道隧道中時有時無，忽快忽慢的腳步聲，就是那隻手發出來的嗎？不過人手不可能有如此巨大，那是手還是什麼野獸的腳掌？我記得從隧道一路經過的途中，會不時感到頭頂有涼風灌下，可能隧道頂上每隔一段，便有缺口，上面的東西，可以隨時進入隧道內部，再聯想到那地下蘑菇森林裡的大群「地觀音」，這祭壇附近肯定存在這某種猛獸，寸步不離地守護著禁地，注視著每一個進入隧道的人，石門浮雕上所指的閉目通過，是給祭師的指示，而被「無底鬼洞」所詛咒的人們，在這裡是沒人拿你當人看待的，只不過是一群牛羊豬狗一樣的「蛇骨」犧牲品。

明叔在後邊壓低嗓子悄聲問我怎麼辦？我對他說：「還是別自己嚇自己了，這東西就是跟著咱們，可能不往回跑它就不會有什麼特殊的舉動，我說的只是可能，不信您老就過去試試，過去練趟一十八路掃堂腿，看看它有沒有反應。」

這時Shirley楊摘掉眼上的膠帶後，逐漸恢復了視力，看見隧道轉彎處的外側，貼著隻一動不動的黑色大手，自然也覺得驚奇，我把情況簡單地對大夥一說，幸虧咱們判斷對了高低方向，否則一旦走了回頭路，怕是已經橫屍在隧道裡了，現在沒別的選擇，別管後邊有什麼，只能接著向前走。

於是眾人懷著忐忑的心情，轉身向前，盡頭的石壁已在近前，但剛一挪步，就聽整條隧道裡「砰」的一聲巨響，如悶雷一般，我心中也隨之一顫，急忙回頭去看，只見後方的隧道頂上，又多了一隻黑色大手，我們一停住，它便不再有動靜，但顯然在剛才我們前行的一瞬間，它也跟著邁了一步，隧道非常攏音，聲音格外震撼人心，「擊雷山」可能就是由此得名。

現實中的存在，卻硬要置之不理，這並不是那麼容易做到的，現在睜開了眼睛，反而覺得更為恐慌，眼上貼著膠帶的時候，至少還能自己安慰自己——那都是石頭裡的聲音，可現在明知道後邊實實在在的跟著個什麼東西，卻還要故意熟視無睹，實在是有些勉為其難。

胖子說：「咱們現在有點像是南斯拉夫電影裡，被押送刑場就死的游擊隊員，後邊跟著納粹軍的軍官，是不是有這種感覺？」

我說：「胖子你這比喻很不恰當，你這不是咒咱們有去無回嗎？要說咱們是上江州法場的宋江、戴宗還差不多，還能指望著黑道同夥，像什麼浪裡白條之流的來劫法場。」

這時眾人的心情都十分壓抑，雖然我和胖子嘴上裝作不太在乎，但我心裡明白，這條路怕真是有去無回了，事到臨頭，反而心平氣和了下來，看了看面前剛才摸了半天的石壁，隧道確實已經到了盡頭，四周牆上都是一隻隻睜眼的符號，這裡所有的結晶石，都以一個不可思議的角度扭曲起來，雖然天然造化的形成可以說是鬼斧神工，千姿百態，但這裡的地形仍然是太特別了。

一大塊麻花形狀的花白岩石，從地面兀突地冒出一米多高的一截，無法形容它是個什麼形狀，似方似圓，有些地方又像是些複雜的幾何圖形，石體徹底地扭曲了，而且不是往一個方向，有的部分順時針，有的部分又逆時針，所以摸起來像是麻花，外邊有些又黑又碎的腐爛木屑，可能在以前有個木製結構圍繞著這塊怪石，可以蹬著爬到上邊。

我攀住頂端向裡一看，這原來是個斜井的井口，深處白茫茫的一片，沒有盡頭，井口裡面有臺階，但都快磨損成一條斜坡了，以前不知有多少奴隸俘虜，被當作祭品從這裡驅趕下去。

大夥一商量，走吧，裡面就是十八層地獄也得下去，這一劫無論如何是混不過去了，於是胖子把登山頭盔和身上剩餘的裝備整理一下，又是由他打頭陣，我看他爬上去的姿勢非常彆扭，但沒等來得及提醒他，胖子就已經大頭朝下，斜著爬了下去。

然後是明叔和Shirley楊和阿香，他們陸續跟著下去，白色隧道裡就剩下了我一個人，心中立刻覺得空落落、孤伶伶的，我不太喜歡這種感覺，趕緊再次爬上井口，在下去之前，我抬頭看了一眼隧道深處那黑色的手印，猛然間發現，不知在何時，兩手之間出現了一張臉的陰影，鼻子和嘴的輪廓都能看出來，但這張臉只有下半部分，唯獨沒有眼睛和額頭。

黑色的面孔在結晶石中竟然越來越清晰，好像它根本就不是在外邊，而是在隧道中的石頭裡，面孔的上部也在逐漸浮現，就在快看清它的眼睛之時，我過於緊張，腳下所踩的石坎又太滑，一下子沒有站穩，趴在斜坡上滑進底部。

井下的這條通道很寬敞，倒喇叭，口窄底大，像是一個極粗的地下天然晶洞，整體是圓弧形，斜度大約有四十五度，開始的地方有一些微微突起的臺階，下斜面上則有無數人工開鑿的簡易石槽，用來給下去的人蹬踩，又淺又滑，加上磨損得過於厲害，大部分都快平了，一旦滑下去就等於坐了滑梯，不到盡頭，便很難停住，我頭上腳下趴在地面順勢下滑，洞裡的水晶石比鏡子面還光，四面八方全都是我自己的影子，加上下滑的速度很快，眼都快要花了。

我擔心如果下方有比較突出的石階，會把胸前的肋骨挫斷，趕緊翻了個身，將後背半空的背囊墊底下，遇到過於光滑的地方，便用登山鎬減速，滑落了也不知多深，水晶斜坡終於平緩下來，我剛從洞中滑出，便發現只有阿香和Shirley楊站在洞口，胖子與明叔不見了。

Shirley楊聽到後邊的響聲，急忙轉過來扯住我的胳膊，將我下滑的慣性消除，我看到前邊數米遠處，地形轉折為向下的直角，心裡一沉，胖子和明叔別再掉到懸崖下面去了？顧不得

身上撞得疼疼，剛一起來，便先看Shirley楊的臉色，希望能從她的目光中，得到那兩個人安然無恙的消息，但Shirley楊面有憂色，對我搖了搖頭，她在胖子和明叔之後下來，由於慣性的作用，也險些掉到下面去，多虧手疾眼快，用登山鎬掛住了附近的一塊大雲母，才沒直接摔下去，然後又攔住了跟著下來的阿香，只比我先到一分鐘而已。

我心中更是擔心，忙到地層的斷面處查看，只見我們身處之地，是一個大得驚人的水晶礦洞，高有數十米的穹廬上，不時滲下水滴，地下湖懸在頭頂，水晶石脈縱橫交錯，頭頂上全是一叢叢向下怒張的晶體，人在下邊一動，上面就有無數影子跟著亂晃，像是進入了倒懸的鏡子迷宮，我們是站在入口的一個平臺上，腳下盡是白茫茫的雲氣，這些像白霧、又像水蒸汽般的雲氣，是造山運動導致結晶體異化而產生的石煙，比晶塵密度要低，無臭無味，凝而不散，而且都保持著恆久的高度，將洞穴從中間一分為二，截為兩層，下邊如同是個白雲聚成的湖泊，由於看不見下面的情況，被石煙一遮，使得這洞窟顯得又扁又寬，不過卻並不怎麼覺得壓抑。

在這片雲海中浮出一座黃玉般的山體，入口處的平臺，與玉山的頂端，有一條石徑凌空相連，那是一個半化石半植物般的粗藤，被修成了一段通行用的天橋，我踩了踩還很堅固，足可以承接人體的重量，站在上面向下看，雲在足底，根本無法見到下面的地形，是深淵，是水潭？或者也如同頭頂，都是密集的結晶體？胖子和明叔這倆人，肯定是沒停住，掉到下面去了，我問阿香能不能看見下面，卻見阿香的眼睛由於被膠帶貼住，淚水都把眼睛泡腫了，看人都模糊，更別說看別的東西了，現在什麼也指望不上她了。

我和Shirley楊向下喊了幾聲，沒有回應，不禁更是憂慮，我正尋思著從哪下去找人，卻忽聽雲層底下傳來胖子的喊聲：「胡司令，快點放繩子下來接我，屁股都摔成他媽的八瓣了。」

我一聽胖子這麼說，頓時放下心來，從聲音上可以判斷出，下面沒有多深，我們站在天橋上，離胖子頭頂距離不遠，我對胖子說：「我上哪給你找繩子去？現找樹皮搓一條也不趕趟了，你能不能自己找地方爬上來？對了，明叔怎麼樣了？是不是也掉到下邊去了？」

只聽胖子在濃重的石煙下喊道：「港農的登山頭盔掉了，一腦袋撞到了下邊的水晶上，誰知道他是死是活，這地方就中間有層雲氣，下邊這鬼地方都是鏡子似的石頭，我一動膀子，四面八方都跟著晃，我現在連北都找不著了，一動就撞牆，更別說能找著地方爬出去了，我說你們趕緊的找繩子，明叔掉下來的時候都快把這地方砸塌了，說不定一會兒我們就得沉湖裡去餵王八了。」

我一聽明叔腦袋撞到了石頭上，而且下面還有崩塌的危險，知道情況不妙，但登山索都在途中丟失了，哪有繩索可用。

Shirley楊突然想到可以用身上攜帶裝備的「承重帶」與「武裝帶」，每個人身上都有，可以拆開來連在一起，而且足夠結實，於是趕緊動手，把承重帶垂下去之後，先讓胖子把他和明叔的所有繩子帶子，反正是結實的都使上，跟我們的帶子連在一起，先把胖子的背包和步槍吊了上來，隨後把明叔捆住吊了上來。

明叔滿臉是血，我伸手一摸不太像血液，不由得立刻叫苦：「糟了，明叔歸位了，腦漿子都流出來了。」阿香一聽她乾爹腦漿子都流出來了，鼻子一酸又哭了起來。

Shirley楊說：「別亂說，這就是血，血紅素開始產生變化了，他還有心跳，可能只是撞暈過去了，還是先給他包紮上再說。」

我邊給明叔包紮邊勸阿香說：「別哭了，流這點血死不了人，最多落個腦震盪……輕微

腦震盪。」

胖子在底下等得焦躁：「我說你們還管不管我了？要給明叔嚎喪也先把我弄上去啊，咱們一起哭多好？」

我這時才想起來，胖子非比明叔這身子骨，想把他吊上來可不那麼容易，於是垂下承重帶：「我可拉扯不動你，只能起到協力的作用，你得發揮點主觀能動性。」

胖子在下邊扯了扯繩子叫道：「我雖然全身都是那什麼主觀能動性，但我也不是噴氣式飛機，不可能直接蹦上去。」

我把承重帶扯向石徑天橋邊上的石壁上，胖子有了方向的指引，忽高忽底地在底下摸爬，從水晶迷宮裡轉了出來，扒住石壁上凹陷突起的位置，加上我和Shirley楊在上邊用力拉他，總算爬了上來，剛才那下摔得不輕，雖是帶著護膝護肘，尾巴骨也疼得厲害，半天也緩不過來。

明叔那邊的血也止住了，我摸了摸他的脈膊還算平穩，但不盡快到祭壇裡去解除身上的詛咒，恐怕他會第一個歸位，所謂同命相連，我也不能丟下他不管，於是眾人稍微喘了口氣，由胖子背上明叔，踩著懸在雲上的天橋走上了淡黃色的石峰，這裡地形是個很工整的半圓形，頂上一線旗雲飄搖不定，給人以一種山在虛無縹緲間的神祕感覺，頭頂的晶脈中，不時有鬼火般的亮光閃爍，忽生忽滅，多達數百，望之燦若星漢。

淡黃色的珠形山上，顏色略深的地方，隱隱似是一副蒼老的五官，但不可能是人為修的，在近處也看不出石峰是什麼地質結構，像玉又像化石，偶爾還能聽到深處流水譁然的清脆響聲，「尋龍訣」中形容祖龍頂下有「龍丹」一說，看來並非虛言，這座地下的奇峰，可能就是風水術士眼中那枚生氣凝聚的「龍丹」。

我不時回頭看看身後的情形，白色隧道中的那個東西，顯然是停在了盡頭，沒有跟著進來，但來路算是徹底斷了，但眼下顧不得再去想回去的時候怎麼對付它了，而且最後在隧道中所見的那一幕，我沒有對眾人說，免得進一步增加他們的壓力。

天橋的盡頭直達山腹，內部空間不大，地上有兩個水池，壁上都刻著猙獰的惡鬼，在兩側，分列著數十尊蒼勁古舊的白色石人像，比常人身材略高，每人都捧著一隻大碗一樣的石缽，我記起人皮壁畫描繪的儀式中，挖出人的眼球，就裝在這樣的器具裡，於是往那石缽裡看了看，卻什麼也沒有。

看見到了地方，胖子便把明叔放在地上休息，明叔這時候醒了過來，但似乎有點神智不清，糊裡糊塗的，問什麼也不說就會搖頭，連他自己的乾女兒也不認識了。

祭壇中還有幾處略小的洞窟，宗教神祕色彩極為濃重，我把獻王的人頭，也就是那顆「鳳凰膽」掏了出來，問Shirley楊有沒有找到怎麼使用的辦法？夜長夢多，最好盡早了結掉這件生死攸關的大事。

Shirley楊正在凝視一個地方，那裡四周都是古怪離奇的雕刻，地面上有個人形的凹槽，是張開四肢的樣子，似乎是個行刑的地方，年深日久殺人太多，被積血所浸，石槽裡已經由淡黃變為了暗紅色，看看都覺得殘忍。

我連問兩遍Shirley楊才回過神來，她臉色很不好，深吸了好幾口氣也沒說出話來，指著那些石板，示意讓我自己看看。

我雖然對於這些古老的神祕儀式不太熟悉，但這裡的壁刻很直觀，竟連我也能看出個八九不離十，只看了幾眼，也覺得呼吸開始變得困難，我指著那黑紅色的人形石槽問Shirley楊：

「想舉行儀式，至少需要殺死一個活人做為犧牲品，沒有這個犧牲者，咱們誰都不可能活著離開，可誰又是可以隨隨便便犧牲掉的呢？難道要咱們抽生死籤嗎？」

第二二五章　倒計時

我和Shirley楊在「人形行刑坑」邊觀看四周記載的儀式場景，越看越是怵目驚心，那些古老的雕刻圖案，雖然構圖簡單，但帶給人心理上的衝擊，卻絲毫不亞於親眼看到，有活生生的人在面前生剮活剝，壁畫中的一筆一劃都似是鮮血淋漓。

但比殺人儀式壁畫更為殘酷無情的，是我們必須要面對的現實，鐵一般的規則沒有任何變通的餘地，想要舉行鬼洞儀式，就至少需要一個人做為犧牲者，沒有犧牲者的靈魂，就像是沒有空氣，蠟燭不能燃燒。

壁畫中線條簡單樸拙的人形，可以清楚的區別出「祭品」與「祭師」，整個祭祀「蛇骨」的過程，都由兩名祭師完成，他們身著異服，頭戴面罩，先將一個奴隸固定在牆壁上，用利器從頭頂開始剝下奴隸的皮，趁著奴隸還沒徹底死亡的時候，再將他放置於地面那個行刑的石槽中殺死，隨後一名「祭師」抱著已死的祭品，進入到祭壇有兩個水池的地方，那裡才是祭祀蛇骨的最主要場所，不論要進行何種方式的儀式，都要將死者與「鳳凰膽」同時沉入分別對應的兩個水池裡，這似乎是為了維持某種力量的平衡。

殺人儀式的場面太過殘酷，我看了兩遍，就覺得全身不適，似乎在鼻子裡聞到濃重的血腥惡臭，心裡感到又噁心又恐怖，我問Shirley楊除此之外，就沒有別的途徑了嗎？如果說為了活命，同夥間自相殘殺，不管是從道義上來講，還是從良心上來考慮，都是無論如何不能接受的，同夥同夥，說白了就是一起吃飯的兄弟搭檔，都在一口鍋裡盛飯吃，誰能對誰下得去黑

手？把槍口對準自己的戰友，那即使僥倖活下來，也必將落入萬劫不復的境地，能擺脫鬼洞的詛咒，卻永遠也擺脫不掉對自己良心的詛咒。

Shirley楊顯然也產生了極重的心理負擔，我安慰她說：「目前還不算死局，咱們再想想別的辦法，一定能有辦法的。」我嘴上雖然這麼說，但其實心裡完全沒底，只是暫時不想面對這個殘酷的問題，能拖延一刻也是好的。

舉行剝皮殺人儀式的石槽和牆壁，都令人不忍多觀，我們回到了有兩個水池的大廳，只見阿香正坐在明叔身邊按著斷手輕輕抽泣，明叔雙目無神，垂著頭倚牆而坐，而胖子則蹲在地上，正在觀看一個古怪的水晶鉢，他見我和Shirley楊回來，便招呼我們過去一起看。

這透明的水晶鉢我進來的時候已經見到了，但並沒有引起我的注意，此刻見似有古怪，到跟前一看，奇道：「這有些像是個計時之類的器物。」

水晶鉢的鉢體像是個小號水缸，上面與玉山的山體相連，不過渾然一體，看不出接口在哪裡，不知從何時起，一縷細細的暗青色水晶砂從上面漏下，鉢底已經積了滿滿一層，我順著流出「水晶砂」的地方向上看，與山體的接口處，有一個黑色的惡鬼壁畫，面目模糊不可辨認，但我卻覺得十分像是隧道中的「大黑天擊雷山」，這只正在不停注入流沙的水晶鉢，是一個古老的計時器嗎？它莫名其妙地擺在這裡又有什麼作用？我心裡產生了一種不太好的念頭，但如那黑影般模糊朦朧，雖然腦子裡很亂，但仍然感覺到這個計算時間的東西，並非善物。

胖子對我們說：「從一進來，我就發現這東西開始流進水晶砂了，以我的古物鑑賞和審美情趣來看，此物倒有幾分奇技淫巧，且能在潘家園要個好價錢，不如咱們……搬回去當做一件紀念品收藏收藏。」

我心中疑惑正深，便對胖子搖了搖頭，又點了點頭，不置可否。Shirley楊這時突然開口說道：「可能咱們進入祭壇後，無意中觸到了什麼機關，這水晶缽就開始倒數計時了，如果在流砂注滿前咱們還沒有完成儀式，那麼……」說著把目光投向那一團黑影般的惡鬼壁畫。

我頓時醒悟，是了，這地下祭壇是惡羅海人的聖域核心，自是不能隨便進出，如果到了某一時間還遲遲不舉行儀式，那隧道中的「大黑天擊雷山」就會被從白色隧道中放入祭壇，我們還不知道，那黑影般的東西究竟是什麼？它似乎是某種存在於水晶石中的邪惡物質，是祭壇的「監視者」，那麼我們究竟還剩下多少時間？

以流砂注入的速度，及水晶巨缽的大小來判斷，我們剩下的時間不超過兩個半到三個小時，必須在這個時間以內，完成那殘忍的剝皮「殺人儀式」。

面對這不斷流逝的死亡倒數計時，我們的心跳都開始加快了，似乎那流出的不是「水晶砂」，而是靈魂在不斷湧出軀殼，Shirley楊說時間還充裕，但留在玉山內的祭壇裡，盯著這流砂看，只能徒然增添心中的壓力，咱們先退到外邊的石徑天橋上，商量商量怎麼應付這件事。

我和胖子也都有此意，於是帶著阿香與明叔，眾人暫時離開了那座邪惡的祭壇山洞，坐在天橋附近的石人像下，各想著自己的心事，陷入了長久的沉默。

最後還是我先開口，一路上不斷接觸有關「鬼洞」、「蛇骨」、「虛數空間」以及從未聽聞的各種宗教傳說，使我對「無底鬼洞」逐漸有了一個粗略的概念，我把我的概念對Shirley楊講了一遍。

精絕的鬼洞族，管埋有蛇骨的無底洞叫做「鬼洞」，而「惡羅海人」中並沒有這個稱呼，它們直接稱其為「蛇骨」，那是一些來自虛數空間的屍骸，絕不應該存在於我們的現世之中，

深淵般的洞穴，是那屍骸腦中的記憶，「惡羅海人」認為世界是一個生死往復的輪迴循環，這個世界毀滅之後，會有另一個世界誕生，循環連綿不斷，所有的世界都是一體的，而「蛇骨」也將在那個世界中復活，他們通過不斷地犧牲生命供奉它，是期望惡羅海人也能在另一個世界中得以存留。

如果從另一個角度來理解鬼洞的傳說，會發現這些傳說與中國古老的風水祕術，有著驚人的相似之處，風水之根本並非「龍砂穴水向」，歸根結底是對「天人合一」的追求，什麼是「天人合一」呢？「天」表示天地、世界，「人」表示人類，包括各種生靈、生命，在「天人合一」的理念中，它們都並非獨立存在的，而是一體的，是一個整體，按Shirley楊的話所說就是如同後世的「宇宙全息論」。

「天人合一」的理論中，提出陰陽二氣，雖然分為兩極，但既然是一體的，便也有一個融合的點，這個區域就是祖龍地脈的「龍丹」，深埋崑崙山地下的「龍丹」，是生氣之總聚之所，抬頭就可以看到頭頂的晶脈，有的全變黑了，有的又光芒晶瑩，一條龍脈的壽命到了，另一條新的龍脈又開始出現，這是所謂的生死剝換，全世界，恐怕只有喀拉米爾的龍頂下有這種罕見的地質現象，這裡是「陰」與「陽」的交融混合之所，所以惡羅海人才會把祭壇修在這弦弧交叉的緊要位置，古人雖然原始愚昧，但也許他們對自然萬物的認識，遠比現代人更為深刻。

鬼洞的詛咒，不論是通過眼睛感染的病毒，還是來自邪神的怨念，想消除它最直接有效的辦法，就是將一具被詛咒的祭品屍體，與「鳳凰膽」按相反的位置，投入龍丹內的兩個水池之中，切斷其中的連接，祭壇裡的壁畫中有記載，這條通道不只一次的被關閉過，關閉了通道，鬼洞與影子惡羅海城，包括我們身上的印記雖然不會消失，但它們都變成了現實中的東西，也就沒有危害了，直到再舉行新的祭祀儀式，不過這祭壇卻不能進行毀壞，否則會對山川格局產生莫大的影響，那會造成什麼結果是難以估計的。

我看了看時間，不知不覺，已經和Shirley楊商量了一個小時，想到了不少的可能性，但最終的結果，還是和先前的結論並無二致，沒有一個犧牲者，全部的人都得死在祭壇裡。

胖子在旁聽了半天，也插不上嘴，雖然沒徹底搞清楚是怎麼回事，但至少明白了個大概，便說道：「犧牲者還不簡單嗎？這不是現成的嗎，量小非君子，無毒不丈夫……」說著就看了看明叔，那意思已經很明顯了，潛在的臺詞不用說我也能明白：要死人的話，沒人比老港農更合適了，反正是他自找的，說了八百六十遍不讓他跟著咱們，偏要跟來，而且現在腦袋也撞傻了，加上他歲數比咱們老很多，鬼洞的詛咒是誰歲數大誰先死，所以說他現在跟死人也沒多大區別，咱們就不用發揚革命人道主義精神了，按老胡的話說，那叫為救世人而捨身入地獄，成正果了，可喜可賀。

阿香一聽這話，嚇得臉都白了，竟然連哭都哭不出來，緊緊抱住Shirley楊哀求道：「楊姐姐求求你們別殺我乾爹，這個世界上只有乾爹管我，我再也沒有別的親人了。」

Shirley楊勸她不要擔心，然後對我說：「這件事不能做，你知道我是信教的，我寧可自己死了，也不能做違反人道的事，雖然明叔很可能活不過明天這個時候，但咱們如果動手殺了他，又如何能面對自己的良心，主教導我們說……」

我對Shirley楊說：「你那位主盡說些個不疼不癢的廢話，我不願意聽祂的話，但你說得很對，我們迫於生活，是做了一些在道德上說不過去的事，別的不說，單是摸金校尉的行規，你

數吧，能犯的咱們都犯了，可以說道德這層窗戶紙，早已捅破了，不過捅進去一個手指頭，跟整個人都從窗戶裡鑽進去，還是有區別的，這種心黑手狠的事我還是做不出來，下不去手。」

Shirley楊見我如此說，這才放心，說道：「如果非死一個人不可，我……」

我知道Shirley楊始終都覺得在去沙漠鬼洞的事件中，連累了許多人，心中有所愧疚，她是個很任性的人，這時候怕是打算死在祭壇裡，以便讓我們能活下去，於是不等她說完，便趕緊打斷了她的話，大夥都看著我，以為我想出了什麼主意，我心亂如麻，看著明叔無神的表情，心中不免浮現出一絲殺機，但理智的一面又在強行克制自己這種念頭，各種矛盾的念頭，錯綜複雜地糾纏在一起，腦子裡都開了鍋，感覺頭疼得像要裂開了，再看看手錶，催命的死亡時間線在不斷縮短，看到胖子正把「鳳凰膽」一扔一扔地接在手中玩，便搶了過來：「小心掉到天橋下頭去，下邊水深，這珠子如果沒了，咱們可就真的誰也活不成了，這是玩具嗎這個？」

胖子不滿地說：「你們今天怎麼突然變得心軟起來？其實我看明叔現在活著也是活受罪，痴傻呆笨的，我看著就心裡不忍，咱今天趁這機會，趕緊把他發送了早成正果才是，阿香妹子你不要捨不得你乾爹了，你不讓他死是拖你乾爹的後腿耽誤了他啊，過這村沒這店了，要是明天死就不算是為救世人而死，那就成不得正果，還說不定下輩子託生個什麼呢，而且……而且還有最重要的一個原因，各位別忘了，明叔已經腦震盪，傻了，就是什麼也不知道了，與其……」

阿香被胖子的理論，說得無言以對，正要接著哭泣，卻忽聽一直坐在那裡沒反應的明叔輕輕呻吟了一聲：「唉呦……真疼啊，我這條老命還活著嗎？」

阿香看明叔的意識恢復了，驚喜交加，明叔顯得十分虛弱，目光散亂，說剛才掉下雲層底部的水晶石上，把登山頭盔掛掉了，一頭撞在什麼硬東西上，就此便什麼也不知道了，又問這是什麼地方？

阿香把剛才的情況對他一說，明叔撫摸著阿香的頭頂，長嘆一聲：「唉，這苦命的孩子，胡老弟呢？我……我有話要對他說。」

我看明叔那上氣不接下氣的樣子，知道他的性命只在頃刻之間，難道是找我交代什麼事嗎？於是半蹲在明叔身前，對他說：「有什麼話您儘管說。」

明叔請求Shirley楊和胖子先迴避一下，她們知道明叔大概想說阿香婚姻的事，二人只好向後退開幾步，明叔老淚縱橫地對我說：「其實自打聽到這擊雷山的名字，我就已經有思想準備了，這次似乎撞傷了內臟，這是天意啊，一切都是天意，既然不死一個人，就誰也不能活著離開……那也就認命了……，不過阿香這孩子，我放心不下啊，你一定要答應我，以後照顧好她。」說著吃力地抓起阿香的手，想把她的手讓我握住。

我見明叔是人之將死，其言也善，鳥之將亡，其鳴也哀，心中突然感到一陣酸楚，於是握住阿香的手，嘴中答應著：「這些事您儘管放心，我雖然不一定娶她，但我會像對待我親妹子一樣永遠照顧她，我吃乾的，就絕不給她喝稀的。」

明叔的目光中露出欣慰的神色，想握住我的另一隻手，生離死別之際，我心中也頗為感動，剛想伸過另一隻手去和他握在一起，神情恍惚中見到明叔眼中有一絲不易察覺的詭異光芒，我猛然想到另一隻手裡正拿著「鳳凰膽」，腦中如同滑了一道閃電：「操你媽，這戲演的夠真，但想蒙胡爺還差點火候！」

不過我畢竟還是反應稍稍慢了半拍，就這麼不到一秒鐘的時間，明叔一把奪過「鳳凰

膽」，身子一翻從地上滾開，我還有一隻手和阿香握在一起，我趕緊甩掉她的手，想撲到明叔的雙腿把他拉住，但這裡距天橋邊緣不遠，下邊是鏡子迷宮般的水晶石，而且有些地方還有水，那枚事關全部人生死的「鳳凰膽」很可能在纏鬥中掉落下去，我投鼠忌器，也不敢發力，竟沒撲住他。

明叔就像是隻老猴子，從地上彈起身子，踩著石人像身前的石鉢，「噌噌」兩下就爬上了石人的頭頂，舉起「鳳凰膽」說：「誰敢動我我就把珠子扔下去，大不了同歸於盡，胡仔肥仔，你們兩個衰命仔，自作聰明想讓我雷顯明替你們送命，簡直是在做夢，我什麼場面沒見過，還不是每次都活到最後，誰他媽的也別想殺我。」

第二二六章　生死籤

石徑天橋是用一整株古老的化石樹改造而成，長有三十餘米，寬約五米，工整堅固，下邊沒入白雲之中，它一端連接著「白色隧道」前的平臺，另一端直達玉山祭壇山腹中的洞口，天橋上立著許多古老的白色石人，與「獻王墓」中的天乩圖何其相似。

明叔就騎在了一尊石人的肩頭，舉著「鳳凰膽」的手抬起來，探出天橋之外，我和胖子不敢輕舉妄動，就算是沒人動他，明叔也有個老毛病，一緊張手就開始哆嗦，什麼東西也拿不穩，萬一落入下邊的鏡子迷宮中，那就不是一時三刻可以找回來的，我們的時間已經所剩無幾，這一來明叔就如同揑著個極不穩定的炸彈，而且一旦出現狀況，五個人難免玉石俱焚。

明叔頭上裹著綳帶，瞪著眼咬著牙，興奮、憤怒、憎恨等等情緒使他整個人都變得歇斯底里起來，這是最危險的時候，也許再給他增加一點壓力，他頭腦中的那根保險絲就會被燒斷，完全處於精神崩潰的懸崖邊緣。

明叔聲嘶力竭地大喊大叫，威脅眾人都向後退，誰敢不聽，就把「鳳凰膽」遠遠地拋到下邊去，我萬般無奈，只好退開幾步，心中罵遍了明叔的祖宗八輩，這老港農心機果然夠深，滑落到下邊的水晶層中，腦袋雖然撞破了，流了不少血，但都是皮外傷，只是一時暈了過去，他至少在我們討論「殺人儀式」的時候，便已清醒如初，不過一聽形勢不對，竟然裝作撞壞了腦子，然後在得知這枚「鳳凰膽」的重要性後，變使詐奪取，我們當時心情十分複雜，缺少防備，竟然就中了港農的道。

無論如何，先得把明叔穩住，於是在背後對胖子和Shirley楊打了個手勢，讓他們不要輕舉妄動，一旦出手，就務求必中，不能冒任何可能使「鳳凰膽」有所閃失的風險，然後對騎在石人上的明叔說：「您老人家又何必這麼做？咱們都是一根繩上拴的螞蚱，走不了我，也飛不了你，我可從來沒打算要犧牲掉什麼人，胖子剛才那麼說，也只是建立於您老變成植物人的前提下，你既然身體沒大礙，我勸你還是趁早別折騰了，趕緊下來咱們再商量別的辦法。」

明叔一陣冷笑，由於過度激動，臉上的肌肉都扭曲了，罵道：「啊呸！你們這班衰仔自作聰明，事到如今還想騙你阿叔我，想我小諸葛雷顯明，十三歲就斬雞頭燒黃紙，十四歲就出海闖南洋，十五歲就親手宰過活人，路上見過攔路虎，水中遇過吃人魚，槍林劍雨大風大浪裡闖蕩了半輩子，豈能被你們騙下去害了性命。」

我對明叔說：「您這話可就說反了，什麼叫我們自作聰明？當初要不是你自己多疑，不肯相信我的勸告，說什麼死了也不能分開走，便不會落到眼前這般窘迫境地，要不怎麼說忠言逆耳呢，可惜還連累上了阿香，你說她招誰惹誰了？現在爭論這些事已經沒用了，咱們必須同舟共濟，否則人人都將死無葬身之所。」

胖子怒氣衝天，擺出擼胳膊挽袖子瞪眼宰活人的架式來：「老胡你跟他廢他媽什麼話，他既然想要挾咱們，就說明他捨不得這條老命，我就不信老丫挺的敢把珠子扔下去，咱倆現在就過去給他來一大卸八塊，該祭的祭該扔的扔。」

胖子這麼一嚇唬，明叔還就真害怕了，因為這些天以來，明叔已經很清楚胖子的為人了，屬於軟硬不吃那路，這種人最不好對付，犯了脾氣什麼事都做得出來，就拿胖子自己的話講，高興起來天上七仙女的屁股也敢捏上一把，明叔這一緊張手就有點哆嗦，趕緊說：「別別……別過來，有話好商量，也別以為我不敢，肥仔你要是敢逼我，我就做一個給你看看，大家一起死在這裡也不錯。」

我知道明叔雖然懼怕胖子，但狗急了跳牆，人急了做事就沒有底限，明叔當然不想死，即使是注定活不過明天，眼下多活一刻那也是好的，這不能怪他自私卑鄙，人不為己天誅地滅，就連螻蟻也尚且偷生，敢於為了多數人犧牲掉自己，那樣的人是英雄，但都是血肉之軀的肉身凡胎，百分之九十九的人是沒有那麼高的思想覺悟的，就連那百分之一裡邊，也有不少人是由於迫不得已才當的英雄，誰也沒有資格要求別人為自己死，更何況是那種殘忍的死法。

另外還有一點，人的心理是很微妙的，其中有些變化甚至無法解釋，比如一個人知道自己得了絕症，無藥可救，時日無多，那他心裡邊的難受痛苦，是可想而知的，不過假如在這時他突然得知全世界的人，都患上了和他相同的症狀，那他一定會多幾分心理安慰，孤獨無助的失落感也不會那麼強了，這叫天塌下來大夥一塊頂著。

只聽明叔接著說：「咱們都中了鬼咒，但我知道還有活路，只是必須要弄死一個人才行，我看……你們……你們把阿香殺死好了，我辛辛苦苦養了她這麼多年，該是她報恩的時候了。」

這時我已揣摩出了明叔的底限，明叔心裡比誰都清楚，這裡總共就五個人，如果殺死我和胖子、Shirley楊三人中的任何一個人，他也就別想活著離開了，想從這底地空間走回喀拉米爾，憑他自己是完全做不到的，而且明叔他絕不甘心死在這兒，在這種情況下，只有犧牲掉他的乾女兒阿香，再退一步，如果我們不答應這個條件，那麼明叔要死的話就拉上所有的人來墊背。

自從祭壇中出來之後，便沒回去看過那計時的水晶砂，不過料來那時間已經剩下的不多了，我既然猜測出了明叔的底限，便有了辦法，知道老港農還不想把事做絕，既然這樣，就有變通的餘地，雖然沒機會搶回「雮塵珠」，但可以賭一賭運氣，於是對明叔說：「虎毒不食子，你若是殺了阿香而活命，與禽獸又有什麼區別，你雖然捨得，我們卻不會做這種豬狗不如的事情，不如這樣，你我還有胖子三個男人，抽上一回生死籤，聽天由命好了。」

明叔見這已經是唯一活命的機會了，但是這三分之一的死亡概率還是實在太大，咬牙切齒地說：「我運氣一向不壞，最是命大，可以跟你們搏一搏，但要抽生死籤就五個人全抽，誰也別想坐享其成，否則大家一起死。」

明叔不等我們答應，便已跟著開出條件，各人都必須發個毒誓，生死有命，誰抽到了死籤那是他的命運不濟，不可反悔，還要我們給他一枝手槍，以免到時候有人反悔要殺他。

我看了一眼Shirley楊，她對我點了點頭，我心想這手槍可以給他，因為他不敢隨便開槍，否則後果他也很清楚，於是將Shirley楊的M1911只留下一發子彈，打算過去給他，並想藉機將他從石人上揪下來，但明叔不讓我靠近半步，讓我把手槍交給阿香，轉遞過去給他。

明叔一接到槍，便一手舉著「鳳凰膽」，催促我們快發毒誓，時間不多了，萬一有人抽到了「死籤」，來不及舉行儀式，便一切都成空了。

我心想，不就發個誓嗎？這誓咒有「活套」、「死套」之說，「活套」就說什麼天打雷劈，或者八輩子趕不上一回的死法，或者玩點口彩，說得雖然慷慨激昂信誓旦旦，但其實內容模糊不清，語意不詳，都是些白開水話，說了跟沒說一樣；「死套」則是實打實地發毒誓，甚至涉及到全家全族，就算不信發誓賭咒這些事的人，也不敢隨便說出口。

我卻並不在乎，但沒拜過把子，也沒發過什麼誓起過什麼盟，對那些說辭不太瞭解，於是舉起一隻手說，準備著，時刻準備著……

明叔叫道：「不行不行，你這是蒙混過關，我先說，你們都按我的話自己說一遍。」隨即帶頭髮了個「死套」的毒咒，我們無奈之餘，只好也含含糊糊地跟著說了一遍。

至於抽生死籤的道具，只有因地制宜，找出一個小型密封袋，在取剛才從M1911裡卸下的五粒子彈，將其中一粒的彈頭用紅色記號筆劃了個標記，代表「死籤」，輪流伸手進密封袋裡摸，誰摸出來「死籤」，就代替其餘的四人死在這裡，不可有半句怨言。

明叔仍然覺得不妥，又要求大夥都必須用戴著手套的那隻手去摸，我心中暗罵老港農奸滑，然後也提出一個要求，必須讓阿香和Shirley楊先抽籤，這一點絕不妥協，一共只有五支籤，越是先抽取，抽到「死籤」的可能性就越小，但這也和運氣有關，每抽出一顆沒有記號的子彈，死亡的概率就會分別添加到剩餘的子彈上，這有些像是利用分裝式彈藥的左輪手槍，只裝一發子彈輪流對著腦袋開槍的俄羅斯輪盤，區別是參與的人數不一樣而已。

明叔咬了咬牙，答應了這個要求，畢竟有可能先抽籤的人，提前撞到槍口上了，時間一分一秒地不停流逝，不能再有所耽擱了，這種生死攸關的局勢下，沒辦法作弊，我只好硬著頭皮跟明叔進行一場死亡的豪賭，看看究竟是「摸金校尉」的命硬，還是他「背屍翻窨子」的造化大，於是Shirley楊讓阿香先抽籤，阿香自從聽到明叔說可以殺了她，便始終處於一種精神恍惚的狀態，在Shirley楊的幫助下，機械地把手探進密封帶，摸出了一枚子彈，看也沒有看就扔在地上，那是一發沒有記號的子彈。

明叔在石人上也看得清楚，使勁嚥了口唾沫，死亡的機率增加到了四分之一，在幾乎快要

凝固了的氣氛下，Shirley楊很從容地從密封袋裡摸出了第二發子彈，她似乎早就已經有了精神準備，生死置之度外，她將握住子彈的手緩緩張開，手套上托著一枚沒有記號的子彈，Shirley楊輕嘆了一口氣，卻沒有絲毫如釋重負的感覺。

我接過密封袋，跟胖子對望了一眼，就剩下三個人了，可以犧牲的人，必將從咱們中間產生，如果明叔抽到死籤，那說不得了，殺了他也屬於名正言順，如果我和胖子抽到，我就先把鳳凰膽騙到手再說，然後見機行事，想到這我問明叔：「你要不要先抽？」明叔權衡了半天，自問沒有膽子動手摸這三分之一，但不抽的話，如果下一個人再抽不中「死籤」，死亡的可能性就增加到了百分之五十，過了半天才對我們搖了搖頭，讓我和胖子先抽。

胖子罵了一句，探手進去取出一粒子彈，他是捏出來的，一看彈頭就愣了：「他媽的，出門沒看黃曆，逛廟忘了燒高香，怎麼就讓胖爺我給趕上了。」

明叔見胖子抽到了死籤，並沒有得意忘形，突然面露殺機，舉槍對準胖子罵道：「死肥仔，你比胡八一還要可惡，你去死吧。」扣下了扳機。

胖子並沒持槍在手，剛剛抽到死籤，以為當真要死，不免心中慌亂，天橋上地形狹窄，而且並沒有想到明叔會突然開槍，因為要死人也得等到在祭壇裡才能死，在這死又有什麼作用，可明叔的精神狀態很不穩定，竟然不管不顧在這就要動手，胖子只好手忙腳亂的竄到石人後邊，這才發現明叔手中的槍沒響。

明叔見手槍不能擊發，立刻一愣，隨即破口大罵：「胡八一你個短命衰仔又使奸計，竟把子彈底火偷卸了，丟啊，大夥一起死了算了。」抬手就把「鳳凰膽」拋出，直墜入天橋下的雲湖之中。

我雖然提前做了手腳，但卻完全沒料到明叔會在這時候開槍，此刻見失了先機，便想衝過去阻止他，但畢竟離了六七步的距離，我把明叔從石人上揪下來的時候，已經晚了。

天橋之上亂作一團，混亂中我看到Shirley楊衝到天橋邊上，準備跟著跳下去找到「鳳凰膽」，但卻突然停住腳步：「不好，時間沒有了。」說話的同時，頭頂晶脈的光芒突然迅速黯淡了下來，黑暗開始籠罩在四周。

第二二七章　祭品

「鳳凰膽」被明叔隨手扔進了天橋下的雲湖之中，我氣急敗壞地將他從石人像上拉了下來，舉起拳頭想打，但還沒等動手，便聽到Shirley楊叫道：「不好，時間沒有了。」說完抬頭注視著頭頂的晶脈，坐在地上的阿香與剛剛為了躲槍避在另一尊石人後的胖子，包括被我壓在下邊的明叔，也都抬起頭來，看著上面。

這時洞中的光線產生了變化，原本由上邊礦石中發出的螢光，這時也突然轉暗，四周跟著黑了下來，雖然並未黑得不可見物，但近在咫尺的人影已顯得朦朧模糊了，我見他們的舉動，知道頭上一定發生了什麼，於是按住明叔，抬眼觀看，從冰壁般的晶脈中，延伸出無數四散擴張的水晶，都是以扭曲的角度向下竄生，一叢叢的有如鋒利冰錐，在這些離奇怪異的晶體中，一個巨大的黑色人影，在深處飄忽蠕動，發出陣陣悶雷般的動靜，在晶壁上反覆迴盪，散發出不祥的聲音，黑影的出現，把絕大多數冷淡的螢光都稀釋掉了，洞中環境變得越來越暗。

黑雲壓城一般的情景，使這本就顯得十分扁窄的祭壇空間，變得更加壓抑，聽著上邊隆隆之聲，在白色隧道中那種莫名其妙的恐慌感再次出現在心中，我不禁好奇道：「那他媽的究竟是什麼東西？」

我原本是自言自語，沒想到被我按住的明叔突然接口道：「胡老弟，這是……是被封在石頭裡的邪靈啊，它要從石頭裡出來了，這次怕是真的完了，咱們都活不了。」

我這才想起明叔的事，聽他竟然還有臉跟我說話，頓時心頭火起，心想這老港農都他媽奸到家了，本來我正和Shirley楊、胖子商量祭壇的事情，雖然形勢逼人，但還有一些時間可以想辦法，殺人的儀式雖然非常神祕古老，但歸根結柢，無非是在這弦與弧的交叉點，改變陰與陽之間的平衡，如果沒有發生意外，在剩下的一個多小時裡，也許還有機會找出其中的祕密，並非注定就是有死無生的局面，這次進藏，不論面臨什麼樣的困境，我始終都沒有放棄努力，因為張贏川的機數所指，遇水方能得中道，此次西行往必有事，必可利涉大川，一次次的嚴正神術所指，我對此沒有半點懷疑，但在這儀式中如何才能「遇水而得中道」，然而在這種情況下水中又會有什麼生路呢？一時參悟不透。

可我已經沒機會去領悟其中的真義了，就因為這港農竟然自作聰明，為了保住老命，竟然使詐搶了「鳳凰膽」要挾眾人，把我們本就不多的寶貴時間都給浪費光了，實在是太他媽可惡了，還留著他做什麼，於是舉起拳頭就要揍他。

明叔見我說動手就動手，頓時驚得體如篩糠，我對待敵人，尤其是內鬼一貫都是冬天般殘酷，絲毫不為所動，但我的拳頭還沒等落下，明叔的表情卻突然變了，滿臉的茫然，看著我說：「哎……我這是在哪？胡老弟……剛才發生什麼事了？我有個老毛病，有時候會人格分裂，便是剛剛做過的事，說過的話也都半點記不得，剛才是不是有失態的地方？」

我冷哼一聲，停下手來不再打他，心中也不免有些佩服明叔，老油條見機很快，裝傻充愣的本事比我和胖子可要強得多，不去演電影真是可惜了，我不可能真宰了他，一頓胖揍也於事無補，而且這時候也沒空再理會他了，我又抬頭看了看上邊的情況，黑色的人影在水晶中越發清晰，那個影子在微微抖動，空氣中傳出的悶雷聲也更為刺耳，果真像是某種被困在石頭中的惡魔，似乎正在掙扎著從裡面爬出來。

我當下不再理會明叔裝瘋賣傻，招呼胖子過來：「交給你了，不過教育教育就得了，別搞出人命來……還有，他要是再接近鳳凰膽半步，不用說話，直接開槍幹掉他。」

胖子咬牙瞪眼地一屁股坐到明叔身上，將他壓在身下，一邊用手指戳明叔的肋骨一邊罵道：「歷史的經驗，以往的教訓，一次又一次地告訴我們，誰他媽的敢自絕於人民，誰他媽就是死路一條。」罵一句就在他肋條上刮一下。

我聽到明叔由於又疼又癢而發出鬼哭狼嚎般的慘叫聲，這才覺得出了一口惡氣，不給他點教訓，以後還免不了要添亂，於是不再管胖子怎麼挽救明叔的錯誤立場，趕緊跑到Shirley楊跟前說：「咱們雖然不知道那大黑天擊雷山究竟是什麼，但上面那東西一旦真的從晶石中脫離出來，就絕不是以咱們現在的能力可以應付的，不過看上邊的動靜，咱們可能還有最後的一丁點時間，我先下去把鳳凰膽找回來再說。」

我話雖如此說，但這茫茫雲海般的石煙下是什麼樣的，只聽胖子說過，不過可以得知，下邊的地形之複雜難以想像，都是鏡子般的多稜結晶體，根本無法分辨前後左右，一枚龍眼般的珠子掉下去，結果可想而知，絕不是片刻之間就能找回來的，甚至就連還能否再找到的可能性都很低，而且時間實在是太緊迫了，但不去找的話就連百分之一的機會都沒有了。

Shirley楊剛剛看到頭頂晶脈產生了異變，立刻奔回玉山的山腹中，看了看水晶砂的情況，然後跑回天橋將坐在地上哭的阿香扶了起來，聽了我說的話後，便立刻攔住我說道：「來不及的，時間已經到盡頭了，太晚了，水晶缽已經被細砂注滿，而且找回來了又怎麼樣？當真要殺掉明叔嗎？」

我現在只想盡快找回「鳳凰膽」，不顧Shirley楊的勸阻，執意要從天橋上跳下去，但突然在我眼中出現了不可思議的一幕，我忙對Shirley楊說：「快看下邊的石煙，好像有變化了。」

朦朧恍惚的螢光下，那些僅次於晶塵的白色煙霧，正在一點點的降低高度，好像是頭頂的黑色人影變大一分，這些石煙就變薄一層，我們沒注意到這個變化是什麼時候發生的，但現在的雲湖厚度，已經比先前低了半米，並且還在不斷減少，變得逐漸稀薄。

就在這厚度逐漸降低的雲霧中，半個幽黑的圓形物體浮現在其中，那正是剛剛「鳳凰膽」掉落下去的位置，而且那東西不是別的，正是事關大局的「鳳凰膽」，這有點太讓人難以相信了，難道當真就有這麼巧？剛好明叔扔下去的地方，有塊水晶石，而「鳳凰膽」竟然就落在上面沒有滾到深處？我不敢相信我們有這麼好的運氣，可事實又擺在面前，不由得人不信。

我在自己腿上狠狠掐了一把，不是在做夢，Shirley楊也看了個一清二楚，不過這時雲層繼續下降了極薄的一層，我們看到雲下的東西，不禁心中一陣狂喜，只見一隻乾枯發黑的手臂，正一動不動地托舉著那枚「鳳凰膽」，從雲中露出的半截手臂，已經徹底失去了水分，就剩下乾癟發的皮包裹著骨頭架子，皮膚呈現黑紫色。

我下意識地伸手去袋裡摸黑驢蹄子，這才想起那些東西早在路上遺失沒了，不過隨即看到雲霧下所顯露出的怵目驚心之物越來越多，有些地方露出個人頭，有的地方冒出條胳膊大腿，無一例外都是赤身裸體，乾枯黑紫，密密麻麻的數不出究竟有多少，白茫茫的石煙越往下越濃，變薄的速度開始變得慢了下來，我和Shirley楊看到這裡，心中已然明白了，這些乾屍都是當年祭祀儀式後被拋在玉山周圍的，逐年累月，屍體太多，竟然堆成了山，而且死者也許是由於經過特殊的脫水處理，或是由於地理環境的作用，千古不腐，雲層變薄後這才逐漸顯露了出來，胖子與明叔他們掉下去的地方，靠近隧道入口，但他們只見到無數光怪陸離的水晶，很顯

然被當作祭品的乾屍都被拋在玉山的兩側。

我見那「鳳凰膽」就落在高處一隻乾屍的手上，真是驚喜交加，立刻就從天橋上跳下，打算踩著屍山將珠子取回，天橋下不到一米深的地方，已經堆滿了乾屍，一踩一陷，下邊被架空的屍體，被我踩得紛紛向低處滑落，我根本顧不上去看那些乾屍，眼中緊緊盯著「鳳凰膽」，唯恐它就此從屍山頂上滾落下去，萬一掉進屍堆的縫裡，那可要比落入結晶石中還要難找百倍。

踩著露出雲層的大量乾屍，我心中也有些緊張，而且沒注意腳下的情況，一腳踩到一具乾屍的腦殼，竟然將那顆人頭踩了下來，乾屍的腦殼又乾又硬還非常滑，腳蹬在上面一滑，頓時失去重心，就地摔倒，撲在了一具女子乾屍身上。

女屍乾癟的臉上，兩個黑洞洞的眼窩顯得極大，我心下吃了一驚，暗罵晦氣，按住雜亂堆積的乾屍想要爬起來繼續去拿「鳳凰膽」，但我的眼睛卻離不開那具女屍了，因為我突然想到，不對！這些乾屍不是祭品，它們的皮並沒有被剝去，剛才只盯著「鳳凰膽」，眼裡沒別的東西了，由於摔了這一下，稍微一分神，這才留意到這個細節，而且這堆積如山的乾屍，它們每一具不論男女老少，都有個共同的特點，當然不是沒穿衣服，衣服大概都已經腐朽成灰了，全部的乾屍都被挖了眼睛。

頭頂上的雷聲漸緊，像是一陣陣催命的符咒，我知道留給我們的時間已經不多了，幸虧在水晶砂流盡之後，「大黑天擊雷山」還需要一段時間才能完全現形，這相當於死神還給我們留下了一線生機，我們現在要做的就是與死亡賽跑。

見到女屍臉上那兩個深黑色的大窟窿，我雖然也覺得納悶，這麼多乾屍與祭壇又有著什麼樣的關係？雖然是隱約覺得這裡邊的事有些不對，但是趕緊爬過去把「鳳凰膽」拿回來的想法，此刻已經完全占據了我的大部分心思，根本沒空去仔細想這些乾屍有什麼名堂，也顧不得在屍山中摸爬的噁心，腦子裡只有「鳳凰膽」，這是一種在心理壓力過滿的情況下，產生的極端情緒，已經有些控制不住自己的舉動了。

但是我越著急，就越是爬不起來，不管是胳膊還是腿，怎麼撐也使不上勁，手腳都陷入層層疊壓的乾屍中間，急得全身是汗，也許與頭頂的黑影有關，一看到它就會莫名其妙地感到一陣發慌，或許它真是某種存在於礦石中的邪靈，腦中胡思亂想，而手腳則被支支楞楞的一具具乾屍陷住，正焦急之間，Shirley楊從天橋上跳下，將我扶了起來，我對她說：「這許多乾屍，都不是祭品，沒有被剝過皮。」

Shirley楊說：「不，它們都被割掉了眼皮，挖出一雙人眼，就可以完成祭祀鬼洞的儀式。」

Shirley楊的這一句話，如同一個重要的提示，我立刻又看了一眼腳下的乾屍，果然是從眉骨開始都被割去了眼皮，我頓時醒悟過來，不需細說，我已明白了她的意思，刻畫有殺人儀式的壁畫，在腦海中如同過電影一般一幕幕迅速閃現，其中第一幅「剝皮」，祭師按住祭品的頭，用利器割開時從額前行刑，由於我以前聽說剝人皮也都是用剎利刀從頭上動手，所以難免先入為主，加上那行刑坑處實在太過血腥，多看幾眼就想嘔吐，所以匆忙之中，誤以為那壁畫中的動作是剝掉整張人皮，其實從這些堆成山丘的乾屍來看，那壁畫中的動作指的是剝下眼皮，有了這個前提，以後的內容自然是迎刃而解，在人形石槽裡要做的，是完整的取出祭品的「眼睛」，而祭師捧起屍體放入祭壇的壁畫，其中的屍體被畫得很是模糊，被我們誤以為是全

身流血的屍體，但現在想來，那形體模糊不清的屍體，應該是用來表示附著在眼球上的生命，而被挖去雙眼的祭品，在被殘忍的殺害後，棄之於祭壇附近，多少年下來，已經形成了現在的驚人規模。

只要犧牲一雙被鬼洞同化的人眼，就可以解除身上的詛咒，但我們從白色隧道進來的時候，一路都是蒙住了眼睛，在黑暗中摸索而來，深知那失去視力，陷入無邊黑暗中的恐慌與無助，要是挖掉眼睛，還不如就此死了來得好過些，除了Shirley楊以外，誰又捨得自己的雙眼，不過我當然是不能讓她這麼做，大不了讓明叔帶罪立功，可這麼做的話Shirley楊又肯定不答應，不過挖出眼睛與剝皮宰人相比，已經屬於半價優惠了，想到這裡精神也為之一振。

這些念頭在腦中一閃而過，而身體並未因為這些紛亂的想法停止行動，終於接近了落在一具乾屍手中的「鳳凰膽」，但操之過急，犯了「欲速則不達」的大忌，最後一個箭步竄出，想要一把抓住「鳳凰膽」，不料這乾屍堆成的山丘，由於大量乾屍都是從天橋上扔下來的，並非有意堆砌，屍山內部很多地方都是空的，一有外力施加，乾屍壘成的山丘便散了架，就如同山體崩塌滑坡一樣，稀里嘩啦地在邊緣位置塌掉了一大塊，眼看那乾屍手中的「鳳凰膽」搖搖欲墜，就要與附近幾具屍體一同滾落下去。

我發一聲喊，直接撲了上去，在抓到「鳳凰膽」的同時，我同那些失去支撐的乾屍一同滾下了屍山崩塌的邊緣，這裡距離下方的水晶礦層並不算高，翻滾下五六米的深度，便已止住，我不等從地上爬起來，便先看了看手中的「鳳凰膽」，實實在在地握在手裡，這才鬆了一口氣，總算是拿回來了。

這時身邊的白色石煙已變得極為稀薄了，剩下的也如同亂雲飄散，身邊的晶脈螢光慘然，地形差不多與頭頂完全對稱，如同是鏡子裡照出來的一般，由於附近散落著無數掉下來的乾屍，把地面都占滿了，所以並不容易受到冰壁般晶面的影響，我抬頭向頭頂望了望，真是乾坤顛覆，風雲變色，漆黑的巨影正在扭曲拉長，整個都伸展了開來，而且已看不出是人的形狀，如同一面殘破的黑色風馬旗，在晶體中慢慢轉動，看那形狀，竟然又像極了黑色的眼窩，其中鼓蕩不止，像是要對著玉山滴出水來。

Shirley楊站在屍山的邊緣，正在拚命招呼天橋上的阿香等人趕快離開，胖子拉著阿香和明叔從天橋跳落到下邊的屍堆上，跌跌撞撞的邊跑邊喊：「祭壇不能待了，趕緊跑啊同志們……」

我還看不太清楚他們究竟看到了什麼，但心中感到一陣寒意，雖然找回了「鳳凰膽」，但畢竟晚了一步，可能已經沒辦法再回祭壇了，我突然產生了一種衝動，打算冒險衝回去，但是眼睛怎麼辦？用誰的？挖掉明叔的還是用我自己的？

這時忽聽有水流拍打石壁之聲，我連忙回頭一看，見在不遠處的一叢晶脈中，有片不小的地下水洞，裡面的水都被鮮血染紅了，那條我們曾在風蝕湖中見過的白鬍子老魚，我們與它一同落入地下湖中，這地底水脈雖然縱橫交錯如網，卻真沒想到在這裡會再次見到牠。

白鬍子老魚奄奄一息地擱淺在水邊，雖然還活著，但死亡只是遲早的事了，牠全身都是被撕咬撞擊造成的傷口，魚口一張一闔，不停地吐出血泡，隨著一口鮮血湧出，竟然從嘴中吐出兩粒珠子般的事物，滴溜溜落在地上。

雖然那兩粒珠子上蒙有血跡，但我還是看出來了，那東西是鬼母「冰川水晶屍」的眼珠子，沒有比牠更合適的祭品了，真是天無絕人之路，我立即起身，想去取地上的眼球，但腳下

的水晶層比冰面都滑，四仰八叉地再次滑倒，鬼母那兩隻水晶眼珠子，也正在滑向水中，我雖然離它們僅有一步之遙，但來不及站起來了，在原地伸手又夠不到，眼睜睜地看著它們滾向水邊，一旦掉進去就什麼都完了。

情急之下只能行險，我隨手拉出登山鎬，平放在水晶層上推向眼球滾動方向的前端，這一下雖是鋌而走險卻不差毫釐，終於在那對眼珠子滾進水中之前，將它們擋了下來，我懸著的心還沒落地，就見那兩枚水晶眼，竟然慢慢向坡度較高的一側滾動起來，對面兩道水晶礦石的夾縫中，一頭黑白花紋的「斑紋蛟」，從中擠出一副血盆大口，正在瞪著貪婪血紅的雙眼，用力吸氣，吞吸氣流的腥臭之氣中，將這對眼珠吸入了腹中。

第二二八章　鋪屍

「斑紋蛟」大概是從另外的哪個水洞爬進祭壇洞窟的，冰壁般的水晶，阻擋了牠撲過來的道路，而且牠體形笨重，也難以從數米高的冰壁上躍將過來，只是將牠的大嘴，從兩大塊水晶的縫隙中伸了過來，顎骨尚且卡在外邊，短粗的四肢在後頭不斷蹬撓，恨不得把攔路的水晶擠碎。

凡是生長年頭多了的動物，都喜「內丹」，尤其是水族，蛟、魚、鱉、蚌之屬，光滑溜圓的珠子是牠們最喜歡在月下吞吐的「內丹」，有很多古籍中記載的觀點，都認為這是屬於一種日久通靈，採補精華之氣的表現，實則皆是天性使然。

我使出渾身解術，才勉強用登山鎬擋住了即將滾入水中的兩枚水晶眼珠，但天地雖寬，冤家路窄，完全沒想到「斑紋蛟」趁這功夫伸出嘴來橫插了一槓子，大嘴一吸，腥氣哄哄的氣流，裹著水晶眼球，就此捲進了牠的口中，我看了個滿眼，雖然急得心中火燒火燎，進入容易出來難，那兩條窺視風蝕湖寶珠的「斑紋蛟」，不知已經為了這個東西，與這白鬍子老魚鬥了多少年月，一旦吞下去，外人就別想再取出來了，兩頭惡蛟雖然已在古城遺跡中，被千鈞石眼砸死了一隻，但單是面對這一頭「斑紋蛟」，我們眼下也沒辦法對付，這傢伙皮糙肉厚怪力無窮，子彈根本就不會把牠怎麼樣，我在溜滑的水晶層上動彈不得，只有眼睜睜看著，心中絕望到了極點。

就在「斑紋蛟」將水晶眼珠吸入口中的一剎那，我聽到身後一陣混亂，好像是明叔和胖子

帶著阿香從天橋上逃了下來，把堆積的乾屍又踩塌了不少，連人帶乾屍翻滾著塌落下來，不等我回頭去看究竟發生了什麼，就被什麼東西從後邊猛的推撞了一下，也不知是滾下來的胖子等人，還是被他們踩塌下來的乾屍，總之力量奇大，登時便將我撞得從水晶層上向前滑行過去。

我趴在地上被向前一推便順勢滑出，已經失去了對自身慣性的控制，剛好是把腦袋送向「斑紋蛟」的血盆大口之中，一瞬間就已經到了面對面的距離，而且去勢未止，腦袋已經到了牠的口邊，「斑紋蛟」那腥臭的口氣薰得我腦門子一陣陣發疼，森森利齒看得我通體冰涼，卻在這時突然看見兩粒圓溜溜的事物，正慢慢在「斑紋蛟」的口中向後滾動，眼瞅著就要沒入喉嚨，而「斑紋蛟」擁有巨大無比咬合力的大嘴，原本是用力往裡吸氣，開合的角度並不算大，但見我送上門來，這貪婪成性的傢伙自然不會放過，反又完全張開了大口，準備把我的腦袋咬下來，連同那對眼珠子一併吞了。

我沒敢去想後果，只仗著一時血勇，身體向前滑行的同時，順手抓起身旁的登山鎬，迅速向前一送，將登山鎬當做支架，豎著進了「斑紋蛟」的大口之中，頓時把牠的嘴撐做了大字形，再也閉合不上，隨後我一頭撞到了「斑紋蛟」的牙床上，登山頭盔上被撞得鏗鏘有聲，我用一隻手拖住牠的上顎，另一隻手整個探進牠的口中，硬從裡邊把兩枚水晶眼珠給掏了出來，縮回手的一瞬間，「斑紋蛟」的巨口猛然合攏，斜撐住牠上下牙膛的登山鎬被它吐了出來，遠遠的落入水中。

我這才感到一陣害怕，慢上半秒這條胳膊就沒了，張開手掌一看，兩枚圓形物體，雖然被黏呼呼的胃液、口水與血跡遮蓋，但掩不住裡面暗紅色的微光，不是別的東西，正是被「輪迴宗」放入「風蝕湖」裡祭拜惡羅海城的水晶屍眼球，先前我們已經基本上推測出有可能鬼母的腦子被埋在影之城地下，而雙眼被放在了古城遺址的水下神殿，或是湖底某處，為了爭奪這對水族眼中的「內丹」，才導致「斑紋蛟」不斷襲擊「風蝕湖」裡的魚群，但卻沒想到被白鬍子魚重傷之下，竟在這洞窟裡吐了出來，剛剛險到了極點，差點失而復得，但命運顯然還沒有拋棄我們，兩種祭品此刻已經都在我手中了。

我尚且沒來得及仔細回味，剛才伸手入惡蛟口中摸珠的驚險，就發現那條在石縫後的「斑紋蛟」正在發狂般的暴怒，牠顯然不能容忍我的所作所為，向後退了幾步，惡狠狠地一頭猛撞擋住牠來路的兩大塊水晶礦石，不過這些鏡子般的礦石都與晶埋地層連為一體，還算堅固結實，加上地上的晶層也光滑異常，牠也難以使足力量，但這縫隙是倒三角形，下邊窄，上邊略寬，「斑紋蛟」竟然竄進了上邊較寬的間隙，粗壯的軀體連扭帶擠，竟然有要爬過來的可能。

我心道不妙，得趕緊從那些堆積如山的乾屍上爬回去，立刻把祭品塞進袋裡，這時我發覺到不知在什麼時候，頭頂那隆隆作響的悶雷聲已經止歇，洞窟中只有人和猛獸粗重的喘息聲，突然傳出一陣步槍的射擊聲，在屍山上的胖子見情況危險，在開槍射擊支援，但子彈擊中「斑紋蛟」的頭部，根本沒傷到牠，只是更增加了幾分牠的狂暴。

我趁著牠還沒從縫隙中掙脫出來，趕緊用腳蹬住結晶岩借力後退，身體撞到後邊堆積的乾屍之時，才發現原來剛才撞我的人是明叔，他從乾屍堆上滾到了我身邊，表情一臉的狼狽不堪，被那凶猛的惡蛟駭得呆在原地不知所措，我一把揪住他的胳膊，拚命向乾屍堆上爬去。

我看到上邊的胖子不斷開槍，而Shirley楊則想下來接應，但人在乾屍的山丘上實在難以行動，越是用力越是動不了地方，只聽Shirley楊焦急的喊道：「小心後邊……。」

我不用回頭也知道大事不好，肯定是「斑紋蛟」已經竄過來了，一旦與牠接觸，不管是被

咬還是被撞，都是必死無疑，但屍山難以攀登，只好放棄繼續向上的努力，拉住明叔從乾屍堆的半山腰滾向側面，那個方向有很多凹凸不平的晶洞和稜形結晶體，地形比較複雜，也許暫時能稍微擋一擋那條窮追不捨的「斑紋蛟」。

這祭壇洞窟裡的螢光轉暗，似乎不僅僅是由於頭頂的那個黑影，濃厚的石煙散去之後，底層的光線逐漸變得格外暗淡，看什麼都已經開始朦朧模糊起來，似乎洞中所有的光線都被「大黑天擊雷山」所吸收了，不過這種情況對我們來講，暫時也有它有利的一面，水晶石中的倒影朦朧，不再影響到我們對方向的判斷，只是四周影影綽綽的，稍稍使人有些眼花，所以在數米開外看這裡地形比較複雜，但到得近前，才知其實只有一片冰壁般的結晶岩可以暫避。

明叔這時也緩過神來了，與我一同躲到了這塊大水晶石後邊，立足未穩，「斑紋蛟」就狠狠撞在了我們身後的結晶石上，這一下跟撞千斤銅鐘似的，一聲巨響之後嗡嗡回響不絕，感覺身心都被徹底震酥了，頭腦發暈，眼前的視線跟著模糊了一下，足足過了數秒鐘，這才恢復正常。

我們後背的水晶石遭到猛烈撞擊，而導致失神的那一刻，「斑紋蛟」又發動了第二次衝擊，這次我吸取了教訓，趕快使身體離開結晶石，轉身一看，身後那一大塊透澈的水晶，已經被撞得裂開了數道裂縫，再來一下，最多兩下，「斑紋蛟」就能破牆而入。

我見已面臨絕境，身處位置的四周，兩面都是橫生倒長的晶脈，右手邊是成堆的乾屍，下來容易，上去難，急切間根本難以爬上去，右手邊，是距那將死之魚不遠的水洞，不過在「斑紋蛟」的追擊下，跳進水裡豈不是自尋死路。

而這時候明叔偏又慌了神：「胡老弟，擋不住了，快逃命……」今天這一連串的事件可能造成了他精神不太穩定，我看他的舉動，這次可真不是演戲了，他竟然頭朝前腳朝後，鑽進一個很淺的晶洞之中，說是晶脈上的蝕孔，其實粗細和水桶差不多，而且根本不深，明叔只鑽進去一半，就已經到了底，兩條腿和屁股還露在外邊，只聽明叔還在洞中自言自語：「這裡夠安全，動動腦子當然就一切OK了。」不過隨即他自己也發現到下半身還露在外邊，也不知他是糊塗還是明白，竟然自己安慰自己說：「大不了腿不要了。」

這時Shirley楊帶著阿香，和胖子一同，從屍堆裡爬下來與我會合，看她們神色不安的樣子，恐怕是天橋和祭壇附近已經不能待下去了，我始終沒顧得上看頭頂究竟發生了什麼情況，不過既然眾人合在一處，進退之間便多少能有個照應。

我們看明叔說話已經有些顛三倒四了，正要將他從洞中扯出來，但身後的晶體突然倒塌，「斑紋蛟」終於在第三次撞擊後，將不到半米厚的晶層撞倒了，眾人急忙俯身躲避，「斑紋蛟」藉著躍起衝擊的貫性，從我們頭上竄過，一頭撞在了對面的另一片晶層上，又是砰的一聲巨響，散碎的晶塵四散落下，「斑紋蛟」的怪軀重重摔在地上，但牠力量使得過了頭，又向側面滾了兩滾方才停住。

我們身後便是水潭，挨著乾屍堆的方向，被「斑紋蛟」完全擋住，我見已經插翅難逃了，只有橫下心來死拚，掏出M1911正要擊發，但見那頭「斑紋蛟」忽然猛地一翻，在牠身體中傳來一陣骨骼寸寸碎裂的聲音，口鼻和眼中都噴出一股股的鮮血，凶惡無比的猛獸就如一堆軟塌塌的肉餅，竟然就此死在了地上。

一瞬間我們都楞在了當場，誰也不敢相信眼前的情形是真的，「斑紋蛟」的內臟和骨骼都碎成了爛泥，外部雖然沒有傷痕，但已經不成形了，那只是一兩秒鐘之內發生的事情，實在

太快，而且太難以置信了，而且牠只是自己撲過去摔到那裡，憑牠堅固的身體，不可能只撞這麼一下子就把全身骨骼都撞碎了，剛才究竟發生了什麼？倘若是受到某種襲擊，為什麼我們沒有看到？想到這裡，心底不禁產生極度寒意，難道是肉眼看不見的敵人？莫非當真就是礦石中的邪靈「大黑天擊雷山」？連「斑紋蛟」都能被牠在一瞬間解決掉，要弄死幾個人還不跟玩似的。

眾人心裡打了個楞，但是隨即就發現，在「斑紋蛟」爛泥般的屍體下，地表的晶層變成了黑色，那種漆黑的顏色，即使在光線暗淡的環境中，也顯得格外突出，是一種沒有什麼存在感，十分虛無的漆黑，又像是在水晶石中流動著的黑色墨汁，正在晶層中慢慢向我們移動。

整個洞窟中的晶層，已有大半變為了黑色，沒有被侵蝕的晶層已經所剩不多，能見度越來越低，「大黑天擊雷山」果然已經出來了，雖然不知道是什麼東西，也不清楚牠究竟是怎麼把「斑紋蛟」弄死的，但誰都清楚，一旦碰到那種變黑的晶層，肯定也同那隻不走運的「斑紋蛟」一樣，到死都不知道自己是怎麼死的。

藏在洞裡，只露出兩條腿的明叔，距離那些逐漸變黑的結晶體最近，我和胖子見狀不好，分別扯住明叔的一條大腿，把他從洞裡拉了出來，Shirley楊也拉上阿香，五個人急向後退避，但見四面八方全是潑墨一般，已是身陷重圍，哪裡還有路可走。

我們沒有任何可以選擇的餘地了，只得跳入白鬍子老魚所在的水洞，這是一個位於晶層中不大的水潭，直徑雖小，但非常深，在沒有氧氣瓶的情況下，人不可能從下面游出去，而且即使有氧氣瓶，下邊的水路不明，也很有可能迷失在其中找不到出口，最後耗盡氧氣而亡，一時間進退無路，只好踩著水浮在其中，在跳進水裡的一刻，整個洞窟裡，已經全被晶層中那潑墨般的物質吞沒了。

我們慌不擇路的跳進水裡，但誤打誤撞，似乎那東西只能在結晶體或岩石中存在，無法進入水中，這裡還算暫時安全，但從比較宏觀的角度來看，我們一無糧食，二無退路，困在這裡又能撐多久?多活那一時三刻，又有什麼意義?

黑暗的洞窟中，籠罩著死一樣的沉寂，不到半分鐘的時間，已經黑得伸手不見五指，我們將登山頭盔上的戰術射燈打亮，射燈光束陷入漆黑的汪洋之中，雖然如同螢火蟲般微弱，還是能讓人在絕望中稍稍感到幾分安心。

我看了看四周，確認那晶層裡的東西不會入水，這才苦笑一聲，這回可好了，費了九牛二虎之力，才把鳳凰膽和水晶眼都找齊了，眼瞅著就能卸掉這個大包袱了，可還是晚了一步，現在黃瓜菜都涼了，咱們就跟著泡著吧，不到明天就得泡發了變成死漂。

胖子抱怨道，這要怪也都怪明叔，耽誤了大夥求生的時間，不是咱們非要搞什麼階級清算，而是不能輕饒了他，欠咱們的精神損失費，到陰曹地府他也得還啊，老胡你說這筆帳得怎麼辦?

明叔算是怕極了我和胖子二人，無奈之下只好找Shirley楊求助，Shirley楊對我們說：「好了，你們別嚇唬明叔了，他這麼一把年紀，也是不容易，快想想有什麼脫身的辦法，總不能真像老胡說的，一直在水裡泡到明天。」

我正要說話，這時阿香忽然「哎呀」一聲驚叫，原來剛才混亂之中，不知是誰將一條乾屍的胳膊踢到了水中，漂到阿香身邊，把她嚇了一跳。

我從水中撈起那隻漂浮的乾屍手臂對阿香說，阿香妹子，這可是個好東西，你看這隻乾屍

的胳膊雖然乾枯了，皮肉卻並沒有腐爛消解，說明這是殭屍啊，你拿回香港把它煮煮吃了，對你大有好處。

Shirley楊和阿香等人都搖頭不信，這都什麼時候了還有心情胡說八道，胖子說老胡現在我算真服了你了，以前我總覺得咱倆膽色差不多，可都這場合了你還說笑呢！你這種渾不吝的態度還真不是誰都能具備的，但你說歸說，說胡話可就不好了，你是不是餓暈了頭，連殭屍都想吃？

我對他們說，你們這些人真是沒什麼見識，殭屍肉可入藥，這在古書上都有明確的記載，尤其可以治療肢體殘缺的傷患，當年劉豫手下的河南淘沙官，倒了宋朝哲宗皇帝的斗，見那皇帝老兒已變做殭屍，皮肉潔白晶瑩得像是要滴出水來，於是眾人一人割了他一塊肉去，以備將來受了刀傷箭創之時服用，連外國人也承認木乃伊有很高的藥用價值，這怎麼是我胡說呢？

我本是無心而言，為了說說話讓眾人放鬆緊繃的神經，但Shirley楊卻想到了什麼，從我手中接過乾屍的胳膊說：「有了，也許咱們還有機會可以返回上邊的祭壇。」

Shirley楊說，古代傳說中「大黑天擊雷山」，是一種可以控制礦石的邪靈，但阿香卻看不到這洞中有什麼不乾淨的東西，連想到那頭惡蛟的死狀，像是被「次聲」或者「晶顫」一類的共振殺死的，既然名為擊雷山，一定是可以利用某種我們聽不到的聲音來殺人，最可能的就是「晶顫」，如果能夠把乾屍堆積成一定的厚度，踩著乾屍到祭壇，而不與洞窟裡的礦石接觸，就可以將「晶顫」抵消到無傷害的程度，當時我們在上邊看到晶層，包括天橋中到處都變為黑色，便從乾屍堆上跑下來，現在回想一下，也許那屍堆才是最安全的地方。

Shirley楊說完後，我和胖子商量了一番，與其留在水裡慢慢等死，不如冒險一試，或許能有活路，但我們距離乾屍堆積之處有些距離，只好用先前的辦法，將承重帶連接起來，頭上掛著登山鎬，拋過去把遠處的屍體勾過來，把那些被剜去眼睛的乾屍當做路磚，口中不停念叨著得罪勿怪，但後來一想語言未必相通，也就豁出去不管了，將乾屍一層層厚厚的鋪將過去，這招竟然十分可行，只是格外的要出力氣，而且不能有一絲閃失，否則摔下去掉在晶層上就完了。

我們正在忙碌的搬挪一具具乾屍，就聽到原本平靜的頭頂，發出一陣陣喀啦啦的碎裂之聲，眾人不由得都停下手來，頭上黑洞洞的什麼也瞧不清楚，但聽那聲響，似乎頂上叢叢晶體，正在開裂，馬上就要砸落下來。

第二二九章　血祭

為了避開「大黑天擊雷山」中殺人於無形的「晶顱」，我們將堆積在天橋下的無數乾屍，當做踏腳石，一層層鋪著形成通往祭壇的道路，開始的時候眾人還有點放不開手腳，一來是那些臉上有兩個大黑窟窿的乾屍，實在是過於面目猙獰，失去了生命的空虛軀殼中，也曾經都是有血有肉活生生的大活人，他們大多數還保留著生前面對死亡降臨之時，那副掙扎嚎哭的慘狀；二是擔心乾屍的厚度不足以抵消「晶顱」，又怕那些乾屍堆砌得不結實，禁不住人從上邊經過，會踩上去塌掉。

但是到了後來，求生的欲望就壓倒了一切，根本沒這麼多講究顧忌了，除了阿香體力不行，又少了一隻右手，其餘的人全甩開膀子玩命搬運屍體，就連明叔也顧不上耍小聰明了，真賣了力氣，因為眾人心知肚明，這條用乾屍鋪就的道路，就是從地獄返回人間的唯一通道，眾多的乾屍可能都在死後經過惡羅海城祭師的某種特殊處理，完全脫了水，所以並不沉重，縱然是這樣，我們四個人仍然累得大汗淋漓。

沒用多長時間，乾屍已經堆到了距離祭壇洞口不遠的地方，眼看著再搬幾十具屍體，就可以鋪就最後的一段道路了，我心中一陣高興，要不是這些挖去眼睛做祭品的乾屍，都剛好被丟在天橋下邊，又有如此之多的數量，我們要想從水中脫身真是談何容易，那不是被活活困死在水裡，也得讓這礦石裡的鬼東西震得粉身碎骨。

但是正所謂禍不單行，胖子和明叔在天橋下用登山鎬勾住屍體，往上邊傳，我和Shirley楊將他們遞上來的乾屍堆到前方，眾人正各自忙個不停，忽然聽到頭頂傳來一陣陣奇怪的動靜，眾人聞聲都是一怔，聽起來像是結晶體中有某種力量擠壓造成的，但黑暗中看不到上面是怎麼樣的一種情況，只聽頭上晶脈中密集的擠壓碎裂之聲，宛如一條有聲無形的巨龍，由西至東，鏦然滑過，震得四周晶石嗡嗡顫抖。

洞窟中的結晶體，如果站在旁邊看也許不覺得有什麼，但在上邊橫生倒長出來的晶柱，非錐既稜，那無數水晶礦脈，就如同一叢叢倒懸在頭頂的鋒利劍戟，一旦掉下來，加上它的自重，無異於凌空斬下的重劍巨矛，聽到頭頂晶脈的巨大開裂聲，不禁人人自危。

剛這麼一楞神的功夫，眾人眼前一花，只見十幾米外如一道流星墜下，掉下來的一根天然晶柱，在從穹頂脫離砸落的一瞬間，恢復了它的晶瑩的光澤，鋒利的水晶錐帶著刺開空氣的嗚咽聲，筆直墜落插入了地面，一聲巨響之後，晶體的夜光隨即又被黑暗吞噬。

晶錐墜落地面的聲音，讓我們從震驚的狀態中回過神來，「大黑天擊雷山」先前不斷發出的悶雷聲，是在積累結晶體中的晶顫能量，此時祭壇洞窟中的水晶層已經不堪重負，開始破碎龜裂，密密麻麻的晶錐將會不斷落下，除了躲進那玉山的山腹之中，外邊沒有任何地方是安全的，但若沒有乾屍墊在下面，一踏足在外就會死於非命。

這時候躲也不是，不躲也不是，出於人的本能，肯定是想跑著躲避，但那些掉下來的冰錐毫無規則可言，不跑則可，一跑也許就撞到槍口上了，而且也不可能看清楚了再躲，鋒利的晶體如同流星閃電，速度實在是太快。

在第一根晶錐從上方晶脈中脫離之後，緊接著頭頂的黑暗中，又是寒光閃爍，落下數道星墜般的冰冷光芒，有些離我們甚遠，但其中一道剛好出現在胖子頭頂，我剛好看到，但還不等

喊他躲避，那道白光就「嗚」的一聲呼嘯，落在胖子面前，胖子腳下的乾屍堆，根本承接不住那半張桌面大小，又薄又利好像鍘刀似的一塊水晶，稜角鋒利的水晶石，落在屍堆上連停都沒停，就無聲無息的穿屍而下，沒入乾屍堆中不見了。

我的心臟差點從嗓子眼中蹦了出來，只見胖子也嚇得呆在原地，那塊水晶幾乎是貼著他的臉掉下去的，登山頭盔上的戰術射燈，在水晶從面前落下後，已經被切了下去，胖子伸手摸了摸自己的腦袋，咧嘴笑了笑，還好腦袋還在。

但我在對面見胖子臉上好像少了點什麼，笑得怎麼這麼彆扭，但一時沒看出來，見他沒事，正要回身招呼Shirley楊躲避，才突然發現不對，胖子的鼻尖上突然變得殷紅，滲出了一些鮮血，隨即血如泉湧越流越多，鼻頭被齊刷刷切掉了一大塊肉去，幸虧那屍堆是傾斜的，他為了保持平衡，身體也向前傾斜，若在平地按這個角度，肚子也得切掉一部分，這時候怕是已被開膛破肚了，他根本沒感覺到疼，直到發現鮮血湧出，才知道鼻子傷了，大喊大叫著滾到較低處的乾屍堆裡，把身後的明叔也給砸了下去。

我想衝過去相助，剛邁出半步，便又有一根多稜晶體墜在面前不到半米遠的地方，天橋上鋪了四層的乾屍被它釘成了冰糖葫蘆，後半四五米長的錐尾擋住了去路，頭頂的震雷之聲越來越緊，晶墜也在不斷增加，好在這洞窟寬廣，縱深極大，晶墜也不侷限於某一特定區域，從東到西散佈在各處，沒有任何的規則，雖然險象環生，但我發現其先兆都是集中在即將落下晶墜的那一處，那裡的晶脈會喀啦喀啦連續作響，只要穩住了神，還不至於無處躲閃，不過我清楚這才僅僅是剛開始的零星熱身，照這種趨勢發展下去，稍後會出現一種如萬箭攢射般的情況，地面上將無立足之地。

我見掉到下層屍堆上的胖子滿臉是血的爬了起來，用手捂住鼻子罵不絕口，抱怨破了將來能發達的福相，我趕緊喊明叔和阿香，讓他們從胖子背包裡找些龜殼幫他塗上，那東西止血的效果很好，明叔不敢再自作聰明，拉著阿香同胖子一起躲進了天橋下的死角裡，給胖子裹傷。

我見他們躲的那個地方相當不錯，便想招呼Shirley楊也過去暫時避一避，Shirley楊看到洞窟裡的晶墜驟緊，一旦有更大的晶層塌落，別說是天橋下的乾屍堆了，就連那玉山裡面也不安全，只有馬上將「鳳凰膽」與帶有鬼母記憶的「水晶眼」放去祭壇，阻止「大黑天擊雷山」繼續崩塌。

＊　＊　＊

這時來不及仔細分說，Shirley楊的位置距離祭壇水池已經很近了，只有讓她冒險一試，我將裝著祭器的袋子拋過去，Shirley楊接住後，把附近的幾具乾屍推到前邊，那裡距離兩個眼窩般的水池只有十米了，我以為她就想直接在那裡將眼球扔進祭壇，但兩個水池的面積很小，都是天然形成的，風水中所講的龍髓也就是那些水了，各個支幹龍脈的生死剝換，也都自其中而來，雖然相信Shirley楊不會冒無謂的風險，這麼做一定有把握，但畢其功於一役，不得不為她捏了把汗。

Shirley楊卻並沒有在這麼遠的距離直接動手，顯然是沒有十足的把握，先是用狼眼手電筒照明了水池的方位，又將幾具乾屍倒向前邊，就在這時候頭上掉下來的一塊水晶落下，將離她近在咫尺的一尊石人砸中，晶塵碎屑飛濺，水晶石落下了天橋，而那石人搖搖晃晃的轟然倒塌在地，擋住了Shirley楊繼續向前的去路。

我在後邊完全忘了身邊晶墜的危險，無比緊張的注視著Shirley楊的一舉一動，只見她隔著

石人凝視了一下水池，後背一起一伏，像是做了幾次深呼吸，在洞窟頂上那如同瓢潑大雨般密集的雷聲中，Shirley楊也是全神貫注，把「鳳凰膽」和「水晶眼」按照與壁畫儀式中提示的對應位置，扔入了水池，「鳳凰膽」與「鬼眼」分別代表了鬼洞那個世界的兩種能量，而龍丹中的兩個眼窩形水池，則是「天人一體」中陰陽生死之氣的交會之處，也就是所謂的「宇宙全息論」中弦與弧的交叉點，龍脈盡頭的陰陽生死之氣都像兩個漩渦一樣聚集在這裡，相反的能量可以將鬼洞中的物質現實化，使它真實的停留在我們這個世界，也就等於切斷了與鬼洞所在的虛數空間的通道，背後的詛咒也就算是中止了，不會再被鬼洞逐漸吸去血紅素，但作為鬼洞祭品的烙印卻不會消失，到死為止。

這些古老宗教的機密，大多數很難理解，再加上憑空的推測，是否真的能起作用？事到臨頭竟然沒有半分把握，我目睹Shirley楊終於將「鳳凰膽」與「鬼眼」投入了水池，卻並沒有感到任何的解脫和輕鬆，心中有種難以形容的失落感，我們為了這一刻，已經付出太大的代價了，Shirley楊回頭看了看我，大概是剛才過於緊張，身體有些發抖，這時洞窟晶層中湧動著的黑氣也在逐漸退散，附近開始恢復了冷漠的螢光，晶層不再震動，但仍有不少有可能會掉下來的晶錐，顫微微的懸在高處。

從密集的聲響中突然轉為安靜，我還有點不太適應，抹了抹額頭上淌下的冷汗，對Shirley楊說：「總算是結束了？咱們終於堅持到了最後，熬過了黎明前的黑暗，倒了半輩子的楣，可算看見一回勝利的曙光了。」

Shirley楊一臉始終憂鬱的神色，這時也像是晶層中的黑氣一樣在消散，雖然閃爍的淚光在眼眶裡打轉，但那是一種如釋重負的淚水：「嗯，終於熬過來了，感謝上帝讓我認識了你，不然我真不敢想像如何面對這一切，現在咱們該考慮回家的事了……」

話剛說了一半，就被天橋下的槍聲打斷，步槍的射擊聲中，還傳來了胖子和明叔的叫喊聲，我心中暗叫一聲苦也，卻不知又出了什麼事端，Shirley楊的臉色也變了，不好，難道是祭祀的方式錯了？又有什麼變故？

我們顧不得再想，拔槍在手，這時已不用再刻意踏屍而行，尋聲向天橋下的屍堆處衝去，就在奔至屍堆旁邊之時，覺得有些不對，有團冰屑般透明的東西，在黑紫色的屍堆上迅速竄了過來，像是透徹的水晶突然間有了生命，還以為是眼睛發花，但仔細一看，確實是有個透明的東西，在以很快的速度向我們接近，究竟是個什麼形狀根本看不清楚，只能看見大約是又扁又長的那麼個輪廓，移動的速度很快，我隨即舉起M1911對著它開了一槍，但槍聲過後，乾屍堆上什麼也沒留下，那如鬼似魅的東西眨眼間就沒了。

我和Shirley楊異口同聲的問對方：「剛才眼前出現的是什麼東西？」這時我忽然覺得背後有輕微的響聲，來不及回頭去看，便撲倒在地，只覺後肩膀被一堆刀片同時劃了一下，衣服被掛掉了一塊，眼前又是一花，一團模糊透明的東西，從後向前疾馳而過，在乾屍上還能看到它，但它一旦進入水晶附近，便蒸發消失了，而且沒有任何聲音。

那種模糊透明的東西，移動得非常之快，而且不只一個，在側面也出現了兩三個，由於看不清楚，很難瞄準，子彈也有限，沒有把握不能輕易開槍，只好先退向後面，在地形狹窄的天橋上也許可以捕捉到目標。

我和Shirley楊原路退回石徑盡頭的祭壇洞口，這時胖子和明叔那邊的槍聲停了下來，不知他們有沒有什麼閃失，但這裡偏偏無法脫身，心中越來越是焦急，Shirley楊忽然對我說快向頭

頂開槍。

原來這時候已經有十數團透明模糊的物體，跟著我們爬上了天橋，看那形狀既像是蛇，又像是魚，我立刻明白了Shirley楊讓我向上開槍的意圖，不敢怠慢，抬槍向空中的晶脈射擊，子彈的撞擊使已經鬆脫的幾根六稜晶柱砸落了下來，啪啪幾聲沉重的晶體撞擊，地面上只流下幾大片污血，那些東西竟然都被晶柱砸脫了形，全被拍成了碎肉，仍然看不出是什麼東西，而且這幾槍不要緊，引起了連鎖反應，通道盡頭處落下了大量水晶石，將回去的路堵住。

不過眼下顧不得這些了，聽到胖子在下邊招呼我，我應了一聲，看看左右沒什麼動靜，於是我們找路繞到下邊，見胖子鼻子上貼了膠帶，臉上大片的血跡尚且未乾，明叔和阿香也都在。

胖子等人和我遇到的情況差不多，不過由於阿香提前看到，才得以提前發覺，想不到他們這一開槍，倒把我和Shirley楊的命給救了，因為我們當時毫無防備，剛才事出突然，也沒覺得怎樣，現在想想著實算是僥倖，大風大浪都過來了，差點就在陰溝裡翻船，不過那些究竟是什麼東西？

胖子鼻子被貼住，說起話來嗡聲嗡氣，指著地上一團血肉模糊的東西，他槍鏟並施，拍死了幾條，像是什麼……魚，說著踢了踢那東西：「可他媽又有幾分像人，你們瞧瞧這是人還是魚？」

我聽得奇怪：「像人又像魚？不是怪魚就是怪人，要不然就是人魚，這東西的體形怎麼看上去十分模糊透明？」帶著不少疑問，我蹲下身子翻看胖子拍死的那一團事物，由於全身是血，已經可以看出牠的體形了，那東西有一米多長，腦袋扁平，也不知是被胖子拍的還是生來就是那樣，牠身體中間粗，尾巴細長，全身都是冰晶般的透明細鱗，也能發出暗淡的夜光，若非全身是血，在這光線怪異的洞窟中，根本就看不清牠的樣子，用手一摸那些冰鱗，手指就立刻被割了個口子，比刀片還要鋒利，牠沒有腿，兩個類似魚鰭的東西，長得卻好像是兩條人的胳膊，還有手，生得與人手別無兩樣，但比例太小了，連胳膊的長度都算上，只有正常人的手掌那麼大。

我仔仔細細看了數遍，對眾人說：「這東西的樣子有些像是娃娃魚，難不成是那種兩棲的滅燈銀娃娃，傳說那種東西確是有滅燈之異，非常稀有，大小與普通嬰兒相仿，專吃小蛇小蝦，當年有權有勢的達官貴人，往往喜歡在碧玉琉璃盆中養上一隻活的，晚上把府裡的燈都滅了，方見其稀罕之處，著實能顯擺一通，比擺顆夜明珠還要闊氣，不過養不長久，捉住後最多能活幾十天，而且死後怨氣很足，如果沒有鎮宅的東西，一般人也不敢在家裡養，但就沒聽過說那種東西會直接傷人。」

Shirley楊搖頭說不太像，用「傘兵刀」撬開那東西的大嘴，我們一看頓時倒吸了一口冷氣，這傢伙嘴裡沒舌頭，滿嘴都是帶倒勾的骨刺，還有數百個密密麻麻的肉吸盤，看來這東西是靠吸精血為生的。

Shirley楊說可能那些被當做祭品的奴隸，被挖去眼睛後，屍體都是被這些傢伙吸乾的，不知道這種血祭，是否也屬於祭祀鬼洞儀式的一部分……

這時明叔插嘴道：「這東西確實像極了滅燈銀娃娃，我前幾年遇過兩隻，不過都是做成標本的，後來被一個印度人買了去，嘴裡是什麼樣的還真沒看過。」

我抬頭對明叔說：「明叔剛才你竟然沒自顧著逃命，看來我們沒白幫助你，你覺悟有所提

高了，我看到在那一刻你的靈魂從黑暗走向了光明。」畢竟大事已了，我不由得放鬆起來，正想挖苦明叔幾句，但話未說完，就發現周圍只剩下胖子、明叔還有Shirley楊，少了一個人，唯獨不見了阿香的蹤影，我趕緊站起來往周圍一看，這一帶的乾屍都被我們搬到了天橋上，很多地方已經露出了下邊的晶層，地面上有一長串帶血的腳印。

第二三〇章　西北偏北

我們只顧著翻看地上的死魚，竟然不知道阿香是在什麼時候失蹤的，但她肯定沒有發出任何掙扎求救的動靜，否則不會沒人發覺，大夥心中擔心，都覺得這回真是凶多吉少了，怕是讓那些在祭祀之後來吸死人血的東西擄了去。

但隨即一看那串腳印，血跡新鮮，而且只有一個人的足跡，從血腳印的形狀來看，那應該就是阿香的，大約有十幾步，到堆積乾屍的地方就不明顯了。

如果她是被什麼東西捉了去，時間也絕對不會太長，現在追上去，也許還有機會能救回來，我們一刻也沒敢耽擱，急忙沿著腳印的方向，越過堆積的乾屍，屍堆下邊有出現了血足印，看去像繞進了祭壇後邊，我們三步併作兩步趕了過去，繞過玉山，只見山後的晶層間，有個洞口，不知通著什麼地方，一個纖弱的身影一閃進了洞。

雖然只看到人影閃了一下，但看身形服色，十有八九就是阿香，她周圍似乎沒有別的東西，她一個人流著這麼多血，走到這來想做什麼?我心中起疑，腳步稍緩，而Shirley楊卻加快了步子，急匆匆從後趕過去想追上阿香，明叔也在大聲招呼阿香的名字。

這處祭壇的洞窟，開始的時候中間被雲霧分開，擊雷山的異動，使石煙徹底消散，但我們一直疲於奔命，沒注意到祭壇後邊，竟然還有個洞口，而這時又慢慢在晶層上升起淡淡的薄霧，石煙霏霏，到處充滿了寂靜與迷離的氣氛，令周圍的一切看上去都顯得不太真實，洞窟邊緣的山隙之中更是深邃莫測，我的直覺告訴我，這個山洞不是一般的去處，洞內晶脈漸少，螢

光昏暗，隱隱有種危險的氣息，但我看到Shirley楊已經快步跑了進去，於是也不再多考慮了，稍一猶豫，舉起「狼眼」手電筒，跟著她進了山洞。

眾人一進山洞，沒追出幾步，便已趕上先前見到的人影，正是阿香，不過她似乎是患了夢遊症一般，失神的雙眼，直勾勾盯著前方，她的鼻子裡不停的滴出血來，而她卻對此毫無察覺，對我們的到來也沒有任何反應，只是一步步的向洞穴深處走著。

我伸手要將她拉住，明叔急忙阻攔：「別驚動她，胡老弟，阿香好像是得了離魂症啊，離魂症必須讓她自己醒過來，一碰她她的魂魄就回不來了，她以前可沒有這種症狀，怕是中了邪了？」

我一時不敢妄動，但阿香的鼻子不斷滴血，由於失血過多，臉上已沒有半點人色，再不管她的話，就是流血也能把人流死，Shirley楊說：「硝磺等刺激性氣味的東西可以讓失憶症者恢復知覺。」說罷拿出「北地玄珠」，剛要動手，發現阿香的手裡不知什麼時候多了一塊尖銳的水晶石碎片，正在向她自己的眼中緩緩刺去。

Shirley楊急忙將「北地玄珠」在阿香鼻端一抹，阿香猛地咳嗽一聲，身子一軟，立刻倒在了地上，我和Shirley楊趕緊扶她坐住，仰起她的頭，按住上邊的耳骨止血，多虧發現得及時，不過她這究竟是怎麼了？為什麼會走進這個山洞？她為什麼想要刺瞎自己的眼睛？莫非是洞中有什麼東西使她的心智迷失了？

Shirley楊對我說阿香肯定是不能再走下去了，最好先讓她在這休息一會兒。我點頭同意，先休息半個小時，走不了沒關係，我和胖子就是抬也得把她抬回去，阿香還算走運，我找胖子要了幾塊裩殼龜的龜殼，用石頭碾碎了，讓Shirley楊餵她服下，這價值連城的靈龜殼，是補血養神都有奇效的靈丹妙藥，胖子免不了有些心疼，本來總共也沒多少，全便宜阿香了，現在就剩下巴掌大小的一塊了，想來想去，這筆帳自然是要算到明叔頭上，讓他寫欠條，回去就得還錢，甭想賴帳，隨後出去拖進來兩條死掉的怪魚，餓紅了眼就餓不擇食，想那殺人的儀式荒廢了多少年了，這東西可能也不像它祖宗似的當真吸過人血，用刀刮掉鱗胡亂點火烤烤，足能充饑。

我用手電筒四處照著看了看地形，山洞很狹窄，也並不深，我們追到阿香的地方，已經快到盡頭了，舉起「狼眼」就可以在光束中看到盡頭情況，那裡是一道用巨石砌成的牆，牆下有三個很矮的門洞，而厚重的石牆上，刻著一隻滴血眼球的圖騰，眼中透著十足的邪惡。

眾人看到那隻血眼，都面面相覷，半晌作聲不得，就連葡萄牙神父從輪迴廟裡偷繪的聖經地圖裡，也沒有這麼個地方，而且所有的傳說記載，「惡羅海城」的地下祭壇，都是只有唯一的一條通道，而這牆後是哪裡？那滴血的眼睛又在暗示著什麼？

Shirley楊說這隻流血的眼睛，應該是與白色隧道前那閉合的眼睛相對應的，惡羅海城中的很多地方，都可以見到各種不同眼球圖騰，據我看，所有在牆壁石門上的眼球，都起著一種劃分區域或警示的作用，不過閉目容易理解，滴血卻有很多種可能，可能性比較大的是起警告作用，表明這牆後是禁地，比祭壇還要重要的一處祕密禁區。

我到洞穴盡頭的石牆前看了看，下邊那三個低矮的門洞中傳來一陣陣腥味，用手抹了一下，還有黏滑的液體，石上掛著一些魚鱗般的晶片，那些在祭祀活動後就去吸血的東西，就是從牆後爬進去的，那麼說這堵牆後也許有水，石牆上的紋理並不協調，看來是曾經被打破過，然後又被修復起來的，或者最早不是牆而是石門，被出於某種原因封堵了起來。

過了一會兒，阿香恢復了幾分神智，臉色白得嚇人，而且身體十分虛弱，說話都有些吃力，Shirley楊問她剛才是怎麼回事？知不知道自己在做什麼？

阿香先是搖了搖頭，然後說在天橋下的時候，突然感到很害怕，腦子裡只有一個念頭，就是想儘快離開，永遠都不要再看那些乾屍了，迷迷糊糊的就自己走到了這裡，連自己都不明白為什麼要這樣做。

明叔說：「我乾女兒看到陰氣重的東西，鼻子就會滴血，這次又是這樣，她畢竟年紀太輕，有些事她是不懂好歹的，但咱們都是風裡浪裡走過多少回的，自然是知道其中的利害關係，看來這裡不宜久留，你們聽我的沒錯，咱們原路回去才是最穩妥的。」

我考慮了一下，原路回去的話，最多轉回到湖心的火山島，那裡雖然有幾條地下河，但基本上算是處絕境，而且地下河水流湍急，帶著傷者根本不可能找到路，而這牆後雖然可能有危險，但也有一定的機會找到路徑，另外阿香神智恍惚的走到這裡，說明這地下一定還隱藏著什麼祕密，放任不管始終是個隱患，既然在祭壇後的山洞裡藏著這麼個地方，說不定會與鬼洞有關，斬草需除根，不徹底有個了結，恐怕回去之後也是永無寧日。

我看了看手錶上的指南針，石牆並非與自東向西的白色隧道看齊，位於西北偏北，有了這個防衛，我便立刻下定了決心，不過我還是要先徵求其餘成員的同意。

Shirley楊說道，來路被不少落下來的水晶阻住了，想走回頭路也不容易，拉火式雷管還剩下兩枚，炸是炸不開的，另外還有一個選擇，是攀到洞窟的頂上，用雷管破頂，使上面的湖水倒灌下來，注滿洞窟後，就可以游回地下湖了，不過咱們不少人都掛了彩，泡在水裡時間長了，就有生命危險。

明叔這時又猶豫起來了，極力主張要從地下湖回去，他本是個迷信過度的人，當然是不肯往陰氣重的地方去，對我說：「有沒有搞錯啊，胡老弟你師兄不是講過咱們這次遇水而得中道嗎？我覺得這一點實在是太正確了，可這道牆壁後面有沒有水咱們都不知道，對高人的指點又怎麼能置若罔聞？」

我心裡暗罵老港農又要拖後腿了，但能拿他怎麼辦？要依了我就扔下他不管，但Shirley楊那種信上帝的人肯定是不會同意這麼做，要是帶著明叔，他雖然現在精神狀態恢復了幾分，但難保他的疑心病什麼時候又犯了，再來那麼一次，我們可就吃不了兜著走了，我心念一動，心想明叔這樣的人也有弱點，就是過度迷信，我何不利用他這一點，讓他堅信這是條生路呢？

想到這裡我對明叔說，遇水而得中道，當然是沒錯的，咱們一路上過來，沒逢絕境，無不尋水解困，但易經五行八卦裡的水，並不一定是指湖裡江裡流動的水，它也暗指方位，在五行裡北方就代表水，水生數一，成數六，北就是水。

但這顯然說服不了明叔，因為他根本聽不明白，其實我也不明白，不過我研究風水祕術，自然離不開五行八卦之類的易術，雖然不會像張贏川那樣精研機數，但是一些五行生剋的原理我還是知道的，當然還有些是那次遇到張贏川時聽他所講，於是給明叔侃了一道：「八卦五行之數，都出自河圖，什麼是河圖呢？當年伏羲氏王天下的時候，也就是伏羲當領導的時候，他愁啊，天天愁，你們想想，那時候的老幹部，哪有貪污腐敗這麼一說，都特有責任感，整天憂國憂民的，有一天他就坐在河邊的一棵蘋果樹下思考國家大事……」

胖子正在點火烤魚，聽我說到這裡，忍不住插嘴道：「老胡你說這事我也知道啊，是不是掉下來一顆蘋果，正好砸他腦袋上了，砸得眼前直冒金星，就領悟出八卦太極圖了。」

我對胖子說你不知道能不能別瞎摻和？讓蘋果砸了腦袋的那是牛頓，伏羲在河邊的一棵蘋果樹下發愁，在思考自己臣民的命運，那個原始洪荒的時代，災難很多，人民群眾都生活在水深火熱之中，而且當時的人類，對於自然宇宙的認識非常有限，伏羲就對著河祈禱，希望能得到一些指示，怎麼才能讓老百姓避開災難，安居樂業。

這時河裡躍出一條龍馬，背上馱著一張圖，於是伏羲就以其紋畫八卦，也有人說那龍馬所負的，是一塊巨大的龜殼，或許龍馬本身就是一隻老龜，甲殼上面有天然形成的奇妙紋理，不管傳說是怎麼樣的，總之這就是河圖，伏羲按照圖中的形狀畫出了八卦，這是人類對宇宙對世界最早的認識，天道盡在其中。據記載，龍馬負圖的紋理圖案，有一白點、六黑點在背近尾，七黑點、二白點在背近頭……各有差異，河圖中總共有五十五個黑白斑點，白色的是二十五個，稱作天數，黑色的三十個，作為地數，白色代表陽，全是單數，一、三、五、七、九，黑點為雙數，二、四、六、八、十，代表陰，被稱為地數，同時河圖中還把一、二、三、四、五視為生數，六、七、八、九、十稱為成數，這之間有相生相成的關係，五個方位各有一奇一偶，都是以兩組具有象徵意義的數目互相搭配，用來表示世間萬物全都是由陰陽化合而成，有太極窮通天地之意，若非天生地成，便是地生天成。

所以才說北方是陽氣始生之處，生數一，成數六，叫作天一生水，地六成之，自然萬物的規律都在此中，所以我說往北邊走，就一定可以遇水得中道。

Shirley楊聽後忍不住贊嘆道：「想不到你還知道這麼多亂七八糟的事情，以前還以為你除了會看看風水之外，就只會數錢。」

我聽連Shirley楊也說我有學問，心裡自然得意，嘴上都快沒把門的了，但還是謙虛的說，其實我知道的東西多了，只不過你們平時總也不給我機會說，現在這麼說大夥都可以放心了吧，世界上所有的理論，都是根據客觀既存的事實所產生的，所以我敢說北邊一定是個生門，因為還有一個很重要的原因，摸金校尉有個古老的行規，入古塚摸金，必先在東南角起燈，因為東南是禍與事的方位，禍就是災難，事就是做事幹活，燈一滅，必生禍機，西北方角則是生路，西北、東北和北，是開、休、生三門，八門中只有這三個是吉門，這連司馬遷都講過，他說：「做事者多在東南，收功者常於西北。」同樣在精通陰陽風水之人的眼中，世上所有的事，包括政治局勢在內，歷來是南弱北強，一向是事生於南，功收於北，從戰略方位看北、西北、東北占據絕對的戰略優勢，北方主有生水，屬善形活勢。

一番話把明叔說的心服口服，認準了往北走肯定沒錯，要想活著出去，就這一條路可行，於是大夥略為休整，便從盡頭處的矮洞裡鑽了進去，離開前，我又盯著石牆上那滴血的眼球看了看，這圖騰會不會與阿香刺目的舉動有什麼關聯？心中有幾分忐忑不安，其實那些北方主水的話，都是用來敷衍明叔，我自己都沒什麼信心，不過走別路都已不可行，但願這是一條生路。

* * *

一出那低矮的門洞，眼前豁然開朗，一條宏偉的地下大峽谷出現在了面前，兩側峭壁如削死氣沉重，附近還可以藉著礦石的微光看個大概輪廓，而高遠處則黑漆漆的望不到頭，向前走了幾十米，發現峽谷中縱橫交錯的，全是巨大生物的骨骼化石，最近處的一個三角形頭骨，大小比一間民房也小不了幾圈，靠近峽谷邊緣的地方，無數的骨骼化石都與岩石長成了一體，只有那些長長的脊椎，表明了那些石頭曾經是有生命的。

胖子背著昏昏沉沉的阿香對我們說：「不是說魔國人願意供蛇嗎？這裡竟然有這麼多大蛇的屍骸，我看咱得多加小心了，說不定還有活的呢。」

Shirley楊說，這條地下大峽谷裡的骨骼沒有像蛇的，倒像是龍王鯨之類的，少說都死去幾百萬上千萬年了。我也同意Shirley楊的看法，說的沒錯，蛇又怎麼會有這麼大的肋骨，都快趕上輪船的龍骨了，所有的骨骸都是化石，沒有近代的屍骨，所以不用擔心什麼，不過咱們還不知道惡羅海人在這裡做過什麼，這一點還是要提防的。

我們正想往前走過去探探路，這時阿香突然對我說，側後方有些東西，讓她覺得頭很疼，我們急忙回頭去看，一看之下，都不由自主的「啊」了一聲，又驚又奇，誰也沒料到，就在我們出來的地方，有一尊如同樂山大佛一樣，嵌入山體中的黑色巨像，山體上零星的螢光，襯托著它高大黑暗的輪廓，像是個猙獰的陰影，摩天矗地的背對著我們，而且最奇特的是，那幾十米高的巨大神像，身體向前傾斜，臉部和兩隻手臂都陷進了山體內部，那姿態像是俯身向山中窺探，它的工藝沒有佛像那麼精美複雜，僅僅具備一個輪廓，沒有任何裝飾和紋理。

眾人都有個疑問，這是「大黑天擊雷山」的真實形象嗎？這裡究竟是什麼地方？我們隨即發現，巨像的兩面都有臉，身體也是前後相同，沒有正與背的分別，而且只有兩隻手臂，卻並沒有腳，巨像與地面連接的位置，有一個丈許高的門洞，裡面似乎有什麼空間，門前有幾根倒塌的石柱。

胖子說好不容易有個保存完好的建築，不如進去探探，找點值錢的東西順回去，要不咱們這趟真是賠本賺吆喝了。

我也想進去看看，抬著頭只顧看高矗的巨像，險些被腳下的一個東西絆倒，原來那些類似的石柱在峽谷中還有許多，我們腳下就有一根倒下的，多半截沒入了泥土，Shirley楊看了看腳下的石柱，忽然說知道這是什麼地方了，但並沒有直接說出來，而是對阿香說道：「能不能讓我仔細看看你的眼睛？」

第二三一章　蛇窟

地下峽谷像是到了深淵最底層的地獄，滿目皆是嶙峋巨大的史前生物骨骼，附近散落倒塌的石柱與那些骨骸相比，有些微不足道，而且大半都埋入了灰白色的土層之中，所以開始的時候眾人並未察覺到這裡有人類建築的遺跡，直到阿香指出我們身後存在著巨大的黑色神像，這才發現周圍還有這麼多石柱。

石柱上都鑿有一些牛鼻孔，有些還殘留著粗如人臂的石環，另外最醒目的，就是石柱上一層層的眼睛圖騰，這些圖騰我們已經見過無數次了，可謂是屢見不鮮，在這裡再次看到，都沒覺得有什麼意外，眼球的圖騰，除了祭壇兩端的非常奇特，一端是閉目之眼，一端是滴血之眼，其餘的皆大同小異，而這石柱上的就屬於比較普通的那種圖案，我並沒看出有什麼不同的地方。

但Shirley楊看到這些石柱上的圖騰後，似乎發覺了某種異常，非要仔細看看阿香的眼睛不可，Shirley楊大概為了避免阿香緊張，所以是用商量的口吻，和平時說話沒什麼兩樣。

阿香點了點頭表示同意，臉上表情怯生生的，大概她也覺得莫名其妙，仔細看看眼睛是什麼意思?於是Shirley楊屏住呼吸，站在很近的距離，目不轉睛地凝視著阿香的雙眼，似乎要從她的眼中尋找什麼東西。

我明白Shirley楊雖然說得輕描淡寫，卻一定有什麼我們都沒想到的問題，阿香這丫頭的舉動，也確實不太對勁，好端端的竟然發了離魂症，拿著尖石頭去刺自己的眼睛，也許真就如同明叔所說的，她撞邪了，也許她現在已經不是我們認識的那個阿香了，更有可能她的眼睛與惡羅海城有著某種聯繫，她會不會就是我們身邊的一個鬼母妖妃呢？

我心中胡亂猜測，轉了數個念頭，卻似乎又都不像，看到Shirley楊盯著阿香的眼睛端詳，於是也和胖子湊過去一起看看，想看看阿香眼睛裡究竟有些什麼，但看了半天也沒瞧出什麼稀奇的地方。

這時Shirley楊似乎已經從阿香眼中找到了答案，她先告訴阿香不要擔心，不會出什麼事，然後讓我們看看石柱上的眼睛，雖然看起來與「惡羅海城」中其餘的圖騰非常相似，但有一個細節是獨有的，這裡的眼前圖案，在瞳孔外邊都有一圈線形紅色凸痕，Shirley楊說你們看看阿香的眼睛裡，也有類似的東西。

我這才發現到先前沒注意到的細微差別，如果仔細觀看阿香的瞳孔，便會發現其中果真是有血痕，如一線圍繞，那血痕像是眼白裡的血絲，卻極細微，若不仔細看根本看不清，如果不是阿香闖進這個山洞，我們也許不會發現這裡，而她的眼睛竟然與這裡的圖騰相似，她是有意把我們引到這裡來的？不過當著阿香的面，我並沒有把這話說出口。

Shirley楊知道剛才的事很容易讓眾人產生疑惑，難免會懷疑阿香，Shirley楊根本也不相信什麼眼睛轉世之說，於是解釋道，人體通過眼睛發出的生物電大概只有百分之七V，是非常微弱的，不過每個人的體質不同，對生物電的感應能力也有差別，阿香的眼睛能感應到一些常人不能捕捉的事物，這雖然很特別，但現今世界上，也有許多類似她這樣擁有特殊體質的人，這黑色巨像附近一定有什麼可以與阿香眼中生物電接近的東西，所以她才被下意識的引到此地，石柱上的圖騰就是最好的證據。

明叔聽後趕緊說，沒事就好，咱們還是趕緊向北走吧，早點離開這地方，就不要去管這裡有什麼鬼東西了……

明叔的話剛剛說了一半，阿香就忽然說道：「沒用的，乾爹，沒有路可以走了，後邊有好多毒蛇在追了過來，咱們都會死，我……我害怕蛇，我不想被蛇咬死……」說著便流下淚來。

阿香的話讓大夥感到非常吃驚，怎麼說來就來？想起擊雷山白色隧道裡的那些黑蛇，兀自令人毛骨悚然，在這條地下大峽谷中如果遇到蛇群，連個能躲的地方都沒有，往前跑不是辦法，兩條腿又怎麼跑得過那些游走如風的黑蛇，兩側古壁都如刀削一般，就連猿猴怕也攀不上去。

這時東邊的山洞和岩石晶脈的縫隙間，群蛇游走之聲已經隱隱傳來，明叔面如土色，一把拉住我的胳膊：「胡老弟，這回可全指望你了，幸虧當初聽你的往北走，北邊有水，有水便能有生路，要是剛才不聽你的走回頭路，現在多半已葬身蛇腹了，咱們快向北逃命去吧。」說著話，就想拉著我往前跑。

我趕緊把明叔的手按住：「別慌，前邊一馬平川，逃過去必死無疑，我看眼下只有先到那黑色巨像中去，封住洞口擋蛇，再想別的辦法脫身。」

蛇群游動的聲音如狂潮湧動，未見其形，便已先被那聲音驚得心膽俱寒，再也容不得有絲毫耽擱，我讓胖子背上阿香，拉住明叔撒開大步，跑到了黑色巨像底部的洞門，那高大的神像內部被掏空了，光線很暗，我們用手電筒稍稍掃視了一下四周的情況，有木石結構的建築，上面還有很多層，看樣子可以直接通到巨像的頭頂上去。

大群黑蛇已經迫近，來不及細看內部的情況了，胖子把阿香扔在地上，同我和明叔搬了兩塊大石板，堵住了來路，縫隙也都用碎石塞住，隨即便聽到蛇群已湧至門外，堵住門後，緊張的感覺也沒有任何鬆懈，腿都有點軟了，我和胖子以前常在野外捉蛇，但這種黑蛇不僅數量眾多，而且游走似電，毒性之猛可以說是沾著就死，碰上即亡。

我們不僅擔心這巨像內還有別的縫隙，大夥一商量，不如到上面去，相對來講，上面要安全一些，為了節約使用光源，只開一盞頭燈，和一支手電筒，往上一走才發現，這裡面根本不保險，巨像內部是鑿出了許多間互不相臨的石室，整體形狀與那蜂巢般的「惡羅海城」相似，不過結構沒有那麼複雜，石穴般的洞室小得可憐，我想這可能不是給人居住的地方，實在是太過狹窄壓抑了，要是人住在裡面，用不了多久可能就會憋死。這裡到處都落滿了灰塵，空氣流通性很差，如果我們五個人，在一個狹小的區域中耽擱的時間稍長，就會覺得缺氧胸悶。

直爬到第四層的時候，才覺得有涼風灌進來，在黑暗的通道中，順著那涼颼颼的氣流摸過去，便見到一個一米見方的洞口，這是巨像中下部的一個通風口，由於神像的整體是黑的，所以在地下看不到這裡，若不是那些倒塌的石柱，甚至不太容易發現底部的入口。

我趴在那個洞口前，探出身子從高處向下看了看，下邊的螢光恍惚，只能見到一團團扭曲蠕動的黑蛇，都聚集在神像下的區域間，大者有人臂粗細，小的形如柳葉，頭上都有個黑色的肉眼，群蛇有的懶洋洋的盤著，還有的互相爭鬥噺咬，數量越聚越多，那蠕動的東西看多了，就讓人感到噁心。

Shirley楊看後對我們說：「這些蛇的舉動很奇怪，並不像是要爬進來攻擊咱們，反而像是在等候著什麼事情發生？」

胖子把阿香放下，自己也喘了口氣，然後說道：「我看是等咱們下去給牠們開飯。」抬胳

膊看了看手錶上的時間又說：「這不是剛到吃飯的時間嗎？」阿香被胖子的話嚇得不輕，雙手抱膝坐在地上發抖，明叔見狀也有些魂不附體，問我現在該怎麼辦？沒有吃的東西，水壺裡的水也不多了，根本不可能總在這巨像裡面躲著，而且這巨像內的石屋看著就讓人起雞皮疙瘩，連阿香都說這裡讓她頭疼，咱們這回算是進了絕境了，插上翅膀也飛不出去。

我心中也很不安，外邊肯定是出不去了，而這黑色神像腹中的建築，也不像是給人住的，天知道這裡會有什麼。但是現在必須要穩定大夥的情緒，於是找了點穩定軍心的藉口，對眾人說道，其實不僅是北方屬水，五行裡黑色也代表水，這巨大的神像都是黑石的，自然也屬水，所以我想咱們躲到了這裡，是一定不會有生命危險的。

我忽然想到一些辦法，便又對大夥說，剛才在峽谷的底部，咱們都看到石柱和骨骸的化石上，有著一層火山藺，地上有許多隆起的大包，那應該是以前噴發過的火山彈，而且氣溫也比別的地方高了不少，這些跡象都表明這裡有條火山帶，雖然咱們在湖中發現了一座死火山，但那不等於整條火山帶都死亡了，蛇群喜歡陰冷，它們都是從東邊的山洞裡過來的，絕不敢過於接近北方，越向北硫磺的氣息將會越濃，咱們只要想辦法能甩掉蛇群向前逃出一兩里地，就能安全脫困，我看可以用這裡的材料做些火把退蛇。

明叔聽我這話中有個很大的破綻，便說：「不對啊，這裡的蛇全是黑色的，看來也應該屬水，我雖然不太懂易數，但知道水能克火，所以雖然蛇群喜歡陰冷，但牠們也敢到這裡來，另外咱們遇水得生，怎麼敢點火把？這豈不是犯了相沖相剋的忌諱了嗎？」

我心說這老港農著實可惡，竟敢跟我侃五行生剋的原理，五行的道理就好比是車輪子道理，怎麼說都能說圓了，胡爺我無理也能攪出三分理來，能讓你說破嗎？於是對明叔說：「天一生水，地二生火，天三生木，地四生金，天五生土，五位五形皆以五而合，所以河圖中陽數奇數為牡，陰數偶數為妃，而大數中陰陽易位，所以說妃以五而成。現代人只知水剋火，卻不知水為火之母，火為水之妃，如今的人只知道水旺於北，火起於南，卻不知五行旺衰與歲星有關，明叔你只知水剋火，卻不知道如果火盛水衰，旺火照樣可欺衰水，這說明你不懂古法，咱們所在的神像高有幾十米，比起那些蛇群的黑色來，咱們這是旺水，那些蛇就是衰水，所以咱們旺水可以借火退衰水，但這火不能旺過咱們的水，否則咱們也有危險。」

明叔聽得眼都直了，過了半天才說：「太……太高明了，所以我常對阿香講，將來嫁人就要嫁摸金校尉……要不然沒出息。」

Shirley楊忽然輕輕一揮手，示意大夥不要再說話了，外邊有動靜，我們立刻警覺起來，輕手輕腳的湊到洞口窺探下邊的動靜，不過Shirley楊並非是讓我們看下方的蛇群，牠指了指高處的絕壁，那上邊不知什麼時候亮起了一長串白色的小燈，在高處晃晃悠悠的，數量還不少。

但是距離太遠了，而且山壁上晶脈已漸稀少，螢光灰暗，那是什麼東西？我使勁揉了揉眼睛，還是看不太清楚，又不像是燈，好像站著無數穿白衣的小人，忽然眼前白影一晃，峭壁上有一個略為平緩的石坡，幾大團白花花的東西就從上面滾下來，掉到了峽谷的底部。

地面上的蛇群紛紛游向那些掉落下來的白色物體，我們距離地面只有十幾米的高度，看下邊的東西還比較清楚，只見那些一大團一大團的東西，都是一些黏糊糊的球狀物，葡萄珠大小，黑蛇爭先恐後擠過去，圍在周圍便停住不動，那些白色的物體上忽然冒出許多鮮紅的東西，像是憑空綻放出一朵朵紅花，但轉瞬便又消失，忽紅忽暗，眾人越看越奇，再凝神觀望，這才看出來，在一個嵌入岩石的化石骨架中，盤踞著一條體形大於同類數倍的黑蛇，也不知是

從哪個岩縫裡溜出來的，吞吐著血紅的蛇信，只見那蛇全身鱗甲漆黑燦然，光怪陸離，張口流涎，口中滴落的垂涎一落到地上，石頭中就立刻長出一小塊鮮紅的毒菌，轉眼便又枯萎了，隨生隨滅，這蛇的毒性之猛，已經超乎人的想像了。大蛇從上而下，蛇行至那些白色物體中間，一個個的將牠們吞下，其餘的黑蛇都靜悄悄恭候在旁，不敢稍動，看樣子要等牠們的老大吃剩下之後，才是牠們的。

胖子奇道：「那是什麼？雞蛋？」我雖然看得不太清楚，但那大團的白色物體，應該是什麼東西的卵，十分像是大白蟻之類的，裡面還裹有許多昆蟲、動物的死體，我又向高處那一排白色的小人處看了看，便已猜出了八九不離十，對眾人說：「上邊的是那些地觀音，怪不得這些黑蛇忍受著這裡燥熱的環境，果真是胖子說的那樣，是來吃東西的，牠們吃飽了就會散去，咱們耐心等等機會吧，地觀音這種小獸生性殘忍狡猾，而且還非常貪婪，牠們喜歡儲藏食物，即使不吃也會把東西往深處藏，想不到都便宜蛇群了。」

眾人聽我如此一說，才把懸著的心放下，畢竟那些蛇不是衝著我們來的，而且應該沒有發現到我們藏在這裡，用不了多久，就可以脫險了，可阿香卻突然開口說：「不是的，牠們已經看見我了……我能感覺到。」說完就低下了頭，沉默不語，顯得十分無助。

我聽阿香說得十分鄭重，這種事她是不敢開玩笑的，想到那條毒蛇流出的鮮紅毒涎，我不由得額頭上開始見汗了，再次偷眼向洞外看了一眼，只見盤在龍王鯨化石上的那條巨蛇，正對著我們所在的洞口昂首吐信。

我急忙縮回身子，沒錯，我也可以感覺到，底下的蛇一定知道我們的存在，只不過不知道牠們是打算吃完了蟻卵，再來襲擊，還是由於這神像是禁區而不敢進入，我讓胖子留在洞口監視蛇群的動靜，我和Shirley楊、明叔三人要抓緊時間製作一些火把，我鑽進那個洞口旁的一間石屋，舉著手電照明，想找一找有沒有儲油的器具，時間雖然久了，但古藏地的氂牛油脂或松枝都能保留極長時間，也許還可以引火，剛才上來的時候，我們已經看到這裡似乎並沒有燈盞，此地不見天日，沒有燈火實在是大不尋常。

抱著幾分僥倖心理，我拿著手電筒照了一遍，石屋中四壁空空，只是角落裡，有一張沒有眼孔的古玉面具，Shirley楊在另外一間石屋中也發現了相同的東西，我問Shirley楊這會不會是魔國鬼母的面具，那些人不能以面目視人，難道這巨像裡的建築是給鬼母住的？

Shirley楊說：「不會，魔國鬼母的地位是非常高，一定是住在惡羅海城的神殿中，那裡已經徹底毀掉了，你看這裡的環境很差，說是監獄可能也不過分，而且眼球的標記很特殊，與阿香的眼睛相似，那樣的眼睛應該不是鬼眼，幾代鬼母才能出一位真正能夠看到鬼洞的人，我想這會不會是用來……用來關押那些眼睛不符合要求的候選者？下面的石柱上有牛鼻孔和石環，顯然是用來進行殘酷刑法的，被淘汰掉的人，可能都被鎖在那峽谷中餵蛇了。」

我點頭道：「照這麼說來，這地方確實很像是監牢，不過關於這一點，我還有一個最大的疑問想不明白……」剛說到這裡，胖子就著急忙慌的從洞口處爬了回來，問我道：「火把準備得怎麼樣了？我看蛇群已經開始往咱們這鑽進來了，要點火就得趕快了。」胖子還不等我回答，就突然壓低了聲音對我和Shirley楊說：「你們看那小妞兒在那折騰什麼呢？」我向身後的阿香望去，她正在一個黑暗的角落中，後背對著我們，而她本身也是面對著黑色的牆壁，用手在輕輕撫摸著那堵石牆，全身瑟瑟發抖，忽然回過頭來對著我們，面頰上流著兩行黑血，緩緩舉起了手臂，伸出食指指著牆說：「這裡有一個女人。」

第二三二章　天眼

黑色神像實際上便是一塊如山的巨石，只是內部都被鑿成了空殼，由於岩石都是墨黑色的，所以其中的空間毫無光亮可言，Shirley楊持著「狼眼」手電筒，向身後的通道中照去，狹窄的光束打到了角落中，只見阿香正低著頭，面對牆壁而立，在此之前，我們誰也沒察覺到她的舉動，此時見她像鬼魅般無聲無息的站在那裡，好像又出現了離魂症，不由得都有些為她擔心，但除此之外，心裡更添了幾分對她的戒備之意。

不等Shirley楊開口叫她的名字，阿香便自己轉過了身子，她的臉部朝向了我們，我們看她這一轉身，都險些失聲驚呼，只見阿香的臉頰上掛著兩行黑血，如同流出兩行血淚，眼睛雖然張著，卻已經失去了生命的光彩，那黑血就是從她眼中流出來的。

Shirley楊見她雙目流血，連忙要走上去查看她的傷勢，阿香卻突然舉起胳膊，指著身後的牆壁說：「那裡有個女人，她就在牆上……不只是這裡，石窟內的每一面牆中都有一個女人。」說著話，身體搖搖晃晃的似要摔倒。

Shirley楊快步上前扶住阿香，為她擦去臉上的血跡，仔細看她的眼部受傷的狀況，但是黑燈瞎火的完全看不清血從哪裡流出來，問她她也不覺得疼，那血竟像是來自於淚腺，所幸眼睛未盲，大夥這才鬆了口氣，在隔壁尋找燃料的明叔，此時也聞聲趕了過來，對著阿香長吁短嘆，隨後又對我說這裡陰氣太重，阿香見到了不乾淨的東西，鼻子和眼睛裡便會無緣無故的流血，只不過流血淚的情況極其罕見，這幾年也就出現過兩次，一次是去香港第一凶宅，還有一次是經手一件從南海打撈上來的「骨董」，這兩次都是由於阿香不尋常的舉動引起了明叔的疑慮，猶豫再三沒有染指其中，事後得知那兩件事，都引發了多宗懸而不破的命案，明叔沒有參與，真算是命大，既然阿香在這神像內顯得如此邪門，那麼這裡肯定是不能再待下去了，要不然非出人命不可。

明叔說完之後，又想起外邊成群的毒蛇，尤其是那口流紅涎的大蛇，思之便覺毛骨悚然，稍加權衡，這裡雖然陰氣逼人，但至少還沒有從牆中爬出厲鬼索命，於是便又說黑色屬旺水，這個時候當然是相信胡老弟，不能相信阿香了，還是留在這裡最是妥當。

胖子在檢查著步槍的子彈，聽明叔勸大夥趕快離開此地，便說道：「我剛才看見外邊那些蛇已經湧進來了，不管是往北還是往西，要撤咱們就得趕緊撤，要是留下來，就得趕緊找個能進能退的所在，進退迴旋有餘地，轉戰游擊方能勝強敵。」

我對眾人說：「現在往下硬闖是自尋死路，無論是哪個方向，肯定都是逃不出去的，咱們跑得再快，也甩不掉那些黑蛇，這石頭祖宗身上也不知有多少窟窿，咱們雖然堵住了來路，卻不知道它們有沒有後門可走，可相比之下，此處地形狹窄，易守難攻，應該還可以支撐一時。」明知困守絕境不是辦法，但眼下別無他法。

Shirley楊也認同在現在的情況下，能守不能跑，且不論速度，單從地形來看，可退之地，必然都是無遮無攔，一跑之下，那就絕對沒活路了，當然如果困在此地，也只是早死遲死的區別，所以要充分利用這點時間，看看能否在附近找到什麼可以驅蛇的東西，那就可以突圍而出了。

商量對策的同時，大夥也都沒閒著，不斷搬東西封堵門戶，但越是忙活心裡越涼，這裡的

窟窿也太多了，不可能全部堵死，黑蛇在下邊游動的聲音漸漸逼近，大夥沒辦法只好繼續往上退，並在途中想盡一切辦法滯緩蛇群爬上來的速度。

不斷的往上攀爬，每上一層，就推動石板堵住來路，最後到了頂層，一看這裡的地勢，實是險到了極點，我們所在的位置，是一條狹窄的通道，兩邊各有三間矮小的石窟，向上的通道，就在盡頭處的一間石窟裡面，這是唯一向上的途徑，不過上面已經是露天了，這座神像腦袋只有半個，鼻子以上的部分不知是年久崩塌了，還是怎樣，已經不復存在了，從通道中爬上去，就可以看到三面刀劈斧砍的峭壁相臨，這巨像本已極高大，但在這地下深淵裡，卻又顯得有些微不足道，我們身在神像頭頂，更是渺小得如同螻蟻，我和胖子爬到神像半個腦袋的露天處，往下只看了一眼，胖子就差沒暈過去，地下大峽谷中陰森的氣流，形成了一種很可怕的嗚咽聲，而且空氣中還夾雜著一股奇特的硫磺氣息，噩夢般的環境使人戰慄欲死，我也不敢再往下看了，趕緊拖著胖子回到下邊一層。

Shirley楊將阿香安置到一個角落中，讓她坐在背囊上休息，見我和胖子下來，便問我們上邊是否有路可退？我搖了搖頭，在上邊稍微站一會兒都覺得心跳加速，從那離開的問題想也不要想了，但明叔就在旁邊，為了避免引起他的恐慌，我並沒有直接說出來，只說咱們這裡算是到頂了，好在巨像頭部的地形收縮，只要堵死了上來的道路蛇就進不來，這神像太高，外邊的角度又很陡峭，毒蛇不可能從外邊進來。

所幸每層石窟當中，都有一些漆黑的石板，好像棺材板子似的，也看不出是用來做什麼的，找幾塊大小合適的石板，蓋住上來的入口，再找些石塊壓上，看起來還夠安全，那些黑蛇雖然凶惡毒猛，但也不可能隔著石頭咬人。

在反覆確認沒有遺漏的縫隙之後，眾人圍坐在一起，由於每一層都設了障礙，大批毒蛇想要上來，至少需要一兩個小時的時間，而這有可能是我們最後的時刻了，我心中思潮翻滾，幾十米高的巨大神像，我們已經數不清究竟上了多少層，從戰術角度來說，如果用來抵禦大量毒蛇侵襲，這最頂層才是最安全穩固的，但從另一個角度考慮，這裡也沒有任何周旋的餘地，蛇群一但湧進來，我們就只有兩條路，第一就準備餵蛇，第二是從幾十米的高空跳下峽谷自殺，任何一種死法都不太好受，我實在是沒想到，在最後的時刻，竟然陷入有死無生的絕境，雖然自從幹了倒斗的行當以來，有無數次以身涉險的經歷，但從局面上來看，這次最是處境艱難，無糧無水，缺槍少藥，四周的峭壁陡不可攀，大群劇毒的黑蛇窺伺在下，反覆想了若干種可能性，也只有長上翅膀才能逃出去。

明叔是何等人，我剛才和Shirley楊說話時，雖然並沒有直言已無路可退，但明叔還是已經明白了，無可奈何的搖了搖頭，看來「天機」縱然神妙，也是救不了該死之人，老天爺是注定要他雷顯明死在「大黑天擊雷山」了。

我和胖子對明叔說，您別垂頭喪氣的，當初要挾我們的時候，那副斬雞頭燒黃紙的氣概都到哪裡去了？難不成還真是人格分裂？膽子小的時候比兔子膽還小，膽子大的時候，為了活命連天都敢給捅個窟窿出來，您說您都活這麼大歲數了，怎麼對生死之事還那麼看不開呢？阿香也沒像您似的，您給我們這些晚輩做個正面榜樣行不行？要知道，有多少雙充滿仰慕的眼睛在殷切地看著您呢！

我和胖子始終對明叔在祭壇裡的舉動耿耿於懷，雖然處境艱難，但既然有了機會，理所當然要藉機挖苦他一通，不過還沒等我們倆把話裡的包袱抖出來，話頭卻被Shirley楊打斷了，

Shirley楊問明叔道：「阿香的身世很可憐，明叔能不能給我們說說阿香的事？她的過去是怎麼樣的？還有剛才所說的，阿香在香港曾經有兩次流出血淚，其中的詳情又是如何？」

Shirley楊這麼一說，我也覺得十分好奇，往阿香那邊一看，見她的頭枕在Shirley楊的膝蓋上，昏昏而睡，大概是由於失血的緣故，從「風蝕湖」進入地底祭壇之後，她的精神一直都是萎靡不振，此時一停下來，便睡了過去，她也確實需要好好休息了，不過她在睡夢中好像都在發抖。

明叔見Shirley楊提出這個要求，雖然不覺得為難，但都這時候了，大夥的性命朝不保夕，還有什麼好說的呢，但還是講了一些阿香的過去，阿香的父母也都是美籍華人，是著名的世界祕密宗教社團「科學教」的忠實信徒，「科學教」雖然字號是科學，其實有些觀念則是極端的唯心主義，他們相信地球古代文明中的神是外星人，並致力於開發人體的潛在能力，很多社會名流，包括一些政界要員，大牌導演和電影明星都是該教的虔誠信徒，他們收集了許多稀奇古怪的古代祕密文獻，廢寢忘食地研究其中的奧祕，有一批人在西藏的祕文中，得知有種開天眼的方法，就是將剛出生的女嬰，放置在與外界隔絕的環境中，不讓她見到任何人或動物的眼睛，以十年為限，據說這樣培養出來的孩子，可以看到「神靈」的真實。

不過「科學教」也有他們自己的見解，他們認為這種古老而又神祕的方法，並不是空穴來風，因為世界上早就有科學家指出，世界上所有的哺乳動物、魚、兩棲類、鳥類、爬行類，都有從外表看不見的第三隻眼睛，埋藏在大腦的丘腦神經上部的位置，有一個「松果腺體」，脊椎類動物的位置大多在顱骨頂部的皮膚下。「松果腺體」對光線熱量，以及細微生物電波的變化十分敏感，由於其接近丘腦神經，所以「松果腺體」發達的人，對周圍事物感應的敏銳程度要異於普通人數倍。傳說中有些人有陰陽眼，或開過天眼，這些人若非天生，便是由於後天暴病一場，或是遇到很大的災難而存活下來，而這種古老祕密的方法，可能是一種自古流傳下來的——通過十年高度靜息，來開天眼的辦法。

阿香的親生父母，便是十分相信這種理論，於是偷著拿自己的親生女兒做了實驗，把她從一生下來開始，就放在一個隔菌的環境中，所有接近她的人，都要戴上特殊的眼鏡，就是不讓她和任何生物的眼睛接觸，快到十歲的時候，她親生父母便死在了一場事故中，阿香沒什麼親人，明叔當時很有錢，為了掩蓋他那見不得人的生意，必須有個好的社會形象，於是就經常做一些慈善事業，收留了阿香也是其中之一，想不到後來有幾次，都是阿香救了他的老命，最危險的一次是被稱為「香港第一凶宅」的事件，還有一次是「南海屍骨罐」。

第二三三章　刻魂

明叔給我們講了阿香過去的經歷，其中竟然提及阿香親生父母使用的方法，是從西藏的祕文中所得，那一定是和「後世輪迴宗」有關係，英國入侵西藏的時候，曾掠去了大量珍貴的文物典籍，「後世輪迴宗」的密文經卷在那個時期流入海外，倒也並不奇怪，明叔手頭那本記載冰川水晶屍的經書，便有著類似的遭遇，不過明叔雖然有的是心眼，卻並不知道這「眼睛」之謎的詳細來龍去脈，他自己也是說到這些事情，才想到那種被現代人當作開天眼祕法的古籍，可能與這「惡羅海城」有關，魔國滅亡之後，藏地拜眼之風便屬罕見，所以這種神祕的靜息開天眼之法，極有可能是當年魔國用來篩選鬼母的，雖然早已無法確認了，但確可斷言，最起碼這個祕法也是從喀拉米爾地區流傳演變出來的。

我不由更是佩服Shirley楊的細心，她早已看出了某種端倪，剛才之所以問明叔阿香的過往之事，就是想從另一個角度來瞭解這神祕巨像中所隱藏的祕密，阿香瞳孔上的血線，與這裡的圖騰幾乎一致，這之間有著某種微妙的聯繫，石門上那刺目的標記，地底峽谷中的石柱，這些陰森壓抑的石屋，還有阿香指著牆說那裡面有個女人，理清了這些線索，也許就可以知道這裡的真相。

雖然我們認為這裡可能是用來關押殺害那些沒有生出鬼眼的女子，但我從一開始就有個很大的疑問，始終沒來得及對Shirley楊說，既然是要殺掉這些人，何必費勁拔力的建造如此浩大的工程，難道也和中原王朝以往的規矩類似，處決人犯還要等到秋後問斬，似乎完全沒有這種必要，這座巨像如果沒有幾百年怕是修不出來的，它到底是用來做什麼用的？

眼下身陷絕境，我仍然指望著事情能有所轉機，似乎Shirley楊也沒放棄活下去的信念，只要搞清楚這裡究竟是什麼場所，或許我們就可以找到某條生路，我雖然知道這裡要有路逃生除非是出現奇蹟，可坐以待斃的滋味更不好受，只聽石板下毒蛇窸窣游走之聲響起，不到半個小時，牠們就已經跟上來了，這裡只有一個入口可以進出，雖然有石板擋住，短時間內蛇群進不來，但我們沒吃沒喝又能維持多久？

眾人聽到蛇群已到腳下一層，那種黑蛇誰看見都覺得心寒，難免心中都有些發慌，明叔也沒什麼心情接著說阿香的事了，我勸他道，咱們把路都封死了，這些毒蛇一時之間上不來，明叔您接著說說阿香流血淚的那兩次是怎麼回事，她剛剛也流了血淚，這其中是不是有什麼類似之處？

明叔聽我這麼說，覺得倒也是這麼個道理，於是便說，那些事直到現在還經常做噩夢呢！當年賺了筆大錢，就想置辦一套像樣的宅子，看上了一處房子，環境地點都不錯，樣式很考究，價格也很合適，都快落定買下了，因為當時是全家人一起去的，兩個兒子和阿香都帶在身邊，想不到阿香一看那房子，眼睛裡便流出兩行血淚。

明叔知道阿香到了陰氣重的地方就會感到害怕不適，於是心裡稍微猶豫了一下，將買宅子的事情拖了幾天，利用這幾天找人瞭解到一些關於這所宅子的內情。宅子的主人是個寡婦，很有錢，在這裡已經住了十幾年，深居簡出，倒是都平安無事，但前些天就突然死了，她家裡沒有任何親人，養的幾隻貓也都在當天無緣無故的死了，而且連人帶貓，都是七竅流血，卻不是中毒而死，死因警方沒有對外公布過。

明叔一聽之後，立刻取消了買這房子的念頭，想不到不久之後看報紙，有一家五口人買下了那處宅子，住進去的頭一夜，便舉家上吊自殺了，從老到幼一個沒活，以後數年之間，這套房子幾易其手，先後出了十七條人命，再也沒人敢去住了。後來越傳越邪，被說成是「香港三大凶宅」之首，還有報紙披露內幕，那裡以前是處決犯人的地方，後來有個富豪家的闊太太路過那裡的時候，無意間弄死了一隻黑貓，回家後就一病不起，花多少錢請多高明的醫生也治不好，有風水先生給她指點，她是觸陰橋了，不僅自己要死，而且全家都得受連累，要想活下去，就得在壓死黑貓的地方修套宅子住進去，晚上家裡東南朝向的門窗一律不准開，否則五路陰神入宅，人人不得好死，後來去住的人都不知道這些祕密，所以舉家盡遭滅門慘劇，一時鬧得滿城風雨。

還有另一次，明叔曾經收了一個大瓷罐，胎白體透，圓潤柔和，白釉中微閃黃芽，紋飾是海獸八寶，蓋子內側還有些特殊的花印，但這個東西是漁民從海裡撈出來的，輾轉流到香港，表面被海水侵蝕得比較嚴重，外邊還掛了不少珊瑚蘚，那些原有的優點都給遮沒了，根本值不了多少錢，但這瓷罐保存得還算完好，而且主要是裡面有很多人類的頭蓋骨，因為行裡的人都知道明叔主要是做「骨」董生意，對古屍很感興趣，就不知道這些腦瓜骨收不收，於是拿來給他看看，明叔也沒見過這東西，從海裡撈出來的？裝那麼多死人腦蓋子是做什麼用的？但看這東西也是幾百年的物件，怕是有些個來歷，不過從來沒見過，根本吃不準，好在也不貴，隨便給了幾個錢，就把東西留下了，剛到家門口，阿香就又流血淚了，明叔想起先前那件事，連家也沒敢進，就想趕緊找地方把這東西扔了算了，但一想畢竟是花錢收回來的，扔了有點可惜，哪怕是原價出手也行啊，於是到了一個有熟人的古玩店裡，古玩店的老闆很有經驗，一見明叔抱這麼個瓷罐進來，差點把他揍出去，拉著他找沒人的地方把大瓷瓶埋了，這才告訴他，你把這東西賣給我想害我全家啊？知道這是什麼嗎？大明律凌遲處死者，被千刀萬剮之後，連骨頭渣子都不能留下，必令刑部劊子手搓骨揚灰，那就是說剮淨了人肉之後，還要用重器，把那副骨頭架子碾成灰，但刑部劊子手大多是祖傳的手藝，傳子不傳女，他們都有個很祕密的規矩，凌遲大刑之後，偷著留下頭蓋骨，供到瓷瓶裡封住，等這位劊子手死後，才由後人把瓷瓶扔進海裡，為什麼這麼做？刑部劊子手又是怎麼供養這些死刑犯頭蓋骨的？那些都不可考證了，就連這些事還都是民國實行槍決後才流傳出來，被世人所知道的，你收的這罐子，看那款口押印，是明萬曆年間很有名的一位刑部劊子手馬閻王的東西，他這輩子出的大刑，都在裡邊裝著呢，這件東西凶氣太盛，很容易招來血光之災，不懂養骨之道，誰敢往家裡擺？

明叔簡要的把這兩件事一說，阿香在這神像附近又有那種跡象，而且那副失魂落魄的樣子以前從來都沒見過，所以才說這裡一定陰氣很重，根本不能停留，不過下面那麼多毒蛇，咱們不在這裡，又能躲去哪呢？

我點了點頭，明白了，神像內部一定死過很多人，而且死得很慘，想想剛才阿香那些詭異的舉動，她說這巨像內的石牆裡，從第三層開始，幾乎每一面牆壁都嵌著一個女人，一個人如果承受了過多的驚嚇，不是神經崩潰，就是開始變得麻木，我看了看四周黑色的石牆，倘若真像阿香所說，單是想想我們的處境，都覺得窒息，這裡究竟有多少死者啊。

但令我覺得奇怪的是，巨像內部的石窟，都是一體的，並非是那種用石磚一層層疊砌而成的建築，所以說牆中根本不可能有屍體，加上牆體都是漆黑的墨色，也看不出上面有什麼人形的輪廓，我越想越是覺得古怪，伸出手臂摸了摸身後的牆壁，如果說這裡也有個被處死的女

子，她會被隱藏在這牆壁的什麼位置？

我隨手在牆上輕輕一撫，立刻感到牆上有很多鑿刻的淺痕，像是刻著某種符號，但由於所有的石頭都是黑的，所以只是用眼睛看的話，根本不會發現牆上刻著東西，而且若非刻意去查看，也不一定會留意那些古老零亂的鑿痕，我馬上把這個發現告訴了其餘的人，看來這些石窟裡的牆壁確實有問題。

明叔聞言立刻有了精神，忙問是不是牆上刻有祕密通道的地圖？我沒有回答，這時候還需要保持一些理智，身處巨像的頂部，如臨高塔，這裡的面積只在進退之間，哪裡會有什麼可以逃生的祕密通道，不過石牆上刻著的符號也許記錄著某些驅蛇之類的信息，明知這種機會不大，而且即使有也不一定能有人看懂，但心中還是多了幾分活命的指望。

為了讓黑色石牆上的刻痕形狀顯露出來，Shirley楊在附近收集了一些發白的細灰，塗抹在石牆有刻痕的地方，一條條發白的線條，逐漸浮現在眾人面前，極不工整的線條，潦草的勾勒出一些離奇的圖形，有些地方的刻痕已經損壞得模糊不清了，唯一可以辨認出的一個畫面，是有個女人在牆上刻畫的動作，好像這些牆上的標記符號，都是由女子所刻的。這面牆上的鑿痕實在太不清晰，我們只好又去找別的牆壁，幾乎每一面牆上，都有類似的鑿刻符號和圖畫，但手法和清晰程度，顯然並非一人所為，似乎也不屬於同一時期，但是所記載的內容大同小異，都是對刻牆這一事件不斷的重覆。

眾人看了四五道石窟中的牆壁後，終於把石刻中的內容看全了，可以確定，每一道牆上的石刻，都是不同的女子所刻，由於沒有任何其餘的相關證據，我們也只能進行主觀的推測，她們是那些沒有生出「鬼眼」的女子，都會被囚禁於此，每人都要在牆壁上刻下她們生前印象最為深刻的事情，作為來世的見證，然後要刺破雙目，將眼中的鮮血塗抹在自己所刻的圖案符號之上，這樣做大概是為了將靈魂留在牆中，等待下一次的輪迴，直到血流乾了，也就走完她們生命的最後歷程，最後已經刺瞎了雙眼的女屍，都要被綁在峽谷中的石柱上，在黑蛇的噬咬下，成為了宗教主義神權統治下的犧牲品。

Shirley楊若有所思，輕輕撫摸著刻有那些不幸女子靈魂的牆壁，而明叔見牆壁上的石刻，只有古代宗教統治的血腥與殘忍，而沒有任何可供我們逃生的信息，頓時氣喪，煩躁不安地在石窟中來回走著。

Shirley楊忽然「咦」了一聲，對我說：「很奇怪，有些石刻中隱藏著一個奇特的標記……很隱蔽，標記像是……」

我正要問她究竟發現了什麼，卻聽胖子大叫一聲：「不好，咱們趕緊往上邊跑吧，石板擋不住毒蛇了。」我聞聲一看，只見堵住入口的幾塊大石板突然塌了下去，領頭的那條大蛇，口中噴出的紅涎，掉在地上便生出很快就枯萎的紅色毒菌，那毒菌枯萎腐爛後有種腐蝕作用，不知從什麼時候開始，已經將石頭都腐蝕了，成群結隊的黑蛇跟著蜂擁而來，一條體形稍小的黑蛇速度最快，弓起蛇身一彈，便像一道黑色閃電一般竄了上來，胖子眼明手快，看住那蛇躍在空中的來勢，抬手揮出工兵鏟，鋼鏟結結實實的迎頭拍個正著，那聲音便如同拍中一堆鐵屑，黑蛇的頭骨立刻粉碎，但頭頂的黑色肉眼也被拍破，飛濺出無數墨色毒汁，胖子趕緊往後躲避，墨汁濺落在地面上，冒起縷縷毒煙。

眾人臉都嚇白了，更多的黑蛇來勢洶洶，正在不斷湧上來，雖然明知上邊也是絕路，但火燒眉毛，也只得先退上去了，我一瞥眼之間，發現Shirley楊還在看著牆上的符號，竟然出了

神，對周圍發生的突變沒有察覺，我急忙趕過去，一把拉住她的胳膊，扯著她便跑，Shirley楊被我一扯這才回過神來，邊跑邊說：「那是個詛咒，是那些女子對惡羅海城的詛咒……」

第二三四章　由眼而生由眼而亡

我們雖然知道困在巨像的頂部，雖能支撐一時，卻無論如何不能支撐一世，正在籌謀對策，卻不料那些毒蛇來得如此之快，尤其是那條口中不時滴落紅涎的大蛇，身前身後帶著十步毒霧，別說讓牠咬著，就是離牠距離稍近，怕也難免中毒身亡，我們只好避其鋒芒，迅速逃往巨像暴露在外邊的半個腦袋之上。

我拉住Shirley楊的胳膊就跑，可她還對牆壁上的標記念念不忘，說那是一個由眾多殉教者，對「惡羅海城」所進行的惡毒詛咒，我對Shirley楊說現在哪還有功夫在乎這些，跑慢半步就得讓蛇咬死了，有什麼話等逃到上面再說。

趁著黑蛇們爭先恐後擠進來的短暫時機，我跟在胖子等人後邊，逃到了頂層，感覺高處冷風撲面，再也無路可逃了，由於巨像掉了一半，所以這裡相當於裸露在外的半層截面，石窟的殘牆高低不平，附近沒有合適的石板可以用來阻擋蛇群，胖子凸起渾身筋骨，使上了吃奶的力氣，將一截從牆壁上塌落的石塊推上來擋住洞口。

就在石塊即將封死洞口的一瞬間，只見兩條黑蛇像是兩支離弦的快箭，堅硬的黑鱗撕破了空氣，發出「嗖嗖」兩下低沉而又迅捷的響聲，從下面猛竄上來，這種黑蛇體形短粗，非常強壯有力，利用身體彈射的力量，可以在空中飛竄出數米遠的距離，來勢凌厲無比，戰術射燈前黑一晃，毒蛇就已經飛到了面前。

由於巨像頭頂地形狹窄，五個人分處四周，我擔心開槍會傷到自己人，而且如果不能在一

擊之下將兩條毒蛇同時徹底打死，一旦給了這兩條來去如風的怪蛇機會，我們這些人中必然出現傷亡，情急之下，只好隨手舉起地上的一個背囊當作擋箭牌，舉在面前一擋，那兩隻黑蛇的蛇口同時咬在了背包之上，我不等那兩隻黑蛇鬆口落地，便將背包從高空拋了下去，背包掛著兩條黑蛇從黑暗中落了下去，過了半天，才聽到落地的聲音順著山壁傳了上來。

這時胖子已推動石塊完全堵住了入口，見我把背包扔了下去，急得一跺腳：「老胡你的破包裡就什麼都沒有了你怎麼不扔？偏扔我的，現在可倒好了，剩下的一點靈龜殼和急救藥品、氧氣瓶、防毒面具，還有半條沒吃完的魚，這下全完了……不過咱們要是還能下去，說不定還有機會能撿回來。」說完讓我幫他把附近所有能搬動的石塊，都堆在入口處，哪怕能多阻擋幾分鐘也是好的，想到那些凶殘的毒蛇，就覺得腿肚子發軟，我們平生所遇的威脅，就以這種能在瞬間致人死命的黑蛇為最。

蛇群的來勢雖然被暫時遏制住了，但我們的處境一點都沒好轉，身在絕高奇險之地，便是天生的熊心虎膽，也不可能不感到恐懼，胖子乾脆就只敢看著自己腳下，一眼也不敢向下望，Shirley楊看著身邊的殘牆出神，阿香已經從昏睡中醒轉過來，也緊緊閉著眼睛，不知她是怕高，還是怕看到這充滿殉教者怨念的巨像，明叔則是面如死灰，跪在地上閉著眼睛，只是不住口的念叨：「大慈大悲救苦救難觀士音菩薩……」

Shirley楊出了一會兒神，走過來對我說，她在下層的許多石牆上，都發現了兩個破裂開的眼球符號，魔國人崇拜眼睛，他們所有的圖騰中，即使有滴血之眼，那也是一種通過流血來解脫靈魂殉教的一種形式，卻絕不可能有裂開的眼球，那就代表了毀滅與力量的崩潰，由此來看，可能和世界上其餘的神權宗教體系政權一樣，在政權的末期，身處於神權統治下的人們，會開始逐漸對信仰產生懷疑，她們會覺得這種死亡的儀式是毫無價值的，但宗教仍然占有絕對的統治地位，在此情況下，個人意志是可悲的，她們被命運推上了絕路，卻在死前偷偷刻下詛咒的印記，由於石刻都是黑色的，所以沒有被人察覺到，而且越到後來，死前刻下詛咒的人就越多，「風蝕湖」下的「惡羅海城」，明顯是毀滅於一次大規模的地陷災難，而這破裂的眼球標記，偏又被大量偷刻在控制各種礦石之力的「大黑天擊雷山」神像內部。這僅僅是一種巧合嗎？還是那詛咒真的應驗了？這個古老的神權王國起源於對眼睛的崇拜，恐怕最終也是毀滅於眼睛。

我說：「剛才你就在想這些啊？有時候也不知道妳是聰明還是傻，咱們的性命恐怕也就剩下十幾分鐘了，還想這些有什麼用？就算不是詛咒應驗，那惡羅海城的神權統治也是多行不義必自斃，他們橫行藏北多年，它的遺害甚至延續到了現在，所以這座古城毀滅於什麼天災人禍也不稀奇，不過我就巴不得現在來次地震，咱們臨死也能捎上那些毒蛇墊背，玉石俱焚。」

Shirley楊對我說：「你倒是想得開，那我問問你，既然咱們都活不了多久了，你有沒有什麼想對我說的話？」

我看了看另外三個人，開始覺得這些人有點礙事了，只好對Shirley楊說：「這種場合還能說什麼？我最不甘心的一件事，就是我意志不夠堅定，抵擋不住美元和美女的誘惑，讓妳給招了安，本來這也沒什麼，我從陝西回來之後，就不打算再做發丘摸金的勾當了，將來可以跟美國人民參和參和，研究研究金融股票什麼的，爭取混成個華爾街的金融大亨，跟那些石油大亨黑手黨教父米老鼠之類的打打交道……」

Shirley楊說：「說著說著就離譜了，你可能都已經形成習慣了，我還是和你說說關於惡羅

海城的事情吧。」忽然壓低聲音對我說：「惡羅海城中的眼球圖騰，大多是單數，而牆壁上的破裂之眼都是兩隻，我有一種直覺，破裂是指大黑天擊雷山，而兩隻眼睛則分別表示詛咒惡羅海城發生兩次大的災難，這裡的確曾經發生過大的災難，可究竟是一次還是兩次就無法得知了。」

Shirley楊並不為我們會死在這裡擔憂，她敏銳的直覺似乎察覺到這裡的空氣中，出現了一些異樣的變化，也許事情會有轉機，阿香的眼睛就是個關鍵元素，她的雙眼自從發現神像中隱藏著的怨念之後……其實與其說是發現，倒不如說是她的雙眼，喚醒了這巨像悲慘的記憶，從那時起，這裡的氣氛變得越來越奇怪，說不定第二次災難很快就要發生了，眾人能否逃生，就要看能不能抓住這次機會了。

我知道Shirley楊的血統很特殊，她似乎對將要發生的事情有種先天的微妙感應，她既然認為我們還有活下去的希望，我心裡就有了一些指望，並且我也是不太死心，於是又站起來反覆看了看地形，但看完之後心徹底冷了，任憑有多大的本事，若不肋生雙翅，絕對是無路可逃了，才剛剛擺脫了鬼洞中噩夢般的詛咒，卻是剛離虎穴逃生去，又遇龍潭鼓浪來，我們的命運怎麼就如此不濟？為什麼就不能來一次「鰲魚脫卻金掉鉤，搖頭擺尾不再來」？腳下的巨像微微向「擊雷山」的方向傾斜，剩下的半截腦袋斜依在陡峭的山壁上，兩隻由臂彎處前伸的手臂，插入山體之中，神像於峭壁之間的角度很小，現在我們到了最頂層，地面也是傾斜著的，不知這神像是故意造成這樣的，還是由於設計上的失誤，造成了它的傾倒。

我已經沒心思再去琢磨這些了，看了看其餘的幾個人，個個無精打彩，我心想這回是死定了，但人倒架子不能倒，於是對眾人說道：「同志們，很遺憾我們看不到勝利那一天了，不過謀事在人，成事在天，該當水死，必不火亡，咱們也都算是竭盡全力了，但最後還是缺了那麼一點運氣，我看這回死了也就死了，認命了，現在我個人先在這表個態，一會兒毒蛇爬上來，我就從這直接跳下去，絕不含糊，我寧肯摔得粉身碎骨，也不能讓那些蛇咬死，所以到時候你們誰也別攔著我。」

胖子最怕從高處掉下去那種死法，但這種話肯定不能從他嘴裡直接說出來，聽我說打算從幾十米的高空跳下去自殺，連忙不屑一顧的說道：「我說胡司令，要說臨危不亂你還是比我差了那麼一點，毒蛇還沒爬到眼前，你就被嚇糊塗了，你以為跳下去很英勇嗎？那是匹夫之勇，你怎麼就明白不過來這個道理呢？你掉下去摔成肉餅，你以為毒蛇就能放過你嗎？還不是照樣在你的屍體上亂啃一通，合著裡外裡，你都得讓蛇咬，何必非逞能往下跳呢？我看咱們就在這坐著，豁出去了把這臭皮囊往這一擺，哪條蛇願意咬咱就讓它咬，這樣才能顯示出咱們是有做派、有原則、有格調的摸金校尉……」

我和胖子說了幾句，其餘的三人以為我們對即將到來的死亡毫不在乎，其實只有我們自己清楚，我們這是一種心裡發虛的表現，我已經感覺到眾人絕望的情緒，都變得越來越明顯，這時明叔突然驚道：「糟了，這些石頭完了……胡大人請快想想辦法。」

雖然大夥都知道那是早晚要發生的，但仍不免心中一沉，那蓋住通道的石牆殘片上，出現了一大片暗紅色的陰影，像是從石頭裡往外滲出的污血，底層大群黑蛇中，其中有一條體形最粗大的，它蛇口中噴吐出的毒涎，一旦接觸空氣就立刻化做類似毒菌的東西，形狀很像是紅色的草菇，幾秒鐘後就枯萎成黑紅色的灰燼，都快趕上硫酸了，竟然能把石牆腐蝕出一個大洞。

胖子對我說：「胡司令你要跳樓可得趁現在了。」我咒罵了幾句，怎麼那條蛇的毒汁也他

媽用不盡呢？對胖子說：「臨死也得宰幾條毒蛇做墊背的。」說著話我和胖子、Shirley楊將槍口都對準了蛇群即將突入的地方，最後的幾發子彈都頂上了膛，就算是死，也要先把那條領頭的大蛇斃了，由於黑蛇太多，我們的子彈也沒剩下多少，而且始終沒有機會對它開槍，但這次一定要幹掉那傢伙。

蛇群發出的躁動聲突然平息，它們應該是先行散開，留出一個衝擊的空間，等石板塌落後，便會如潮水般蜂擁而上，我們的呼吸也隨之變粗，瞪著佈滿紅絲的眼睛，死死盯著入口處，人蛇雙方都如同是被拉滿了弦的弓箭，各自蓄勢待發，這一刻靜得出奇，地下峽谷中那涼嗖嗖的，充滿硫磺味的氣流，彷彿都變得凝固住了。

緊張的氣氛不僅蔓延進了空氣，連時間也像是被放慢了，就在這個如同靜止住了的空間裡，忽然傳出一陣「喀喀喀」的奇怪聲音，那聲音開始還很細小，幾秒鐘之後驟然密集起來，我們身在巨像的頭頂，感覺整個天地都被這種聲響籠罩住了，眾人的注意力被從入口處分散到那些聲音上，都不知道究竟要發生什麼事情，但又似乎感覺這些聲音是那麼的熟悉。

我們的情況已經糟透了，就算再發生一些什麼事情，充其量又能壞到哪去？原本已經嚇壞了的阿香忽然開口道：「是那座山……是山在動。」

我看到手電筒的光束下，巨像頭頂那些細小的碎石都在顫抖，由於身體緊張得有些僵硬了，我們竟然沒感覺到腳下有什麼變化，聽阿香這麼一說，我趕緊舉起「狼眼」手電筒，將光線對準了巨像傾斜過去的那堵峭壁，伴隨著山體中發出的聲響，峭壁的晶脈中裂出了無數細縫，而且分布得越來越長，山體上好像掙脫出了一條條張牙舞爪的虬龍。

明叔說：「完了完了……本來在北面黑色的地方，還有可能遇水而得中道，這山一塌，咱們可就……遇土入冥道了。」

我心想：「罷了，看來咱們最後是被山崩壓死，而非死於毒蛇之口，雖然背著抱著一邊沉，但老天爺算是夠照顧咱們了，這種死法遠比讓蛇咬死後屍體都變黑了要好許多。」

山體中的裂隙擴大聲，隨即又變為了陣陣悶雷，震得人心神齊搖，似乎是大黑天擊雷山水晶礦脈中的能量積鬱太久，正要全部宣洩出來。

Shirley楊趕緊告訴大夥說：「不……不是山崩，是水，地下湖的水要倒灌過來了，大家都快找可以固定身體的地方躲好，抓緊一些，千萬不要鬆手。」山體中的悶雷聲響徹四周，幾乎要把她說話的聲音掩蓋住了，Shirley楊連說兩遍我才聽清楚，隨即明白了她話中所指的水是從何而來。從這裡的地形來看，懸在祭壇正上方的地下湖，與這巨像所隔不遠，可能是我們在祭壇中拖延的時間太久，一次猛烈持久的晶顫導致了許多晶層的斷落，胖子的鼻子便是被落下的晶錐切掉了一塊，剩餘的岩層已經承受不住湖水的壓力，雖然仍是支撐了一段時間，但山殼既然已經出現了龜裂，地下大峽谷的地形太低，高處地下湖中沒有流向東面的地下水都會湧入這裡，隨後將會發生可怕的湖水向西北倒灌現象，地下湖中的積水，會像高壓水槍一樣從破裂的岩隙中激射出來。

眾人立刻緊緊倚住身邊的斷牆，明叔就躲在我身旁，還不忘了問我：「要是湖水湧出來咱們就不用死了是不是?遇水得中道啊。」

我罵道：「水你個大頭鬼，就算地下湖裡的水再多，也填不滿這條大峽谷，咱們被水沖下去，跟自己從巨像上跳下去自殺沒什麼區別。」

雷聲激盪不絕聲中，下層的蛇群也突破了堵住入口的石板，那些石頭都已變得朽爛如赤

泥，一條黑蛇身體騰空，首當其衝從爛石窟窿中躍了出來，胖子一手摟住斷牆，另一隻手將步槍舉起，抵在肩頭，單手擊發，槍響處早將那黑蛇頭頂的肉眼射了個對穿。

死蛇又從空中落下，底下其餘的黑蛇稍稍有些混亂，來勢頓緩，我也用M1911對著地面的缺口開了兩槍，但每人也就剩下那麼十來發子彈，這種局面最多只能維持一兩分鐘而已，附近空氣中的硫磺臭也不知何時起，開始變得濃烈起來，想必是擊雷山的顫動，使得峽谷的底部也產生了連鎖反應，並未完全死亡的熔岩帶也跟著蠢蠢欲動，毒蛇們最怕的就是這種氣味，更是玩了命的奔著高處爬，雖然我們開槍打死了幾條黑蛇，但剩下的前仆後繼，又跟著湧上巨像殘存的半個頭頂。

就在我們已經無法壓制衝入頂層的毒蛇之時，忽然擊雷山中的雷聲消失無蹤，但整個山體和大地，仍然在無聲的微微顫抖，不知是不是錯覺，身體地面都在抖動，但就是沒有半天聲音，黑暗龐大的地底峽谷中一片死寂，就連那些毒蛇彷彿也感到將要發生什麼，一時忘記了繼續爬動，包括我們五個人在內的所有生物，都陷入了一種漫無邊際的恐慌之中。

短暫卻似乎漫長的寂靜，大約持續了幾秒鐘的時間，緊接著是三聲石破天驚的巨響，從「擊雷山」中激射出三道水流，其中有兩道水流噴出的位置，都是在巨像的胸口附近，另外一道直接噴入地下峽谷，這水就像是三條銀白色的巨龍，每一股都有這巨像的腰部粗細，夾帶著山殼中的碎石，席捲著漫天的水氣衝擊而來。

黑色神像本就頭重腳輕，而且雖然高大，但內部都被掏得空了，被這激流一沖，便開始搖晃起來，它插入山體中的手臂也漸漸與山殼脫離，面對天地間的巨變，人類的力量顯得太渺小了，我們緊緊抓著斷牆，在猛烈的搖晃中，連站都站不住了，我萬萬沒有想到這次來西藏，最後竟然由水而亡，巨像一旦被水流衝擊，倒入地下峽谷之中，那我們肯定是活不了，但這時候除了儘量固定住自己的身體之外，什麼也做不到了。

那些毒蛇也都被巨像帶來的震動嚇得不輕，或者是向我們一樣，在地震般的晃動中很難做出任何行動，這時人人自危，也沒功夫去理會那些毒蛇了，就是被蛇咬著了也不敢鬆手，不知是誰喊了一聲：「要倒了。」

巨像果然不再晃動，而是以極緩慢的速度向擊雷山對面倒了下去，我感覺心臟也跟著巨像慢慢傾倒的方向要從嘴裡掉出去了，突然發現阿香對重心的轉換準備不足，而且她只有一條胳膊能用，從短牆邊滾了下來，我沒辦法鬆手，否則我也得從頭頂的殘缺處滾下去，但只伸出一隻手又拉不到她，只好伸出腿來將她擋住。

阿香還算機靈，抱住了我的腿才沒從缺口中先行跌落，這時那座神像以一個不可思議的角度傾斜著，卻忽然停了下來，不再繼續傾倒下去，好像是掛住了山壁的什麼地方，我趁此機會把阿香抓住，向巨像下邊一看，頓時覺得腦袋嗡嗡直響。

由於巨像本身並非與峽谷的走勢平行，位置稍偏，倒下後頭部剛好支撐在東面的絕壁上，峭壁上有許多裸露在外的古生物化石，在巨像的重壓下，被壓塌的碎塊嘩啦啦的往下掉著，而巨像不僅繼續承受著地下水猛烈的衝擊，加上自身傾倒後的自重，正是搖搖欲墜，隨時都有可能貼著峭壁轟然倒落下去。

形勢險惡，我覺得渾身燥熱難當汗如雨下，而且空氣也變得混濁起來，四周到處都是霧朦朦溼漉漉的，隨即覺得不對，不是霧，那是水蒸氣，地下的熔岩冒出來了，與湖水相激，把下邊的水都燒得沸騰了，人要掉下去還不跟他媽下餃子似的，一翻個就煮熟了。

Shirley楊抬手一指：「你們看，那邊的是什麼？」我順著她的手往那邊一看，雖然水霧瀰漫，卻由於距離很近，可以見到隱隱約約有個白色的影子，橫在峽谷兩邊峭壁之間，這峽谷原本很黑，但從下方的峭壁縫隙中淌出一些岩漿，映得高處一片暗紅，否則根本看不到。

我使勁睜眼想看個清楚，但越看越是模糊，好像是座懸在絕壁上的白色橋樑，雖然這有點不太可能，但也管不了那麼多了，蛇群都被熱氣逼瘋了，牠們很快就會爬滿巨像的頭頂，管它那邊是什麼東西，先爬過去再說，否則再過一會兒，即使不被蛇咬死，也得掉水裡煮了。

我們扶著頂層的斷牆殘壁，到近前一看，原來巨像頭肩與峭壁相接的地方，有一副巨大的長脊椎生物化石，長長的脊椎和腔骨的兩端，都盤曲著陷在山岩之中，中間很長一節骨架卻懸在半空之中。

巨像壓得山岩不斷塌落，眼看著就要倒了，我趕緊招呼眾人快爬到那骨架的化石上去，說著把Shirley楊和明叔推了上去，阿香有重傷，讓她自己從懸空的骨架上爬過去是不可能的，必須找個人背著她，而胖子怕高，要讓他背著阿香，可能兩人都得掉下去，只好由我背住阿香，並用快掛鎖了一扣，我準備好之後催促胖子快走，胖子回頭看了看湧出來的毒蛇，下邊是沸騰的地下水，怎麼死都不好受，只好橫下心來一咬牙關，乾脆閉上眼摸到骨架化石旁邊爬了上去。

我背著阿香走在最後，巨像隨時都有可能倒塌，我回頭看了一眼，那條口流紅涎的大蛇已經把其餘的黑蛇壓在下邊游上了頂層，原來群蛇遲遲沒有湧上來，是由於它們都想快點爬上來躲避升騰的熱流，最後還是這條大蛇最先擠了上來，我想都沒想抬槍就射，把手槍裡的五發子彈全打了出去，混亂危機的局面下，也沒空去理會是否命中，隨手將空槍一扔，就爬上了那森森發白的化石骨架。

一上去就覺得這化石是那麼的不結實，滾滾熱浪中，身下晃悠悠顫微微，好像在上邊稍微一用力它都可能散了架，五個人同時爬上來，人數確實有點太多了，但刻不容緩，又不可能一個一個的通過，我只好讓阿香閉上眼睛，別往下看，可我自己在上邊都覺得眼暈，咬了咬牙，什麼也不想了，拚命往前爬了過去。

巨大的古生物化石，對面嵌入了一條橫向的山縫之中，我看那個位置有些熟悉，好像就是在下面看到那些白色地觀音的位置，這念頭只在腦中一閃就過去了，前邊的胖子移動緩慢，我在後邊又不敢使勁催他，但灼熱的氣流、鬆散晃動的骨骸化石，幾乎要超越眾人心理所能承受的底限了。

這個高度的水氣開始減弱，湖水可能差不多流完了，我口乾舌燥，覺得神智都有點模糊了，完全是出於一種下意識的慣性，不斷在一節節巨大的脊椎骨上爬著，突然聽到前邊一陣槍聲，使我恍惚的頭腦立刻清醒了一點，抬頭往前一看，Shirley楊正向一堆堆白色的影子開槍，原來那些地觀音在我們即將移動至橫向山縫的時候，從洞穴中冒了出來，紛紛去啃那化石，它們可能是擔心蛇群也從這裡過來，槍聲中地觀音一陣大亂，不少從峭壁上掉了下去，剩下沒死的也竄得沒影了。

Shirley楊和明叔先後爬到了那處較為安全的峭壁斷層之中，而胖子離那裡還有一段距離，我被擋在他後邊想快也快不了，身後轟隆一聲，巨像終於倒了下去，立時激起不少滾燙的水花，骨架化石也差點散了，只見對面的Shirley楊朝我們拚命打著手勢，我回頭一看，驚得險些鬆手掉下去，那條大蛇身上流著血，竟然在巨像倒塌之前爬上了脊椎骨化石，一起上來的還有

幾條黑蛇，那大蛇好像瘋了一樣，將擋在它面前的幾條蛇都咬住甩到下面，像陣黑色的旋風般蜿蜒游上。

Shirley楊想開槍接應，但角度不佳，根本打不到它，我這時不得不喊叫著催促胖子，但胖子這時候全身都在哆嗦，比烏龜爬得還慢，眼看著那條大蛇就過來了，我見到胖子的手槍插在背後的武裝帶上，於是一邊告訴他給我抓住了骨頭別放手，一邊背著阿香猛地向前一竄，掏出了他的手槍，我想回身射擊，但由於背後背著個人，身子一動就控制不住重心了，還好一隻手揪住了胖子的武裝帶，背著阿香懸掛在半空，另一隻手開槍射擊，連開數槍，已經逼近的大蛇蛇腹中槍，捲在骨架上的尾巴一鬆開，滑落深谷之中。

我拉住胖子的那隻手又酸又麻，趕緊把槍扔掉，用兩隻手拉住武裝帶，胖子被我和阿香的體重往下一墜，勒得差點沒吐白沫，突然生出一股狠勁，就這麼墜著兩個人，一步一步爬向崖邊，Shirley楊在對面接應還算及時，我背著阿香爬上斷層，和胖子一起趴在地上，除了大口喘氣之外，根本動彈不得，而阿香早就被熱氣蒸得虛脫了。

過了半晌，胖子翻了個身，吐出一句話來：「這是什麼動物的化石……可真他媽夠結實。」

我全身都像是散了架，每根骨頭都疼，好半天才緩過來，這次太險了，真沒想到還能活著離開那黑色神像，明叔說：「雖然水火之劫咱們都躲過了，可現在又入土劫了，這峭壁的斷層上下攀不著，咱們又不是猴子，困在這裡豈不一樣是個死。」

我說：「不對，自從我看見地觀音之後，就想到了脫身的辦法，只是咱們沒長翅膀，不可能飛到這裡，所以我也就打消了那個念頭，但最後咱們竟然遇水得生，陰差陽錯的落在此處，這裡絕對有路可以回去，地觀音喜熱懼寒，最會打洞，不論是岩層還是土層都攔不住它們，而且它們並非是只在地下活動的，它們在地表活動的範圍，多是屬於溫泉活躍區域，它們這些洞為了搬食物，都打得極寬敞，胖子爬進去也沒問題，咱們可以鑽洞出去。」

明叔聞言大喜，剛才雖然看到這裡有些洞口，但裡面千門萬戶，都挖得像迷宮似的，即使有指南針，進去也得轉向，永遠走不出去，難道胡老弟竟然能在裡面找出路來？

我還沒來得及回答，便聽胖子搶著說：「這種地觀音打的洞，在我們上山下鄉那地方的深山窮谷裡，不知道有多少，因為它們的洞穴寬，所以獵狗最喜歡掏這種洞逮地觀音解饞了，這幾年可能都給吃絕了，它們這洞都是從外向裡打，這動物就是這種習性，你看那洞壁上的三角形爪印，就可以判明洞穴的走勢，別管方向，注重方向反倒是容易把自己繞迷糊了。」

既然有了脫身的路徑，眾人便沒再多耽擱，鑽進了底下迷宮般的「觀音洞」，地勢逐漸升高，途中餓了便掏幾隻地觀音吃，約莫在觀音洞裡轉了半天的時間，終於鑽出了地底迷宮，外邊星光閃爍，是中夜時分，我們發現這裡海拔並不很高，是處於一條山谷之中，遠處山影朦朧，林泉之聲格外淒涼，那陡峭的山壁，中間僅有一線天空，就好像是把地下峽谷搬了出來，不過這裡更加狹窄壓抑的地形，讓人覺得似曾相識，地面上有零星的野獸白骨，大夥左右看看，正在判斷身處的方位所在，我猛然醒悟，這是兩條殉葬溝之一，是另外的一條藏骨溝，咱們只要一直沿途向西，就可以會合到補給營的犛牛隊了。

第二三五章　大結局

魔國陵寢中的「塔葬」，向來會根據其形式大小，配有兩條殉葬溝，形如「二龍吸戲珠」之狀，由於溝中有大量的野獸骨骸作為殉葬品，故此喀拉米爾當地人稱其為「藏骨溝」，沒想到我們從其中一條「藏骨溝」進入「龍頂」冰川，最後從地底爬出來，竟然是身在另外一條「藏骨溝」之中，不過這裡地熱資源豐富，植被茂密的程度，在喀拉米爾山區也並不多見。

此時繁星璀燦，峽谷中的地形也是凹凸起伏，林密處松柏滿坡，遮遍了星光，夜空下，山野間的空氣格外涼爽清新，一呼一吸之際，清涼之氣就沁透了心肺之間，我長長的做了兩次深呼吸，這才體會到一些劫後餘生的感覺，其餘的幾個人，也都精神大振，先前那種等候死亡降臨的煎熬焦躁，均一掃而空。

誰知天有不測風雲，頂上空飄過一股陰雲，與上升的氣流合在一處，眨眼的功夫就降下一場大雨，這崑崙山區一山有四季，十里不同天，山頂上下雪，山下也許就下雨，而半山腰可能同時下冰雹，我們甚至還沒來得及抱怨天公不作美，就已經被雨水澆得全身都溼透了。

我摸了一把臉上的雨水，看看左右的地形，這山谷空靈幽深，多年來為人跡所不至，谷中那些古老的遺跡多半已不復存在，但一些由更早時期火山帶活躍時形成的石疊、石隙，都在經歷了無數的風雨剝離之後，依然如故，離我們不遠的地方，便有個洞口，山洞斜嵌入峭壁，其形勢上凸下凹，旁邊有幾株枯樹，清泉一泓，那裡以崖壁為屏，枯木做欄，風雨難侵，雨水自萬仞危岩凌空洩下，在洞前形成了一片流蘇輕舞的濛濛水簾，正是個避雨過夜的好去處。

我招呼大夥趕緊先躲到洞裡避避雨，由於這種山洞裡很可能有野獸，所以胖子拎著運動步槍，先奔過去探路，明叔和阿香也都用手遮著頭頂，在後邊跟了過去。

我發現Shirley楊卻並不著急，任憑雨水落在身上，仍然走得不急不慢，似乎是很享受這種感覺，便問她慢慢悠悠地想幹什麼？不怕被雨淋溼了嗎？

Shirley楊說在地觀音挖的土洞中鑽了大半天，全身都是髒兮兮的泥土，只可惜現在沒有鏡子，要不然讓大家自己照照自己的樣子，多半自己都認不出自己了，乾脆就讓雨水沖一下，等會兒到了洞中立刻升堆火烘乾，也不用擔心生病。

我根本沒想到這些，聽她這麼一說，才想起來我們這五個從地底爬出來的人，全身上下髒得真沒人樣了，的確像是一群出土文物，但這裡雖然氣候偏暖，山裡的雨淋久了卻也容易落下病來，所以我還是讓她趕快到山洞裡去避雨，別因為死裡逃生就得意忘形，圖個一時乾淨，萬一回頭樂極生悲讓雨水淋病了就得不償失了。

我帶著Shirley楊跟在其餘三人之後，進到洞中，一進去便先聞到一股微弱的硫磺氣息，洞內有若干處白色石坑，看來這裡以前曾噴過地熱，湧出過幾處溫泉，現在已經乾涸了，雖然氣味稍微有點讓人不舒服，但也就不用擔心有野獸出沒了。

山谷中有得是枯枝敗葉，我和胖子到洞口沒落下雨水的地方，胡亂撿了一大堆抱回來，堆在洞中地上升起一堆火，把吃剩下的大隻地觀音取出來翻烤，地觀音的肉像是肥大地鼠一般，有肥有瘦五花三層，極為適合烤來食用，烤了沒多大功夫，就已經色澤金黃，滋滋的往下淌油，沒有任何佐料之類的調味品，所以吃的時候難免會有些土腥氣，可習慣了之後卻反而覺得越嚼越香。

火焰越燒越旺，烤得人全身暖洋洋的，緊繃的精神這一放鬆下來，數天積累下來的疲勞傷痛，就全部湧了出來，從裡到外都感到疲憊不堪，我啃了半個地觀音的後腿，嘴裡的肉沒嚼完就差點睡著了，打了個哈欠，正要躺下瞇上一覺，Shirley楊卻又和我說起去美國的事情來。

這件事Shirley楊說了多次，我始終沒有明確的承諾過，因為那時候生死難料，天天活得心驚肉跳，每天過得都跟世界末日似的，但現在就不同了，既然我們從詛咒的噩夢中掙脫出來，我就必須給她一個答覆了。我也曾在心中多次問過自己，我當然是想去美國，那並不是因為美利堅合眾國有多好，而是我永遠也不想和Shirley楊分開，但是我和胖子現在一窮二白，就算把箱子裡都挖出也湊不出幾個本錢，去到那邊以什麼為生？我那些犧牲了的戰友，他們的老家大多數是在老少邊窮地區，他們的家屬今後誰來照顧？當然Shirley楊會毫不猶豫的解決我們在經濟上的諸多困難，但我在思想感情上，一時半會兒還有點接受不了這種方式，自力更生是我的原則，我並不太容易長期的為一件事而猶豫不決，但這次我不得不反覆考慮。

於是我對Shirley楊說還是給我點時間，讓我再想想，要是去了美國的話，我研究了半輩子的風水祕術就沒用武之地了，從我初到北京潘家園古玩市場開始，我就打算倒個大斗，發上一筆橫財，要不然這套摸金校尉的尋龍訣，豈不是白學了？咱們龍樓寶殿都沒少進去過，可竟然沒摸回來任何值錢的東西，這可有點好說不好聽，現在我們這邊出國熱，能去海外是個時髦的事，人人都削尖了腦袋要往國外奔，不管是去哪國，就連第三世界國家都搶著去，都打算反正先出去了再說，我們當然也想去美國，可現在的時機還不太成熟。」

胖子在旁說道：「是啊，當年胡司令那番要以倒個大斗為平生目標的豪言壯語，至今仍然言猶在耳，繞樑三日，這是我們的最高理想了，不把這心願了結，吃也吃不下，睡也睡不香。」

明叔聽我們說話這意思，像是又有什麼大的計畫，連忙對我們說：「有沒有搞錯啊？還沒從這崑崙山裡鑽出去，便又計畫有大動作了？一定要帶上我啊，我可以提供資金和一切必要的物資，雖然這次咱們賠個淨光，但有賭未為輸的嘛，我相信胡老弟的實力，咱們一定可以狠狠得撈上一單大買賣。」

我不耐煩的對明叔說：「別跟著起鬨好不好？沒看見這裡有三位偉大的倒斗工作者，正在為倒斗行業未來的道路，而忘我的交談著嗎？這將是一個不眠之夜。」

明叔賠了夫人又折兵，現下當然不肯放棄任何撈錢的機會，陪著笑繼續對我說：「我當然知道老弟你都是做大事的人，不過一個好漢三個幫，除了肥仔和楊小姐，我也可以幫些小忙啊，我這裡有個很有價值的情報，新疆哈密王的墓你們有沒有聽說過？據說哈密王的古墓裡面有套黃金經書，那經書每一頁都是金子的，內中更鑲滿了各種寶石，讀一行經文便可以令凋殘的百花再次開放，讀兩行經文就可以讓……」明叔邊說邊閉上眼睛搖頭晃腦，就好像那部黃金經卷已經被他摸到了手中，陶醉不已。

Shirley楊見同我正在談論的事情，又被明叔給打斷了，話題越扯越遠，再說下去，可能就要商量去天山倒哈密王的斗了，便清了清嗓子，把我的注意力從明叔的話題中扯了回來，Shirley楊對我說：「你明明在擊雷山的神像頂上，已經親口說過了，不想再做倒斗的勾當，想同我一起去美國，可現在還不到一天，你竟然又不認帳了，不過我並不生你的氣，因為我理解你的心情，回去的路還很長，到北京之後，你再給我答覆吧，我希望我以前勸過你的那些話沒有白說……你知不知道布萊梅樂隊的故事？我想這個故事與咱們的經歷有著很多相似之

處。」

我和胖子二人，你看看我，我看看你，從來都沒聽說過什麼「不賣煤的樂隊」，Shirley楊竟然說我們的經歷與這個樂隊相似？她究竟想說什麼？我實在是琢磨不出「摸金校尉」與「不賣煤樂隊」之間能有什麼聯繫？莫非是有一夥人既倒斗又唱歌？於是便問Shirley楊什麼是「不賣煤的樂隊」？

Shirley楊說：「不是不賣煤，是布萊梅，德國的一個地名，這個故事是個童話故事，故事裡的四隻動物，驢子、狗、貓和雞都感到生活的壓力太大，它們決定組成一個樂隊到布萊梅去演出，並認為它們一定會在那裡大受歡迎，從而過上幸福的生活，在它們心目中，到達旅途的終點布萊梅，即是它們的終極理想。」

我和胖子同時搖頭：「這個比喻非常的不貼切，怎麼拿我們與這些童話故事裡的動物來比較？」

Shirley楊說道：「你們先聽我把話說完，它們組成的布萊梅樂隊，其實一直到最後都沒有到達布萊梅，因為在去往布萊梅的旅途中，它們用智慧在獵人的小屋中擊敗了壞人，然後便留在那裡幸福的生活下去，雖然布萊梅樂隊從未去過布萊梅，但它們在旅途中，已經找到了它們希望得到的東西，實現了它們自我的價值。」

胖子雖然還是沒聽明白，但我已經基本上懂得Shirley楊這個故事所指的意思了，從未去過布萊梅的「布萊梅樂隊」，和我們這些從未通過盜墓發財的「摸金校尉」，的確可以說很相似，也許在旅途中，我們已經得到了很多寶貴的東西，其價值甚至超越了我們那個「發一筆橫財」的偉大目標，目的地並不重要，重要的是在前往目的的過程中，我們收穫了什麼。

聽完布萊梅樂隊的故事，我沉默良久，突然開口問胖子：「咱們為什麼要去倒斗？除了因為需要錢還有別的原因嗎？」

胖子讓我問得一楞，想了半天才說道：「倒……倒斗？這個因為……因為除了倒斗，咱倆也幹不了別的了，什麼都不會啊。」

聽了胖子的話後，我產生了一種很強的失落感，心裡空空蕩蕩的，再也不想說話了，其餘的人在吃了些東西後，也都依著洞壁休息，我輾轉難眠，心中似乎有種隱藏著的東西被觸動了，那是一種對自身命運的審視。

我和胖子的背景都差不多，都是軍人家庭出身，經歷了文化大革命十年浩劫，那一時期是人一生中價值觀世界觀形成的最重要階段，革命無罪，造反有理的觀念已經根深蒂固，學校的老師都被批倒批臭了，學業基本上荒廢了，要文化沒文化，要生產技術沒生產技術，這不僅是我們兩個人的悲哀，也是那整整一個時代的悲哀。後來響應號召「廣闊天地煉紅心」，我們到內蒙最偏僻的山溝裡插隊，切實體會了一把百十里地見不到一個人影的「廣闊天地」，我還算走運，上山下鄉一年多就去當了兵，而胖子要不是鐵了心不相信什麼回城指標，自己捲鋪蓋跑了回來，還不知道要在山裡窩上多少年。

參軍入伍是我從小以來的夢想，可我沒趕上好時候，只能天天晚上做夢參加第三次世界大戰，這兵一當就是十年，二十九歲才當上連長，好不容易南疆起了烽煙，正是我建功立業的大好時機，但在戰場上的一時衝動，使我預想中的大好前途化為烏有，一個在部隊裡生活了十年之久的人，一旦離開了部隊，就等於失去了一切。改革開放之後，有大量的新鮮事物，和嶄新的價值觀不停地湧入了中國，我甚至很難適應這種轉變，想學著做點生意，卻發現自己根本不

是那塊材料，也逐漸沒了理想和追求，整天都是混吃等死。

直到我和胖子認識了大金牙，開始了我們「摸金校尉」的生涯，這才讓我有點找到了奮鬥目標的感覺，「倒個大斗、發筆大財」對我而言也許僅僅就是一個不太牢靠的念頭，因為就像胖子說的，除了倒斗我們什麼都不會，我只是希望過得充實一點，而不是在平庸中虛度時光，到了美國，一樣可以繼續奮鬥，爭取多賺錢，讓那些需要我幫助的人們生活得輕鬆一些。

關於這些事，我從沒有像現在這麼仔細想過，一時間思潮起伏，雖然閉著眼睛，卻沒有絲毫睡意，耳中聽到其餘的人都累得很了，沒過多久便分別進入了夢鄉，外邊的雨聲已止，我忽然聽到有個人輕手輕腳的向外走去。

我不動聲色，微微將眼睛睜開一條細縫，只見火堆已經熄了一半，明叔正偷偷摸摸地走向洞外，他手中拎著我的背囊，那裡面裝著一些我們吃剩下的肉，還有幾套衝鋒服、乾電池之類的事物，要想從深山裡走出去，最低限度也要有這些東西，我立刻跳起來，一把抓住他的手腕，低聲問道：「這黑天半夜的你想去哪？別告訴我您老起夜要放茅，放茅可用不著帶背囊，要趕路的話怎麼不告訴我一聲，我也好送您一程。」

我這一下非常突然，明叔差點沒嚇出心臟病來：「我……我我……唉……老朽滄海一粟，怎敢勞煩校尉大人相送？」

我對明叔說：「您是前輩，豈有不送之理？您到底想去哪？」明叔一跺腳說道：「這實在是一言難盡啊……」說著話面露憂色，神情黯然的悄聲對我說道：「實不相瞞，這次從地底下活著出來，我覺得真像是做夢，回首前塵往事，覺得人生猶如大夢一場，又痛苦又短暫，這次死裡逃生兩世為人，可就什麼也都看得開了，我有個打算，要去廟裡當喇嘛，誦經禮佛，了此餘生，懺悔曾經的罪孽，但是怕阿香傷心，還是不讓她難過為好，便出此下策想要不辭而別，我想有你胡老弟在，一定能讓阿香這孩子有個好歸宿，你們就不要再費心來管我了，老朽我是風中葉，就讓我隨風而去吧。」

我差點沒讓明叔給氣樂了，這套把戲要是頭一回使，也許我還真就讓他給唬住了，但我早已明白了他的打算，老港農見我似乎要答應Shirley楊去美國了，十有八九不會再去倒斗，眼下這條「藏骨溝」只有一條路，走出去已不算困難了，便想金蟬脫殼跑路躲帳，他還欠我一屋子古玩，哪能讓他跑了，於是我搶過明叔的背囊：「出家人四大皆空，可您先別急著皆空去，當初在北京可是約定好了的，那一架子的古董玩器，包括楊貴妃含在嘴中解肺渴的潤玉，應該都是我的了，有什麼事回北京把帳算清了再說，到時候您是願意當道人也好，願意做喇嘛也罷，都跟我無關了，但在那之前，咱們得多親多近，半步也不能分開。」

我看此時其餘的人都睡得很沉，大夥實在是太累了，對於明叔這種小聰明也沒必要去驚動其餘的人，於是我便不容分說，把背囊從明叔手中拎了回來，將之枕在頭下，告訴明叔說要走的話也行，但是東西都不能帶走，因為我們也得用，要是不想走了，就趕緊找個地方好好休息，別吵醒了別人。

明叔無奈，只得重新回來，坐在地上悄聲對我說道：「胡老弟……我再多說一句啊，那哈密王的古墓不倒上一回，真是可惜摸金校尉的這門手藝了，咱們合作，一定可以搞次大的，你別看我年紀大了，但古往今來有多少老當益壯的老將啊，趙國廉頗通兵法，漢室馬援定邦家……」

我撇了撇嘴，乾脆把眼閉上睡覺，不再去理睬他，明叔自覺無趣，跑又沒跑成，難免有點尷尬，也只好就地歇了，這次我真是一覺放開天地廣，夢魂遙望故鄉飛了。似乎也沒睡多久，便被Shirley楊喚醒，天色已明，山裡的天氣說變就變，趁現在天高雲淡，必須要動身離開這條山谷了，地下的火山帶異常活躍，谷中的硫磺氣息比夜裡要濃得多了，雖然難以判斷會不會有危險發生，但此地不宜久留。

我們也沒剩下什麼東西了，不需要多做整理，當下便依然由胖子背了阿香，啓程開拔，從地底出來之後，西鐵城的潛水錶已經報廢了，上面的指南針失去了作用，因為這種多功能手錶，雖然完全適應野外惡劣的自然環境，卻有一個缺點，就是防水一百米，卻防水不防氣，精密的機械錶最怕水蒸氣，高溫產生的水氣很容易進去密封的錶中，手錶內的壓力稍有變化，就會導致精密的零件脫落鬆動，機械定位已不可能了，但好在這藏骨溝的走向十分明瞭，只是出去之後，到了海拔高的山區，就需要通過野外求生的經驗來尋找方向了。

一行人向西走去，出了山谷，還要繞過龍頂冰川，才能到達另一條殉葬溝，補給營的氂牛隊，應該就在那裡等候我們，我們雖然儘量撿低窪的區域行走，但這海拔仍是陡然升高，氣溫也是越走越低，在兩側冰川夾峙的古柏森林中，遍地碎石，走在其間如同置身於石與木的大河之中，高處的亂石間，偶爾也能看到盛開的雪蓮花，美麗潔白，花香宜人，其實雪蓮並非如世間傳說般寶貴珍奇，在冰川附近時常可以見到，當地藏醫僧人普遍將其入藥使用，只有冰心雪蓮花才非凡品，等閒也難見到。

又走了半天的路程，天空上的雲層逐漸薄了，「喀拉米爾」神祕的雪峰在不經意間，揭去了她那神祕的面紗，抬頭向高處看去，圍繞著「龍頂冰川」的幾座大雪山，彷彿是神女戴上了銀冠，發出耀眼的光芒，巍巍然傲視蒼穹，顯得風姿卓絕，山腰處那些罕見瑰麗的冰塔林，像是銀冠邊緣鑲嵌的顆顆鑽石，那是一片琉璃的世界，如果不是雲層稀薄，根本見不到這般奇幻迷人的景色，冰川下無數奇石形成的石林，密密麻麻延伸下來，與低海拔處古老的森林連為一體。

冰川的融水在森林下層潛流，發出有節奏的叮咚聲，彷彿是仙女的玉指在輕輕撥弄著琴弦，流瀉出一串串動人的音符，我們雖然又冷又餓，覺得呼吸不暢，但是看到這等仙境般的景色，也不得不感嘆能活著走到這裡，實在是太好了。

到了森林邊緣，眾人感覺體力已盡極限，胖子也喘作了一團，臉龐脹得發紫，只好先把阿香放下來，不歇一下是走不動了，阿香更是已經上氣不接下氣了，我知道這不是累了，而是在高原地區，由於運動過度產生的缺氧反應，如果一路走過去，海拔逐漸增高，那這口氣是永遠喘不勻了，只能在原地休息，直到他們的高原反應減輕為止，不過那是沒什麼指望了，沒有氧氣瓶阿香恐怕已經堅持不下去了。

我也覺得胸口憋悶難熬，瞭望遠處茫茫群山林海，真不知道還要走上多遠，心中正在擔憂，就突然發現遠處的山坡上有幾個人影，我都不太敢相信在這裡能看到有其餘的人，以為是眼睛被雪山的銀光晃得花了，忙揉了揉眼睛再仔細看，沒有看錯，確實是有人，Shirley楊等人也都看到了，看他們那裝束衣著，正是與我們一同進山的幾名當地腳伕。

那四個人並沒發現我們，他們似乎正在對著雲開霧散的神峰頂禮膜拜，不停的磕著頭，眾人見終於找到了氂牛隊，頓時精神大振，互相扶持著，邊揮手打著招呼邊向那些腳伕走去，到達近處，腳伕們也發現了我們，也是欣喜不已，對著雪峰指指點點，示意讓我們也看那邊。

我順著他們的手指望去，在極高的地方，有十餘頭體魄強健，身形龐大的野犛牛，像是一塊塊黑色的巨石，正在緩緩向前移動，宛如行走在天際，它們比尋常的犛牛大出一倍，是一種典型的高寒動物，性極耐寒，數量非常稀少，棲息遊蕩於人跡罕至的高山附近，生命力堅韌卓絕，被當地人視為神明，只有少數年老的牧人才親眼見過，是吉祥無量之力的象徵，平時一隻都難見到，這次一看就看見一群，如此殊勝的瑞兆，難怪這些人如此興奮。

這一群野犛牛體形大者，有四米來長，雄壯威武，犄角粗壯氣派，身披長而厚的黑毛，腹部的裙毛長可及地，長滿刺胎的舌頭，與角和蹄子是牠的三件武器，連藏馬熊和狼群都不敢招惹牠們，看樣子這群野犛牛，正在踏雪履冰去高山另一側的盆地。

看著那群緩緩走在天路上的野犛牛，不得不令人由衷的感到敬畏，對大自然和生命的敬畏，眾人目睹一頭頭碩大而又沉默的犛牛，逐漸消失在雪山的脊線後邊，山際的雲團再次合攏，將銀色的雪峰重新裹住，我們心中若有所失，仍痴痴的望著雲層，過了好半天才回過神來。

原來由於地熱的迅速升高，衝散了雪頂的雲層，雪峰現出真身，這千載難逢的機緣，是要膜拜磕頭的，幾名留守補給營的腳伕，都來祈求神峰的加護，又意外見到了神物野犛牛，無不歡喜，他們就把營區紮在了不遠處的林中，前幾天冰川上出現了寒潮，隨後發生了雪崩，他們感到十分擔心，這時見我們平安回來，都不住的搖著轉經筒，滿口稱頌佛爺的仁惠恩德，對於「初一」的死，他們雖然惋惜，但當地牧民對生死之事，與我們有著截然不同的見解，能死在神聖的雪峰下，那是功德殊勝圓滿的，何況他打死了崑崙山妖魔的化身白狼王，「初一」來世

注　鷹鳴如龍吼之意。

一定可以成為佛爺的昌珠護法（注），願他在天之靈保佑喀拉米爾永遠不再受狼災的威脅。

補給營中有充足的裝備和藥品，阿香那已經開始惡化的病情被穩定了下來，趴在氂牛背上插了兩天氧氣瓶，暫時算是沒什麼危險了，Shirley楊說要把阿香也接到美國去，免得以後讓明叔把她賣了，在美國可以對眼睛動一次手術，讓她以後可以過上正常人的生活。

我們拔營啓程，騎著氂牛，終於走出了喀拉米爾的高山峻嶺，回到荒涼的扎接西古草場，牧人們見眾人收隊回歸，忙著為我們打糌粑、烹煮酥油茶，不久就陸續開出飯來，讓大夥吃喝，雖然沒有進山前的那頓晚飯豪華，卻也非常的豐盛可口，先吃手抓羊肉，然後是皮薄肉多的藏包子，放了白糖和葡萄乾的抓飯，最後是每人一大碗酸奶。

我們已經好多天沒吃過這麼像樣的一頓飯了，甩開腮幫子一通猛吃，吃到最後連坐都坐不下了，這才依依不捨的讓牧人撤下殘羹剩飯，完事了還問人家：「明天早晨幾點開飯？」當然這樣的人主要是我和胖子還有明叔，Shirley楊沒像我們這麼沒出息，阿香吃得也不多，只喝了兩碗酸奶。

晚上我和鐵棒喇嘛說起這次進山的經過，喇嘛聽後感言道：「吉祥啊，殊勝奇遇舉不勝舉，真個是勝樂燦爛，這不僅是你們的造化，也是佛爺對你們的加護，此身是苦海的容器，就像是自己的怨敵，若能有緣善用此身，則成為吉祥的根基……」

鐵棒喇嘛對「雮塵珠」不甚瞭解，於是我簡單的給他講了一些，其實「雮塵珠」就是「鳳凰膽」，藏地密宗也有風水說，和中土風水理論相似，但用語有很大分別，就像喀拉米爾山區，密宗稱其為「鳳凰神宮」，是鳳凰鳥之地，而青烏風水中，則指其為天地脊骨的「龍頂」，是陰陽融彙之地。

魔國覆滅之後，「鳳凰牆」便流入中原地區，周代執掌占卜的王公貴族們，通過燭照龜蓍，預測到這是一件象徵長生輪迴的祕器，而且出自鳳凰之地，但怎麼才能正確的使用？卻沒有占卜出什麼頭緒來，只把這個祕密通過密文，隱藏於記載著「鳳鳴歧山」這一事件的龍甲之上，只有少數掌握十六字天卦的人，才能窺得其中奧祕，那十六字卦圖早已失傳，我們也只能通過一些推測來想像其中的內容了。自秦漢之後，一些特權階級，都保留有「鳳鳴歧山」的異文龍骨，可能也是出於對長生不死的嚮往，希望有朝一日，可以解開其中的祕密。

而這「鳳凰牆」其實是魔國用來祭祀鬼洞的一件祭器，「鳳凰神宮」地理位置獨特，內丹中有兩個水池，如果以陰陽風水來說明，這兩個水池，就是太極圖中的黑白色兩個小圓，太極圖中間有一線分隔黑白陰陽，但黑白兩側有著顏色相反的兩個圓形，象徵著陰陽一體，「鳳凰神宮」神宮裡的水池，就象徵著這兩個圓點，如果把這兩個點用相反的顏色蓋住，那麼陰與陽就不再是融合的，而被清晰的分隔了開來。我讓鐵棒喇嘛看了看我背後的眼睛標記，已經由紅轉黑了，這說明現世與虛數兩個空間的通道被完全切斷，總算是擺脫掉了鬼洞致人死地的糾纏，不過我們從祭壇中離開的時候，正好趕上阿香失蹤，所以非常匆忙，便忘了再將「鳳凰牆」取回，再回去已經不可能了，這不能不說是一大遺憾。

鐵棒喇嘛說，原來「鳳凰牆」就是制敵寶珠大王詩篇中提到的那顆輪迴之珠，制敵寶珠……那是說英雄王如同無邊佛法的摩尼寶珠一般，可以匹敵魔國的輪迴之珠，天無界，地無法，魔國的餘毒至今未淨，諸法變幻，人世無常，你們的所作所為，算是成就了一件無遮無量莫大的善果，樂勝妙吉祥。

喇嘛說他今後還要去轉湖還願，又問我有什麼打算，我說正在想著要去海外。說到這裡，想到鐵棒喇嘛年事已高，死在轉湖朝聖的途中，是他的宿願，西藏的天路萬里迢迢，今生恐怕是再也沒有相見的機會了，我的眼睛開始有些發酸。

第二天一早，Shirley楊就跟鐵棒喇嘛商量，想為喀拉米爾附近的寺廟捐一筆錢，修築金身佛像，為逝者祈福，我知道Shirley楊信上帝而不信佛教，她這麼做很大程度是為我們著想，要為我們蔭下厚德，因為我和胖子等人倒斗的時候壞過許多規矩，要不是命大，早死了多時了，她想得十分周到，我心裡對她十分感激。

鐵棒喇嘛帶我們來到附近的一個寺廟中，這廟很小，只有前後兩進，附近堆了一些經石堆，寺名叫做「白螺曼遮」也與當地的傳說有關。前殿供著佛祖八歲的不動金剛像，後殿則是唐代留下的壁畫遺跡，以前這裡也曾經輝煌一時，壁畫中有龍王的宮殿，羅剎魔女的寢宮，妖龍出沒的祕道，厲鬼潛伏的山谷，都是當年被不動金剛鎮伏的妖魔鬼怪，兩側都有尋香神的塑像，他們負責用琵琶的妙樂來供養神明。

據當地人說，由於這裡地處偏僻，人煙稀少，所以這座不動金鋼寺香不盛，千百年的歲月一瞬即過，現在僅剩三分之一的規模，而且已經很破舊了，很久以前，本來這裡有三間佛殿，還供有「時輪金剛」與「勝樂金剛」，修「勝樂金剛」法可得即身成就，證菩提正果，修「時輪金剛」法，可令兵災戰爭及一切災難平息，風調雨順，五穀豐登，國泰民安。

Shirley楊看後立刻決定，捐一筆錢，使喀拉米爾的金剛寺重復舊觀，鐵棒喇嘛說Shirley楊一定是咱們雪域高原的拉姆（仙女）下凡，修寺建廟的功德，將來必有福報，佛經中說世間第一等福之人，共有四種福報，第一是大富，珍寶、財物、田宅眾多；第二形貌莊嚴端正，具三十二相；第三，身體健康無病，安穩快樂；第四，壽命長遠，享得太平盛世，雖不修出世慧

業所得，不能修行悟道證果，卻有其他善處，無各種障礙，能得一切如願，長遠豐饒，無不足具。

我心想這具三十二相的福報不要也罷，要是真長了三十二張臉，就算一天換一副相貌，一個多月都不帶重樣的，那熟人豈不是都互相認不出來了？但我覺得這恐怕只是某種比喻，佛堂之內是莊嚴的所在，我雖然什麼都不在乎，也不敢隨便問這麼失禮的問題，後來才知道這三十二相指的是具備福相之種種特徵。

稍微一走神，鐵棒喇嘛就已經帶眾人回到前殿，大夥一起跟著鐵棒喇嘛祈福，為今後的命運傾心發願，使我等濁世有緣之人得以朝拜祈願，願佛祖的慈悲惠光，普照大千世界，和平、安寧、幸福的日子降臨人間，願我佛生生世世聶護加持我等，盡消我等愚昧煩惱，早成殊勝吉祥。

臨走的時候明叔又要留在寺中當喇嘛，我和胖子不由分說，架起他來就往回走，我突然有種不太好的預感，問明叔道：「你在北京宅子裡的那些古玩，該不會都是仿的吧？要不然你怎麼總想跑路？我告訴你香港早晚也得解放，您老就死了這條心吧，這顆雷你算是頂上了，跑到哪都妥不過去。」

明叔忙說：「有沒有搞錯啊，我做生意一向都是明賣明買，絕沒有摻水的假貨，要不然怎麼都尊稱為我明叔呢？明就是明明白白、清清楚楚，哪裡會做那種見不得光的事情？我剛剛就是突然看破紅塵了，才想出家，絕不是想跑路躲債。」

我和胖子立刻告訴明叔，看破了紅塵就太好了，這趟買賣你賠了個見底，本來我們還不忍心照單全收，不過既然您都瞧破紅塵，鐵了心要跳出三界外，不在五行中混跡了，那些個身外之物，自然也是來去都無牽掛的，我們也就不用再有什麼不忍心的顧慮了，正好幫您老處理乾淨了，助明叔你早成正果，說罷也不管明叔那副苦不堪言的表情，就將他連攙帶架的拖了回去。

第二三六章

考慮到傷員的狀況，我們並未在喀拉米爾過多的停留，三天後，我們這支國際縱隊辭別了當地的牧人，返回北京，剛一到市區，我就讓胖子快去把大金牙找來，一起到明叔的府上碰面，把值錢的古董全部收了，當然這事沒有讓Shirley楊知道，Shirley楊要帶著阿香去醫院複查傷口，我隨便找了個理由就先開溜了。

明叔跑了幾次都沒跑成，只好愁眉苦臉的帶我回了家，北京城曾經號稱「大胡同三千六，小胡同塞牛毛」，改革開放之後，隨著城市的改造，四合院逐漸少了起來，明叔的宅子位於埠成門附近，相對而言算是一個鬧中取靜的地段，雖然有幾分破敗，但那一磚一瓦，都有一種古老頹廢的美感，多少保留著一些「天棚魚缸石榴樹，先生肥狗胖丫頭」的氛圍，我越看越覺得這套院子夠講究，不免有點後悔，當初要是讓明叔把這套宅子也當做報酬的一部分，他也不會不答應的，可惜我們只是要了宅中的古玩字畫。

沒多大功夫，胖子和大金牙二人，便各自拎著兩個大皮箱，風風火火的趕來會合，大金牙一見到我，便呲著金光閃閃的門牙說：「唉呦我的胡爺，您可想死兄弟了，自從你們去了西藏，我的眼皮沒有一天不跳的，盼中央紅軍來陝北似的總算是把你們給盼回來了，現在潘家園的形勢不好，生意都沒法做了，你們不在的這些天，兄弟連找個能商量的人都沒有……」

我對大金牙說：「我們這趟險些就折在崑崙山了，想不到咱們的根據地也很困難？不過這些事回頭得空再說，現在咱們就打土刮分田地，明叔已經把這房中的古玩器物，都作為酬金給了咱們，我和胖子對鑒別古玩年代價值一類的勾當，都是一瓶子不滿，半瓶子晃蕩，所以這些玩意兒，還得由你來給長長眼，以便咱們儘快折現。」

大金牙說：「胡爺、胖爺您二位就瞧好吧，儘管放心，倒斗的手藝兄弟是不成，但要論在古瓷、古玉、雜項上的眼力，還真就不是咱吹，四九城裡多少行家？我還真就沒見過有能跟我相提並論的主兒。」

胖子這時候樂得嘴都快闔不上了，一隻胳膊緊緊摟住明叔的脖子：「收拾金甌一片，分田分地真忙，明叔我們可就不跟您老客氣了，咱爺們兒誰跟誰啊，您當初朝我開槍，我都沒好意思說什麼，就甭廢話了，趕緊來開門。」

明叔只好把放置古董的那間房門給我們打開，裡面一切如故，幾架古樸的檀木櫃上，林林總總的擺放著許多古玩，給人一種琳琅滿目，不知道該看什麼好的感覺，和我們第一次來的時候沒有什麼分別，只是少了一只「十三鬚花瓷貓」，那件東西本來就不是什麼值錢的玩意兒，我們也對它不太在乎，大金牙念念不忘，始終惦記著的——就是明叔一直隨身帶著的鳳形「潤玉」，那東西早就落入胖子手中了，此時也都拿出來，以便造冊估算總體價值，我們這次去美國做生意的資金，都要著落在其中了。

大金牙顧不上別的，這回總算把玉鳳拿在手中了，自是又有一番由衷的贊嘆：「要說把玉碾碎了吃下去能夠長生不老，那是很不科學的，不過美玉有養顏養生駐容之功效，那是不爭的事實，慈禧太后老佛爺就堅持每天用玉美容，當年隋煬帝朱貴兒插昆山潤毛之玉拔，不用蘭膏，而鬒鬒鮮潤，世間女子無人可匹，可她用的才是昆山潤玉，比這東海海底的玉鳳可就差得多了，古人云：君子無故，玉不去身。胡爺依我看，這件玉鳳還是別出手了，就留著貼身收

藏，是件可以傳輩兒的好東西。」

我接過那枚玉鳳看了看，雖然有史可查，這是楊貴妃用過的真品，但就連我都能看出，刻工明顯具有「漢八刀」的風格，說明年代遠比唐代還要久遠，是一件可遇不可求的稀世美玉，不過這畢竟是女子用的，我們留著它又有何用?還不如賣了換成現金，但轉念一想，何不送給Shirley楊，這不是倒斗倒出來的，她一定會喜歡，於是點頭同意，讓胖子算帳的時候，不要把玉鳳算在其中了。

隨後我們又一一查看其餘的古玩，不看則可，一看才知道讓明叔把我們給唬了，古玩這東西，在明清時期，就已經有了很多精仿，正是因為其具有收而藏之的價值，值得品評把玩鑒別真僞，才有了大玩家們施展眼力、財力、魄力的空間，鑒別真僞入門容易精通難，從某種意義上來說，古玩的魅力也就在於真假難辨，明叔這屋裡的東西，有不少看起來像真的，但細加鑒別，用手摸鼻聞，就知道價值不高，大部分都是充樣子的擺設。

胖子一怒之下，就要拿明叔的肋骨當搓衣板，明叔趕緊找我求饒，以前是為了撐門面，所以弄這麼一屋子東西擺著，在南洋辛辛苦苦收了半輩子的古玩，大部分都替他兩個寶貝兒子還了賭債，他實際上已經接近傾家蕩產了，要不然也不可能拚上老命去崑崙山，不過這些玩意兒裡面，也並非全是假的，個別有幾件還是很值些錢的。

我對胖子一擺手，算了，揍他一頓他也吐不出金條來，先把假貨都清出去，看看還能剩下些什麼。當下便和大金牙、胖子一起動手，翻箱倒櫃的將這許多器物進行清點，胖子自以為眼光獨到，撿起一只暗紅色的蓮形瓷碗說：「老胡老金你們看看，這絕對是窯變釉，碗外側釉色深紅如血，裡邊全是條紋狀釉花，我在潘家園看專門倒騰瓷器的禿子李拿過一件差不多的，他說這顏色，叫雞血紅或朱砂紅，這內部的條紋叫雨淋牆，看著像下雨順著牆壁往下淌水似的，如果是鈞窯，倒他媽也能值大錢。」

大金牙接過了看了看：「胖爺您的眼界是真高，哪有那麼多鈞窯瓷，俗話說鈞窯瓷一枚，價值萬金，我這些年滿打滿算也沒見過幾件完整的，鈞瓷無對，窯變無雙，等閒哪裡能夠見到！釉色中紅如胭脂者為最，青若蔥翠，紫若黑色者次之，它的窯變叫做蚯蚓走泥紋，即在釉中呈現一條條逶迤延伸，長短不一，自上而下的釉痕，如同蚯蚓游走於泥土之中，非常獨特。首先這器皿不是碗，這是一件筆洗，這顏色是玫瑰紅，紫鈞的仿品，仿的是濃麗無比的葡萄紫，無論從形制、釉彩、圈足、氣泡、胎質來看，都不是真品，而僅僅是民國晚期的高仿，可能蘇州那邊出來的，能值一千塊就不錯了。」

我對胖子和大金牙說：「假的裡面也有仿得精緻的，雖然不如真的值錢，但好過是件廢品，說不定咱們還能拿著去打洋樁，找老外換點外匯券。」說著將那筆洗打包收了，這些亂七八糟真真假假的古玩器物中，有一件很吸引我的眼球，那也是一件瓷器，胎規整齊，釉色潔白的瓷茶杯，形狀就像是人民大會堂開會時，首長們用的那種杯子，但作工好像更加考究，質感很好，當然還是它那強烈的時代特徵最為吸引人，杯把手為鐮刀斧頭的造型，蓋子上有紅五星和拳頭符號，標有「為實現國家工業化」的詞語，杯身正面還有「把總路線和總任務貫徹到一切工作中去」的語錄。

我問明叔：「這杯子應該不是假的，但是不知是哪位首長用剩下的，您是從哪掏換回來的？」

明叔說這當然不是假的了，是前兩年一個大陸朋友送的，據說是絕版，這杯子的價值低不

了，是典型的共和國文物，你們就把它拿去好了，其餘的東西多少留幾件給我。

胖子看後說：「以前我家裡好像有這麼一套，還是我家老爺子開會時發的，那時候我還小，都讓老胡竄叨我從家裡順出去，拿彈弓子當靶子打碎了，就這破杯子能值錢？」

大金牙說：「那個年代，甚至現在開會時發給首長們用的杯子都差不多，但這只肯定是不一樣，諸位瞧瞧這杯子的款，是張松濤的題款，還有景德鎮市第一瓷畫工藝合作社，這杯子可不得了，據我所知，這肯定是專門為中央的廬山會議訂製的，在當時這是一項重大政治任務，調集景德鎮畫瓷名手專門畫瓷，它的數量本就不多，松濤款更是難得，有很高的價值，作為絕版，也許現在價值還不凸顯，但隨著歲月的流逝，這杯子將會越來越值錢。」

我舉著茶杯再三欣賞，這要是自己擺在家裡喝水，豈不是跟首長一個感覺？雖然這不是什麼真正意義上的古玩，但不僅工藝精美，款式獨特，數量非常稀少，更難得的是它見證過歷史上的風雲變幻，有著一層深厚的特殊涵義，符合衡量古玩價值五字「老、少、精、美、好」中的：精與少二字，如果能再配成套，那價值有可能還要超過普通的明器。看來明叔這些玩意兒裡，還是有幾樣好東西的，雖然沒我們預期的收穫那麼大，倒也算有些個意外收穫。

明叔房中陳設的大多數器物，都是從古玩商手中「一槍打」收購過來充門面的。所謂「一槍打」，就是一大批器物同時成交，其中大多數都是民國前後的高仿，僞真程度很高，雖然不值大價錢，也不會像尋常西貝貨一般分文不值，而且這些東西裡面，還有那麼幾樣貨真價實的好東西，於是三人抖擻精神，將一件件東西分門別類，經大金牙鑒定不值錢的，都堆在房中角落處。

隨著清理行動的深入開展，檀木架子上的東西越來越少，明叔的臉色也越來越難看，這時胖子見不起眼的地方有把紫砂壺，烏裡烏禿的，顯得土裡土氣，就覺得這把壺不怎麼樣，隨手照著堆放次品的角落中拋了出去，大金牙當時正在用鼻子聞一件銅造小佛像，忽然間看到胖子扔出去的紫砂壺，頓時張大了嘴，兩眼直勾勾的盯住紫砂壺從空中掉落的拋物線，連手中的銅佛都不要了，伸出兩隻手，也不知他的身手為什麼在這種時候能如此俐落？竟然在紫砂壺落地摔碎之前將其接住，大金牙腦門子上都見汗了：「胖爺您可真是祖宗，我剛要是一眼沒瞧到，這把壺就讓您順手給碎了。」

胖子說：「大驚小怪的幹什麼？這破壺土得掉渣，連紫砂的光澤度都沒有了，也不知從哪的陰溝裡掏出來的，誰還願意花錢賣？」

我也覺得這把壺其貌不揚，造型還可以，但胎質太過烏禿，缺少多少代人摩挲把玩的光潤感，也就是我們俗稱古壺表面上的「包漿」，根本看不出個好來，不過大金牙可很少看走眼，莫非這竟是件值錢的東西？

大金牙小心翼翼的摸了摸壺體，又用鼻子嗅了兩嗅：「別看這件紫砂壺不起眼，這可是明代的古物，這形叫筋囊，咱們現代能見到的明代紫砂，表面上都沒有光滑明潤的包漿，因為百分之九十都是墓裡倒出來的明器，胎體在土中埋的年頭多了，就算原本有些光潤也都讓土浸沒了，再加上那個時期的工藝還沒經過改良，只是將泥料略加澄煉，雜質較多，所以觀感最初就是不比清代的壺好，但這可是一件實打實的明器。」

我和胖子、大金牙三人心滿意足地將紫砂壺包起來，最後總共挑出了二十幾件東西，不知不覺天色已經晚了，一看時間，晚上九點多鐘了，眾人忙著點貨，自然是沒顧得上吃飯，胖子說來的時候，看胡同口有個飯館，先去吃上一頓再回家。於是我們拎上東西拔腿就走，本來沒

打算帶明叔一起去，但明叔似乎捨不得它那幾樣東西，厚著臉皮硬要跟來。

我邊走邊對明叔說：「想不到您老人家從一開始就跟我們耍心眼兒，家裡的玩意兒沒幾件像樣的，這回就算我們認倒楣了，只收這些拿不上檯面的東西，給您打了個大折扣，咱們現在就算是兩清了，等會兒吃過飯，真就該各奔東西了。阿香的事交給Shirley楊肯定沒半點問題，俗話說女大不中留，我看她也不打算再跟您回家了，所以往後您就不用再為她操心了。」

明叔說：「胡老弟你看你又這麼見外，咱們雖然親事沒談成，但這次生死與共這麼多天，豈是一般的交情？以後自然是還是要多走動來往的嘛，我現在又不想去西藏做喇嘛了，這餐由我來請，咱們可以邊吃飯邊商量今後做生意的事情……」

我心道不妙，港農算是鐵了心吃定我了，這時已經來到路口胖子所說的飯館處，我一看原來是個賣炸醬麵的館子，忙岔開明叔的話，對眾人說道：「明叔一番盛情要請弟兄們搓飯，不過時間太晚了，咱們也甭狠宰他了，就跟這湊和吃碗炸醬麵得了，明叔您在北京的時間也不短了吧，北京的飲食您吃著習慣嗎？」

一提到吃東西胖子就來勁，不等明叔開口，就搶著說：「北京小吃九十九，大菜三百三，樣樣都讓你吃不夠，不太謙虛的說，我算是基本上都嚐遍了，不過胖爺我還是對羊肉情有獨鍾，東來順的涮羊肉，烤肉季的烤羊肉，白魁燒羊肉，月盛齋醬羊肉，這四大家的涮、烤、燒、醬，把羊肉的味道真是做到絕頂了，既然明叔要請客，咱們是盛情難卻，不如就去烤肉季怎麼樣?吃炸醬麵實在太沒意思了。」

明叔現在可能真是窮了，一聽胖子要去烤肉季，趕緊說：「烤肉咱們經常吃都吃煩了，炒疙瘩、炸醬麵、最拿手的水揪片，這可是北京的三大風味，我在南洋便聞名久矣，但始終沒有機會品嚐，咱們現在就一起去吃吃看好了。」

說話間，四個人就邁步進了飯館，店堂不大，屬於北京隨處可見，最普通的那種炸醬麵館，裡面環境算不上乾淨，但還算能讓人吃得下去這店裡做的東西，這個時間只有些零星的食客，我們就撿了張乾淨的桌子圍著坐下，先要了幾瓶啤酒和二鍋頭，沒多久服務員就給每人上來一大碗麵條，胖子不太滿意，埋怨明叔捨不得花錢。

大金牙今天興致頗高，吃著炸醬麵對眾人侃道：「其實炒疙瘩和水揪片，都是老北京窮人吃的東西，可這炸醬麵卻是窮有窮吃法，富有富吃法，吃炸醬麵要是講究起來，按照頂上吃法，那也是很精細的，精緻不精緻主要就看面碼兒了，這面碼兒一要齊全，二要時鮮。青豆嘴兒，香椿芽兒，炒韭菜切成段兒。芹菜末兒，窩筍片兒，狗牙蒜要掰兩瓣兒。豆芽菜，去掉根兒，頂花帶刺兒的黃瓜要切細絲兒。心裡美，切幾批兒，炒江豆，剁碎丁兒，小水蘿蔔帶綠纓兒。辣椒麻油淋一點兒，芥末潑到辣鼻眼兒。炸醬麵雖是一小碗，七碟八碗是面碼兒。」

明叔聽罷，連連贊好，對大金牙豎著大拇指：「原來金牙仔不單眼力好，還懂美食之道，而且隨隨便便講出來的話皆有章法，真是全才，經你這麼一說，皇上也就吃到這個程度了，這炸醬麵真是好。」明叔藉著話頭又對我說：「我有個很好的想法，以我做生意的頭腦，金牙仔的精明懂行，還有肥仔的神勇，加上胡老弟你的分金定穴祕術，幾乎每個人都有獨當一面的才幹，咱們這夥人要是能一起謀求發展，可以說是黃金組合，只要咱們肯做，機會有得是，便是金山銀山，怕也不難賺到，人生一世，草木一秋，哪個不想大富大貴過這一輩子？現在不搏，更待何時？」

大金牙聽了明叔這番附有煽動色彩的言語，不免心動了，也問我道：「胡爺，兄弟也是這

個意思，如今潘家園的生意真是沒法做了，現在假貨是越來越多，真東西是越來越少，指著倒騰這個掙飯吃，那肯定早晚得餓死，我雖然有眼力，可指著鏟地皮又能收來幾樣真東西？聽說兩湖那邊山裡古墓很多，咱們不如趁機做幾票大的，下半輩子也不用因為吃喝犯愁了。」

我暫時沒有表態，我心意已決，可還要聽聽胖子的想法，於是問胖子：「明叔和大金牙的話你也聽到了，都是肺腑之言，小胖你今後是什麼意思不妨也說說？」

胖子舉起啤酒瓶來灌了兩口，大大咧咧的說：「按說我俯首甘為孺子牛，就是天生為人民服務的命，到哪都是當孫子，這輩子淨給別人當槍使了，不過咱們話趕話說到這了，這次我就說幾句掏心窩子的，我說老金和明叔不是我批評你們倆，你們倆真夠孫子的，你們倒是不傻，可問題是你們也別拿別人當傻子啊，咱們要是合夥去倒斗，就你們倆這德性的，一個有老毛病犯哮喘，一個上了歲數一肚子壞水，那他媽挖坑刨土，爬進爬出的苦活兒累活兒……還有那玩命的差事，還不全是我跟老胡的？我告訴你們說，願意倒斗你們倆搭夥自己倒去，沒人攔著你們，可倒斗這塊我們已經玩剩膩了，今後胖爺我要去美國發洋財了。」

胖子的話直截了當，頓時噎得明叔和大金牙無話可說，大金牙楞了半晌，才問我：「胡爺，這……這是真的？你們真的決定要跟楊小姐去美國了？那那那……那美國有什麼好的，美國雖然物質文明發達，但也並非什麼都有，別處咱就不說了，單說咱們北京，天壇的明月，長城的風，盧溝橋的獅子，潭拓寺的松，東單西單鼓樓前，五壇八廟頤和園，王府井前大柵欄，潘家園琉璃廠，這些地方就算他美國再怎麼闊，他美國能有嗎？永遠也不會有，再說你又怎麼捨得咱們這些親人故舊好朋友？」

我聽大金牙越說越激動，是動了真感情了，雖然大金牙一介奸商，但他與明叔不同，他與我和胖子有著共同的經歷，當年插過隊的知識青年，不管互相認識與否，也不論插隊去的是什麼地方，只要一提當過知青，彼此之間的關係就無形的拉近了一層，有種同命相連的親切感。剛才胖子將大金牙與明叔相提並論，話確實說得有些過分，大金牙雖然是指著我們發財，但他也是真捨不得同我們分開，於是我對大金牙說：「老金，俗話說故土難離，我也捨不得離開中國，捨不得這片浸透了我戰友血淚的土地，更捨不得我的親人和夥伴，但在西藏的時候，我才發現我和胖子竟然除了倒斗之外，什麼都不會，我們的思維方式和生活能力，都已經跟不上社會的進步了，這不能不說是一種悲哀，而且我去了這麼多地方，見了不少古墓中的祕器，我有一種體會，有些東西還是讓它永遠留在土中才好。」

自古以來，大多數「摸金校尉」，掛符之後，都選擇了遁入空門，伴著清燈古佛度過餘生，因為經歷的事情多了，最後難免都會生出一種感悟，一是拿命換錢不值，墓中的明器都是死物，就是因為世人對它的占有欲，才使其有了價值，為了這些土層深處的物件把命搭上太不划算了，金石玉器雖好，卻比不上自己的性命珍貴。

另外最主要的，值錢的玩意兒是萬惡之源，古塚中的明器，幾乎件件都是價值不菲，如果能成功的盜掘一座古墓，便可大發一筆橫財，但不論動機如何，取了財自己揮霍也好，用來濟困扶弱也罷，那些明器畢竟要流入社會，從而要引發無數的明爭暗鬥，血雨腥風，這些明器引發的所有罪孽，要論其出處，恐怕歸根結底都要歸咎於掘它出來的「摸金校尉」。

我對大金牙說：「都說漫漫人生三苦三樂，可試看咱們老三界這群人的慘淡人生，真是一路坎坷崎嶇，該吃的苦咱們也吃了，該遭的罪咱們也沒少遭，可時至今日才混成個體戶，都沒什麼出息，幾乎處在了被社會淘汰的邊緣，我想咱們不能把今後的命運和希望全寄托在倒斗

上，那樣的話，將來的路只能越走越窄，我們絕不想向命運低頭，所以我和胖子要去美國，在新的環境中重新開始，學些新東西，把總路線和總任務貫徹到一切工作中去，去創造一種和現在不一樣的人生。」

胖子奇道：「什麼是總路線和總任務？我記得咱們可從來沒有制定過這種計畫，你可別想起一齣是一齣。」

我說：「我也是看見那個廬山會議的茶杯才想起來，今後咱們的總路線是發財，總任務就是賺錢，聽說美國的華人社區有個地方號稱小臺北，等將來咱們錢賺多了，也要在美帝那邊建立一個小北京，腐化那幫美國佬。」

大金牙眼含熱淚對我說道：「還是胡爺是辦大事的人，這麼宏偉的目標我從來都不敢想，不如帶兄第一道過去建設小北京，咱們將來讓那幫美國佬全改口，整天吃棒子麵貼餅二鍋頭，王致和的臭豆腐辣椒油……」

胖子接口道：「哈德門香煙抽兩口，打漁殺家唱一宿，北京從早年間就有三絕，京戲，冰糖葫蘆，四合院，胖爺我發了財，就他媽把帝國大廈上插滿了冰糖葫蘆。」說完三人一起大笑，好像此刻已經站在了帝國大廈的樓頂，將曼哈頓街區的風光盡收眼底。

說笑了一陣，把氣氛緩和開來，我問大金牙剛才的話是不是開玩笑？難道真想跟我們一起去美國？大金牙的爹身體不好，我家裡人都在退休所養老，胖子家裡沒別人了，所以大金牙不能跟我們一樣，撇家捨業的說走就走，而且這一去就是去遠隔重洋的美國。

大金牙很鄭重的說：「我剛才勸你們別去美國，那是捨不得二位爺啊，你們遠走高飛了，留下我一個人在潘家園還有什麼意思？實話說吧，我算看透了，潘家園的生意再折騰十年，也還是現在這意思，我心裡邊早就惦著去海外淘金了，咱們老祖宗留下來的古物，有無數絕世孤品都落在國外了，要是我去美國能發筆大財，第一就是收幾樣真東西，這是兄弟畢生的宿願。其次就是把我們家老爺子也接過去，讓老頭享幾天洋福，可我這不是沒有海外關係嗎？要想出去可就難於上青天了，胡爺你能不能跟楊小姐美言幾句，把我也一起帶出去，聽說美利堅合眾國不但物質文明高度發達，而且在文化上也兼容並蓄，就連雞鳴狗盜之輩到了那邊都有用武之地，您看我這兩下子是不是……」

我心想人多倒也熱鬧，省得我跟胖子到了那邊生活單調，不過Shirley楊畢竟不是人販子，只好暫時答應大金牙，回去替他說說。

於是我和胖子、大金牙三個人就開始合計，如何如何把手裡的東西儘快找下家出手，三個人總共能湊多少錢，到了美國之後去哪看脫衣舞表演……談得熱火朝天，就把請客吃炸醬麵的明叔冷落在一旁，幾乎就當他是不存在的，但是明叔自己不能把自己忘了：「有沒有搞錯啊，你們以為美國的世界是那麼好撈的嗎？不過話又說回來，流落到美國的寶貝確實不少，據說世界上最值錢的一件中國瓷器——元青花淳化天淵瓶，就在洛杉機的一位收藏家手中，還有乾隆大玉山，也是在美國，個個都是價值連城，不如我也跟你們一起過去，咱們想些辦法把這瓶子淘換過來，將來資金充足了，還可以接著做古屍的生意，這種生意才是來錢最快的。」

我對明叔說：「您要是想去美國，那是你自己的事，我們也沒權利攔著你不讓去，不過念在咱們共過事，都是從崑崙山鬼門關裡轉了兩圈又回來的，我得勸您一句，您都這歲數了，到了美國之後小打小鬧的做點古玩生意，夠自己養老就行了，就別淨想著東山再起倒騰粽子，這此去崑崙山還沒吸取教訓嗎？就算是把冰川水晶屍運回來了，錢是賺了，但老婆沒了，乾女兒

也不跟你過了，就剩下兩個敗家兒子，這筆生意是賠是賺你自己還不會算嗎？再值錢的死屍，也不如活人有價值。」

說完這些話，我也就算對明叔做到仁至義盡了，看看差不多也吃飽喝足了，就辭別了明叔，與胖子、大金牙打道回府。

雖然決定了要去美國，也不能說走便走，出國前有很多事要處理，大金牙的家就安在北京，這段時間他就和胖子二人變賣古玩，我則回福建探親，之後又去看望了幾位犧牲戰友的家人，其間還和胖子去曾經插隊的內蒙走了一趟，前後一共用了將近兩個多月的時間，才將所有的事都忙活完。

回到北京的時候，已經是隆冬時節，距離我們出國的日子，只有幾天的時間了，眼下所有的事都已經準備完畢，最近就是天天忙著跟熟人喝酒告別。

這天Shirley楊想同我出去走走，看看冬天的北京，於是我就帶她去了北海公園。由於連夜的西北風，地面上顯得格外乾淨，一九八三年底的這個冬天格外寒冷，空氣似乎都凍住了，一吸氣就覺得是往肚子裡吸冰碴兒，嗆得肺管子生疼，到了白天風是小多了，但天空是灰濛濛的，看不見太陽在什麼位置，可能在天黑下來之前，會下一場大雪。

北海公園位於故宮的西北角，有千年以上的歷史，曾是遼、金、元、明、清五個朝代的皇家「禁苑」。走在湖畔，看著北海湖中的瓊島白塔，帶著幾分冬季的蕭瑟，我覺得在冬天這裡真是沒什麼值得玩的，可去國遠行在即，還不知道哪年哪月還能再來北京，不免對這裡的白塔紅牆有些眷戀，天氣雖冷，也不太在意了。

Shirley楊的興致很高，她已經提前把阿香接到了美國安頓下來，在美國治療精神病的陳教授，病情恢復得也大有起色，這時看到結冰的湖面上有許多溜冰的人，其中有幾個人是年年冬天都在冰場玩的老手，都穿了花刀，不時賣弄著各種花樣，時而如同蜻蜓點水，時而又好似紫燕穿波，便同我停下來駐足觀看。Shirley楊對我說：「這裡可真熱鬧，在冬天的古典園林中滑冰這種樂趣，恐怕只有在北京才有。」

我隨口答道：「那當然了，縱然是五湖的碧波，四海的水，也都不如在北海湖上溜冰美啊。」

Shirley楊問我：「聽你這戀戀不捨的意思，是不是有點後悔要和我去美國了？我知道這件事有些讓你為難，但我真的非常擔心你再去倒斗，如果不在美國天天看著你，我根本放心不下。」

我說：「開弓沒有回頭箭，我已經下定決心去美國了，當然不會後悔，雖然我確實有些捨不得離開中國，但等我把總路線總任務徹底貫徹之後，我還可以再帶你回來玩。」說著話，從衣袋裡掏出一枚「摸金符」給Shirley楊看：「你瞧瞧這個，我和胖子都已經摘符了，算是金盆洗手，這輩子不會再幹倒斗的勾當了，除非是活膩了，以後咱們就做些穩當的生意。」

「摸金校尉」都要帶「摸金符」，它就相當於一個工作證，還在某種意義上，它還代表著「運氣」，一旦掛在頸項上就必須永不摘下，因為一旦摘下來，也就暗示著「運氣」的中斷，再戴上去的話，就得不到祖師爺的保佑了，只有在決定結束職業生涯的時候，才會選擇「摘符」，也就相當於綠林道上的「金盆洗手」，極少有人「摘符」之後，再重操舊業，當年了塵長老就是一個例外，為了協助Shirley楊的外公「鷓鴣哨」，了塵長老「摘符」後再次出山，結果死在了黑水城的西夏藏寶洞中。

Shirley楊見我早已摘了「摸金符」，顯得頗為感動，對我說道：「自古以來有多少古墓被掘空了，能保留下來的，多半都有其特異之處，裡面隱藏著太多的凶險，所以我始終擔心你再去倒斗，現在你終於肯摘掉摸金符了，這實在是太好了，到了美國之後，我也不用擔心你再偷著溜回來倒斗了。」

我對Shirley楊說：「不把總路線貫徹到底我就不回來了，雖然我覺得美國哪都好，可就是飲食習慣和生活作風讓人不太容易接受。我聽說美國人的飲食很單調，飯做得很糙，兩片硬得跟石頭似的麵包，中間隨便來兩片破番茄和一片半生不熟的煎牛肉，再不然就是把爛菜葉子切碎了直接吃，這能算是一頓飯？我在雲南前線吃的都比它強，咱家不會天天也吃這種東西吧？我覺得美國人實在是太不會吃而且太不懂吃了，怪不得美國這麼有錢，敢情全是從嘴裡省出來的。」

Shirley楊說：「怎麼可能讓你天天吃漢堡，中國餐館在美國有很多，你想吃的話咱們可以每天都去，生活作風又是什麼意思？」

我說：「這個你都不知道啊？我愛你這句話在中國，可能一輩子也說不了幾遍，但聽說在美國兩口子過日子，就我愛你這句話，一天說一遍就意味著夫妻間離心離德，馬上要分居離婚了，早中晚各說一遍才剛剛夠，最好起床睡覺再加說兩遍，即使是一天說十遍也沒嫌多，有時候打通長途電話就為說這一句話，絮叨這麼多遍竟然也說不膩，可真是奇了怪了。我想這種傳說大概是真的，因為我還聽說，美國大兵在戰場上受了重傷，快要死還沒嚥氣的時候，都要囑咐戰友轉告他的老婆這麼一句話……」我假裝奄奄一息上氣不接下氣的樣子接著說：「中尉……答應我……幫我轉告我太太……就說我……我愛她。」說完我自己就已經笑得肚子疼了。

Shirley楊也被我逗笑了，但卻說：「老胡你真沒正經，這有什麼可讓你嘲笑的，這句話不僅可以用在愛人或情侶之間，對子女父母都可以說，愛一個人，就要讓對方知道，他是對自己有多麼重要，是很正常也是很必要的，以後你也要每天說十遍。」